IL SUO
TOCCO
MORTALE

LIBRI DI LISA REGAN

In lingua italiana

Le ragazze svanite

La ragazza senza nome

La sua tomba nascosta

La confessione finale

Le sue ossa sepolte

Il suo pianto silenzioso

I corpi lungo il fiume

Trovarla viva

Salvate la sua anima

Respira un'ultima volta

Silenzio piccolina

Il suo tocco mortale

Le ragazze annegate

Guardala scomparire

Sparita ragazza del posto

La moglie innocente

In lingua inglese

Detective Josie Quinn

Vanishing Girls

The Girl With No Name

Her Mother's Grave

Her Final Confession

The Bones She Buried

Her Silent Cry

Cold Heart Creek

Find Her Alive

Save Her Soul

Breathe Your Last

Hush Little Girl

Her Deadly Touch

The Drowning Girls

Watch Her Disappear

Local Girl Missing

The Innocent Wife

Close Her Eyes

My Child is Missing

Face Her Fear

Her Dying Secret

Remember Her Name

Husband Missing

LISA REGAN

IL SUO TOCCO MORTALE

Tradotto da Alessandro Cataoli

bookouture

In amorevole ricordo dell'uomo più straordinario che abbia mai conosciuto, mio padre, Billy Regan. Ho lasciato che mi dicessero di no, papà, e non l'hanno fatto.

UNO

Lo scuolabus si era riempito, ma Wallace, la sua sorellina Frankie e quella gran rompiscatole della sua compagna di classe, Bianca, rimanevano seduti lungo il muretto appena fuori dalla scuola. L'autobus continuava a sgassare, emettendo colonne di fumo che a Wallace provocavano forti attacchi di nausea alla bocca dello stomaco. Frankie lo strattonò per un polso. «Wallace, andiamo! Dobbiamo salire sull'autobus o resteremo bloccati a scuola e io non ci penso neanche a rimanere in questo posto. È il mio incubo peggiore.»

Bianca rise. «Non rimarremo bloccati qui. E comunque, prima o poi qualcuno ci troverebbe e ci riporterebbe a casa.»

«E chi? Tua madre?» la punzecchiò Wallace. «Lavora talmente tante ore che non ha tempo nemmeno per accompagnarti ai tuoi impegni.»

Bianca si allungò verso Wallace e gli diede un pugno sul braccio. Gli fece un po' male, ma Wallace non lo diede a vedere. «Non parlare di mia madre.»

«Perché no?» sogghignò Wallace. «Che cosa avresti intenzione di fare?»

Alzandosi di scatto, Frankie fece rimbalzare la sua coda di

cavallo castana e si fece scivolare di dosso le bretelle dello zaino rosa acceso. «Andiamo, ragazzi. Non litigate.»

«Non mi faccio dare ordini dai bimbetti di quinta elementare.» affermò Wallace.

Una voce femminile severa alle loro spalle disse: «Ma prenderai ordini da me, giovanotto.»

Era la preside. Rabbrividendo, Wallace si voltò e fece un sorriso, chiedendosi se avesse sentito anche il resto. Ma lei non lo rimproverò. Al contrario, gli fece cenno di allontanarsi con le mani. «Andiamo, allora, tutti e tre, salite sullo scuolabus.»

Bianca si alzò. «Ma oggi dovevamo...»

La preside non le lasciò il tempo di finire. «Oggi dovete tornare con lo scuolabus. È quello che mi è stato detto. Adesso andate. E senza discutere!»

<h1 style="text-align:center">DUE</h1>

Lo studio della dottoressa Paige Rosetti era stato progettato per trasmettere un senso di tranquillità, con le sue pareti color crema, il divano e le poltrone abbinati in morbide tonalità di grigio e le cornici appese alle pareti che mostravano quadretti di luoghi lontani che sembravano troppo belli per essere reali. Josie aveva contato almeno quattordici piante in vaso, che aggiungevano un tocco di verde a quello del giardino ben curato che si scorgeva dall'ampio bovindo alla sinistra della sua poltrona. Era agosto ed era difficile staccare gli occhi dai colori sgargianti dei vari fiori. Eppure, nonostante questa tranquillità, Josie non riusciva a stare ferma sotto lo sguardo paziente di Paige Rosetti; non ce la faceva a mettersi a proprio agio: non si era mai sentita a suo agio in terapia, benché ci andasse da appena due mesi

«Josie...» disse la dottoressa Rosetti a bassa voce.

Josie cominciò a battere con il tacco un ritmo sommesso sul tappeto, facendo oscillare freneticamente il ginocchio su e giù.

«Josie...» disse ancora Paige.

Lentamente, Josie incrociò il suo sguardo. Agli angoli dei suoi occhi marroni si formò un velo di rughe. Poteva avere l'età per essere sua madre, e a pensarci bene, Josie aveva frequentato il liceo con la figlia della dottoressa. Però, i suoi lunghi capelli biondi ondulati e i suoi modi aperti le davano un aspetto più giovanile della sua età.

Paige sorrise. «Questa cosa funziona solo se mi dici qualcosa.»

Lo ripeteva a ogni seduta.

«Senza contare che stai pagando per queste ore.» aggiunse subito dopo. «Vorrei che ne traessi il massimo beneficio.»

Anche questo lo ripeteva a ogni seduta.

«Mi dispiace...» disse Josie. Si protese in avanti, appoggiando i gomiti sulle cosce, cercando di calmare la gamba nervosa. «Di cosa stavamo parlando?»

Paige sorrise di nuovo, ma questa volta Josie poté notare che serrava gli angoli delle labbra. Si stava spazientendo.

«Ti stavo chiedendo come ti senti all'idea di tornare al lavoro domani, visto che ormai sei sospesa da quasi quattro mesi.»

«Giusto...» disse Josie.

Josie era una detective del Dipartimento di Polizia di Denton, una piccola ma vivace città della Pennsylvania centrale, incastonata tra una catena di montagne e adagiata sulle sponde del fiume Susquehanna, con una popolazione che era già abbastanza numerosa da tenere costantemente impegnato il Dipartimento, tanto più quando aumentava alla riapertura dei corsi dell'Università. L'ultimo caso a cui aveva lavorato aveva riguardato un duplice omicidio avvenuto proprio nel giorno del suo matrimonio, nel luogo in cui si sarebbe dovuta sposare; lei e suo marito, Noah Fraley, che lavorava come tenente della Polizia di Denton, si erano trovati coinvolti nelle indagini quando si erano resi conto che lei conosceva le vittime dell'omicidio. Nel corso delle indagini, la nonna di Josie, Lisette Matson, era rimasta uccisa. In seguito, Josie sarebbe dovuta restare a casa a elaborare il lutto, invece aveva lasciato la pistola e il distintivo e si era messa alla ricerca di un ragazzo scomparso coinvolto nel caso. Non aveva detto a nessuno dei suoi colleghi, e nemmeno a Noah, dove stava andando né che aveva scoperto il luogo in cui si nascondeva quella persona.

«Josie?» proruppe la dottoressa.

Il giorno dopo, il capo della polizia, Bob Chitwood, l'aveva sospesa per non aver informato la squadra sui suoi movimenti. Nel rapporto ufficiale si leggeva che era insubordinata. Alla fine, il capo l'aveva sospesa per un periodo molto più lungo di quanto ci si aspettasse e Josie sospettava che volesse darle più tempo per elaborare il lutto.

«Non mi dà alcun pensiero.» mormorò Josie, guardando di nuovo verso il giardino. Un cardinale rosso dai colori vivaci svolazzava tra i rami di alcuni alberi bassi ai margini del giardino.

«Non sei preoccupata di tornare al lavoro dopo essere stata lontana per quattro mesi?» le fece eco Paige. «Non è stato il periodo di assenza più lungo che tu abbia mai fatto?»

«Certo...» disse Josie.

La verità era che non le era dispiaciuto prendersi quattro mesi di riposo. Per la prima volta in vita sua, non le era importato del lavoro. Non le era importato di niente, in realtà, a parte suo marito e il loro cane, Trout. Il mondo senza Lisette, che l'aveva praticamente cresciuta, era vuoto e privo di colori. Senza gioia. Josie si sentiva muta dentro e fuori, come se fosse intrappolata sotto un chilometro di fango e troppo esausta per lottare per risalire e uscirne. Con la coda dell'occhio, Josie vide che la dottoressa controllava l'orologio: gliene doveva dare atto, non si era lasciata sfuggire nemmeno un sospiro.

Paige cambiò argomento. «Come hai dormito in questo periodo?»

«Come sempre.» rispose Josie.

«Quindi hai dormito male?»

Josie fece una scrollata di spalle. «Continuo ad avere un incubo.» spiegò.

«Quello in cui sparano a tua nonna?»

Josie la guardò. «Sì. Voglio dire, penso che sia un ricordo, più che un incubo. Solo che in questo sogno so cosa sta per succedere. Cerco di buttarmi davanti a lei, di prendermi il proiettile al posto suo, ma è come se i miei piedi fossero bloccati a terra. Non riesco a muovermi. A quel punto arrivano gli spari e io...»

Si interruppe bruscamente. *Mi sveglio urlando,* concluse nella sua testa. *E piango, inzuppata dai sudori freddi.* Allora Noah la teneva stretta tra le braccia mentre il loro dolce Boston Terrier uggiolava e cercava di leccarle il viso. "Non avrei dovuto portarla in quei boschi." diceva piangendo Josie ancora e ancora mentre Noah la cullava come una bambina. Era l'unico momento in cui si concedeva di piangere, ma più che altro perché si svegliava già in lacrime. Purtroppo, non poteva controllare i suoi sogni o la reazione che questi generavano sul suo corpo.

«Josie, una volta o l'altra dovremo affrontare la questione più seriamente.» le disse Paige. «Dobbiamo andare più a fondo. Questo è uno spazio sicuro per te. Puoi piangere, urlare, e arrabbiarti fino a dare di matto qui con me e io non ti giudicherei. Non avrei paura. Non mi arrabbierei. Non feriresti i miei sentimenti e non racconterei mai ad anima viva la tua reazione.»

Evitando di nuovo di guardarla negli occhi, Josie riportò lo sguardo verso la finestra. Il cardinale rosso era volato via. Con lo sguardo ripercorse i fiori, alcuni dei quali avevano i petali afflosciati dal caldo torrido di agosto. «Lo so.» disse.

La poltrona di Paige scricchiolò. Josie girò la testa in tempo per vederla alzarsi e dirigersi verso la scrivania, dove posò il suo blocco note. Come le altre volte, era rimasto in bianco. «Credo che per oggi abbiamo finito il tempo a disposizione, Josie.»

Josie si alzò. «Stessa ora la prossima settimana?»

Paige abbassò il viso e solo allora si lasciò sfuggire il sospiro che aveva chiaramente trattenuto per tutti i quarantacinque minuti della loro seduta.

«Josie, sono contenta che tu venga qui. Lo sono davvero e voglio aiutarti. Penso che potresti trarre molti benefici dalla terapia. Io sono felice di continuare a vederti, ma ti ripeto ancora una volta, ho parecchi dubbi che tu ci stia guadagnando qualche beneficio.»

«Dottoressa Rosetti...» disse Josie, sorridendo per la prima volta quella mattina. «Mi sta scaricando?»

Paige la guardò e rise. «No, per niente. Sto solo...» si interruppe, sfoggiando quel sorriso nervoso che Josie sembrava provocarle a ogni appuntamento. Dopo qualche secondo di imbarazzo, aggiunse: «Facciamo un esperimento, che ne dici? Per la prossima settimana voglio che tu faccia una lista per me.»

«Una lista di che tipo?»

«Una lista di cose che ti fanno sentire...»

«Triste?»

«Di perdere il controllo.»

Josie avvertì un piccolo brivido di disagio nel petto. «Di perdere il controllo?»

«Proprio così.» disse Paige. «Fammi un elenco di tre cose. Come minimo. E quando tornerai, ne parleremo.»

Josie deglutì, si sentiva la gola secca. «D'accordo.» disse.

Se ne andò senza ringraziarla. Fino a quel momento era riuscita a evitare di fare quello che la dottoressa Rosetti continuava a definire il "lavoro pesante" della terapia e sapeva che la dottoressa voleva chiederle perché continuava ad andare ai loro appuntamenti se non aveva intenzione di impegnarsi pienamente nella terapia. La verità era che non aveva cominciato ad andare in terapia per se stessa; ci andava per una bambina che aveva aiutato mentre lavorava al suo ultimo caso. Quella bambina aveva perso altrettanto, se non di più, di quanto avesse perso Josie nel corso di quell'indagine, eppure aveva affrontato il trauma con grinta, con determinazione e, come le aveva raccontato poi, aveva sempre "provato tutte le emozioni finché non erano scomparse". Lo aveva fatto anche al concludersi dell'indagine, quando Josie le aveva chiesto di richiamare alla memoria alcuni momenti particolarmente traumatici. Chiuso il caso e trasferita la bambina da alcuni parenti, Josie si sentiva un'imbrogliona per aver chiesto a quella ragazzina coraggiosa di affrontare i suoi demoni per permettere alla polizia di risolvere un'indagine, quando lei non riusciva nemmeno ad andare in terapia per cercare di risolvere i traumi che aveva collezionato in una vita, a cui si aggiungeva il più recente omicidio di sua nonna. Josie andava alle sedute con la dottoressa Rosetti per poter convivere con se stessa. *Ci sto provando*, continuava a ripetersi. Così, quando parlava con quella bambina, cosa che faceva più o meno una volta alla settimana tramite Zoom, almeno poteva dirle che, sì, era ancora in terapia e stava ancora cercando di trovare il coraggio di provare tutte le sue emozioni, anche se dopo due mesi non aveva versato una lacrima nel rilassante studio di Paige Rosetti.

«La prossima settimana...» mormorò tra sé e sé mentre saliva in macchina e metteva in moto.

Accese l'aria condizionata al massimo e poi alzò la radio a tutto volume, nella speranza che la musica soffocasse i suoi pensieri. Invece il conduttore di una delle stazioni FM locali stava trasmettendo il notiziario quotidiano. «La polizia di Denton sta ancora cercando Krystal Duncan, una segretaria legale di trentadue anni, scomparsa tre giorni fa. La scomparsa della donna è stata denunciata dal suo superiore quando la settimana scorsa non si è presentata al lavoro e non ha risposto a nessuna chiamata. Al momento, le autorità stanno invitando chiunque abbia informazioni a contattare la polizia di Denton. Sul nostro sito web è disponibile una fotografia di Krystal Duncan.»

Josie schiacciò i tasti della console finché non trovò una stazione che trasmetteva musica anni Ottanta. A casa, Noah aveva accennato al caso di Krystal Duncan, ma lei non gli aveva fatto neanche mezza domanda; si era limitata a guardare insieme a lui i notiziari locali sulla sua scomparsa, esaminando con attenzione la foto della donna che scorreva sullo schermo. Era stata presa dal sito web dello studio legale per cui lavorava: la mostrava con indosso un tailleur informale, in una posa artificiale, accanto a una grande scrivania di mogano, con i lunghi capelli castani che le ricadevano sulle spalle. Gli occhi nocciola, molto ravvicinati, scrutavano sopra a un naso che presentava una piccola protuberanza, come se avesse subito una frattura che non era stata sistemata a dovere. Il suo sorriso era sottile e forzato. Il volto di quella donna era rimasto impresso nella mente di Josie per tre giorni, eppure non aveva fatto alcuna domanda a Noah. Provava di nuovo quella strana sensazione latente che avvertiva dal giorno in cui Lisette era stata ammazzata. Sapeva che avrebbe dovuto interessarsi alla scomparsa di una donna che viveva nella sua città: infatti, prima dell'omicidio di Lisette, ne sarebbe stata ossessionata, anche se questo avrebbe significato che, pur essendo sospesa, da casa avrebbe dovuto cercare notizie su Internet mentre i suoi colleghi risolvevano il caso; invece, in quel momento, scacciava qualsiasi pensiero di Krystal Duncan dalla sua testa. D'altronde, i membri della squadra investigativa della Polizia di Denton stavano già lavorando al caso della scomparsa di quella donna ed erano i migliori. Se lei stessa fosse mai scomparsa, avrebbe voluto che fossero i suoi colleghi a cercarla. Sapeva che l'indomani, quando sarebbe tornata al lavoro, sarebbe stata messa al corrente di tutti i dettagli; ma per il momento, non voleva pensarci nemmeno lontanamente. Tutto ciò che voleva era essere inghiottita ancora più a fondo in quella poltiglia mentale ed emotiva che la teneva lontana dalla vuota sofferenza della vita reale.

Una goccia di sudore le scivolò giù lungo la schiena. Le sue dita corsero a girare di nuovo la manopola dell'aria condizionata, ma era già al massimo. Con un sospiro, si allontanò dalla casa della dottoressa Paige Rosetti, adibita anche a studio, e si infilò nelle strade di Denton. Noah era al lavoro. Trout sarebbe stato felicissimo di vederla tornare a casa, però non se la sentiva ancora di rientrare. Perciò, guidò fino al cimitero dove aveva seppellito il suo primo marito, Ray. Nelle sue volontà, invece, sua nonna aveva chiesto di essere cremata e le sue ceneri erano raccolte adesso in un'urna lucida posta su una mensola nel soggiorno di casa. Quando arrivò al cimitero, Josie si diresse verso la lapide di Ray, come faceva spesso quando sentiva che la vita le stava sfuggendo dalle mani.

«Credo che questo lo dovrei mettere nella mia lista...» commentò tra sé e sé mentre parcheggiava l'auto poco lontano dalla lapide di Ray e scendeva. Si domandò perché si sentisse di perdere il controllo proprio in quel momento. Ma non voleva pensarci; in quel momento, avrebbe voluto più di ogni altra cosa un sorso infuocato di Wild Turkey. Ma aveva smesso di bere da tempo, perché, quando beveva faceva scelte sbagliate e, sebbene l'alcol attenuasse temporaneamente il dolore emotivo, non lo faceva mai sparire del tutto.

Il sole le picchiava contro mentre si faceva strada tra le lapidi fino a quella di Ray. Soffiava una leggera brezza che, però, le dava poco sollievo dal caldo opprimente e dall'umidità. Quando si trovò davanti alla lapide, la sua maglietta si era inumidita sotto il colletto. Erano passati sei anni da quando era stato ammazzato e le cose tra loro non erano finite bene, già prima della sua morte, ma Josie e Ray si conoscevano da quando erano bambini, erano stati fidanzati al liceo e per la maggior parte della sua vita lui era stato la sua ancora, la sua stella polare, proprio come lo era stata sua nonna; per questo, di solito, Josie provava un senso di pace quando visitava il luogo dove riposava Ray. Chiudendo gli occhi, lasciò il suo corpo ondeggiare leggermente nella brezza. Intorno a lei gli uccelli cinguettavano e l'unico altro rumore che si sentiva era quello flebile delle auto che passavano sulla strada che portava al cimitero.

Finché qualcuno non cominciò a urlare.

TRE

Prima che il cervello di Josie avesse la possibilità di mettersi al passo con il corpo, i suoi piedi la stavano già spingendo in avanti, verso la parte interna del cimitero, verso la fonte delle grida. Era una donna. Via via che aggirava le lapidi e si avvicinava alla cima di una collina, le grida diventavano più forti. Josie si rese conto che non si trattava di lamenti di dolore, ma di strilli acuti e taglienti provocati dallo spavento e dall'orrore. Scendendo di corsa dall'altro lato della collina, le scarpe da ginnastica la fecero scivolare sul terreno morbido e smosso dove una persona era stata sepolta di recente. Cadde all'indietro, ma agitando le braccia riuscì ad aggrapparsi a una pietra vicina. Raddrizzandosi, vide la fonte del trambusto: una donna in piedi tra le lapidi. Indossava pantaloncini cachi e una maglietta viola. Stringeva la testa tra le mani, affondando le dita tra i capelli scuri. Stava raggomitolata su se stessa, pur rimanendo in piedi, come se stesse cercando di proteggersi da un'aggressione non precisata. Ai suoi piedi, abbandonato a terra, giaceva un mazzo di fiori multicolori.

Josie corse in avanti con il sudore che le colava giù dalla fronte. Quando la raggiunse, la donna si voltò verso di lei. «La aiuti!» gridò. «Le sta succedendo qualcosa di strano! Ha bisogno di aiuto!»

Josie guardò dietro di lei, verso una seconda donna che stava accucciata accanto a una lapide. Teneva le gambe piegate sotto di sé e le braccia mollemente avvolte attorno alla vita. All'inizio Josie non riuscì a capire cosa potesse aver allarmato a tal punto la prima donna. Avvicinandosi di un passo, riuscì a mettere a fuoco il volto della donna inginocchiata. Teneva la testa inclinata verso destra. Alcune ciocche dei suoi lunghi capelli castani si erano appiccicate alla guancia sinistra mentre il resto della chioma pendeva, fluttuando sulle spalle, spettinata in alcuni punti e aggrovigliata in altri. Sebbene la sua pelle fosse rosa e luminosa, i suoi occhi erano vitrei e senza vita, con lo sguardo fisso nel vuoto. Josie non poté trattenere un sussulto nel tentativo di elaborare il quadro che le si presentava di fronte. La donna sembrava viva, apparentemente normale, tranne che per gli occhi, come se si fosse appisolata dopo essersi inginocchiata e la testa le fosse scivolata di lato, oppure come se stesse meditando. Ma indossava abiti da lavoro: una camicetta di seta a maniche corte color crema, una gonna grigio chiaro, calze di nylon strappate e ballerine nere. Quella protuberanza sul naso, che pure si notava appena, era rivelatrice: aveva visto quel volto al notiziario negli ultimi tre giorni.

Era Krystal Duncan.

Eccola, di fronte a lei, vestita come se fosse appena uscita dal lavoro. Invece, come sapeva bene, era scomparsa da tre giorni. Se nella mente di Josie fosse rimasto qualche dubbio, una rapida occhiata alla lapide accanto a lei lo fugò; vi si leggeva: "*Bianca Duncan, figlia adorata*".

Un paio di mani spinsero le spalle di Josie, sollecitandola ad avanzare. «La aiuti!» urlò la prima donna. «Ha qualcosa che non va! Non lo vede?»

Josie si avvicinò, sapendo già che non poteva prestare alcun soccorso alla donna inginocchiata davanti a loro. Aveva visto abbastanza cadaveri nella sua carriera di agente di polizia per riconoscere che per lei ormai non c'era più niente da fare. Ciononostante, per tranquillizzare la donna isterica dietro di lei, si chinò e premette due dita sulla gola della seconda donna. Come sospettava, non c'era battito. Con delicatezza, le toccò un braccio. Non si mosse. Era in pieno rigor mortis, il che significava che era morta da almeno un paio d'ore, probabilmente di più. Inoltre, c'era qualcosa sulle sue labbra. A una prima impressione sembrava saliva. Josie si avvicinò per vedere meglio. Non era saliva. Era qualcos'altro. Il battito cardiaco di Josie si arrestò e poi riprese a battere all'impazzata.

«È morta, vero?» proruppe la voce alle spalle di Josie. «Perché ha... quell'aspetto?»

Josie si alzò e allontanò la donna dal cadavere. Tirò fuori il telefono dalla tasca dei pantaloncini. Le sue dita digitarono un 9, poi un 1 e si bloccarono. Se avesse chiamato il 911 o la centrale, la chiamata sarebbe passata attraverso lo scanner della polizia, che la stampa locale monitorava abitualmente. La scomparsa di Krystal Duncan aveva ottenuto un'ampia copertura da parte dei giornalisti. Non solo per la spiacevole consuetudine che Denton aveva con le donne scomparse, ma anche perché era la madre di una bambina rimasta uccisa in un tragico incidente su uno scuolabus avvenuto due anni prima e il processo all'autista dello scuolabus era previsto nel giro di poche settimane. Josie cancellò i numeri e chiamò direttamente Noah.

«Ho bisogno di una unità.» gli disse quando rispose. «Al cimitero di Vincent Williams. Ho trovato un cadavere. Una donna, sui trentacinque. Deceduta in circostanze sospette. Sono ragionevolmente sicura che si tratti di Krystal Duncan.» Si guardò intorno e cercò di stabilire la loro posizione per poter dire a Noah dove trovarle. Una volta fornita una descrizione generale, disse: «C'è bisogno della Squadra di Raccolta delle Prove, di un'ambulanza per il trasporto del cadavere e della dottoressa Feist.»

La dottoressa Anya Feist era il medico legale della contea.

«Saremo lì tra dieci minuti.» le disse Noah.

«Non trasmettere alla radio.» gli ordinò Josie. «Non voglio correre il rischio che tutti i giornalisti della città prendano d'assalto questo posto.»

«D'accordo.»

Josie rimise in tasca il telefono dopo aver riagganciato. «Signora...» disse Josie all'altra donna. «Dobbiamo andarcene da qui.»

Lei indicò il cadavere. «Che cosa è successo a questa donna? Perché è seduta così? Come è... come potrebbe essere morta? Cosa le è accaduto? Cos'è quella... cos'ha sulla bocca?»

«Come si chiama?» le chiese Josie anziché rispondere alle sue domande.

Per un attimo la donna sembrò disorientata. Sbatté le palpebre due volte e concentrò lo sguardo su Josie. «Dee.» disse poi. «Dee Tenney.»

Josie afferrò Dee per un gomito e la fece allontanare di qualche metro dal corpo, impedendole di continuare a guardarlo. Perle di sudore le punteggiavano il labbro superiore. La sua pelle aveva assunto una tonalità tendente al verde. Josie avrebbe voluto avere una bottiglietta d'acqua con sé, ma non l'aveva. Il meglio che poteva fare era portare quella donna all'ombra di una grande quercia poco distante. «Dee, mettiamoci qui ad aspettare i miei colleghi.»

Dee appoggiò la schiena al tronco dell'albero e si passò un avambraccio sulla faccia per asciugarsi il sudore. Guardò Josie dalla testa ai piedi. «I suoi colleghi?» chiese riducendo gli occhi a due fessure. «Lei è quella detective, non è vero?»

Nella piccola città di Denton, Josie si era guadagnata una certa popolarità per aver svolto un ruolo determinante nella risoluzione di diverse indagini talmente scandalose da essere balzate agli onori della cronaca nazionale; queste, che andavano ad arricchire una storia familiare già sconvolgente, le avevano permesso di partecipare al programma *Dateline*, motivo per cui ormai le capitava spesso di essere riconosciuta dagli estranei.

Josie aprì la bocca per rispondere, ma Dee continuò: «No, aspetti, lei è la giornalista. Sì, è senz'altro la giornalista. Altrimenti perché si troverebbe qui?»

Josie alzò una mano. «Ci aveva azzeccato alla prima, sono la detective della Polizia di Denton. Mia sorella gemella, Trinity Payne, è la giornalista, ma vive e lavora a New York. Dee, la mia squadra sarà qui tra pochi minuti. Perché non mi dice cos'è successo?»

Dee guardò oltre le spalle di Josie, verso il cimitero, ma poi chiuse rapidamente gli occhi. Le sue parole uscirono acute e veloci, disperdendosi nell'aria tra loro. «Non è successo niente. Io ero qui. L'ho vista. Pensavo che fosse semplicemente seduta sulla tomba, capisce? Solo che c'era qualcosa che non andava. Non era rivolta verso la lapide. L'ho chiamata ma non ho ricevuto risposta. Mi sono avvicinata per toccarle la spalla, ma poi ho visto la sua faccia. Sembrava viva e allo stesso tempo morta. Non so come spiegarlo.»

«Non è necessario.» la rassicurò Josie.

Dee tenne gli occhi ben chiusi, ma scosse forte la testa. «È il suo colore. Sembra viva.» continuò. «Ma non può esserlo. Non è viva, giusto? Ha sentito il battito. È davvero morta, non è vero?»

«Sì.» disse Josie. Allungò la mano e toccò delicatamente l'avambraccio della giovane. «Dee? Può aprire gli occhi e guardarmi?»

Dee inspirò profondamente ed espirando riaprì gli occhi.

Josie indicò il proprio volto. «Proprio qui, Dee. Resti concentrata su di me, d'accordo? Sta andando benissimo.»

Un tremito iniziò a percorrere le braccia di Dee e rapidamente si propagò al torace. Si strinse le braccia in vita, ma mantenne il contatto visivo con Josie.

«Bene...» le disse Josie. «Molto bene.» Inspirò dal naso con lentezza esagerata ed espirò dalla bocca, facendo alzare e abbassare il petto con un ritmo regolare. Dopo qualche secondo, Dee cominciò a fare altrettanto e quando Josie ritenne che avesse recuperato un po' di compostezza, le chiese: «Era venuta al cimitero per far visita alla tomba di una persona cara?»

Dee annuì. «Stavo andando alla tomba di mia figlia. Avevo portato dei fiori. Questa volta avevo preso delle dalie gialle. Le piacevano molto. Comunque, è stato in quel momento che ho visto Krystal. È stato davvero strano. Sapevo che la stavano cercando tutti. Ho provato una sensazione di sollievo, sa? Perché l'avevo trovata. Finché non mi sono avvicinata... non riesco a crederci.»

Dee scoppiò in lacrime, ma mantenne lo sguardo fisso sul viso di Josie che, rapidamente, controllò l'ambiente circostante scorgendo una Honda Civic grigia parcheggiata sul ciglio della vicina strada del cimitero.

«Quella è la sua macchina?»

Dee annuì. «So che c'è un parcheggio all'ingresso del cimitero, ma fa troppo caldo per arrivare fino a qui a piedi e ho pensato che non sarebbe stato un problema se avessi semplicemente accostato lì. Intendevo rimanere qui soltanto per qualche minuto. Non mi aspettavo di incontrare qualcuno, in realtà. Di certo non una donna scomparsa.»

«La conosceva?» le domandò Josie. «O l'ha riconosciuta dal notiziario?»

«La conosco. La conoscevo. Santo Dio. Viveva in fondo alla strada in cui abito io. Le nostre figlie... è assurdo.»

Alla fine, Dee interruppe il contatto visivo, si guardò i piedi e si accasciò lentamente fino a sedersi alla base dell'albero. Josie rimase a osservarla piangere, scossa da violenti singhiozzi. Cercando nelle tasche dei pantaloncini, trovò un fazzoletto piegato e glielo porse. Non volle forzarla chiedendole qualcos'altro; ci sarebbe stato tutto il tempo per farle altre domande più tardi, dopo l'arrivo della squadra e l'avvio di un'indagine formale. Quanto a lei, non sarebbe tornata al lavoro prima dell'indomani.

Mentre aspettava l'arrivo dei colleghi, si voltò di nuovo verso Krystal Duncan, con lo stomaco in subbuglio nel tentativo di elaborare ancora una volta la scena: l'inquietante dissonanza tra la posizione in cui stava, seduta dritta, con la pelle di una tonalità sana e quegli occhi morti, quella sostanza indurita in gocce incollate alle labbra e al mento. Voltandosi verso Dee, Josie si tirò su il colletto della maglietta. Ogni centimetro quadrato del tessuto era bagnato di sudore. Anche all'ombra, il caldo era opprimente. Si posizionò in modo da trovarsi direttamente di fronte a Dee. Che cosa poteva dare alla pelle di una persona un aspetto così sano anche dopo la morte? Ripercorse mentalmente alcune spiegazioni tratte da casi a cui aveva lavorato in passato, ma faceva fatica a concentrarsi. Con quel caldo, la decomposizione avrebbe dovuto essere accelerata. Eppure, per come si presentava, si sarebbe detto che Krystal si fosse semplicemente accasciata a terra, il che significava che non era morta da molto tempo, nonostante fosse scomparsa da tre giorni. Allora dove era stata nel frattempo?

Lo stridore degli pneumatici sull'asfalto raggiunse le loro orecchie poco prima che i veicoli della polizia superassero la collina sulla strada vicina che si snodava attraverso il cimitero. Josie guardò Dee, che ora nascondeva il viso tra le mani. «Dee? Può restare qui per qualche minuto?» Da dietro i palmi delle mani di Dee uscì un "sì" soffocato.

«Torno subito.» le disse Josie.

Aggirò le tombe per raggiungere la strada e fece cenno ai colleghi di fermarsi. Per primi arrivarono una pattuglia e un'ambulanza con le luci accese. Poi arrivò Noah alla guida della sua auto insieme alla loro collega, la detective Gretchen Palmer, sul sedile del passeggero. Dietro di loro c'era il fuoristrada contrassegnato della Polizia di Denton, all'interno del quale Josie distinse il capo della Squadra di Raccolta delle Prove, l'agente

Hummel, e la sua collega, l'agente Jenny Chan. In coda alla carovana c'era un vecchio furgoncino bianco scassato che Josie riconobbe subito: apparteneva al medico legale, la dottoressa Anya Feist. Si fermarono tutti in fila dietro l'auto di Dee Tenney. Quando scesero, si radunarono in un cerchio irregolare al centro della strada. Josie li aggiornò e poi Gretchen prese il comando, impartendo agli agenti in uniforme l'ordine di creare un perimetro e di stare di guardia all'esterno della scena del crimine per assicurarsi che nessuno si avvicinasse, e diede istruzioni a Hummel e Chan di mettersi al lavoro per esaminare la scena del crimine.

Mentre Hummel e Chan tiravano fuori l'attrezzatura dal cassone del fuoristrada, la dottoressa Feist disse: «Vado con loro.» Sorrise con aria tetra a Hummel. «E non preoccupatevi, starò fuori dai piedi finché non toccherà a me.»

Josie li guardò allontanarsi, ciascuno tirandosi dietro una valigia con la scritta "Proprietà della Squadra di Raccolta delle Prove di Denton". Si accorse dello sguardo di Noah su di lei. «Stavi andando a trovare Ray?» le domandò.

Josie annuì, sentendosi a disagio a raccontare al suo novello sposo che era andata a trovare il suo defunto marito il giorno prima di rientrare al lavoro. Ma sapevano entrambi quanto fosse importante quel giorno per lei. D'altra parte, prima ancora che iniziassero a frequentarsi, Noah era stato l'unico a sapere che andava a visitare la tomba di Ray. Non lo diceva in giro perché pensava che non avrebbero capito. Ray era morto in disgrazia, corrotto, disonesto e vigliacco, ma era morto cercando di salvarla da una persona anche peggiore, e Josie non era mai riuscita a smettere di piangere l'uomo che era quando si erano sposati, o il ragazzo che era stato durante la loro infanzia. Un tempo era stato un brav'uomo. E poi, a un certo punto, non lo era stato più.

Noah le sorrise, con gli occhi nocciola che scintillavano, e le scostò una ciocca di capelli dal viso. Il suo tocco era così rilassante che si sarebbe sciolta in mezzo alla strada.

Gretchen guardò nella direzione da cui erano venuti. «Ho chiesto a un'unità di pattuglia di recarsi nell'ufficio del custode per segnalare l'accaduto e per sapere se qualcuno ha visto o sentito qualcosa o se ci sono telecamere da qualche parte nella proprietà.» Tirò fuori il taccuino e la penna. «Siamo sicuri che si tratti di Krystal Duncan?»

«Più sicura di così non potrei essere.» le rispose Josie.

«Porca puttana.» esclamò Gretchen grattandosi il mento con il tappo della penna e con un gran sospiro disse: «Va bene, allora. Mettiamoci all'opera.»

QUATTRO

Gretchen si trattenne a parlare con Dee Tenney per alcuni minuti prima di mandarla alla stazione di polizia insieme a Noah per rilasciare una dichiarazione formale. L'esame della scena del crimine avrebbe richiesto diverse ore e Josie sapeva che Gretchen voleva che Dee si allontanasse al più presto da quel posto. Rimasero a guardarla mentre Dee consegnava a Noah le chiavi della sua Honda Civic e lui se ne andava con lei seduta sul sedile del passeggero.

«Credo che sia in stato di shock.» osservò Josie.

Gretchen si avviò verso il nastro che delimitava il perimetro della scena del crimine. «Noah la terrà d'occhio. Ma la metterà a suo agio, la farà accomodare in una stanza con il condizionatore e si assicurerà che stia bene prima che lasci la stazione di polizia. Vuoi rimanere nei paraggi o andare a casa?»

Josie si mise al passo con Gretchen. «Non lo so.» disse in tutta sincerità.

Gretchen smise di camminare e si schermò gli occhi con il blocco degli appunti. «Dici sul serio?»

Una goccia di sudore scivolò lungo il lato del viso di Josie, percorrendo la sottile cicatrice che correva dall'orecchio al centro del mento. La asciugò con gesto rapido. «Sì.»

Gretchen lasciò passare alcuni secondi, poi le chiese: «Ci vai ancora in terapia?»

«Sì.»

Ora che erano uscite dall'ombra dell'albero, il caldo era più soffocante. I capelli neri di Josie erano umidi e le si appiccicavano alla nuca. Era perfettamente consapevole degli aloni di sudore che macchiavano il sottobraccio della sua maglietta. Ancora una volta, scosse il tessuto dal torso mentre Gretchen continuava a fissarla. Gretchen indossava un paio di jeans e una polo della polizia di Denton e, a parte una leggera patina di sudore lungo l'attaccatura dei capelli, non sembrava infastidita dalla temperatura.

«Che c'è?» le chiese infine Josie, incapace di sopportare il suo sguardo fisso un momento di più.

«Domani mattina farai rapporto in centrale e dovrò aggiornarti su tutto quello che avremo scoperto qui oggi. Ti dispiacerebbe risparmiarmi un po' di tempo? Resta nei paraggi. In fin dei conti, sei una testimone.»

Detto questo, Gretchen si allontanò e si diresse verso uno degli agenti di pattuglia che stava di guardia al nastro delimitante la scena del crimine e che teneva in mano una cartellina su cui annotava i nomi di chi vi accedeva. Accanto a lui c'era la dottoressa Feist, che si era già sistemata la cuffia sui capelli biondo argentato e reggeva tra le braccia una tuta in Tyvek e un paio di copriscarpe, in attesa di ricevere l'autorizzazione a entrare sulla scena del crimine. Fece un cenno a Gretchen e Josie. L'agente prese la penna per registrare l'ingresso di Gretchen, ma lei alzò una mano. «Non ancora.» gli disse. «Aspettiamo che Hummel e la sua squadra ci dicano che possiamo entrare.»

Josie la seguì percorrendo il perimetro, cercando di ottenere una migliore visuale del corpo di Krystal Duncan; dalla loro posizione, Josie poteva vedere soltanto le ciocche dei capelli castani che ondeggiavano nella brezza. Ancora una volta, vedere una madre inginocchiata sulla tomba della figlia, indubbiamente deceduta ma apparentemente ancora in vita, suscitò un'ondata di malessere che la attraversò per tutto il corpo, già stordito dal caldo. Oltre il nastro della scena del crimine, Hummel e Chan stavano scattando fotografie e completando degli schizzi, e intanto posavano i contrassegni per le prove. Un lampo di colore brillante attirò l'attenzione di Josie: i fiori che Dee Tenney aveva lasciato cadere ora stavano appassendo per il caldo. Aveva detto che li stava portando sulla tomba di sua figlia. Ma Dee era così giovane. Non poteva avere tanti più anni di lei, doveva essere sui trentacinque. Quanti anni aveva sua figlia quando è morta?

«Dee conosceva Krystal.» disse Josie. «Ha detto che Krystal viveva in fondo alla strada in cui abita lei. Le loro figlie...»

Gretchen si fermò, infilò il blocco note e la penna in tasca e premette con la vita contro il nastro della scena del crimine, allungandosi in avanti per guardare attentamente il corpo di Krystal Duncan. «Le loro figlie sono rimaste entrambe uccise nell'incidente dello scuolabus avvenuto a West Denton due anni fa.»

Come tutti gli altri membri del Dipartimento di Polizia di Denton, Josie conosceva perfettamente le circostanze dell'incidente dello scuolabus: cinque bambini che frequentavano la scuola media erano rimasti uccisi in una zona di West Denton durante il ritorno a casa da scuola. Il capo della polizia, Bob Chitwood, aveva inviato Gretchen sul posto per occuparsi delle indagini. Alla soglia dei cinquant'anni, Gretchen era la più anziana tra i suoi colleghi, ma soprattutto, prima di approdare alla scrivania di Denton aveva già maturato quindici anni di esperienza nell'Unità Omicidi del Dipartimento di Polizia di Philadelphia, al termine dei quali aveva visto più casi di morti macabre di tutto il Dipartimento di Polizia di Denton messo insieme. I casi più difficili nel loro lavoro erano quelli in cui erano dei bambini a perdere la vita. Il carico emotivo poteva essere devastante, ma Gretchen, con il suo caratteristico stoicismo, aveva gestito l'incidente dello scuolabus con delicatezza e autocontrollo.

«Le probabilità che Dee sia venuta qui per poi rinvenire il corpo di Krystal sono...» cominciò a dire Josie.

«Abbastanza remote.» concluse per lei Gretchen. «Ma tutti i bambini vittime dell'incidente sono stati sepolti qui. Farò comunque dei controlli sull'alibi di Dee per questa mattina e per gli ultimi due giorni.»

Josie annuì. «Chi è stata l'ultima persona che ha visto Krystal Duncan viva?»

Gretchen continuò a fissare il cimitero da una parte all'altra. «Il suo principale. Giovedì pomeriggio è rimasta in ufficio fino a tardi per finire alcune pratiche di uno dei loro casi. Lui ha chiuso lo studio dopo che lei se n'è andata. Doveva tornare la mattina successiva e invece non si è presentata. Lui e uno dei suoi colleghi l'hanno chiamata più volte per tutto il venerdì, ma non ha risposto. Allora il suo superiore ha chiamato la centrale e ha richiesto che facessimo un controllo sullo stato di salute di Krystal.»

«Dopo meno di ventiquattr'ore?» chiese Josie.

Gretchen annuì. «Krystal viveva da sola. Era una madre single, non si è mai sposata, non aveva un fidanzato, né parenti stretti. Non ha mai conosciuto suo padre. La madre vive a diversi chilometri di distanza. Non ha fratelli né sorelle. Stando a quanto ci hanno riferito i suoi colleghi, le sue amicizie sono crollate una dopo l'altra in seguito alla morte della figlia. Sembra che si incontrasse regolarmente con un gruppo di sostegno per i genitori dei bambini morti nell'incidente. Ho chiamato diversi di loro nel corso del fine settimana per sapere quando l'avevano vista per l'ultima volta e tutti hanno detto la stessa cosa: all'ultima riunione, il lunedì prima della scomparsa. Hanno detto che era sconvolta, ma d'altronde lo sono tutti per il fatto che l'autista dell'autobus verrà processato a breve. I colleghi di Krystal hanno detto che negli ultimi due mesi era diventata molto nervosa. Volubile. Facile al pianto. Perciò, quando venerdì non si è presentata al lavoro, hanno pensato che potesse essersi fatta del male.»

«E allora la centrale ha mandato qualcuno per controllare come stava.» concluse Josie.

«Esatto. La porta d'ingresso era aperta. L'auto era in garage. Borsa, cellulare e chiavi di casa sul tavolino all'ingresso. All'interno era tutto in ordine. Era come se fosse semplicemente uscita dalla porta e non fosse più tornata.»

Se non fosse che ormai nessuno va da nessuna parte senza portarsi dietro il cellulare. «I vicini non hanno visto niente?» domandò Josie.

Gretchen scosse la testa. «Un paio di loro hanno riferito di averla vista tornare a casa giovedì sera: è entrata nel garage, ha preso la posta dalla cassetta, ma niente di più. Qualcuno ha installato delle telecamere di sicurezza domestica, ma dalle riprese non si vede nulla, anche perché nessuna delle telecamere è posizionata in un punto da cui si vede la facciata di casa Duncan.»

«E dal suo telefono? Non è emerso niente?»

«Niente di niente. O comunque, niente di insolito. Chiamate da e verso il lavoro e da e verso i colleghi. Un paio di chiamate da e verso l'ufficio del Procuratore Distrettuale. Ho parlato con il suo studio. Si stava preparando a testimoniare al processo, quindi si erano messi in contatto con lei per assicurarsi che fosse pronta. A parte questo, tutto quello che abbiamo trovato sono appuntamenti dal dottore, quel genere di cose. Non c'era niente di particolare. L'unica cosa insolita è che il suo capo ha detto che si è collegata al database del loro studio sabato sera.»

«Cioè era in ufficio?»

«No. Hanno detto che si è collegata da remoto. Non sanno

perché l'abbia fatto o cosa stesse facendo. L'azienda dispone di una funzione a distanza che consente ai dipendenti di lavorare da casa quando ne hanno necessità. Possono effettuare il login e accedere a tutti i file dello studio, scaricare o caricare materiale di lavoro e quant'altro. Il sistema mostra chi accede e chi esce e se apporta modifiche a un file, lo registra.»

«Ma Krystal non ha apportato modifiche a nessun file...» ipotizzò Josie.

«Esatto. Sappiamo che si è collegata alle 21:08 e si è scollegata alle 23:14, ma non abbiamo alcuna idea di cosa abbia consultato o del perché lo abbia fatto.»

«Siamo in grado di risalire al luogo da cui si è collegata?»

«Abbiamo inviato un mandato di perquisizione alla società che gestisce il server dello studio per vedere se sono in grado di fornirci questa informazione. Se riusciamo a ottenere un indirizzo IP, probabilmente possiamo individuare con un ragionevole grado di sicurezza dove si trovava quando ha effettuato l'accesso al database. A parte questo, non abbiamo trovato alcuna pista sulla sua scomparsa e sai bene quanto ci siamo accaniti con la stampa in merito.»

«Sì.» disse Josie. «Non c'è verso di accendere la televisione o la radio senza sentire parlare di lei. Avete avuto qualche indizio dai reportage?»

«Niente di concreto. Alcune persone hanno dichiarato di aver avuto l'impressione di vederla venerdì, ma tutti gli avvistamenti hanno portato ad altre donne con lunghi capelli castani e una corporatura nella media.»

Josie sospirò. «Nessuno l'ha più vista da giovedì sera, ma non c'è dubbio che fosse ancora viva fino a poche ore fa.»

«Ora che è stata trovata morta...» disse Gretchen, «farò un'altra chiacchierata con il suo superiore per sapere a quali casi stava lavorando.»

Al rumore di pneumatici sull'asfalto, si voltarono verso la strada. Un'altra unità di pattuglia si fermò e parcheggiò dietro il furgone della dottoressa Feist. Un giovane agente scese e si avvicinò di corsa. Josie lo riconobbe ancor prima di riuscire a leggere il nome sulla sua uniforme: era Brennan. «Detective Palmer.» disse quando le raggiunse. «Detective Quinn.»

«Hai parlato con il custode?» gli chiese Gretchen.

Lui annuì. Si tolse il cappello, usò una manica per asciugarsi la fronte e se lo rimise. «Ha detto che possiamo prenderci tutto il tempo che ci serve. Dice che è arrivato qui alle sei del mattino per aprire il cancello d'ingresso, come fa tutte le mattine. Richiude alle dieci di sera. Alle sei e mezza sono arrivati quattro addetti e lui li ha messi al lavoro per predisporre un luogo di sepoltura, ma dato che stanno lavorando sul lato opposto del cimitero, non hanno visto nulla di insolito. Anzi, per la precisione, niente di niente, nemmeno un veicolo. E comunque, non ci sono telecamere nei dintorni.»

«Nemmeno all'ingresso?» chiese Gretchen. Brennan scosse la testa.

«Non hanno mai avuto problemi qui.» disse Josie. «Nemmeno con i vandali. Per questo avevamo scelto di seppellire qui Ray. Questa parte di West Denton è la più sicura della città e non c'è bisogno di telecamere di sicurezza.»

Con un sospiro, Gretchen si guardò alle spalle, dove la Squadra di Raccolta delle Prove continuava il suo lavoro. «Va bene.» disse poi. «Brennan, portaci nell'ufficio del custode, per favore. Ci occorre che lui e i suoi dipendenti rilascino una dichiarazione formale su quando sono arrivati, quando sono andati via e sul fatto che non hanno visto nulla di particolare.»

Josie fu felice di salire sull'auto con l'aria condizionata per i dieci minuti di viaggio verso l'ufficio. Il cimitero di Vincent Williams era il più grande di Denton. Mentre osservava le morbide colline punteggiate di lapidi che passavano davanti al finestrino, si rese conto che era del tutto possibile che la squadra che lavorava dall'altra parte della struttura non avesse visto nulla perché il cadavere di Krystal era stato lasciato più vicino all'ingresso principale, quindi sarebbe stato relativamente facile entrare, lasciarla sulla tomba della figlia e sgattaiolare via senza farsi notare, soprattutto se fosse stato fatto al mattino presto, prima che arrivassero altre persone. L'ufficio del custode era situato in un edificio in pietra a un solo piano. C'erano quattro uomini ad aspettarle all'ingresso.

Ancora una volta, Josie apprezzò l'aria condizionata mentre incontrava, insieme a Gretchen, ciascuno degli operatori e il custode per raccogliere le dichiarazioni formali. Josie sapeva che, non appena fossero tornate alla stazione di polizia, Gretchen avrebbe fatto una ricerca sui nomi e sulle informazioni personali di ciascuno di loro attraverso vari database per verificare se ci fossero segnalazioni nella loro cartella o collegamenti con Krystal Duncan.

Gretchen stava finendo di parlare con il custode quando Josie sentì il telefono vibrare in tasca. Lo tirò fuori e vide che a chiamarla era la dottoressa Feist; scorse il dito sul comando di risposta.

«Ho cercato di contattare Gretchen, ma non risponde al telefono.» le disse il medico legale quando rispose.

«Sta raccogliendo le dichiarazioni degli addetti.» spiegò Josie. «Che succede?»

«Siamo pronti per portare il corpo all'obitorio, ma prima di procedere immagino che voi due vogliate vedere quello che ho trovato.»

CINQUE

La dottoressa Feist aspettava sotto l'albero al quale Josie aveva condotto Dee Tenney dopo aver trovato il corpo di Krystal Duncan. Il nastro della scena del crimine circoscriveva ancora il perimetro e gli agenti di pattuglia erano rimasti a sorvegliare il posto. Sulla strada, Hummel e Chan avevano riposto la loro attrezzatura, oltre a diverse buste di prove. La dottoressa Feist si era tolta la cuffia e la sventolava con forza davanti al viso, ottenendo solo di spostare aria calda. Quando Josie e Gretchen la raggiunsero, lei si incamminò verso il cadavere e loro la seguirono. L'agente con la cartellina scrisse i loro nomi e sollevò il nastro in modo che potessero passarci sotto. C'erano due paramedici dietro la sagoma genuflessa di Krystal che trasportavano ciascuno un lato di una barella, in attesa di portare via il corpo, e Josie fu estremamente sollevata nel vedere che nessuno dei due era Sawyer Hayes, un altro paramedico che lavorava per il Dipartimento di Pronto Intervento cittadino. Era il nipote di Lisette, anche se non era consanguineo di Josie. Tra la notte in cui avevano sparato a Lisette e gli ultimi giorni in ospedale, aveva avuto un atteggiamento molto aggressivo nei suoi confronti, incolpandola della morte della nonna, e da dopo il funerale non lo aveva più visto, nonostante lo avesse chiamato più volte per sapere come stava. Non aveva risposto alle sue chiamate neanche una volta. Per questo motivo si sentiva sollevata, sapendo che non avrebbe dovuto confrontarsi con lui in un cimitero più caldo dell'inferno, accanto a una donna morta in ginocchio.

Mentre si accostavano al cadavere di Krystal Duncan, il medico legale disse: «Chan pensa che la sostanza sulle labbra sia cera. Ne ha raschiato un po' per farla analizzare, il resto lo raccoglierò io durante l'autopsia e lo includerò tra le prove.»

«Qualcuno le ha versato della cera fusa in bocca?» esclamò Gretchen.

«Non saprei...» disse la dottoressa. «Devo portarla al mio laboratorio per poterlo confermare, ma sembrerebbe proprio di sì.»

«Perché ha un colorito così vitale?» chiese Josie. «È rimasta qui fuori per ore da quando l'abbiamo trovata e sicuramente anche nelle ore precedenti.»

La Feist si accigliò. «Questo tipo di colorito della pelle su un cadavere, dalla tonalità rosa acceso, in assenza di un'esposizione prolungata a un ambiente freddo, suggerisce una morte per avvelenamento da monossido di carbonio o da cianuro.»

Gretchen non poté trattenere un'espressione inorridita. «In vent'anni di lavoro, non credo di aver mai visto una morte per avvelenamento da cianuro. Per quanto riguarda l'avvelenamento da monossido di carbonio, di solito, è frutto di incidente o di suicidio.»

«Questo non è un suicidio.» affermò Josie con vigore. «Non è possibile che questa donna si sia versata della cera calda in gola e si sia inginocchiata, in posa, accanto alla tomba della figlia.»

«Infatti.» convenne la dottoressa Feist «È entrata in rigor mortis mentre si trovava in questa posizione.»

«Sta dicendo che è morta così?» le chiese Josie. «Sulle ginocchia, in questo modo?»

«Ovviamente non posso dirlo con certezza, dovrò eseguire l'autopsia per darvi delle conclusioni ufficiali, ma mi sembra la cosa più probabile. Anche se qualcuno l'avesse tenuta in questa posizione prima del rigor mortis, è improbabile che il suo corpo sarebbe rimasto dritto. Invece, se fosse morta così e poi fosse entrata in rigor mortis senza essere spostata, il corpo sarebbe potuto rimanere facilmente in questa posizione.»

«E dopo l'autopsia lei sarà in grado di determinare se si è trattato di avvelenamento da monossido di carbonio?» si informò Gretchen.

La dottoressa annuì. «Credo di sì. Se è morta per avvelenamento da monossido di carbonio, la muscolatura interna, i tessuti e il sangue avranno tutti un colore rosso ciliegia, in conformità con questo tipo di intossicazione. Nemmeno con la rimozione e l'imbalsamazione dei tessuti si riesce a eliminare quel colore. In tal caso, mi aspetterei di trovare anche delle lesioni in alcune aree specifiche del cervello che sono tipiche di questo tipo di decesso.»

Josie cercò di elaborare nella sua mente questa potenziale notizia: Krystal Duncan era tornata a casa giovedì sera; dopodiché, era sparita e nessuno l'aveva vista uscire né aveva visto che fosse stata portata via. Si era lasciata alle spalle tutti i suoi effetti personali. Eppure, sabato sera era ancora viva e probabilmente lo era stata fino a lunedì mattina, poche ore prima che Dee Tenney si imbattesse nel suo corpo. Questo significava che era stata trattenuta da qualche parte. Allora la domanda era: qualcuno l'aveva uccisa intenzionalmente con il monossido di carbonio o era stato un incidente?

Un'altra occhiata alle labbra sigillate della donna le fece capire che nulla nel modo in cui era morta poteva considerarsi accidentale.

«Riuscirò a farmi un'idea più precisa dell'ora del decesso

dopo aver preso la temperatura interna del corpo e aver fatto dei calcoli basati sulla temperatura di oggi...» annunciò la dottoressa, «ma posso dirvi già adesso che, con questo caldo, mi sarei aspettata un livello di decomposizione più elevato a quest'ora, se non addirittura nel momento in cui è stata scoperta.»

«Perciò, secondo lei, è stata conservata in un luogo fresco prima di essere trasferita qui?» domandò Gretchen.

«Questa sarebbe la mia ipotesi, sì.»

Gretchen scarabocchiò qualche appunto sul suo blocchetto mentre il medico legale si inginocchiava accanto a Krystal. Dalla tasca della sua tuta in Tyvek estrasse un paio di guanti di lattice e li infilò. «Avrei potuto aspettare fino a dopo l'autopsia per informarvi di questa cosa, ma ho pensato che avreste voluto vederla ora.»

Josie osservò mentre la dottoressa scostava con delicatezza l'avambraccio destro di Krystal dalla sua posizione sulla cintola, operazione resa difficile dal rigor mortis, ma riuscì a tenerlo lontano quanto bastava e per il tempo necessario affinché Josie e Gretchen potessero capire perché le aveva chiamate: l'interno dell'avambraccio di Krystal era di un bianco intenso rispetto al rosa del resto della carnagione. Come se avesse letto nella loro mente, la Feist disse: «Si chiama sbiancamento da contatto. In pratica, con l'inizio del livor mortis, il sangue di una persona si deposita nelle parti del corpo più vicine al terreno, a seconda della sua posizione. Di solito è proprio in quel momento che si nota il colore viola intenso della pelle della persona, da cui il livor mortis appunto. Se la persona viene trovata sulla schiena, il sangue si deposita di solito lungo la schiena e le gambe. Se viene trovata a pancia in giù, il sangue si deposita nella parte anteriore del corpo. Si può vedere il punto in cui si è formata la macchia ipostatica, qui, su questa donna, ma poiché sospetto che si tratti di avvelenamento da monossido di carbonio, il colore è rosso ciliegia anziché viola. In ogni caso, lo sbiancamento da contatto è un fenomeno che si verifica quando alcune aree del corpo vengono compresse in modo che il sangue non vi si depositi. Ecco perché l'avambraccio appare bianco.»

Ma l'area di pelle bianca all'interno dell'avambraccio di Krystal non era il motivo per cui la dottoressa Feist le aveva chiamate a vedere il corpo. Sulla superficie pallida del braccio di Krystal qualcuno aveva scritto qualcosa con un pennarello indelebile nero.

«È un nome?» chiese Gretchen, lasciando cadere il blocco note e la penna per scattare qualche foto con il cellulare.

«Non lo so.» disse il medico, lasciando che il braccio tornasse nella sua posizione originale. «Il mio compito è quello di dirvi quanto più possibile su come è morta questa donna. Questo è un mistero per la vostra squadra.»

Josie studiò ancora le lettere, cercando di decifrare qualcosa che sembrava non avere alcun senso. Le lettere, scritte in maiuscolo, componevano una parola: *STROPI*.

SEI

Josie e Gretchen si fermarono vicino alla tomba di Bianca Duncan a osservare i paramedici che ce la mettevano tutta per caricare il corpo rigido e piegato di Krystal Duncan sul retro dell'ambulanza. Il rigor mortis poteva essere rotto flettendo le articolazioni, ma di questo si sarebbe occupata la dottoressa Feist prima di eseguire l'autopsia. Per il momento, i paramedici avrebbero dovuto trasportare il cadavere nella posizione in cui l'avevano trovato. Quando se ne furono andati, Josie si rivolse a Gretchen. «Quella parola, "Stropi", ti dice qualcosa?»

Gretchen sfogliò alcune pagine del suo taccuino. «No. Non so proprio a cosa pensare. Dovrò tornare in centrale e rivedere nel file delle persone scomparse, ma non ricordo nessun nome di persona, luogo o cosa come Stropi.»

«E se fosse una persona che si chiama Stropiani?» si chiese Josie. «Potrebbe darsi che Stropi sia un diminutivo. Oppure, che il responsabile non abbia finito di scriverlo. O magari è stata Krystal a scriverlo, cercando di dirci qualcosa su chi le ha fatto questo, ma non ha avuto la possibilità di finire. Se era già in rigor mortis quando l'assassino l'ha spostata con le braccia avvolte intorno alla vita in quel modo, è molto probabile che non abbia visto cosa si era scritta sul braccio.»

Gretchen annuì e si incamminò verso la strada. «Sì, è un'eventualità da considerare, anche se sarebbe stata una leggerezza piuttosto madornale da parte dell'assassino. Potrebbe anche darsi che proprio l'assassino abbia cercato di scriverlo quando il corpo è entrato in rigor mortis, ma non sia riuscito a finire perché tenere lontano il braccio dal busto gli richiedeva uno sforzo eccessivo.»

«Anche questo è possibile.» concesse Josie.

«Andrò a parlare di nuovo con il principale e con i colleghi di Krystal.» disse Gretchen. «Magari riuscirò ad avere accesso alla documentazione su cui stava lavorando e a vedere se c'è qualche indizio su cosa significhi "Stropi". Potrei anche cercare di farmi dare dei campioni della calligrafia dal responsabile di Krystal e vedere se corrispondono a quella sull'avambraccio. In ogni caso, questo dettaglio non lo comunicheremo alla stampa.»

Josie la seguì, storcendo il naso quando le arrivò l'odore del suo corpo dopo quasi un'intera giornata trascorsa al caldo del cimitero. «Buona idea.»

Gretchen, da sopra la sua spalla, aggiunse: «Vieni in centrale?»

Josie si fermò sul ciglio della strada, spostando lo sguardo tra l'auto con cui era arrivata Gretchen e la sua. «Se per te è lo stesso, vorrei andare a casa a farmi una doccia prima.»

Gretchen si fermò accanto all'auto di Noah, che l'aveva lasciata lì per lei e facendosi vento con il taccuino le chiese: «Preferisci venire più tardi? Per scrivere il tuo rapporto?»

«No, io...» e si interruppe lì. Che cosa le prendeva? In qualsiasi altro momento della sua vita avrebbe fatto di tutto per tornare al lavoro. Normalmente sarebbe stato un sogno che si realizzava poter tornare un giorno prima. Che diamine le stava succedendo? E dall'espressione perplessa di Gretchen, intuiva che anche lei si stava chiedendo la stessa cosa; tuttavia, non le fece pressioni e si limitò a dire: «Domani, per prima cosa, allora. Se il capo ci dà l'approvazione, potrai lavorare con me su questo caso. Sono sicura che la dottoressa Feist avrà i risultati dell'autopsia entro domani. Nel frattempo, io guardo cosa posso trovare in merito a questa storia di "Stropi".»

Josie le rivolse un debole sorriso mentre entrava in macchina. «Grazie. Ci vediamo domani.»

Se ne andò prima che Gretchen potesse cambiare idea e cercare di convincerla a seguirla in centrale quella sera stessa. All'inizio voleva tornare a casa, ma poi, in una decina di minuti, si ritrovò fuori dal negozio di liquori a fissare la vetrina. La bocchetta dell'aria condizionata le soffiava in faccia aria fredda. Ora che il sudore le si era asciugato addosso le stava venendo la pelle d'oca. Il ricordo del Wild Turkey che le bruciava la gola e lo stomaco, riscaldandola e calmando i suoi pensieri confusi, la chiamava come il canto di una sirena. Erano anni che non sentiva una sete simile. *Solo un bicchierino*, disse una voce nella sua testa, *due al massimo*. Adesso il Wild Turkey si trovava in commercio anche in bottiglie tascabili. Poteva comprarne un paio, berle e buttarle nel bidone della spazzatura proprio lì, nel negozio, prima di tornare a casa. Noah era ancora al lavoro, Gretchen aveva la sua macchina. Nessuno l'avrebbe saputo. Avrebbe avuto tutto il tempo di farsi la doccia e lavarsi i denti prima che Noah tornasse a casa.

Josie gemette. Non c'era dubbio che, da quando aveva iniziato le sedute di terapia qualche settimana prima, la dottoressa Rosetti avesse parlato più di lei. Josie le aveva raccontato una versione senza particolari e senza emozioni della sua orribile infanzia e anche dopo che la dottoressa le aveva fatto diverse varianti della domanda "Questa cosa come ti ha fatto sentire?", lei si era rifiutata di attribuire le sue emozioni agli eventi che raccontava. Eppure, erano emerse ogni volta che aveva parlato dell'omicidio di Lisette, per quanto avesse cercato di compartimentare il suo dolore e i suoi traumi. La cosa che la dottoressa amava ripetere in continuazione era: "Accoglilo e basta. Accetta queste emozioni. Lascia che ti attraversino".

Mandare giù due bicchieri di Wild Turkey non era certo un tentativo di affrontare le sue emozioni. Quello che voleva era cancellarle, eliminarle, spingerle ai margini della sua coscienza. Stringendo il volante fino a sbiancare le nocche, Josie lasciò che i sentimenti che turbinavano dentro di lei si diffondessero da quel luogo della sua mente dove non aveva mai osato andare. Il disagio divenne fisico. Un peso che le premeva sul petto. Un martellamento nelle tempie. Una fitta alla gola. Si chiese se ci fosse un modo per fermarlo. Una volta liberate le sensazioni, le avrebbe potute ricacciare indietro? O avrebbe avuto bisogno del Wild Turkey per farlo? La dottoressa Rosetti diceva sempre che non erano altro che emozioni e che sarebbero passate, ma la stretta al petto e il formicolio alle dita le suggerivano tutta un'altra storia. Le immagini che si susseguivano nei suoi incubi erano reali anche alla luce del giorno e le affollavano la vista. Il corpo di sua nonna che sussultava quando il primo colpo di fucile la investiva. Lisette che cadeva e si rialzava, prendendosi il secondo proiettile quando si era messa di fronte a lei con quella forza sovrumana che nasce dall'amore di una madre.

L'amore di una madre.

Per tutta la sua infanzia, soltanto Lisette l'aveva amata con tanta intensità. E adesso non c'era più. Josie sentì aprirsi dentro di sé una voragine buia e senza fondo. Non credeva a Paige Rosetti quando diceva che le emozioni non erano altro che sensazioni e che non potevano farle del male. I demoni che emergevano dalle spaccature della sua anima l'avrebbero consumata. Con mani tremanti, fece inversione di marcia. Che cosa potevano fare un paio di bicchierini di Wild Turkey contro questo dolore?

Con passi leggeri, i suoi piedi toccarono l'asfalto del parcheggio. Le gambe tremanti si distesero, portandola alla sua massima altezza. Poi sentì un rumore. Un leggero tintinnio, talmente poco familiare che cercò di identificarlo immediatamente, anche attraverso il panico che le stava salendo dentro. Guardando per terra, vide il piccolo braccialetto con le perline del rosario che il suo capo, Bob Chitwood, le aveva regalato quando Lisette giaceva in fin di vita nel letto d'ospedale. Si chinò per raccoglierlo, chiudendolo nel palmo della mano. I grani erano di un verde scuro lucido davvero bello e appesa c'era una medaglietta che mostrava una donna in abiti fluttuanti. Intorno alla sua testa c'erano le parole: *Nostra Signora che Scioglie i Nodi.*

Josie non era cattolica. Non era nemmeno particolarmente religiosa. Tra ciò che le era capitato nella sua infanzia e le atrocità che vedeva sul lavoro, le era difficile credere in qualcosa che andasse oltre la depravazione degli esseri umani. Nemmeno il suo capo era cattolico. E tanto meno gentile. Bob Chitwood era stato assunto dal sindaco quattro anni prima. Era un tipo aggressivo e pronto agli scatti d'ira e, negli anni in cui aveva diretto il Dipartimento, non sembrava aver mai stretto amicizia con nessuno. Ma a suo modo, con quel braccialetto, aveva cercato di aiutarla e di confortarla. Nemmeno lei avrebbe saputo dire con certezza quale delle due cose. Ricordò la conversazione che avevano avuto fuori dall'ospedale, mentre sua nonna in un letto combatteva per rimanere in vita.

«*Non capisco, Signore.*»

Lui aveva allungato una mano verso di lei e le aveva fatto chiudere le dita intorno al braccialetto. «Un giorno ti racconterò la storia di come ho avuto questo piccolo rosario. Tutto quello che ti basta sapere per il momento è che, anche se non hai pregato neanche un giorno in tutta la tua vita, quando una persona che ami sta morendo, impari a farlo molto velocemente. Questo me lo ha detto una persona che credeva profondamente nel potere della preghiera e, in quel momento, mi è stato di grande conforto. Magari per te non significherà nulla. Non lo so. Comunque sia, se è arrivata l'ora di tua nonna, non c'è niente che possa tratte-

nerla qui. Ma tu? Avrai bisogno di tutto l'aiuto possibile. Tienilo stretto finché non sarai pronta a restituirmelo. E Quinn... lo rivoglio.»

«Come faccio a sapere quando sarò pronta a restituirglielo?» gli aveva chiesto.

Chitwood aveva iniziato ad allontanarsi e da sopra la spalla le aveva risposto: «Oh, lo capirai.»

Josie non aveva ancora capito quale fosse stato lo scopo di Chitwood o di come avrebbe fatto a capire quando restituirgli il rosario. Le sembrava una specie di prova e, come spesso temeva quando si aveva a che fare con Chitwood, aveva paura di fallire. L'unica cosa di cui era sicura era che il momento di restituirgli il braccialetto doveva ancora arrivare. Doveva aspettare.

«Non sono pronta.» mormorò tra sé, tenendo strette le perline calde nella mano.

«Mi scusi? Sta bene?» le chiese un uomo che, mentre le passava accanto, si era fermato a pochi metri da lei.

Josie si guardò intorno, interrompendo le sue riflessioni. La portiera della sua auto era aperta e lei ci si era fermata accanto, con i vestiti sgualciti e ormai madidi di sudore asciutto, stringendo tra le mani un rosario. Si costrinse a sorridere allo sconosciuto.

«Sì...» disse. «La ringrazio, sto bene. Io... devo andare a casa.»

Risalì in macchina e infilò di nuovo il braccialetto in tasca.

Una volta a casa, lasciò che Trout le coprisse il viso di leccatine e lei ricambiò accarezzandolo e dandogli tutte le attenzioni necessarie. Poi si fece una doccia e ordinò una pizza. Quando si era già sistemata al tavolo della cucina per cercare informazioni su Krystal Duncan in rete, Noah tornò a casa. Salutò Trout ed entrò in cucina, posandole un bacio sulla fronte prima di prendere un trancio di pizza.

«Hai avuto una giornata interessante.» commentò.

«Oh, puoi dirlo forte.» rispose Josie. «Ci sono novità sul caso di Krystal Duncan?»

«No.» rispose Noah. «Gretchen sta cercando di capire cosa significa "Stropi". Domani mattina alle dieci incontrerà la dottoressa Feist per esaminare i risultati dell'autopsia.»

«Ci andrò anch'io.» annunciò Josie.

SETTE

L'obitorio comunale si trovava nel seminterrato del Denton Memorial Hospital, un grande ospedale costruito su una collina che dominava la città. Tutti gli altri piani offrivano una bella vista sulla piccola metropoli di Denton e sulle montagne circostanti, ma il seminterrato era privo di finestre e con le sue piastrelle ingiallite e sporche, e le pareti che da bianche erano ormai ingrigite dal tempo e dalla sporcizia, sembrava uscito da un film dell'orrore. Era sicuramente il posto più tranquillo dell'edificio. I passi di Josie e Gretchen risuonavano nel lungo corridoio mentre si dirigevano verso l'obitorio, che consisteva in una stanza per le analisi molto grande, un reparto refrigerato per conservare i corpi e l'ufficio della dottoressa Feist. La trovarono nella sala autoptica, china su un computer portatile posto su uno dei ripiani in acciaio inox che fiancheggiavano la parete di fondo. Indossava il suo solito camice blu scuro e si era legata i capelli biondo argentato in una coda di cavallo. «Detective...» le salutò con un sorriso. «Entrate.»

L'odore che permeava quell'ambiente, anche in assenza di cadaveri, faceva sempre rapprendere qualsiasi alimento o bevanda Josie avesse nello stomaco. Nemmeno i prodotti chimici che la dottoressa Feist e il suo assistente usavano per disinfettare regolarmente ogni superficie riuscivano a coprire l'onnipresente tanfo di putrefazione. Tuttavia, Josie riuscì a sorridere alla dottoressa. «È bello rivederla in azione.» le disse la Feist.

Josie annuì. Il suo sguardo vagò verso i tavoli da visita. Uno era vuoto, ma sull'altro c'era disteso un corpo, coperto da un lenzuolo.

«È lei.» disse la dottoressa Feist. «Sono riuscita a vincere il rigor mortis. Sono anche riuscita a identificarla con un documento d'identità fornito dal vostro Dipartimento, che mi risulta abbiate trovato a casa sua.»

«Esatto.» disse Gretchen.

«La causa della morte è quella che avevo ipotizzato: avvelenamento da monossido di carbonio. I risultati sono piuttosto caratteristici; infatti, gli organi, la muscolatura e i visceri hanno la colorazione rosso ciliegia tipica di questo genere di decessi. Ho riscontrato anche i caratteristici edemi polmonari e una congestione degli organi. Una misurazione del livello di carbossiemoglobina ci dirà quanto monossido di carbonio aveva nel sangue, ma non ho l'attrezzatura per fare questi esami qui, quindi, ho inviato alcuni campioni di sangue al laboratorio della polizia. Dato che i risultati potrebbero richiedere del tempo, il mio referto non sarà definitivo finché non avrò i risultati di questi e degli altri esami tossicologici standard, ma intanto posso dirvi con certezza che questa donna è morta per avvelenamento da monossido di carbonio. La modalità del decesso è l'omicidio. Inoltre, l'agente Chan aveva ragione: la sostanza sulla bocca era cera. Come vi ho detto ieri, la vostra squadra ha inviato alcuni campioni per analizzarli, ma ha tutto l'aspetto di cera di candela. Chiunque sia stato a farle questo, gliel'ha versata in bocca.»

Josie trasalì. «È riuscita a stabilire se l'hanno fatto mentre era ancora viva?»

La dottoressa Feist scosse la testa. «È molto difficile da determinare. Ci sono delle bruciature più profonde all'interno della gola. Mi ci è voluto parecchio tempo per estrarre la cera e comunque non sono riuscita a rimuoverla tutta. Ci sono danni all'ugola, all'epiglottide e alla faringe... insomma, a tutte le strutture che si trovano nella parte interna della bocca. Stranamente, non ce ne sono tanti alle gengive o all'interno delle guance, né alle labbra.»

Gretchen aveva tirato fuori il taccuino e si era messa a scarabocchiare appunti mentre il medico legale esponeva i risultati delle analisi, ma in quel momento si fermò, con la penna a mezz'aria, e disse: «Com'è possibile? Non dovrebbe essersi ribellata? Non avrebbe dovuto dimenarsi? Penso che nessuno si lascerebbe versare della cera bollente giù per la gola senza opporre un minimo di resistenza.»

«A meno che il responsabile non avesse un complice che le teneva la testa mentre gliela versavano.» suggerì Josie.

Il medico legale annuì. «Sì, non è da escludere, ma data la parziale ustione, è più probabile che la cera le sia stata versata mentre spirava.»

«Intende dire nel momento del decesso.» riformulò Gretchen.

«Proprio così. Dovete tenere presente anche che doveva essere estremamente disorientata. L'avvelenamento da monossido di carbonio provoca mal di testa, nausea, vertigini, debolezza, stanchezza. Se la cera le è stata versata in gola mentre stava morendo, è probabile che a quel punto non sapesse nemmeno cosa le stava succedendo. Questo spiegherebbe la grande precisione con cui la cera è stata versata, in modo da danneggiare le strutture più profonde della gola e della bocca, ma non tanto le guance o le labbra.»

«C'è un modo per sapere per quanto tempo è stata esposta al monossido di carbonio?» volle sapere Josie.

La dottoressa Feist scosse la testa. «Dipende dalle dimensioni della struttura in cui si trova la persona esposta alle esalazioni e dalla concentrazione di monossido di carbonio. Potrebbero volerci diverse ore come meno di un'ora. Non c'è modo di saperlo con certezza. In tutti i casi che ho visto nella mia carriera, che si sia trattato di suicidio o di incidenti, la vittima è sempre stata ritrovata nel luogo in cui erano avvenuti l'avvelenamento e il decesso. Ma in questo caso, non ne ho proprio idea.»

Gretchen sospirò. «E che può dirci sull'ora del decesso?»

La dottoressa si rabbuiò. «È un po' complicato. Non posso restringere il campo quanto vorrei, ma posso dirvi questo: quando è stata trovata, era in pieno rigor mortis, che di solito appare tra una e sei ore dopo la morte.»

«È una finestra enorme.» disse Josie.

Il medico alzò una mano. «Ma la media è da due a quattro ore. Livor mortis e rigor mortis di solito si manifestano insieme. Come vi ho spiegato ieri, il livor mortis si verifica quando il sangue si deposita nelle zone del corpo più vicine al terreno, provocando così la decolorazione. Si verifica da trenta minuti a quattro ore dopo la morte e si stabilizza tra le otto e le dodici ore. Una volta stabilizzato, anche spostando il corpo l'area di decolorazione non cambia.»

«Invece, se si sposta il corpo prima che il livor mortis si stabilizzi, l'area di decolorazione cambia.» concluse Gretchen.

«Esattamente.» disse la dottoressa.

Josie chiese: «Cosa è successo quando il corpo di Krystal Duncan è stato spostato dal cimitero all'obitorio?»

«Il sangue si è depositato altrove.» rispose Anya Feist. «Vedete?» ripiegò il lato destro del lenzuolo per esporre il braccio di Krystal, che ora giaceva lungo il suo fianco, con il palmo rivolto verso il basso. La dottoressa Feist tirò su il braccio in modo che potessero vedere la parola "Stropi" scritta sulla parte interna dell'avambraccio. Nel punto in cui al cimitero la pelle appariva bianca come il latte, dopo lo spostamento era diventata di un rosso vivo. «Il livor mortis non si era stabilizzato quando l'avete trovata ieri mattina. Tuttavia, era in rigor mortis. Doveva essere morta e lasciata in posa per un po' di tempo per entrare in rigor mortis in quella posizione. È probabile che chiunque l'abbia portata al cimitero abbia avuto gli stessi problemi che hanno avuto i paramedici ieri.»

«Vuol dire che era già in quella posizione quando l'assassino l'ha spostata?» chiese Josie.

«Credo di sì.» rispose la dottoressa Feist. «La posizione in cui l'avete trovata nel cimitero è la stessa in cui si trovava quando è morta. L'assassino le ha versato della cera in gola mentre stava morendo, poi l'ha lasciata così per un periodo compreso tra una e quattro ore, a quel punto è andata in rigor mortis e dopo è stata spostata.»

«Quindi l'assassino l'ha esposta al monossido di carbonio per un tempo sufficiente a ucciderla, l'ha fatta mettere in ginocchio e le ha sigillato le vie respiratorie e le labbra con della cera, e infine l'ha lasciata così per qualche ora.»

«Precisamente.» confermò la dottoressa. «Questa è la mia ipotesi.»

«È stata spostata dopo l'insorgere del rigor mortis, ma prima che il livor si stabilizzasse. Ciò significa che, quando Josie l'ha trovata nel cimitero, ieri mattina alle dieci, era morta da meno di otto ore.» concluse Gretchen. «Non è una finestra molto stretta, dottoressa.»

«Purtroppo, non la posso restringere più di così. Nemmeno la temperatura corporea mi fornisce informazioni sufficienti per potervi dare un'indicazione temporale più precisa. In genere, la temperatura corporea scende di circa un grado e mezzo ogni ora dopo la morte, ma si abbassa più rapidamente se il corpo viene lasciato in una zona fresca. Supponendo che da un'area refrigerata sia stata spostata al cimitero, la temperatura avrebbe cominciato a risalire quanto più a lungo fosse rimasta all'aperto e al caldo. È per questa ragione che in questo caso la temperatura non è un fattore affidabile per determinare l'ora precisa della morte.»

«Qualche segno di violenza sessuale?» chiese Josie.

«No, nessuno.»

«Non c'è nient'altro? Pelle sotto le unghie? Ferite lievi?»

«Niente di niente.» disse la dottoressa Feist. «Niente che possa aiutarvi a identificare l'assassino. Però c'è un altro particolare degno di nota.» Si avvicinò alla mano di Krystal, separando il dito medio dagli altri e tenendolo in modo che potessero vedere il lato della prima nocca. «Credo che Krystal fosse destrorsa. Qui si vede un callo, che è esattamente il punto su cui premeva la penna o la matita quando scriveva.»

«Io scrivo con la mano destra.» intervenne Gretchen. «Ma non ho nessun callo.»

«Non vengono a tutti. La presenza del callo si può spiegare supponendo che tenesse le penne troppo strette, oppure che prendesse molti appunti sul lavoro. Ha anche una cicatrice sul palmo della mano dovuta a quello che, ritengo, sia un intervento per la sindrome del tunnel carpale...» la dottoressa Feist sollevò delicatamente la mano di Krystal in modo da mostrare il palmo della mano: benché fosse rosso come una ciliegia, dato che Krystal era rimasta a palmi in giù nell'obitorio fino a quando il livor mortis non si era stabilizzato, si poteva comunque vedere la sottile cicatrice argentata al centro, nel punto in cui la mano e il polso si incontravano.

«È molto frequente che la sindrome del tunnel carpale si sviluppi nella mano con cui si scrive.»

«Se era destrorsa, tenderei a escludere che sia stata in grado di scrivere sul braccio destro.»

«È dove volevo arrivare.» disse la Feist.

Con una mano si soffermò sul corpo di Krystal. Scosse leggermente la testa. «Che tristezza...» mormorò quasi tra sé e sé. Poi si sforzò di fare un sorriso e tornò a guardarle. «Temo di non potervi essere d'ulteriore aiuto, detective.»

«Lavoreremo con quello che ci ha detto.» le garantì Gretchen.

OTTO

Tornate nel parcheggio, si sedettero un attimo nell'auto di Gretchen con l'aria condizionata a palla mentre Gretchen prendeva ancora qualche appunto. Si preannunciava un'altra giornata torrida, non era neanche mezzogiorno e il caldo e l'umidità erano praticamente insopportabili.

«Questo assassino sta cercando di mandare un messaggio di qualche tipo.» disse Josie.

«Stavo pensando la stessa cosa.» disse Gretchen senza alzare lo sguardo dai suoi appunti.

«La cera sigilla le labbra. Non si versa la cera in gola a qualcuno quando sta già esalando gli ultimi respiri senza un buon motivo.»

«L'avvelenamento da monossido di carbonio è strano, non ti sembra?» chiese Josie. «Non l'ho mai visto, non in un'indagine per omicidio. Come hai detto tu, è sempre accidentale o un suicidio. Chiunque sia stato, per farlo avrebbe avuto bisogno di uno spazio chiuso da riempire di monossido di carbonio.»

«Esatto. La sistemazione più semplice sarebbe un garage, secondo me. Ci si può lasciare dentro un'auto e metterla in moto.» rispose Gretchen. Alzò lo sguardo dai suoi appunti, battendo la penna sul blocco. «Che cosa dobbiamo cercare qui, dal punto di vista psicologico? Avrà usato l'avvelenamento da monossido di carbonio perché era meno violento e complicato di un colpo di pistola o di un accoltellamento?»

«È meno ravvicinato dello strangolamento o del soffocamento.» aggiunse Josie. «Oppure potrebbe averlo usato perché voleva vederla soffrire e spegnersi lentamente...»

«Ottima osservazione. Considerando la cera, il messaggio sul braccio, la tomba della figlia, non credo che l'assassino sia spinto da una violenza dirompente.»

«Allora torniamo alla questione del messaggio che sta cercando di inviare.» disse Josie. «Stava cercando di farla tacere con la cera?»

Gretchen posò il blocco note e la penna sul cruscotto e mise in moto l'auto, uscendo lentamente dal parcheggio. «Avrebbe senso, ma allora perché scrivere un messaggio sul braccio? Perché lasciarla in un luogo pubblico come quello?»

«Perché l'assassino vuole comunicarci tutto ciò che Krystal sapeva.» disse Josie. «Potrebbe darsi che non stesse cercando di farla tacere, ma che volesse farci sapere che stava nascondendo qualcosa. Potrebbe averle sigillato le labbra perché stava mantenendo un segreto.»

Gretchen imboccò la lunga strada che dall'ospedale riportava in città. «Allora perché lasciare un indizio così misterioso? Stropi... Che cosa vorrà dire? È il nome di una persona? Di un luogo? Un segreto tra loro due?»

«Sei riuscita a parlare di nuovo con i suoi colleghi ieri sera?» le chiese Josie.

«Ho parlato con il suo responsabile.» rispose Gretchen. «I suoi colleghi erano fuori per tutta la giornata. Non conosceva il significato della parola "Stropi", ma ha detto che avrebbe chiesto ai dipendenti di fare delle copie di tutti i file su cui Krystal stava lavorando quando è scomparsa.»

Lanciò un'occhiata all'orologio sul cruscotto. «A pensarci

bene, potremmo farci un salto adesso, parlare con un po' di gente e prendere quei documenti.»

«Immagino che quando Krystal è scomparsa abbiate fatto le solite domande al resto del personale, giusto?»

«Certo.» rispose Gretchen. «Era incline a sparire per lunghi periodi di tempo? Conoscevano qualcuno che poteva darle problemi? Aveva in sospeso contrasti con qualcuno o era in cattivi rapporti con un'altra persona? Amici, ex fidanzati, vicini di casa, clienti, chiunque? Di recente aveva espresso il timore di essere pedinata o molestata? Potevano pensare a qualcuno che volesse farle del male? Ho fatto tutte queste domande di routine a tutte le persone che la conoscevano, tra colleghi, vicini e genitori del suo gruppo di sostegno, e invariabilmente hanno risposto sempre "no". Stavamo approfondendo ogni vicolo cieco prima che Dee Tenney si imbattesse nel suo cadavere al cimitero.»

«So che era una madre single, ma aveva qualche tipo di contatto con il padre di sua figlia? Le passava l'assegno di mantenimento? Qualunque cosa? E per quanto riguarda i fidanzati o gli ex fidanzati, le davano problemi?»

«Niente.» disse Gretchen. «Una delle sue colleghe, una donna di nome Carly che evidentemente era la più vicina a Krystal, ci ha detto che Bianca era il frutto di un'avventura di una notte durante una vacanza in Florida. Krystal non si è mai messa in contatto con il padre per dirgli della gravidanza... quindi, ci ha portato in un vicolo cieco. La stessa collega ci ha raccontato che Krystal aveva avuto un paio di compagni quando Bianca era piccola, ma che aveva smesso di uscire quando la bambina aveva cominciato ad andare a scuola, perché non aveva abbastanza tempo né pazienza, e rivolgeva tutta la sua attenzione alla figlia. L'unica cosa utile che Carly ci ha detto è che Krystal non era più la stessa dopo la morte di Bianca e che al lavoro erano tutti preoccupati che potesse tentare il suicidio. Siamo riusciti a entrare nelle sue caselle e-mail personali e di lavoro e nei suoi account di social media, ma non abbiamo trovato elementi utili. Puoi dare un'occhiata alla sua pagina Facebook. Abbiamo avuto pieno accesso al suo account, ma non c'era molto di più di quello che aveva reso pubblico.»

Josie tirò fuori il telefono e cercò Krystal Duncan su Facebook. La foto del suo profilo la ritraeva insieme a una bambina, che Josie suppose fosse Bianca Duncan, che sembrava una fotocopia di sua madre, tranne che per il naso, che era più largo e più piatto. Nella foto, Bianca indossava un paio di jeans e una maglietta nera con la parola *"Love"* stampata a caratteri d'oro. Teneva una mano appoggiata al fianco stretto. Dall'altra parte, Krystal, che indossava un paio di pantaloni cachi e una camicetta rosa a spalle scoperte, stava china in modo da trovarsi guancia a guancia con la figlia. Esibivano entrambe un sorriso raggiante che provocò in Josie una sensazione di tristezza soffocante. Aveva perso molte persone nella sua vita e, sebbene non avesse mai avuto figli suoi, non riusciva a immaginare nulla di peggio che perdere un bambino. Ora sia la figlia che la madre non c'erano più.

Perché?

Josie scorse la pagina di Krystal, ma le impostazioni sulla privacy che aveva scelto erano rigide e tutto ciò che riuscì a ricavarne furono poche altre foto di lei con la bambina. «Sono tutti post vecchi questi...» constatò. «E sono tutti incentrati su Bianca.»

«Esattamente.» disse Gretchen. «Bianca era la sua vita e una volta morta, per Krystal è come se il tempo si fosse fermato. Eccoci arrivate.»

Josie infilò il telefono in tasca e alzò lo sguardo. Lo studio legale per cui lavorava Krystal Duncan si trovava in un edificio di quattro piani in mattoni grigi, in una zona piena di uffici nel punto in cui West Denton confluiva in South Denton. Josie seguì Gretchen all'interno. Presero l'ascensore fino al terzo piano e trovarono lo studio che ospitava gli uffici legali di

Abt&Defeo. All'interno c'era un'elegante area per gli ospiti con grandi divani in pelle lucida che circondavano un tavolino in teak. Lungo una delle pareti c'era un piccolo bar con pile di tazze pulite su cui era impresso il nome dello studio e diverse varietà di caffè e tisane. Una parete divisoria in vetro separava la zona ospiti dal resto dello studio. Dall'altra parte sedeva una giovane donna dai capelli biondi tagliati corti. Quando si avvicinarono, aprì la porta a vetri. Il suo sorriso vacillò quando Gretchen la salutò.

«Siete tornate qui per Krystal, vero?»

«Purtroppo sì.» disse Gretchen.

Josie porse alla donna il suo distintivo. Lei diede un'occhiata superficiale e glielo restituì, presentandosi: «Io sono Carly Howe. Questa mattina abbiamo tenuto una riunione con tutto il personale a proposito di Krystal. Mr. Defeo voleva che ne fossimo informati prima che la stampa lo scoprisse.»

«Mi fa piacere che ve ne abbia parlato.» disse Gretchen. «La stampa ne ha avuto notizia proprio oggi. È dalle sei del mattino che si mettono in contatto con il nostro addetto stampa. Probabilmente la vicenda andrà in onda sul notiziario di mezzogiorno della WYEP.»

Carly scosse lentamente la testa. «È terribile. Non riesco a immaginare... Mr. Defeo ha detto che lei sospetta un omicidio. Non mi capacito di chi potrebbe aver voluto fare del male a Krystal. Ne aveva già passate tante.»

«È quello che vorremmo capire.» disse Josie. «Può dirci se oggi sono presenti tutte le persone che hanno lavorato con Krystal?»

Carly annuì. «Sì, oggi ci sono tutti. Mr. Defeo ha detto che la polizia sarebbe venuta a prendere dei documenti e che avrebbe voluto parlare con noi. Perché non entrate?»

Si sporse sulla destra e si udì un ronzio e il rumore di una serratura che si sganciava. Gretchen abbassò la maniglia e aprì la porta a vetri. All'interno videro la scrivania di Carly coperta di contenitori per documenti. La donna girò intorno alla scrivania e li indicò. «Questa è la documentazione. Posso aiutarvi a portarla in macchina quando sarete pronte a partire.»

«Sarebbe fantastico.» disse Gretchen.

Josie indicò la porta che avevano appena varcato. «È un sistema di sicurezza notevole per uno studio legale che tratta casi di lesioni personali. Avete avuto problemi?»

Carly rise. «Niente di grave. Abbiamo solo molti clienti che amano presentarsi senza appuntamento e vogliono rimanere a chiacchierare per ore. È più facile dir loro che gli avvocati non sono presenti quando non riescono a superare l'ingresso.»

Josie guardò oltre, verso un'area aperta dove erano disposte diverse scrivanie. Solo due erano occupate, una da una donna sulla sessantina e un'altra da una donna sulla quarantina, per quello che poteva valutare. Erano entrambe occupate al telefono, anche se continuavano a lanciare occhiate furtive verso di loro. Oltre le scrivanie c'erano diverse stanze, ciascuna contrassegnata dai nomi dei soci dello studio, Gil Defeo e Richard Abt, e dalle rispettive funzioni: una sala riunioni, una sala d'archivio e una sala ristoro.

«Se preferite, possiamo farvi accomodare nella sala riunioni...» propose Carly.

«Benissimo.» disse Gretchen. «Sarebbe perfetto.»

«La detective Palmer mi ha riferito che in ufficio lei era la più vicina a Krystal.»

Per la prima volta, Josie vide un'incrinatura nella facciata sorridente e accogliente di Carly e i suoi occhi marroni brillare per le lacrime. «Sì. Sono stata io a consigliare a Gil di parlare con la polizia quando Krystal non è venuta al lavoro. Non era assolutamente normale che non rispondesse alle chiamate perché... per dirla tutta, il lavoro era l'unica cosa che le era rimasta dopo la morte della bambina. Non mi è proprio venuto in mente che qualcuno potesse averle fatto del male. Quello che voglio dire è che ho pensato che fosse più probabile che si fosse fatta del male da sola. Ma mai avrei pensato che... Non so chi potrebbe aver fatto una cosa del genere.»

Josie disse: «Il suo capo ha riferito alla detective Palmer che le amicizie di Krystal si erano raffreddate dopo l'incidente dello scuolabus...»

Carly annuì e si appoggiò a una pila di scatole. «È terribile, davvero, ma credo che la gente non sapesse proprio cosa dirle. Come parlarle. È davvero difficile. Cosa si può dire a una persona che ha perso un figlio?»

«Lei che cosa le diceva?» chiese Gretchen.

Carly sbatté lentamente le palpebre, come se fosse sorpresa da quella domanda. «Non le dicevo niente. La ascoltavo.»

«È stata fortunata ad avere un'amica come lei.» commentò Josie.

Carly alzò le braccia in aria e le lasciò ricadere sui fianchi. «Oh, sì, una gran fortuna. Peccato che non ci fossi per lei quando aveva più bisogno di me.»

«Quello che è successo a Krystal non è colpa sua.» le assicurò Gretchen.

Carly mordicchiò l'unghia di un indice. «Immagino che sia così.»

«Se Krystal avesse incontrato un nuovo uomo, o se avesse avuto problemi con qualcuno nella sua vita, pensa che glielo avrebbe detto?» si informò Josie.

«Se me lo aveste chiesto la settimana scorsa, vi avrei detto di sì, ma adesso? Non ne sono tanto convinta.» ammise Carly. «Quello che voglio dire è che credevo che mi dicesse tutto. Sembrava esserle d'aiuto quando parlava con me. Krystal era particolarmente ipersensibile, sapete? Anche prima che Bianca morisse, era sempre ansiosa. Era molto stressata. Stressata per tutto. Ho sempre pensato che fossimo molto unite, ma chi lo sa? Aveva altre amicizie, prima dell'incidente di Bianca, anche se erano più che altro delle conoscenze. Ecco perché fumava...»

Carly si interruppe e si tappò la bocca con una mano.

«Va tutto bene, Carly.» la rassicurò Josie.

Si liberò la bocca e scosse la testa. «Mi dispiace tanto. Era una cosa privata. Non avrei dovuto... Krystal non avrebbe voluto che ne parlassi.»

L'espressione di Gretchen si fece grave. «Carly... Krystal non è più con noi perché una persona molto pericolosa l'ha uccisa. A questo punto, non possiamo sapere cosa potrebbe essere importante per trovare il suo assassino, quindi dobbiamo sapere tutto, anche i particolari più riservati. Le assicuro che non infangherà la sua memoria a dircelo.»

Carly guardò verso le sue colleghe, ma stavano ancora parlando al telefono. Le sue spalle si afflosciarono, si strinse le braccia attorno alla vita e, abbassando la voce, disse: «Quello che mi dispiace è che non faranno altro che parlare di lei in televisione, capite? Tra il processo all'autista dello scuolabus e il suo omicidio... i media si ritrovano con un tesoro per le mani. E io non voglio che la sua reputazione sia rovinata. So che suona come una stupidaggine, ma era mia amica.»

«Faremo tutto il possibile per tenere lontano dalla stampa qualsiasi cosa ci dirà.» le promise Josie.

«Daranno a credere che sia stata una cattiva madre, ma non è così. Non lo era per niente. L'incidente dello scuolabus non è stato colpa di nessuno, se non dell'autista. Era ubriaco. Ma questo non importa alla stampa. Diffonderanno la voce che sia stata colpa di Krystal se Bianca era sullo scuolabus ed è morta, solo perché... che diamine, non è mica un crimine far salire tuo figlio sullo scuolabus, indipendentemente da quello che fai nel tempo libero.»

«Carly...» disse Gretchen. «Faremo tutto il possibile per proteggere la reputazione di Krystal. Su questo ci può contare.»

Carly sospirò, si prese un attimo di pausa e poi disse: «Fumava erba, d'accordo? Un sacco. Ogni giorno. Ma mai quando doveva lavorare o prendersi cura di Bianca. Lo faceva di notte, dopo aver messo a letto Bianca. Diceva che era l'unica cosa che la aiutava.»

«Marijuana a uso terapeutico?» puntualizzò Josie. «Prescritta da un medico?»

«No.» disse Carly a bassa voce.

Josie lanciò un'occhiata a Gretchen, che scosse bruscamente la testa. Era il loro modo di comunicare sul lavoro. Un botta e risposta silenzioso: Josie le aveva già chiesto se avessero trovato della marijuana a casa di Krystal e Gretchen aveva risposto di no. Tornando su Carly, Josie le chiese: «Prendeva anche qualcos'altro?»

«No, mai. Beveva un po' di vino ogni tanto, ma niente di più. Ma la stampa non la vedrà così. Se i giornali venissero a sapere che si faceva di erba, ingigantirebbero la cosa a dismisura e la storia non riguarderebbe più la morte dei bambini o l'omicidio di Krystal, ma il fatto che Krystal era una specie di tossicodipendente e quindi una pessima madre, cosa che non era affatto.»

Gretchen le chiese: «Ha idea di dove si riforniva?»

Carly si strinse più forte le braccia in vita. «No, non lo so. Da un tizio sotto l'East Bridge. È tutto quello che mi ha detto.»

«Grazie, Carly.» disse Josie. «Ci è stata davvero utile.»

Carly non sembrava convinta e un attimo dopo spalancò gli occhi. «Pensate che sia stato il suo spacciatore a farle questo?»

«A questo punto non siamo proprio in grado di dirlo...» disse Gretchen. «Ma indagheremo sulla persona che le forniva la marijuana e da lì andremo avanti.»

«C'è qualcun'altro con cui Krystal si confidava?» chiese Josie. «Qualcun'altro con cui potrebbe aver stretto amicizia?»

«Nessuno che mi venga in mente. Cioè, a parte il gruppo di sostegno a cui partecipava, quello dei genitori dei bambini morti nell'incidente insieme a Bianca.»

«L'ha menzionato anche l'ultima volta che abbiamo parlato.» disse Gretchen. «Ho parlato con gli altri genitori, ma nessuno l'ha vista dall'ultima riunione e nessuno ha idea di dove possa essere stata. Potrebbe valere la pena di parlare con la persona che gestisce il gruppo per vedere se ha qualche informazione. Per caso, sa come si chiama? O dove si riunisce il gruppo?»

«No, mi dispiace. Ma sono sicura che se chiedete a uno degli altri genitori, potrà dirvelo.»

«Grazie.» disse Josie. «Un'ultima cosa prima di parlare con i suoi colleghi. Per caso la parola "Stropi" le dice niente?»

Carly aggrottò la fronte. «Stropi?» chiese. «Che cos'è? Un nome?»

«Non lo sappiamo.» disse Josie. «Ci stavamo solo chiedendo se avesse un significato per lei o se avesse mai sentito Krystal parlare di una persona o di un luogo chiamato "Stropi" o qualcosa di simile magari...»

«No, mi dispiace.» disse Carly. «Ma da dove l'avete tirato fuori?»

«Questo non lo possiamo divulgare.» le disse Gretchen.

NOVE

Passarono più di due ore allo studio Abt&Defeo a interrogare il resto dei membri del personale e i due avvocati, ma nessuno aveva qualcosa da aggiungere a ciò che Carly aveva già raccontato e nessuno aveva idea di cosa volesse dire la parola "Stropi", né come nome, né come luogo, né tantomeno come abbreviazione di un nome di persona o di luogo. Alla fine, caricata quasi una dozzina di scatole nel bagagliaio dell'auto di Gretchen, si diressero a pranzo.

«Primo giorno di rientro...» annunciò Gretchen accostando davanti al ristorante preferito di Josie. «Offro io.»

Josie le fece un sorriso. Entrando trovarono un tavolo in un angolo in fondo al locale, dove potevano discutere i delicati dettagli di un caso di omicidio senza essere disturbate e senza allarmare nessuno.

«Hai già visto il capo?» le chiese Gretchen dopo che la cameriera ebbe preso le loro ordinazioni.

«No. Sono arrivata stamattina presto, ma lui non è uscito dal suo ufficio.»

«È ancora incazzato.» la avvertì Gretchen.

Josie si frugò in tasca e sentì i grani del rosario, caldi contro la punta delle dita. « E sarebbe una novità?»

Gretchen rise. «Buona questa.» Mise il taccuino sul tavolo, ma non lo aprì. Prima, il suo sguardo si fissò su Josie. «Stai bene?»

Lei fece una scrollata di spalle, sentendo la saliva in bocca seccarsi. Ripensò all'errore evitato per un soffio nel parcheggio del negozio di liquori il giorno prima. *Ma non sono entrata,* ricordò a se stessa.

«Josie...» disse Gretchen, facendole capire subito che le stava parlando seriamente perché non la chiamava quasi mai per nome; per lei era sempre "boss", da quando era stata il capo della polizia ad interim prima dell'assunzione di Chitwood e tutti all'interno del dipartimento avevano preso l'abitudine a chiamarla "boss". Era stata lei ad assumere Gretchen. E anche dopo l'arrivo di Chitwood a capo del Dipartimento, gli agenti avevano continuato a chiamarla in quel modo.

Josie deglutì, sforzandosi di non lasciare che la voce si incrinasse quando parlò. «Sto... sto...»

«Non dire che stai bene. Non è una risposta accettabile.»

«Perché tutti vogliono parlare sempre di certe cose?» esclamò Josie irritata. Le parole le uscirono prima che potesse moderare il tono. Gretchen scoppiò in una bella risata di pancia vecchio stile.

«Sono seria.» sottolineò Josie, vedendo che Gretchen non la smetteva.

«Lo so.» disse Gretchen alla fine, calmandosi con un sospiro. «Lo so che sei seria. La risposta facile alla tua domanda è che siamo preoccupati per te. La ragione per cui te l'ho chiesto è che secondo me, quando abbiamo a che fare con cose grandi e difficili, non ci rendiamo nemmeno conto di quello che sentiamo finché non cerchiamo di dirlo ad alta voce. Almeno, qualche volta. Ma mi rendo conto che chiederti se stai bene dopo aver perso tua nonna è una domanda piuttosto stupida... quindi la riformulo: quanto non stai bene in questo periodo?»

Questa volta toccò a Josie ridere perché nei quattro mesi trascorsi dall'omicidio di sua nonna, questa era la domanda migliore che le avessero fatto.

«Se in una scala da uno a dieci, dieci significa che non riesco nemmeno a fare le cose più semplici e ho solo voglia di morire, e uno è una leggera sensazione di disagio, direi che mi trovo su un sei. Anche se sembra cambiare ogni ora.»

Rimasero in silenzio mentre la cameriera portava da bere. Quando se ne andò, Gretchen disse: «Mi sembra appropriato. Se arrivi a otto o nove, chiamami, siamo intesi? So che hai Noah, ma puoi contare anche su di me.»

«E che cosa dovrei dirti?» le chiese Josie con tono solo parzialmente scherzoso, perché non era brava a gestire le proprie emozioni. «"Ehi Gretchen, sono arrivata a otto"? Oppure pensi che sia meglio trovarci una parola segreta o qualcosa del genere?»

La cameriera tornò per lasciare davanti a loro le portate principali. Anche in questo caso, Gretchen aspettò che se ne fosse andata per riprendere a parlare. «Certo, perché no?» Guardando il suo piatto, disse: «Se arrivi a otto, tutto quello che devi fare è dire "ravioli", e qualsiasi cosa stiamo facendo, ovunque siamo, ti porterò fuori di lì. O verrò a prenderti. Qualunque sia la situazione.»

«Ravioli...» ripeté Josie, incapace di reprimere un sorriso.

«Brava!» disse Gretchen, scavando nel suo piatto di pasta.

Josie la guardò mangiare per qualche secondo. Poi diede un morso al suo hamburger e tornò a pensare al caso. «Il gruppo di sostegno per i genitori dei bambini morti nell'incidente dello scuolabus di cui parlava Carly... sai da quanto tempo ci andava Krystal?»

Gretchen si asciugò il mento con un tovagliolo. «Da circa diciotto mesi. Forse un po' di più. L'incidente è avvenuto più di due anni fa. Penso che, se si è incontrata con queste persone ogni settimana per quasi due anni, è possibile che almeno uno o due di loro sappiano più cose sulla sua vita privata di quanto abbiano lasciato intendere all'inizio. Ora che abbiamo un omicidio tra le mani, vorrei parlare di nuovo con loro, questa volta di persona.»

«Possiamo iniziare con Dee Tenney.» propose Josie. «Quando ieri Noah l'ha portata in centrale per raccogliere la sua dichiarazione, non sapeva ancora della scritta "Stropi" sul braccio, quindi non ha avuto modo di chiederglielo.»

«Ci andremo dopo pranzo. Ma prima voglio andare all'East Bridge e mostrare la foto di Krystal in giro, per vedere se qualcuno ammette di averle venduto della droga o almeno di averla vista da quelle parti.»

A Denton c'erano due ponti che attraversavano un ramo del fiume Susquehanna. Uno si trovava a South Denton, era piccolo ed era poco trafficato; l'altro era l'East Bridge, molto più grande e frequentato dagli automobilisti che, in virtù della sua posizione più centrale, ospitava negli spazi sottostanti una buona parte della popolazione di senzatetto della città, nonché di consumatori e spacciatori di droga. Nonostante il tempo e le risorse che la Polizia di Denton aveva speso per cercare di sradicare l'attività di spaccio da sotto l'East Bridge, il fenomeno non era mai scomparso.

Il sole era alto nel cielo quando lasciarono la macchina vicino al ponte e scesero lungo il pendio fino alla riva del fiume, schivando sassi, erbacce, cartacce di cibo e bottiglie di birra vuote. Sparsi qua e là c'erano anche aghi usati e piccoli sacchetti di plastica usati per contenere diversi tipi di droga.

Sulla riva del fiume l'aria era più fresca, una leggera brezza le scompigliava i capelli sulla nuca, e Josie non poté non apprezzarla. Vicino all'acqua si trovavano alcune persone. Quando si accorsero di Josie e Gretchen, si precipitarono di corsa sotto il ponte, raggiungendo un agglomerato di tende e baracche fatte di scatole di cartone e coperte, distribuite come denti storti e marcescenti nella bocca dell'incavo sotto il ponte; Josie e Gretchen videro quei rifugi scuotersi all'allarmarsi degli occupanti, che sbirciavano fuori per tenere d'occhio le nuove arrivate. Dietro le case-tenda, un gruppo di persone si disperse mettendosi a correre su per la collina e allontanandosi dal ponte. Era un classico di ogni volta che la polizia visitava la zona.

Passarono un'ora a far girare la fotografia di Krystal tra gli occupanti reticenti della baraccopoli. Nessuno sotto l'East Bridge aveva mai voluto parlare con la polizia, ma nel corso degli anni e dei vari casi, una manciata di loro aveva raggiunto una sorta di tiepida fiducia nei confronti di Josie. Una di queste era una donna che informò Josie di aver visto Krystal da quelle parti una volta alla settimana per diversi anni, sempre per parlare con un uomo di nome Skinny D. Josie mandò un messaggio a Noah chiedendogli di controllare nel loro database se qualcuno con quel soprannome fosse stato interrogato, detenuto o arrestato a Denton negli ultimi anni. Se aveva venduto droga sotto l'East Bridge per un certo periodo di tempo, c'erano buone probabilità che avesse avuto a che fare con il dipartimento in un momento o nell'altro.

Dopo aver raccolto una descrizione e aver cercato ancora un po' in giro, trovarono Skinny D. proprio sul ponte. Era con il gruppo che era fuggito quando Josie e Gretchen erano arrivate. Come aveva detto l'informatrice, non era affatto magro, come il suo soprannome suggeriva. A occhio doveva essere sul metro e settantacinque e doveva superare abbondantemente i cento chili. Il suo grosso fisico era avvolto da una canottiera bianca. Indossava pantaloncini cachi stropicciati e costellati da una miriade di macchie di vecchia data. Si era raccolto i capelli, neri e straunti, in cima alla nuca, in un codino disordinato. Sul suo naso stretto poggiavano spessi occhiali con la montatura nera.

Josie non riusciva a capire quanti anni avesse, poteva benissimo averne venticinque come quarantacinque. Era difficile stabilirlo. Non c'era una ruga sul suo viso, eppure aveva l'aspetto di chi ne aveva viste tante nella vita. L'attività che conduceva sotto al ponte era con tutta probabilità il suo lavoro a tempo pieno. Se ne stava appoggiato a una delle protezioni di cemento che separavano l'inizio del ponte dalla sponda della strada. Dalle labbra sottili gli penzolava una sigaretta. Con occhi scuri e ombrosi seguiva i loro passi.

«Sei tu Skinny D.?» gli chiese Gretchen fermandosi a pochi metri da lui.

«Dipende.» le rispose.

«Come ti chiami?» chiese Josie.

Il suo sguardo si soffermò su di lei per un attimo di troppo. «Sei quella poliziotta, vero? Quella che è sempre in televisione?»

Josie gli mostrò il suo distintivo. «Non siamo qui per incastrarti, se è questo che ti preoccupa, Skinny D.»

Lui rise con voce roca. «Non suona molto bene uscito dalla bocca di un poliziotto.»

«Allora dimmi il tuo vero nome.» disse Josie. «Tanto prima o poi lo scoprirei comunque.»

«Siete qui per arrestarmi per qualcosa?»

«Siamo qui per chiederti di Krystal Duncan.» spiegò Gretchen.

Con occhi ridotti a due fessure, chiese: «Chi?»

Josie tirò fuori il telefono e recuperò la foto di Krystal che era stata usata dalla stampa dopo la sua scomparsa e gliela mostrò. Sporgendosi verso lo schermo, lui si mise le mani sopra gli occhi per proteggersi dal sole. «Oh cazzo...» esclamò. «Lady K.»

Josie sentì la notifica all'arrivo di un messaggio, prese il telefono, fece qualche passaggio e vide che era Noah. Le aveva mandato una foto di un certo Dorian Kuntz che era stato schedato tre anni prima. Nella foto, Skinny D. era notevolmente più magro. Era stato arrestato per possesso di stupefacenti di secondo livello a scopo di spaccio. Scorrendo l'immagine, Josie vide che le accuse erano state archiviate. Aveva trentotto anni ed era stato arrestato quasi due dozzine di volte con l'accusa di spaccio di droga. Solo due volte era stato perseguito e in entrambi i casi se l'era cavata con un patteggiamento con cui aveva ottenuto la libertà vigilata.

«È così che la chiamavi?» chiese Gretchen.

«Sì, era una cliente regolare, la vedevo spesso qui.»

Josie infilò in tasca il telefono e sospirò. Così all'aperto il sole batteva forte sopra di loro e il sudore le si accumulava sulla fronte e lungo il collo. «Siamo già al corrente che comprava erba da te, Dorian.»

Skinny D. spalancò gli occhi quando le sentì usare il suo vero nome. «Ehi, non così forte, okay?» protestò guardandosi intorno furtivamente, ma non c'era nessun altro in strada.

Josie lanciò un'occhiata a Gretchen che storse la bocca. Anche Dorian se ne accorse. «Non è divertente.» disse.

Gretchen serrò le labbra in una linea dritta, per niente impressionata.

«Nessuno ha detto che è divertente, però hai ragione, come nome di strada probabilmente Skinny D. è migliore di Dorian.»

Lui sgranò gli occhi e gettò a terra la sigaretta.

«Cosa volete da me, stronze?»

«Quando è stata l'ultima volta che hai visto Krystal Duncan?» chiese Gretchen.

Quando incrociò le braccia sul ventre prominente lasciò intravedere delle macchie di sudore nei punti in cui la camicia si era appiccicata sulle pieghe della pelle. «La settimana scorsa.»

«Che giorno era?» chiese Josie.

«Martedì. Veniva sempre di... la vedevo sempre in giro il martedì. Aspettate. In realtà, la settimana scorsa è stata qui sia martedì che mercoledì.»

«Da quanto tempo veniva qui il martedì?» si informò Gretchen.

Lui fece una scrollata di spalle. «Da diverso tempo. Anni.»

«Più di cinque?» chiese Josie, asciugandosi il sudore dalla fronte con il dorso dell'avambraccio.

«Direi di sì.»

«Hai detto che la settimana scorsa è stata qui anche di mercoledì. Le hai parlato?»

Dorian non emise un fiato.

«Senti, Skinny D.» intervenne Gretchen. «Krystal è scomparsa da casa sua giovedì scorso e ieri è stata trovata morta. L'hanno uccisa. Stiamo cercando di capire chi è il responsabile.»

Di nuovo, spalancò gli occhi. «Lady K. è morta?»

«Non lo guardi il notiziario?» gli fece Josie con tono tagliente. «Non hai social media? Hanno messo la sua faccia praticamente ovunque per quattro giorni.»

Skinny D. indicò la riva sotto al ponte. «Ti sembra che qui sotto ci sia una televisione? Mi state dicendo che è davvero morta? Che qualcuno l'ha fatta fuori?»

«Sì.» disse Gretchen. «È quello che ti stiamo dicendo. Non ci interessa arrestarti perché hai venduto dell'erba a una donna morta. Abbiamo bisogno di sapere cosa sai di lei. E vogliamo sapere dove sei stato da giovedì sera e poi parlare con chiunque possa confermarlo.»

Si raddrizzò e si strofinò il mento. «Brutta storia...» mormorò, quasi tra sé e sé. «Ma sentite, io non ho niente a che fare con quello che è successo a Lady K. Sono stato qui tutto il fine settimana, come faccio sempre. Un mucchio di gente là sotto può darvi conferma.»

«Va bene.» concesse Josie. «Raccoglieremo delle dichiarazioni quando avremo finito di parlare con te. Cos'altro puoi dirci di Krystal?»

Scosse la testa. Sembrava sinceramente rattristato dalla notizia della sua morte, ma era difficile capire se il motivo fosse perché aveva nutrito un certo affetto per lei o se fosse perché aveva perso una cliente abituale. «Era una brava persona, questo è quello che so. Mi trattava come... come un essere umano, capite? Non come un tizio che incontrava qui, ma con cui si sdegnava a parlare davvero.»

Usava parole vaghe: non era ancora disposto ad ammettere a un paio di detective che aveva venduto droga a Krystal.

Però questo non implicava fosse un assassino, tenendo conto del fatto che, se da un lato l'avrebbe potuta nascondere da qualche parte sotto il ponte per alcuni giorni senza che nessuno se ne accorgesse, dall'altro non c'era nessun posto nelle vicinanze dove l'avrebbe potuta avvelenare con il monossido di carbonio.

«Hai una macchina?» gli chiese Josie, affrettandosi a cambiare argomento, per prenderlo alla sprovvista. Un gocciolone di sudore le scivolò dalla nuca lungo la schiena e dovette resistere all'impulso di farsi vento con la polo della divisa.

«No. Se ho bisogno di un passaggio da qualche parte, lo chiedo a qualcuno. C'è un ragazzo di una delle chiese locali che viene sempre qui. Ci porta da mangiare, ci accompagna alle visite mediche e cose del genere.»

«Prima hai detto che Krystal veniva il martedì, ma la settimana scorsa è venuta sia di martedì che di mercoledì.» riprese Gretchen. «Perché? Ti ha parlato di qualcosa? Niente di specifico?»

Lui fece un'altra scrollata di spalle. «Lady K. è sempre venuta a chiedere dell'erba, chiaro?»

Continuava a scaricare la responsabilità su Krystal: lei voleva l'erba; non era lui che gliela vendeva.

«D'accordo.» disse Josie. «Veniva qui il martedì in cerca di erba. Ha mai portato qualcuno con sé?»

«No, si divertiva da sola. Sempre.»

«Cosa voleva mercoledì scorso?»

«Voleva qualcosa di più forte.»

«Tipo cosa?» chiese Gretchen.

«Tipo antidolorifici o cose simili. Come l'ossicodone o la ketamina.»

«E l'ha preso?» chiese Josie.

«No. Non ce n'era.»

Quello che intendeva dire, pensò Josie, era che lui non ne aveva da vendere e non voleva mandarla da un altro spacciatore rischiando di perderla come cliente.

«A parte questo...» aggiunse Skinny D., «non volevo che si infilasse in quel giro e le ho detto di starci attenta. Era una brava persona. Aveva un buon lavoro. Una bella vita. L'erba è una cosa, ma quando inizi a prendere regolarmente ossicodone o ketamina, sei fregato, mi capite?»

Si dipinge proprio come un eroe, pensò Josie. Ma era evidente che non conosceva Krystal così bene, se la descriveva come una persona dalla vita serena, quando era rimasta sconvolta dalla perdita della figlia al punto che i colleghi temevano che potesse farsi del male.

«Certo.» disse Josie ironicamente. «Aveva mai chiesto degli antidolorifici prima di allora?»

«No.»

«Ti ha detto perché tutto a un tratto voleva degli antidolorifici?»

Lui tirò fuori dalla tasca posteriore un pacchetto di sigarette schiacciato e ne estrasse una, mettendola tra le labbra, e mentre cercava in tutte le tasche un accendino, disse: «Non ricordo bene. Quello che intendo dire è che ha detto una marea di scemenze quella sera.»

«Era turbata?» chiese Josie. «O parlava sempre tanto quando veniva da te?»

In una mano apparve un accendino. Si accese la sigaretta e fece un lungo tiro. Poi, espirando il fumo, disse: «Era molto agitata quella sera. Per questo voleva... per questo mi ha chiesto degli antidolorifici. Io le ho detto: "No, non ti conviene cominciare a prenderli". E lei mi ha risposto che era fuori di sé e aveva bisogno di qualcosa di più dell'erba, altrimenti avrebbe perso la testa o avrebbe finito col fare qualche pazzia.»

«Ti ha dato qualche spiegazione sul perché era in quello stato?» gli chiese Gretchen.

Dorian strinse la sigaretta tra il pollice e l'indice e la allontanò dalla bocca. Il fumo gli tornò indietro e lui sbatté le palpebre più volte. «Non lo so. Diceva di aver scoperto qualcosa o roba del genere.»

«Che cosa aveva scoperto?» gli domandò Josie.

Lui fece un'altra tirata di sigaretta, trattenne il fumo per un secondo e lo buttò fuori. Il calore del fumo fece sentire Josie come se fosse in un forno dentro un altro forno. Sventolò una mano per allontanare il fumo dal viso.

«Non lo so.» disse Dorian. «Lei non l'ha detto e io non gliel'ho chiesto. Ha detto soltanto che aveva scoperto qualcosa e che non riusciva ad accettarlo. Ha detto che aveva bisogno di qualcosa per dimenticare tutto, anche se solo per un paio d'ore. Allora io mi sono limitato a dirle che non poteva trovare antidolorifici quaggiù. Tutto qui.»

Gretchen e Josie si scambiarono un'occhiata e Josie capì che stavano pensando la stessa cosa: Dorian Kuntz non sembrava un buon indiziato per l'omicidio di Krystal Duncan. Tuttavia, dovevano portare avanti le loro ricerche.

«Dorian...» disse Gretchen. «La parola "Stropi" ti dice qualcosa?»

Gettò il mozzicone della sigaretta a terra, vicino al primo. Arricciò le labbra per un istante. Una piega gli apparve tra le sopracciglia. «Come?»

«Stropi.» ripeté Gretchen. «Ti dice niente? Ti sembra qualcuno che conosci? Qualcuno di queste parti?»

«Mai sentito.»

DIECI

Skinny D. radunò tre persone sotto il ponte disposte a confermare il suo alibi. Mentre Gretchen annotava i loro dati personali, Josie parlò al telefono con Noah per ottenere quante più informazioni possibili su Dorian Kuntz: saltò fuori che era un senzatetto, il che rendeva ancora più improbabile che avesse potuto rapire e trattenere Krystal Duncan da giovedì sera a lunedì mattina. Inoltre, aveva detto la verità sul fatto di non possedere un veicolo. Così, una volta risalite in macchina e imboccata la strada, Josie disse: «Non credo che sia coinvolto.»

Gretchen abbassò i finestrini e sparò a tutta birra l'aria condizionata. Ma dalle bocchette usciva aria calda, man mano che l'impianto di condizionamento si animava. «Nemmeno io. Credo che la domanda da porsi a questo punto sia: che cosa aveva scoperto Krystal da spingerla fin sotto l'East Bridge a cercare qualcosa che la mandasse al tappeto?»

«Stando a quello che ci ha detto Carly, senza Bianca le rimanevano soltanto tre cose a cui aggrapparsi: il lavoro, l'erba e quel gruppo di sostegno.»

«Ed ecco perché adesso stiamo andando a parlare con Dee

Tenney.» annunciò Gretchen. «Ho mandato un messaggio a Mettner e gli ho chiesto di passarmi il suo indirizzo.»

Il viaggio verso West Denton fu più lungo del previsto a causa del traffico: era quasi l'ora di cena e tutte le persone che avevano preso l'auto per andare al lavoro stavano tornando a casa alla stessa ora. Quello che avrebbe dovuto essere un tragitto di quindici minuti, ne richiese quasi tre volte tanto. Josie cercò di rimanere concentrata sul caso, ma con la mente continuava a tornare alla notte in cui avevano sparato a Lisette. Cercando di scacciare quelle immagini dalla testa, si costrinse a trovare un ricordo di sua nonna come era stata in vita. Vivace, sorridente, con un luccichio malizioso negli occhi e i riccioli grigi che le rimbalzavano sulle spalle quando minacciava di falciare chiunque si trovasse davanti al suo deambulatore. Senza rendersene conto, Josie aveva infilato una mano nella tasca e aveva stretto il braccialetto col rosario, la medaglietta le penetrava nella carne del palmo mentre accostavano a una grande casa a due piani, rivestita di stucco tanno, fiancheggiata da un garage per due auto e con un canestro da basket nel vialetto.

Quella zona di West Denton era la più tranquilla e sicura della città. In tutti gli anni in cui Josie aveva lavorato nella polizia, era stata chiamata da quelle parti solo due volte: una per un incidente d'auto e una per il furto di una bicicletta. Nella strada in cui viveva Dee Tenney, le case erano pittoresche e ben tenute, come se fossero uscite da una rivista. Le famiglie che ci vivevano erano da qualche parte al di sopra della classe media, ma al di sotto dell'agiatezza.

Josie seguì Gretchen fino al viale d'ingresso e suonarono il campanello. Un attimo dopo, Dee Tenney aprì la porta e il suo sorriso nervoso venne meno quando si rese conto che stava fissando due detective della polizia.

«Posso aiutarvi?» chiese.

«Mrs. Tenney...» cominciò Gretchen «dobbiamo parlarle di Krystal Duncan.»

Dee si guardò momentaneamente alle spalle prima di voltarsi di nuovo verso di loro. La pelle intorno agli occhi si riempì di rughe. «In verità sono in compagnia...» disse. «Ma credo che... beh, entrate pure.»

La seguirono attraverso un atrio poco illuminato fino a una grande cucina aperta, con pavimenti in parquet lucido e piani di lavoro in granito. Al centro della stanza c'era un'isola sulla quale Dee stava certamente preparando un'insalata, vista la grande ciotola piena di lattuga e le altre verdure tutte intorno tagliuzzate e lasciate a metà. Sulla destra c'era un grande tavolo di legno circondato da quattro sedie, su una delle quali sedeva una ragazzina dai lunghi capelli biondi raccolti in una coda di cavallo che armeggiava davanti a un computer portatile, con gli auricolari che le tappavano le orecchie. Le guardò quando entrarono, con occhi azzurri spalancati e curiosi.

Dee rimase in piedi, impacciata, tra il tavolo e il bancone dell'isola, con le mani strette in vita. «Beh, io...» cominciò. Fece un gesto verso il bancone. «Stavo preparando la cena.»

«Non ci metteremo molto.» le assicurò Josie.

Dee indicò la ragazza al tavolo. «Questa è Heidi. Lei è... beh, mi sto occupando di lei per conto di Corey. È il mio vicino di casa. È un padre single. Lavora molto e sapete com'è... Heidi fa l'animatrice in un campo estivo e dopo viene qui a cena.»

La ragazza si tolse gli auricolari e le salutò.

«È bello vederti, Heidi.» disse Gretchen.

Josie cercò per un attimo di capire come facessero a conoscersi, ma Dee riempì gli spazi vuoti. «Heidi è l'unica sopravvissuta all'incidente dello scuolabus.» spiegò a Josie.

Come se non volesse che la narrazione venisse costruita senza il suo contributo, Heidi si intromise: «Mio padre è single, lo è sempre stato, e io vengo scaricata dai vicini. Beh, non più, non da quando c'è stato l'incidente. Solo Mrs. Tenney accetta di tenermi.»

Dee guardò Heidi, stupita. «Oh, Heidi, non è vero.»

Heidi rise. «Sì che è vero, Mrs. Tenney. Non c'è problema. Lo capisco.»

Dee non sembrò affatto rassicurata e continuò a fissare Heidi con un misto di sgomento e tristezza dipinto sul volto. Scuotendo la testa, Heidi si rimise gli auricolari nelle orecchie e riprese a scrivere sul portatile. Dee rivolse la sua attenzione a Josie e Gretchen, ma non le invitò a sedersi né si preoccupò di offrire loro qualcosa. Non importava. L'aria condizionata, da sola, era una sensazione paradisiaca. Josie riprese il discorso. «Siamo qui per chiederle informazioni sul gruppo di sostegno a cui lei e Krystal partecipavate. So che ha parlato con la mia collega, qui, nel fine settimana, ma speravo che potesse parlarne anche a me.»

«Oh...,» disse Dee e la sua postura si rilassò un po'. Si avvicinò al bancone dell'isola e cominciò a tagliare i pomodori a dadini. «Siamo veramente in pochi. Non tutti ci vanno. Ci incontriamo una volta alla settimana, a volte anche di più, da dopo i funerali. Onestamente, non so dire se faccia male o se aiuti, ma questa...» agitò il coltello in aria e Josie vide che le lacrime le scendevano lungo le guance «Questa esperienza... perdere un figlio... non è qualcosa che la gente capisce o a cui sa come reagire. È un luogo molto solitario in cui trovarsi, all'indomani di una cosa del genere, e così abbiamo scoperto che potevamo parlare solo tra di noi. Faye Palazzo, una delle altre madri, era andata da una psicologa e ci aveva organizzato un incontro con lei.»

«Chi è questa psicologa?» chiese Josie.

«Paige Rosetti.»

Josie sentì come una scossa. Andava nello studio di Paige per la terapia da un paio di mesi e non aveva mai visto nessuno dei genitori dell'incidente dello scuolabus né Paige aveva menzionato la questione. D'altra parte, Paige non avrebbe detto nulla. Il rispetto della segretezza tra medico e paziente era fondamentale nel suo lavoro. Inoltre, Josie ci andava solo una volta alla settimana per quarantacinque minuti. Incontrava sempre e solo il paziente che usciva prima di lei. «Vi incontrate nel suo studio?» le domandò.

«Sì.» rispose Dee.

Gretchen aveva tirato fuori il suo taccuino. «Mi ripeta... chi partecipa a questi incontri? Ha detto che non tutti ci vanno.»

Dee tornò a concentrarsi sui pomodori, con lo sguardo basso. «Beh, ovviamente Corey non partecipa.»

Corey non aveva perso sua figlia, pensò Josie, guardando Heidi. Era lui il fortunato.

«Poi ci sono Nathan e Gloria Cammack. Ora sono divorziati. All'inizio Gloria veniva, ma poi, quando si sono lasciati, ha smesso di partecipare. Sebastian e Faye Palazzo, e Krystal.»

«E suo marito?» chiese Gretchen.

«Miles viene raramente alle riunioni.» Versò i pomodori affettati nella grande ciotola e sciacquò il tagliere nel lavandino. «Siamo separati.» aggiunse da sopra una spalla.

Considerando che sono molti i matrimoni che non resistono alla perdita di un figlio, sentirglielo dire non fu una grande sorpresa. «Quando hanno luogo gli incontri?» chiese Josie.

Dee riportò il tagliere sul bancone e iniziò ad affettare i cetrioli. «Il lunedì sera. Sempre il lunedì sera.»

«Vi siete incontrati ieri sera?» chiese Gretchen.

Dee si immobilizzò, poi fece un cenno di assenso.

«Mrs. Tenney...» disse Josie «non è un problema se ha raccontato al gruppo quello che è successo.»

Alzò lo sguardo verso Josie, con le lacrime che le scendevano abbondanti sul viso. «Mi dispiace. L'altro agente, quello bello che mi ha riportata in centrale, mi ha detto di non parlare con la stampa. Non mi ha detto che non potevo dirlo agli amici o alla famiglia. Non vi potete immaginare quanto sia stato scioccante trovare Krystal in quelle condizioni. Ne abbiamo passate tante. È davvero difficile. Ogni giorno è una lotta...» si asciugò le lacrime dalle guance con il dorso della mano. Con un sospiro, abbassò la voce a un sussurro, probabilmente per non farsi sentire da Heidi, e aggiunse: «È straziante.»

Di nuovo, Josie sfiorò i grani del rosario nella tasca. «Capisco.» le disse. Naturalmente, non avrebbe mai potuto capire. Anche se aveva perso molte persone nella sua vita, nessuna di queste era un figlio. Tuttavia, comprendeva i modi in cui il dolore può paralizzare e invalidare, spingere le persone a fare cose che normalmente non farebbe, e comprendeva in quanti modi certe volte il dolore aggredisce fisicamente, fino al punto di sentirsi addirittura soffocare.

Dee deglutì, raddrizzò la schiena e continuò ad affettare i cetrioli. «Dovevo dirlo al gruppo. Non potevo far finta di non saperlo. Soprattutto dopo il modo in cui le cose sono finite al nostro ultimo incontro.»

«Com'è andato a finire il vostro ultimo incontro?» domandò Gretchen. «Ho parlato con Faye Palazzo durante il fine settimana e mi ha riferito di aver visto Krystal sconvolta, ma che, in fin dei conti, lo eravate tutte.»

Dee versò un mucchio di quadratini di cetrioli nella grande ciotola e sciacquò ancora una volta il tagliere. Mentre lo asciugava con un canovaccio, disse: «Beh, non è un eufemismo. Krystal era sconvolta.» Fece una risata secca. «A dirlo così suona stupido. Siamo tutti sconvolti, sempre, e il gruppo è il luogo in cui ce la prendiamo di più l'uno con l'altro.»

«Però l'ultima volta Krystal era più turbata del solito.» chiese Josie. «È questo che sta dicendo?»

Dee annuì. Ripose il tagliere sul bancone, ma non mosse un muscolo per continuare il suo lavoro. «Non voglio raccontare troppe cose del gruppo. Sono questioni private e sono piuttosto sicura che gli altri membri sarebbero particolarmente contrariati se vi rivelassi gli argomenti di cui parliamo.»

«È comprensibile.» concordò Gretchen. «Resta il fatto, però, che Krystal è stata uccisa e noi dobbiamo trovare la persona responsabile della sua morte. Qualsiasi cosa lei possa dirci su ciò che ha detto sarebbe estremamente utile.»

Dee tirò un sospiro tremante e appoggiò le mani sul ripiano del bancone. «A grandi linee, posso dirvi che abbiamo parlato del fatto che il Procuratore Distrettuale aveva chiesto a ciascuno di noi di prepararsi a testimoniare al processo di Virgil Lesko, l'autista dello scuolabus. Il processo si terrà tra qualche settimana. Lo sapevate?»

Gretchen fece una smorfia. «È difficile non esserne al corrente, ne hanno parlato tutti i notiziari. Inoltre, ero responsabile io di quell'indagine, quindi dovrò testimoniare in merito al contenuto dei miei rapporti.»

«Oh, giusto. È chiaro. Beh, la testimonianza al processo è stata l'argomento principale di discussione quella sera. Per quanto aspettiamo tutti che Virgil venga condannato, significherà comunque rivivere di nuovo quel giorno. È difficile, capite?»

Josie e Gretchen annuirono all'unisono.

«Noi altri parlavamo di come ci sentiamo all'idea, come facciamo a ogni incontro, ma Krystal se ne stava in silenzio.» continuò Dee. «E questo era insolito. Sapete, era piuttosto ipersensibile. Era quel tipo di persona che, quando diventa molto ansiosa, tende a parlare di più, non di meno. D'altra parte, durante l'incontro precedente a questo, era venuto fuori che era andata a trovare Virgil in prigione. Quindi, a occhio e croce, deve essere successo pressappoco due settimane prima della sua scomparsa. Il gruppo si è arrabbiato non poco con lei e all'inizio l'abbiamo trattata duramente.»

«Mi sorprende che le sia stato permesso di incontrarlo.» commentò Josie.

Dee fece una scrollata di spalle. «A quanto pare l'avvocato di Virgil l'ha permesso. Hanno registrato l'incontro in modo che non ci fossero dubbi su ciò che si sono detti. Credo che l'avvocato sperasse che lei offrisse una sorta di perdono, qualcosa che avrebbe potuto usare durante il processo a vantaggio di Virgil.»

«Com'è saltato fuori che lei era andata a trovarlo?» domandò Gretchen.

«È stata lei a dircelo.» spiegò Dee. «Aveva paura che lo scoprissimo per conto nostro in un altro modo e preferiva che lo venissimo a sapere da lei. A pensarci bene, in un certo senso, non è stata una sorpresa. Prima dell'incidente, Virgil Lesko era un caro amico e un buon vicino per tutti noi. Per questo è stata dura quando abbiamo scoperto quello che aveva fatto. Comunque, Krystal ha sottolineato che era stato uno sbaglio e che non aveva ottenuto quello per cui era andata a trovarlo, quindi dovevamo dimenticarcene.»

«E che cosa sperava di ottenere?» chiese Josie.

«Non ne ho idea.» rispose Dee. «Di questo non ha parlato. O meglio, non ha avuto la possibilità di parlarne, perché eravamo tutti così arrabbiati con lei che abbiamo passato il resto dell'incontro a rimproverarla finché non se n'è andata in anticipo. Poi è tornata la settimana successiva, alla sua ultima riunione e, come ho detto, è rimasta completamente in silenzio. Almeno fino a metà della seduta, quando si è alzata e ha iniziato a urlare. Ha iniziato a urlare e a inveire contro tutti quanti.»

«Che cosa ha detto?» chiese Josie.

Le nocche di Dee sbiancarono premendo contro il bancone «Ha detto... oh cielo, perdonate il linguaggio, ma le parole esatte che ha usato sono state: "Fottetevi. Fottetevi tutti quanti. Bianca non doveva nemmeno trovarsi là quel giorno. Non doveva nemmeno salirci su quello scuolabus". Cose del genere. La dottoressa Rosetti ha cercato di tranquillizzarla, ma lei era completamente fuori controllo. Non l'avevo mai vista in quello stato. Ci ha detto che potevamo andare tutti a quel paese, anche se non è questa l'espressione che ha usato. Poi se n'è andata infuriata e da quel momento non l'abbiamo più sentita. Quando abbiamo avuto di nuovo sue notizie è stato quando abbiamo visto la sua fotografia nei servizi del notiziario che coprivano la sua scomparsa. Mi dispiace di non averlo detto spontaneamente quando mi ha chiamato nel fine settimana, detective, ma come ho detto, le cose di cui parliamo nella terapia di gruppo sono molto private. Probabilmente non dovrei nemmeno dirvelo ora, se non che Krystal è stata uccisa e io...»

Gretchen scarabocchiò qualche appunto sul suo taccuino. «Sta facendo la cosa giusta.» le assicurò.

«Oltre a Krystal...» chiese Josie, «del gruppo di sostegno chi altro era presente quella sera, Mrs. Tenney? Nello specifico.»

«C'eravamo io, Faye e Sebastian Palazzo, Nathan Cammack; in realtà c'era anche mio marito, Miles. Gli piace evitarmi, ma so che l'imminente processo lo preoccupa molto.»

«Ha idea di cosa ci fosse dietro lo sfogo di Krystal?» approfondì Gretchen.

Dee scosse la testa. «Per niente. Vorrei aver approfondito. Davvero, vorrei aver fatto di più. Avrei dovuto seguirla e cercare di parlarle. Ma tutti noi ci stiamo piegando sotto il terribile peso di questa situazione. È difficile essere presenti gli uni per gli altri quando ciascuno di noi fa...» Guardò di nuovo Heidi e pronunciò le parole successive in un sussurro: «fa fatica a resistere.»

«Ha idea del perché Krystal abbia detto che Bianca non avrebbe dovuto salire sullo scuolabus quel giorno?» le domandò Josie.

«Affatto. Bianca lo prendeva tutti i giorni. Gli orari di lavoro di Krystal le consentivano solo di tornare a casa alla stessa ora in cui lo scuolabus lasciava i bambini dietro l'angolo, non ce la faceva mai a uscire abbastanza presto per andare a prendere Bianca a scuola. E quel giorno non era diverso dagli altri.»

«C'era qualcuno nel gruppo di sostegno a cui Krystal era più vicina di tutti gli altri?» chiese Gretchen.

«No, non che io sappia. Lavorava sempre così tanto che raramente aveva il tempo di socializzare, anche prima dell'incidente. E dopo l'incidente, si è ritirata ancora di più. Ero contenta che si fosse unita al gruppo. Ho pensato che le avrebbe fatto bene coltivare un po' di interazioni interpersonali oltre al lavoro.» Scosse la testa e disse, quasi tra sé e sé: «Chissà se può essere d'aiuto... Continuiamo ad andare avanti. Che altro dovremmo fare?»

Anche se la sua voce era bassa, Josie notò di sfuggita che Heidi non era più concentrata sul portatile, ma su Dee. Riusciva a sentire qualcosa attraverso i suoi auricolari? Era stata a origliare per tutto il tempo?

«Un'ultima cosa, Mrs. Tenney...» disse Gretchen, «e poi la lasceremo per oggi. La parola "Stropi" le dice qualcosa?»

«Stropi?» chiese Dee, con un'espressione perplessa.

«Sì.» disse Josie chiaramente.

«No, non so cosa significhi. Non l'ho mai sentito prima.» disse Dee.

Dal tavolo giunse la voce di Heidi. «Io so cosa significa.»

UNDICI

Si voltarono tutte e tre verso Heidi. Lei chiuse il portatile, si tolse gli auricolari e li posò sul tavolo. Dee le si avvicinò e si mise di fronte a lei. «Heidi? Di che cosa stai parlando?»

Heidi guardò oltre Dee, verso Josie e Gretchen. «Stropi era il soprannome che avevamo dato a Wallace Cammack.»

A bassa voce, in modo che solo Josie potesse sentirla, Gretchen disse: «Era uno dei ragazzini morti nell'incidente dello scuolabus.»

«Gail non me l'aveva mai detto.» disse Dee con voce tremante.

Heidi le rivolse un sorriso sofferto. «Mi dispiace, Mrs. Tenney. Non era una di quelle cose di cui parlavamo con i nostri genitori. E poi era una combinazione di due parole che probabilmente non approverebbe.»

«Sarebbe a dire?» chiese Gretchen.

Un leggero rossore si diffuse sulle guance di Heidi. «Stronzo e Piagnone.»

Dee si portò una mano alla bocca. «Oh!» esclamò.

Josie si avvicinò al tavolo e guardò Dee. Appoggiò le mani

sullo schienale di una delle sedie. «Le dispiace se ci sediamo, Mrs. Tenney?»

Dee si avvicinò alla sedia più vicina a lei, senza distogliere lo sguardo dalla ragazza. Prendendolo come un sì, Josie e Gretchen si sedettero. «Heidi...» chiese Gretchen, «quanti anni hai adesso?»

«Ne ho quattordici. Vorrete il permesso di mio padre per parlarmi, immagino...»

«Dato che non ti stiamo interrogando come sospettato o testimone di un crimine, tecnicamente non abbiamo bisogno del suo permesso, ma preferiamo sempre che i genitori siano al corrente quando parliamo con i loro figli.» spiegò Josie.

«Non ho una madre.» disse Heidi senza mezzi termini. «Quindi dovete chiedere il permesso a mio padre.»

«Va bene.» disse Gretchen.

«Heidi!» la ammonì Dee.

Heidi alzò gli occhi al cielo. «Che c'è? È vero. Non ho una madre!» Guardò Josie e Gretchen con grande serietà. «Agli adulti piace dire...» e qui abbassò la voce scimmiottando un tono grave: «"La madre di Heidi non è presente". La realtà è che è stata un'avventura di una notte e aveva appena compiuto diciannove anni quando mi ha avuta, così ha deciso che tutta la faccenda di diventare madre non faceva per lei e mi ha lasciata con mio padre. Non so nemmeno se sia ancora viva o dove. Quindi, sì, siamo solo io e mio padre.»

Dee si premette un palmo sulla fronte e chiuse brevemente gli occhi. Quando li riaprì, un sorriso forzato le si allargò sul viso. «Heidi, non credo sia il momento di parlare di questa cosa. Che ne dici se chiediamo a tuo padre il permesso di parlare con le detective?»

«Va bene.» disse Heidi. «Gli mando un messaggio.»

Da uno zaino accanto alla sedia tirò fuori un cellulare, scorse sullo schermo e la stanza si riempì del suono della tastiera, dopodiché Heidi fece scivolare il telefono verso Josie per farle leggere lo scambio di messaggi.

Papà, c'è la polizia da Mrs. T. per parlare di Krystal. A te sta bene se parlo con loro dei ragazzi che conoscevo a scuola?

La risposta era di una sola lettera: *K.*

Gretchen si avvicinò e annotò il numero di telefono a cui Heidi aveva inviato il messaggio. Josie sapeva che più tardi avrebbe fatto un doppio controllo per assicurarsi che appartenesse al padre di Heidi.

«Così vi basta?» chiese Heidi.

«Parlaci di Wallace Cammack.» la spronò Gretchen.

«Frequentava la mia scuola. Seguivamo gli stessi corsi.»

«Prendevi lo scuolabus con lui tutti i giorni?» le chiese Gretchen.

«Sì.» disse Heidi. «Eravamo in sei a scendere per ultimi. Io, Gail, cioè la figlia di Mrs. Tenney, Wallace e la sua sorellina Frankie, Bianca e Nevin. Ai tempi dell'incidente, Frankie frequentava la quinta elementare, Gail e Nevin frequentavano la prima media, e io, Wallace e Bianca la seconda. Ma, come ho detto, prendevamo lo scuolabus tutti insieme ogni giorno. Ad ogni modo, Wallace era un bulletto e siccome ci eravamo stancati, alcuni di noi avevano inventato quel soprannome e glielo avevamo appioppato.»

«Stropi.» concluse Josie.

«Già. Perché sapeva essere un grandissimo stronzo...» Si interruppe e guardò Dee, ma Dee sembrava essersi scollegata, con gli occhi improvvisamente vuoti e il corpo immobile, così Heidi continuò: «Ma quando qualcuno di noi gli teneva testa, lui si lamentava come un piagnone. Era davvero un rompiscatole.»

«Hai detto che era un bulletto.» disse Gretchen. «Che tipo di cose faceva?»

Heidi fece una mezza alzata di spalle. «Non saprei. Le cose che fanno tutti i bulli. Ci dava dei nomignoli, ci offendeva, ci faceva cadere le cose dalle mani. Una volta, quando avevamo una supplente, scrisse il suo nome come Studente del Mese, per scherzo naturalmente, perché finiva sempre in punizione. Ma quella volta la nostra solita insegnante non fece nulla. A volte Wallace tirava i capelli alle ragazze.»

Dee sbatté le palpebre e si schiarì la gola. «Una volta tirò i capelli a Gail, molto forte. A dirla tutta, si presero l'uno con l'altra. È successo poco prima dell'incidente. A quanto pare, erano nel corridoio della scuola e Wallace Cammack le tirò i capelli... e non era la prima volta. Mio marito le aveva detto di non farsi mettere i piedi in testa da quel ragazzo e lei lo colpì. Non forte, solo uno schiaffo, ma lui si arrabbiò moltissimo e la spinse con forza contro una fontanella. Lei cadde e batté la testa. Dovetti portarla al pronto soccorso. Aveva un bel bernoccolo. Era tutto a posto, ma prima che avessimo la possibilità di affrontare adeguatamente la questione, è avvenuto l'incidente e, beh...»

Si interruppe di nuovo, con gli occhi che diventavano umidi e vuoti.

«Mi spiace che sia morto, ma era un idiota.» disse Heidi «Intendo dire, vorrei che non ci avesse rimesso la vita. Anche se certe volte si rendeva davvero odioso, non si meritava quello che gli è successo nell'incidente. Nessuno di loro se lo meritava. Ma resta il fatto che, fino a quel momento, Wallace aveva causato un sacco di problemi a molti compagni e un gruppo di ragazzi aveva iniziato a chiamarlo Stropi, cosa che lui detestava non poco.»

«Qualcuno dei vostri genitori o dei professori sapeva di questo soprannome?» si informò Gretchen.

«Lo ignoro completamente.» disse Heidi.

«Quanti di voi lo usavano?» le domandò Josie. «In quanti eravate a chiamarlo Stropi?»

«Beh, noi ragazzi che prendevamo lo scuolabus.» disse Heidi. «E probabilmente tutti quelli della mia classe.»

«Chi è stato a inventarlo?» continuò Josie.

«Non lo so esattamente. So soltanto che a un certo punto era apparso. Alcuni ragazzi della nostra classe avevano iniziato a dargli del "coglione" perché faceva sempre lo scemo con tutti. Poi un giorno, eravamo saliti sullo scuolabus e Wallace si era messo a tirare calci allo schienale del sedile di Nevin Palazzo che, alla fine, si era arrabbiato così tanto che si era alzato e gli aveva urlato contro: "Sei proprio un coglione!". Nevin era piccolo ed era sempre molto silenzioso quindi faceva ridere vederlo così fuori dai gangheri, capite? A quel punto, tutti quanti sullo scuolabus erano scoppiati a ridere. Non di Nevin, ma di Wallace e avevano cominciato a dirgli: "Accidenti, il piccolo Nevin te le dà secche!". E Wallace si era arrabbiato e aveva detto "Vi piacerebbe". Allora alcuni ragazzi avevano cominciato a prenderlo in giro chiamandolo "coglione" e Wallace era arrivato al punto di mettersi a piangere. A quel punto Gail aveva detto: "Guardatelo, non è altro che un piccolo piagnone" e qualcuno in fondo all'autobus, non so chi, aveva urlato: "È uno Stropi!". Da quel momento era scoppiato un coro di risate sull'autobus e anche se poi Wallace l'ha piantata di dare fastidio a Nevin, il soprannome gli è rimasto appiccicato addosso.»

«E l'autista dello scuolabus che cosa faceva mentre succedeva tutto questo?» le domandò Josie.

Heidi scrollò le spalle. «Guidava. Mr. Lesko non prestava molta attenzione a quello che succedeva dietro, purché rimanessimo tutti seduti.»

«C'erano molti problemi sullo scuolabus?» si informò Gretchen.

«No, non proprio. Cioè, non capitava tutti i giorni che la

gente fosse vittima di bullismo sull'autobus. Forse a scuola, ma sullo scuolabus non era così grave.»

«Quanto tempo è passato tra quando Wallace ha ricevuto il soprannome di Stropi e l'incidente?» le domandò Josie.

«Non saprei dire... un paio di mesi, forse.»

Gretchen continuò a scribacchiare sul suo blocco note. Josie fece scivolare un biglietto da visita sul tavolo verso Heidi. «Lì trovi il mio cellulare...» le disse. «Se hai bisogno di qualcosa o se ti viene in mente qualsiasi altro particolare che abbia a che fare con Wallace e il suo soprannome, fammelo sapere, d'accordo?»

Heidi prese il biglietto e lo fissò. «Certo.» disse. «Ehi, ma voi come avete fatto a scoprirlo?»

Per la prima volta dopo qualche minuto, gli occhi di Dee sembrarono prendere vita. Girò la testa in direzione di Josie e Gretchen, in attesa della loro risposta.

«Questo non possiamo dirlo.» spiegò Gretchen.

DODICI

La stazione di polizia di Denton era ospitata in un grande edificio a tre piani in pietra grigia. Era iscritto nel registro dei monumenti storici ed era stato convertito da municipio a stazione di polizia più di sessantacinque anni prima. Era al tempo stesso bello e imponente, con le sue finestre bifore decorate e il campanile che svettava in un angolo.

Gretchen fece il giro dell'edificio e lasciò la macchina nel parcheggio comunale sul retro. Di solito, vedere la centrale dava conforto a Josie: era la sua seconda casa; era l'unico posto in cui le cose avevano sempre un senso; era l'unico posto dove si sentiva guidata da un protocollo e da uno scopo; dove la sua mente era tenuta occupata dalle indagini da risolvere, enigmi che assorbivano completamente le sue facoltà, impedendole così di soffermarsi sui demoni del suo passato. Stavolta, invece, nello scendere dall'auto di Gretchen e nel dirigersi verso l'ingresso sentì sbocciare dentro di sé un piccolo germoglio di angoscia. Gretchen la precedette ed era quasi arrivata alla porta quando Josie si fermò. Era passata l'ora di cena e il sole era sceso più vicino alla linea dell'orizzonte. Il caldo era meno opprimente e a quell'ora il parcheggio era per lo più ombreggiato. Ma nonostante queste condizioni più miti, Josie sentiva il corpo avvolto da un velo di sudore. Non voleva entrare. Ma perché? Era stata in centrale anche quella mattina ed era stata bene. Gretchen si voltò verso di lei. «Boss?»

Josie deglutì. Voleva che i suoi piedi si muovessero, ma non rispondevano al comando. Era come se le suole delle sue scarpe si fossero sciolte sull'asfalto bollente. Ripensò a ciò che Dee Tenney aveva raccontato dell'ultima riunione del gruppo di sostegno, a come Krystal vi avesse partecipato apparentemente scollegata. Quel giorno Bianca non doveva nemmeno essere su quello scuolabus. Josie chiuse gli occhi mentre un'ondata di emozioni la investiva, così forte da farle tremare le ginocchia. Era lo stesso mantra che si ripeteva nella sua mente da mesi. Dalla notte in cui sua nonna era stata ammazzata. *Non doveva trovarsi in quei boschi.* Josie ripeteva quelle parole a Noah quasi ogni notte, quando si svegliava dai suoi incubi. Se Lisette non si fosse trovata ai margini del bosco, sarebbe stata ancora viva e Josie non avrebbe dovuto rientrare al lavoro e fingere di continuare la sua vita come se fosse perfettamente normale, mentre non lo era affatto.

«Josie...» la chiamò Gretchen, avvicinandosi.

Josie aprì gli occhi e guardò l'amica. Sentiva la pelle bollente dappertutto, eppure stava cominciando a tremare. «Non sono pronta...» sussurrò guardandola negli occhi.

Gretchen annuì e si mise accanto a lei, mettendole una mano sotto il gomito. Josie non aveva alcun bisogno di darle spiegazioni; Gretchen aveva capito cosa voleva dire: non era pronta a riprendere il lavoro, non era pronta a tornare pienamente alla vita che conosceva senza Lisette, anche se non aveva scelta. Buttandosi nel caso Duncan, riprendendo il lavoro con tutto l'impegno, tornando alla normalità, le sembrava di accettare l'omicidio di sua nonna. Ma non l'avrebbe mai accettato.

Gretchen le si avvicinò all'orecchio e le disse: «Non è una situazione in cui le scelte si escludono a vicenda Josie. Sei ancora qui. Devi andare avanti. Non significa nulla, se non che sei ancora viva. Lisette ha perso entrambi i suoi figli, eppure ha continuato a fare tutte le cose che fanno le persone vive.»

Josie annuì. Chiuse gli occhi e fece diversi respiri profondi. La dottoressa Rosetti le faceva fare un esercizio di respirazione profonda ogni volta che andava alle sedute. In realtà, aveva sempre pensato che fosse una stupidaggine, ma in quel momento sembrava esserle d'aiuto. Un dolce senso di sollievo la colmò, mentre un'ondata montante di emozioni attraversava la sua coscienza e un torpore le sostituiva di nuovo. Un macigno di emozioni la schiacciava. Sapeva che Gretchen aveva ragione. Josie aveva perso il suo primo marito a causa della violenza. Anche se all'epoca erano separati, la sua morte l'aveva comunque devastata. Era andata avanti. Perché stavolta era così diverso?

Gretchen le diede una stretta al braccio. «E comunque, siamo qui per aiutare i morti. L'assassino di Krystal Duncan deve essere catturato. Sei con me?»

Dentro le scarpe, Josie arricciò le dita dei piedi, riprendendo di nuovo sensibilità alle gambe. Fece altri respiri profondi, per darsi forza. Infilò la mano in tasca e riprese a snocciolare i grani del rosario. «Sono con te.» disse.

Gretchen le lasciò il braccio e si diresse di nuovo verso la porta. «Bene. Ora andiamo a vedere se riusciamo a trovare qualcuno che ci dia una mano a trasportare tutte queste scatole dello studio legale di Krystal.»

Mezz'ora dopo, tutti gli scatoloni erano stati spostati nella sala comune del secondo piano: era un'area ampia e aperta, piena di scrivanie dove i detective e gli altri agenti potevano fare telefonate e compilare documenti. Josie, Gretchen, Noah e il detective Finn Mettner avevano scrivanie fisse, che erano state collocate a formare un rettangolo al centro della stanza. Di lato c'era l'unica altra scrivania fissa, che apparteneva alla loro addetta stampa, Amber Watts. A quell'ora erano rimasti soltanto i tre agenti in uniforme che avevano aiutato Josie e Gretchen a trasportare tutti gli scatoloni. Noah era andato a casa a fine turno e Mettner aveva il giorno libero. Probabilmente anche Amber Watts aveva finito per quel giorno. Josie guardò la porta dell'ufficio del capo Chitwood, ma era ancora chiusa.

Gretchen caricò una scatola sulla scrivania di Josie e un'altra sulla propria e insieme cominciarono a esaminare i documenti che il capo di Krystal Duncan aveva messo a loro disposizione.

Josie disse: «Sono tutti casi su cui stava lavorando di recente?»

«Sì. Però non ho un'idea chiara di cosa stiamo cercando con esattezza.»

«Nemmeno io.» confessò Josie. «Immagino si tratti di una di quelle situazioni alla "lo saprò quando lo vedrò."»

Gretchen scoppiò a ridere.

Ci misero un'ora per dare una prima scorsa a tutti i documenti e nessuna delle due trovò niente che apparisse insolito o che avrebbe potuto turbare Krystal Duncan al punto da mandarla all'East Bridge per procurarsi qualcosa di più potente dell'erba. Erano fascicoli su casi di lesioni personali: incidenti d'auto, scivolate e cadute, negligenza medica e responsabilità sul prodotto. I nomi dei clienti o dei testimoni non riconducevano a nessun volto per loro. Non c'era nulla di particolare.

«Forse questa cosa che ha scoperto non ha niente a che fare con il lavoro, dopo tutto.» concluse Josie.

«Ma allora perché collegarsi al suo database di lavoro di sabato? Cosa stava cercando?» si chiese Gretchen.

«Forse non stava cercando nulla. Forse stava cercando di segnalare a qualcuno che era viva.»

«Allora perché non ha lasciato un messaggio di qualche tipo? Il suo capo ha detto che non è stato aperto nessun file. Se avesse voluto lasciare un messaggio, avrebbe potuto aprire un file, scrivere qualcosa e salvarlo.»

«Stava solo guardando, quindi. Ma i file si possono vedere anche senza aprirli? Come una specie di anteprima dei documenti?»

«Sì.» disse Gretchen. «Carly mi ha mostrato come visualizzare l'anteprima dei documenti senza aprirli. È molto probabile che Krystal abbia cercato nei file e abbia trovato quello che stava cercando senza aprirne nessuno. Ma questa roba... non si può dire che sia davvero entusiasmante. Un tizio che si è rotto il polso cadendo al supermercato. Una signora che è stata tamponata da un altro tizio che guidava mentre mandava messaggi. Cosa mai avrà cercato?»

«Forse lei non cercava proprio nulla.» suggerì Josie. «Forse è l'assassino che le ha fatto cercare qualcosa.»

«Se fosse così, sarei più propensa a considerare lo studio legale come la fonte di qualsiasi problema in cui Krystal sia incappata, ma perché l'assassino avrebbe dovuto scrivere il soprannome del figlio di Gloria e Nathan Cammack sul braccio di Krystal?»

«Giusta osservazione.» concesse Josie. «Dovremmo chiedere a Carly di fare una ricerca su tutti i loro clienti e testimoni, per vedere se vengono fuori i nomi dei Cammack.»

Gretchen scarabocchiò un appunto sul suo taccuino. «Domani, per prima cosa, chiamerò lo studio. Poi parlerò con i genitori di Wallace Cammack. Nel frattempo, darò un'altra occhiata a questi documenti per vedere se c'è qualcosa che ci è sfuggito.»

«Pensi che il fatto che abbia incontrato l'autista dello scuolabus poco più di due settimane prima della sua scomparsa abbia un significato?» chiese Josie.

«Non l'avrei pensato, ma l'assassino l'ha lasciata sulla tomba di sua figlia e ora salta fuori un collegamento con i Cammack, i cui figli sono rimasti uccisi nell'incidente. Lascio un messaggio all'avvocato di Virgil Lesko e vedo se accetta di farci parlare con lui o di vedere il video dell'incontro con Krystal.»

Lo stomaco di Josie brontolò con prepotenza. Sorrise con aria imbarazzata. «Ti va di prendere qualcosa da asporto?»

Gretchen la scrutò per un lungo momento. Poi disse: «Perché non vai a casa, invece? Posso controllare questi documenti da sola. Sono sicura che Noah e Trout vorranno vederti alla fine del tuo primo giorno di rientro.»

«Sto bene.» protestò Josie, ma suonò poco convincente anche alle sue stesse orecchie e dopo qualche momento di imbarazzo, riprese il telefono e le chiavi e andò a casa.

Trout la accolse sulla porta, scodinzolando come un matto e lanciando un concerto di ululati e mugolii quando lei si inginocchiò per dargli le sue attenzioni, e allora lui si mise a saltarle addosso ancora e ancora come una palla di pelo bianco e nero mentre cercava freneticamente di leccarle la faccia tra un uggiolio e l'altro. Noah apparve sulla porta della cucina. «Ehi!» disse sopra il frastuono. «Abbi pazienza, credo che abbia avuto una giornata difficile.»

Josie si alzò e Trout saltò di nuovo, mettendole le zampe anteriori sulla coscia e impastandola come un gatto. Noah si diresse verso di lei, indicando alla sua sinistra. Josie guardò verso il soggiorno e capì cosa intendeva: durante i quattro mesi di assenza dal lavoro, aveva provato a dedicarsi a diversi passatempi per tenersi occupata come l'uncinetto, i puzzle, dipingere, creare candele e fare giardinaggio in casa. Ora i resti di tutti questi hobby giacevano frantumati e sparsi sul pavimento del soggiorno.

«Pulisco tutto io, te lo prometto.» disse Noah. «Volevo solo che lo vedessi.»

Josie abbassò lo sguardo su Trout. Come se avesse percepito il cambiamento di umore della padrona, il cane si mise a sedere e appiattì le orecchie sulla testa, guardandola con i suoi occhioni a palla, dolenti e imploranti, nella sua migliore imitazione di un cucciolo di foca.

«Sei stata a casa con lui per quattro mesi.» aggiunse Noah. «Poi oggi siamo stati via tutti e due per tutto il giorno. Deve riabituarsi ai vecchi orari di lavoro. Ha fatto un po' di capricci. Il lato positivo è che non ha distrutto i mobili. Forse dovremmo iniziare a rimetterlo nella sua gabbia quando usciamo di casa, almeno per qualche giorno.»

Josie abbassò lo sguardo sugli occhi marroni e pieni di tristezza di Trout e provò un sollievo così palpabile che le sembrò letteralmente di essersi tolta un peso dalle spalle. Quella piccola creatura l'aveva capita. Le dava spesso l'impressione di rispecchiare i suoi sentimenti e quel giorno non era diverso. Si lasciò cadere a terra e incrociò le gambe, permettendo a Trout di salirle in grembo. Si piegò e avvolse le braccia intorno al suo corpicino caldo. «Anche tu hai avuto una brutta giornata, bello?» sussurrò. «Va tutto bene. Andrà tutto bene.»

Anche Noah si sedette di fronte a lei, a gambe incrociate. «Non è stato un buon rientro?» le chiese.

Josie accarezzò la schiena di Trout e alzò lo sguardo verso il marito. «No. Voglio dire, non lo so. È stata... dura.» Non voleva parlare, ma d'altra parte non parlava mai volentieri. Era proprio questo che l'aveva trascinata in terapia e anche lì doveva sforzarsi di far uscire le parole.

«Mi manca, Noah. Mi manca così tanto che mi sento...» si sforzò di continuare nonostante avesse un groppo in gola. «Mi sento ancora, irrimediabilmente, in colpa. Perché dovrei tornare alla mia vita normale come se tutto andasse bene quando lei non c'è più? È morta per colpa mia!»

Sulle sue ginocchia, Trout cominciò a mugolare e a riempirle di leccatine calde l'avambraccio.

Aspettò che Noah dicesse tutte le cose che sapeva avrebbe dovuto dire, quelle che le aveva detto durante le prime settimane a casa, quando a malapena riusciva a navigare a vista e senza timone. Le cose che Gretchen, sua sorella, suo fratello, i suoi genitori naturali e la dottoressa Rosetti le avevano ripetuto da quattro mesi a quella parte:

"Non è stata colpa tua."

"Non hai fatto nulla di male."

"Non c'è motivo di sentirsi in colpa."

"La responsabilità è dell'assassino."

Ma Noah non disse nessuna di queste cose. Al contrario, le accarezzò la guancia. I suoi occhi nocciola erano cupi e pensosi. «Lo so.» disse.

In quel momento, Josie gli credette. Sapeva che anche lui, come lei, conosceva bene quel tipo di dolore e di senso di colpa per la perdita di una persona cara a causa della violenza. Sua madre era stata uccisa e Josie sapeva che, anche a distanza di anni, Noah si chiedeva se sarebbe stata ancora con loro se soltanto fosse arrivato a casa sua dieci minuti prima. E se solo lei avesse detto a sua nonna di tornare in albergo invece di lasciare che la accompagnasse verso il bosco, anche lei sarebbe stata ancora viva.

Come se le leggesse nel pensiero, Noah disse: «È una ferita, Josie. Non guarisce. Si rimargina di tanto in tanto. Ma credimi, ti ci abituerai.»

«Non voglio che questa insopportabile sensazione diventi normale.» disse lei con voce strozzata. Di nuovo, Trout lanciò un mugolio. Lei gli diede una grattatina tra le orecchie.

«Lo so.» disse Noah.

Si accostarono, fronte contro fronte, formando un arco con i loro corpi sopra il cane e rimasero seduti così, respirando l'uno nell'altro, finché Josie non riuscì più a sentirsi le gambe. Si chiese se era questo che intendeva la dottoressa Rosetti quando le diceva di accogliere le proprie emozioni. Solo che non si trattava di una scarica di emozioni terribili, così travolgenti da farle temere che avrebbero potuto distruggerla fisicamente; si trattava semplicemente di dolore e tristezza. Le mancava sua nonna. Era la consapevolezza che ogni giorno, per il resto della sua vita, sarebbe stato vuoto senza di lei. È la sensazione di vuoto che scaturisce da una perdita insondabile. Una lenta agonia, un tortuoso stillicidio, goccia dopo goccia dopo goccia, della nuova realtà in cui viveva. Questa era la quantità di emozioni che poteva sopportare, soprattutto perché Noah non cercava di far svanire nulla di tutto ciò. Non cercava di sorvolare sul suo dolore, o di dissiparlo, o di distrarla, perché sapeva che nessuna di queste cose avrebbe funzionato. Ma stare seduto lì, con lei, con quelle emozioni, questo poteva farlo.

Lui allungò il collo e aggiustò la testa per poterla baciare sulle labbra. «Ti va di mangiare?»

«Certo.» disse Josie. «Ma prima voglio andare di sopra.»

TREDICI

La mattina successiva, Josie si incontrò con Gretchen nel parcheggio comunale dietro la stazione di polizia e andarono insieme in macchina a West Denton; dal momento che la casa dei Cammack si trovava a un isolato di distanza da quella di Dee Tenney, fecero una strada leggermente diversa rispetto al giorno prima. Quando svoltarono sulla strada che correva perpendicolare alle case dei Cammack e dei Tenney, Josie notò un monumento che era stato allestito in memoria dei cinque bambini che erano rimasti vittima nell'incidente dello scuolabus a West Denton.

«Quella è la fermata dello scuolabus.» spiegò Gretchen. «Prima dell'incidente c'era solo un angolo con un grande platano nel giardino anteriore.»

Josie guardò la casa che si trovava all'angolo, una villetta in mattoni a due piani arretrata di circa una decina di metri rispetto al marciapiede. Ora non c'era più il platano. Al suo posto erano state posate delle pietre nell'erba, a formare un patio circolare intorno al quale c'erano cinque sedili scolpiti nel bronzo. Assomigliavano quasi a sgabelli che, attorcigliandosi, fuoriuscivano dalle pietre del selciato. C'era ampio spazio per sedersi su ognuno degli sgabelli e, al posto dello schienale c'era un vaso in bronzo. I nomi dei bambini erano stati incisi su ciascun vaso. Gretchen si attardò allo stop all'angolo e Josie lesse: Bianca, Gail, Wallace, Frankie, Nevin. Ciascun vaso era ricolmo di fiori. Sullo sgabello di Bianca era stato lasciato anche un orsacchiotto di peluche.

«Il vicino era così addolorato per il fatto che fosse successo nel suo giardino, che ha fatto rimuovere ciò che restava dell'albero e ha donato quello spazio per il monumento commemorativo. La comunità ha raccolto fondi e un artista locale si è messo d'accordo con un'azienda di giardinaggio per realizzarlo.» spiegò Gretchen.

«È bellissimo.» mormorò Josie. Ma si chiese che reazione provocasse nei genitori, costretti a passarci davanti ogni giorno, probabilmente anche più volte. Il lutto è diverso per ognuno e cambia nel tempo. Il monumento commemorativo, benché concepito con buone intenzioni e molto bello, poteva rappresentare un gioioso omaggio per mantenere in vita e onorare la memoria dei bambini, ma anche un ricordo di tutto ciò che era andato perduto in modo atroce. Josie non poté fare a meno di chiedersi se fossero stati consultati tutti i genitori e se ne avessero discusso nel loro gruppo di sostegno.

Gretchen ripartì e due isolati più avanti svoltò a destra per imboccare la strada in cui vivevano i Cammack. Era simile a quella in cui viveva Dee Tenney, che si trovava a un isolato di distanza. La zona era popolata di case a due piani di dimensioni mediamente grandi, tutte ben curate, con garage per due o tre auto e ampi giardini sul davanti. La casa dei Cammack aveva un'allegra facciata color crema e persiane bianche. Calle di vari colori costeggiavano il viale di accesso. La porta d'ingresso era affiancata da due grandi fioriere in pietra, entrambe erano vuote. Josie suonò il campanello e aspettarono.

«Mi sembrava che Dee Tenney avesse detto che Gloria e Nathan Cammack avevano divorziato.»

Gretchen tirò fuori dalla tasca il suo distintivo. «Sono divorziati. La moglie ha ottenuto la casa e il marito vive in un appartamento in centro. Andremo a parlare anche con lui, in giornata.»

«Gloria sapeva che saremmo venute?» le chiese Josie, premendo di nuovo il campanello.

«Ci ho parlato questa mattina.»

Passarono alcuni minuti e Josie stava per suonare di nuovo quando la porta si aprì di scatto. Gloria Cammack apparve davanti a loro in un elegante tailleur pantalone nero con una canottiera rosa sotto la giacca. Indossava un tacco quindici nero e lucido e aveva acconciato i capelli all'indietro, in modo che non le ricadessero sul viso. All'orecchio aveva un auricolare Bluetooth. In una mano teneva il cellulare, mentre con l'altra fece loro cenno di entrare. Parlava rapidamente, con tono brusco. All'inizio l'effetto fu spiazzante, finché non si resero conto che stava parlando con qualcuno al telefono e non con loro. «E fai partire gli ordini oggi stesso. Non sto scherzando. Non voglio perdere questo cliente. È un cliente fondamentale. Mi hai sentito? Fondamentale. So che puoi farcela, intesi? Devi solo prenderti un minuto, centrarti e concentrarti ancora di più. Ricorda: non dobbiamo porci dei limiti. Ci spingiamo in avanti e ci superiamo. Capito? Va bene, sì. No, non posso. Ho una riunione a casa. Sarò lì tra un'ora.»

Seguirono Gloria fin dentro casa. Sulle pareti che portavano dall'ingresso alla cucina c'erano decine di fotografie incorniciate. Josie si soffermò a guardarne qualcuna: erano tutte dei figli di Gloria e Nathan. Wallace assomigliava alla madre, alto, con gli occhi azzurri e i capelli biondi, tagliati corti sulla nuca mentre una frangia bionda gli scendeva sulla fronte quasi fino a coprirgli gli occhi. Una rapida occhiata alle foto rivelò che tra l'infanzia e l'adolescenza aveva smesso di sorridere, almeno per le foto. In quelle che dovevano essere le fotografie più recenti, in cui appariva più grande, la sua espressione sembrava contenere una sfida, come se stesse provocando qualcuno a mettersi contro di lui. Josie si chiese se si trattasse di un tipico atteggiamento maschile da preadolescente o di qualcosa di più. Sua sorella si presentava all'esatto contrario. Con i capelli castani e un sorriso ampio e contagioso, Frankie Cammack brillava in ogni foto in cui appariva. Per ogni foto in cui il fratello faceva il broncio, Frankie sorrideva. In alcune, tirava fuori la lingua o assumeva una posa impertinente. C'era una foto scattata davanti a casa in cui Frankie faceva la verticale e Wallace la teneva per le gambe. Il volto di Frankie era luminoso e sorridente. Wallace era stato immortalato con un'espressione contrariata. Ogni foto che passava faceva stringere ancora di più il cuore di Josie.

La cucina di Gloria Cammack era sorprendentemente accogliente, con armadietti in rovere e canovacci a quadretti azzurri che si intonavano alla tendina sopra il lavello. Gloria si tolse l'auricolare dall'orecchio e lo lanciò sul tavolo della cucina insieme al telefono, emettendo un verso che era a metà tra un gemito e un urletto di frustrazione. Voltando loro le spalle, si avvicinò al bancone e si versò una tazza di caffè. «Queste persone vengono da te sventolando il curriculum e ti fanno anche credere che tu li stia sottopagando. Poi ottengono la posizione e tu devi tenergli la mano per ogni minima decisione.»

Sbatté la caffettiera al suo posto con una tale forza che si stupirono che non andasse in frantumi. Guardarono Gloria che prendeva fiato e fissava il mobile di fronte a lei come se loro non fossero nemmeno nella stanza. Era quasi come se stesse guardando in uno specchio. La videro fare un grande sforzo per mostrare un sorriso prima di voltarsi verso di loro.

«Detective Palmer.» disse rivolta a Gretchen. «Vorrei poterle dire che è un piacere rivederla, ma sono sicura che si renderà conto che non è così. Senza offesa.»

Bevve un sorso del suo caffè. Lo prendeva nero.

Gretchen sorrise. «Nessun'offesa. Mrs. Cammack, questa è la mia collega, la detective Josie Quinn.»

Fece qualche passo verso di loro e tese la mano a Josie. «Gloria Cammack.» annunciò. «Sono proprietaria e amministratore delegato di *Prodotti Naturali per Famiglie con Bambini.*»

Dopo essersi strette la mano, Gloria alzò la sua per sistemarsi i capelli, anche se non aveva nemmeno una ciocca fuori posto. «Mi dispiace molto per le mie maniere. Gradite un po' di caffè?»

Rifiutarono e Gloria fece cenno di accomodarsi al tavolo. Lei rimase in piedi, appoggiata al bancone, con la sua tazza di caffè in mano. «Si tratta di Krystal, immagino. Non riesco a pensare a un altro motivo per cui sareste venute, eccetto, forse, per dirmi che Virgil Lesko è stato ucciso in prigione mentre era in attesa di giudizio.»

«Siamo qui per Krystal.» confermò Gretchen.

Gloria rovesciò la testa all'indietro e fece una risata senza gioia. «Sarebbe stata una fortuna sfacciata, vero? Che quel bastardo fosse morto dietro le sbarre e ci avesse risparmiato questo circo di processi. E ora, con l'omicidio di Krystal...» disse prima di riportare lo sguardo su di loro. «Sì, mi hanno detto che è stata uccisa. Dee lo ha detto al gruppo e Nathan mi ha chiamato in seguito perché pensava che volessi saperlo. Io non partecipo a quelle riunioni. Ci sono stata una volta e non l'ho trovato per niente utile. Inoltre, non sono sicura di potervi essere d'aiuto. L'alternativa è che siete qui perché Dee vi ha detto che tra me e Krystal non correva buon sangue.»

Gretchen e Josie si scambiarono un'occhiata furtiva: questa era un'informazione da annotare.

Josie chiese: «Perché Dee dovrebbe pensarlo?»

Gloria alzò gli occhi al cielo. «Oh, ma dai!»

Non ottenendo risposta né da Josie né da Gretchen, una scintilla di rabbia si accese negli occhi azzurri di Gloria. Sbatté la tazza di caffè sul bancone facendone fuoriuscire un po'. Qualche goccia le finì sul polso, ma lei non sembrò farci caso.

«Davvero?» disse. «So che è stata Dee a trovare il corpo di Krystal. Me l'ha detto Nathan. Il che significa che avete parlato con Dee. Dovete parlare con la persona che vi segnala il ritrovamento del corpo, giusto?»

«Sì.» disse Gretchen. «Abbiamo parlato con Dee.»

«E vi aspettate che creda che non ve l'abbia detto? Lei e Krystal erano praticamente migliori amiche, almeno dopo che i bambini...» Si interruppe e girò la testa da un lato. Anche questa volta, sembrò che stesse seguendo un rituale privato per ricomporsi. Quando riprese a parlare, la sua voce era più calma. «Dopo la morte dei bambini.»

«Dee Tenney non ha descritto il loro rapporto in questo modo.» disse Josie.

Gloria sventolò una mano. «Come vi pare.» Si avvicinò al frigorifero, aprì lo sportello e fissò l'interno per un attimo prima di richiuderlo. Tornando alla sua tazza di caffè, ne bevve un sorso e poi disse: «Forse Dee non l'ha detto a nessuno. Non è mai stata una pettegola. O forse Krystal non gliel'ha detto. Se avessi fatto una cosa del genere, non me ne vanterei.»

«Qualcosa di quale genere, Mrs. Cammack?» indagò Josie.

«Krystal ha avuto una relazione con mio marito.»

Gretchen tirò fuori il suo taccuino e si mise a scrivere su una nuova pagina. «Come fa a saperlo?»

«Perché me l'ha detto.»

«Quando è successo?»

«Non lo so. Qualche settimana fa. O forse qualche mese fa. Ormai i giorni si confondono gli uni con gli altri.» Indicò una lavagna di sughero affissa al lato del frigorifero, dove era appeso un calendario. Josie vide che era ancora impostato sul mese di maggio di due anni prima. Il mese in cui erano morti i suoi figli. Quasi tutte le caselle erano piene di quella che Josie suppose fosse la calligrafia di Gloria, aggraziata e flessuosa: calcio, feste di compleanno, lezioni di batteria, softball, appuntamenti dal dentista, lezioni di educazione artistica.

«Le mie giornate ruotavano intorno a loro e ai loro impegni.» riprese Gloria. «Ora mi resta soltanto... il lavoro.» Pronunciò la parola "lavoro" come se fosse una condanna. Di nuovo, Josie immaginò quanto simile a una condanna alla prigione dovesse sembrare la vita a quella donna, derubata di suo figlio.

«Come si è svolta la conversazione tra lei e Krystal a proposito della relazione con suo marito?» si informò Gretchen.

Gloria si avvicinò alla porta sul retro. Le finestre erano chiuse da tende, che lei spalancò. Josie e Gretchen si alzarono e si avvicinarono. Appena fuori c'era una veranda in legno con arredi da esterno in ferro battuto e altre fioriere in pietra vuote. Più avanti c'era un rettangolo d'erba abbastanza grande, delimitato da una recinzione a rete.

«Ho fatto smontare e rimuovere l'altalena.» spiegò Gloria. «Non riuscivo più a guardarla. Ho dato in donazione la rete da calcio che avevamo qui dietro per far allenare Wallace. Non potevo...» e si interruppe.

Josie si girò e vide che aveva gli occhi chiusi, le labbra serrate e il petto ansante. Teneva i pugni stretti ai fianchi. Per un attimo sembrò che potesse soccombere completamente, ma si ricompose e riaprì gli occhi, anche se le mani rimasero chiuse a pugno. Con il mento indicò il giardino che si trovava proprio oltre la casa, dall'altra parte della recinzione a maglie strette. Era quasi identico al suo, un semplice francobollo di erba, tranne che per una grande struttura di legno. Da un lato c'era una parete inclinata per l'arrampicata, con appigli gialli che conducevano a un piccolo ponte. C'era uno scivolo e una piccola struttura a forma di casa. Per accedere alla finta casa sull'albero si poteva anche salire con una scala di corda. Travi spesse si estendevano dal ponte al cortile aperto, da cui pendevano due altalene.

In un lampo, Josie pensò al figlio della sua amica Misty,

Harris. Aveva quasi cinque anni. Gli sarebbe piaciuto un parco giochi del genere.

«Quello è il giardino di Krystal.» disse Gloria.

Josie la guardò perplessa.

«Esatto. I nostri giardini confinano. I Cinque Sfortunati, così li hanno definiti. I cinque figli del famoso incidente di West Denton. Quattro famiglie in totale, visto che io ho perso entrambi i miei figli.» La sua voce grondava di amarezza. «Viviamo tutti abbastanza vicini l'uno all'altro. In quella strada, a circa sette o otto case di distanza, si trova la casa dei Tenney. A un altro isolato più in là ci abitano i Palazzo. E indovinate un po'? La casa di quel figlio di puttana di Virgil Lesko è a solo quattro isolati di distanza. Non è mai stata venduta. Lo sapevate? Ci vive suo figlio. Suo figlio! Voglio dire, è un uomo adulto, ma ci vive comunque. Voi rimarreste nello stesso quartiere dopo che tuo padre ha ucciso cinque bambini?»

Cercando di riportare Gloria sull'argomento, Josie le chiese: «Parlava spesso con Krystal, dal momento che i vostri giardini sono confinanti?»

Gloria incrociò lo sguardo di Josie per un attimo, prima di tornare a guardare i giochi. «No. Non parlavamo. Non eravamo intime quando i bambini erano vivi e non lo siamo state nemmeno dopo. Ma volevo poter uscire nel mio giardino, sedermi in terrazza per cinque dannati minuti, che fosse una volta al giorno o anche una volta alla settimana, e non pensare a quale carnevale di merda fosse diventata la mia vita, senza dover fissare quella giostra schifosa! All'inizio non ho voluto dire nulla. Per quasi due anni non ho detto nulla. Ma a un tratto ho capito che non potevo più sopportarla. Perché mai l'avrà tenuta?»

«Gliel'ha chiesto?» chiese Gretchen.

«Non ce la facevo più, quindi sì, gliel'ho chiesto. Qualche mese fa. Le ho chiesto di farla rimuovere. Mi sono anche offerta di coprire le spese, perché so che Krystal non era economicamente agiata come altre famiglie che vivono qui.»

«Ma Krystal non l'ha fatta rimuovere.» riassunse Josie.

Gloria scosse la testa. Un rossore le salì dalla gola alle guance. «No, mi ha spiegato che Bianca adorava quell'aggeggio. Le ho fatto notare che Bianca aveva quasi tredici anni, non lo toccava da anni. L'ho puntualizzato. Le ho detto: "Krystal, stiamo passando entrambe la stessa esperienza e se ci fosse qualcosa nel mio giardino che fossi costretta a fissare ogni giorno e ti infastidisse altrettanto, me ne sbarazzerei in un istante se questo significasse alleviare un po' della tua sofferenza". E sapete cosa mi ha risposto?»

Non sembrava necessaria alcuna risposta. Gloria era in fibrillazione, come se non vedesse l'ora di raccontare a chiunque quell'episodio. «Mi ha detto di andare a farmi fottere.» continuò Gloria. «Ed è stato allora che me l'ha detto. Ha detto che per anni aveva dovuto fissare una cosa che le aveva dato fastidio, cioè che mio marito giocava alla famiglia con me e i nostri figli mentre aveva una relazione con lei. E che lui, ogni notte, mi ha detto, scavalcava la recinzione per stare con lei.»

«E lei non era a conoscenza della relazione?» chiese Josie.

La rabbia di Gloria si dissipò leggermente, la tensione del suo corpo si allentò. I pugni si aprirono. «No.» ammise in tono di rassegnazione. «Certo che no. Non l'avrei tollerato. Ma ero così impegnata con la mia azienda e i bambini.» Si girò per guardarle in faccia. «Ma credetemi, la loro relazione non mi ha nemmeno turbata più di tanto.»

«Sul serio?» chiese Gretchen.

«Se l'avessi saputo all'epoca, sì, chiaramente, avrei fatto terra bruciata su tutti e due. Ne sarei stata devastata. Ma quando Krystal me lo ha confessato, io e Nate avevamo già divorziato da un anno. Quello che mi ha dato fastidio è che sembrava mi stesse soltanto accusando di essere crudele. Insomma, il mio matrimonio è finito. È finito da molto tempo ormai. Dunque, perché preoccuparsi di dirmelo? A meno che non fosse arrabbiata per il fatto che, una volta finita, Nate non era andato da lei. Non lo so. Dovete chiederlo a lui.» Alzò le mani in aria e fece cenno a entrambe di tornare verso il tavolo della cucina. Dopo aver chiuso a chiave la porta, si voltò verso di loro ed emise un pesante sospiro. «Mi dispiace. Mi accorgo ora di non avervi nemmeno lasciato parlare. È per questo che siete venute qui? Per sapere che il mio matrimonio era una farsa e io non lo sospettavo minimamente?»

Una risata le sfuggì dalle labbra.

«Mrs. Cammack, la prego di sedersi.» la invitò Josie.

Gloria non protestò. Anzi, prese posto di fronte a loro due. Di nuovo, si portò una mano alla testa per sistemarsi la capigliatura rimasta impeccabile. «Pensate che io sia pazza, vero? Mi rendo conto di essere un po' fusa, ma sto cercando di mandare avanti la mia azienda, il processo si avvicina e, che ci crediate o no, l'omicidio di Krystal mi ha sconvolta. Non ho problemi ad ammettere che non mi piaceva e non sono felice che lei e Nate fossero... avete capito, ma ho perso entrambi i miei figli. Sono stanca della morte. Sono davvero stanca.»

Con ciò, si accasciò sulla sedia.

«Lei non è pazza.» disse Gretchen. «E nessuno pensa che lei sia pazza, Mrs. Cammack. Capiamo che è ancora in lutto. Mi creda, ci dispiace anche solo di essere qui. Ma dobbiamo farle alcune domande.»

«Su che cosa, allora?» sospirò Gloria.

Le rispose Josie: «Su suo figlio.»

QUATTORDICI

Un angolo della bocca di Gloria si incurvò verso l'alto. Guardò da Josie a Gretchen e viceversa. «È uno scherzo, vero? Dovrei ridere?»

«Purtroppo no, Mrs. Cammack.» disse Gretchen.

Gloria raddrizzò la postura e appoggiò i gomiti sul tavolo. «Vi ricordate che mio figlio è morto, vero? Prima avete detto di essere qui per l'omicidio di Krystal. Cosa c'entra mio figlio con la sua morte?»

«La parola "Stropi" le dice qualcosa?» le chiese Josie.

L'espressione di Gloria si fece confusa. «Cosa? Che cosa vuol dire?»

Josie gliela sillabò. «Ci risulta che fosse un soprannome dato a suo figlio da alcuni compagni di scuola. Lei lo sapeva?»

Sulla fronte di Gloria comparve una ruga. «Cioè, mi state parlando di un nomignolo che dei ragazzini che andavano a scuola con mio figlio gli avevano appioppato? Stiamo seriamente parlando di questo?»

Gretchen alzò una mano. «La prego, Mrs. Cammack, so che è sconvolgente. Non vorremmo essere qui più di quanto lo voglia lei. La parola "Stropi" è stata rinvenuta sul luogo in cui si trovava il corpo di Krystal Duncan. Abbiamo esaminato a fondo la vita privata, familiare e lavorativa di Krystal Duncan e non abbiamo trovato alcun collegamento tra lei e la parola "Stropi", a parte suo figlio. Ha idea del perché il soprannome di suo figlio sia ora associato alla sua vecchia vicina di casa?»

Gloria le fissò, come se si stesse aspettando una battuta di qualche tipo e quando non arrivò si mise a ridere. «Mi state prendendo in giro, vero? Cioè, mi state veramente prendendo in giro. Di cosa si tratta? Era... che ne so, spillato sulla fronte o qualcosa del genere? Ce l'aveva scritto col sangue o marchiato a fuoco? Penso che una cosa del genere Dee l'avrebbe menzionata al gruppo. Cosa vuol dire che era "associato" a Krystal? Che cosa significa? Non so cosa vi aspettate che vi risponda.»

«Di solito non rendiamo pubblici tutti i dettagli di una scena del crimine.» spiegò Josie. «Dee non era a conoscenza della parola perché l'abbiamo trovata in una posizione che lei non poteva vedere. Ma possiamo assicurarle che c'era ed era ben visibile. Era pensata per essere trovata.»

«Trovata? Che cosa significa? Trovata? L'hanno scritta da qualche parte? Era in un biglietto? Krystal ha scritto un messaggio? Siete sicure che sia stata uccisa? Perché ognuno di noi ha pensato di togliersi la vita dopo l'incidente, innumerevoli volte, e Krystal... beh, era più sola di tutti noi.»

Gretchen mantenne la sua espressione imperturbabile. «Siamo sicuri che è stata uccisa, Mrs. Cammack. Stiamo cercando di capire chi è stato e con quale movente. Le viene in mente un motivo per cui qualcuno avrebbe voluto attirare l'attenzione su suo figlio nell'omicidio di Krystal?»

Gloria scosse lentamente la testa, con gli occhi spalancati dallo sbigottimento. «Sinceramente non ne ho la minima idea. Forse qualcuno sta cercando di farmi del male. Di torturarmi. Oppure stanno cercando di danneggiare Nathan? Avete già parlato con lui?»

«Non ancora.» disse Josie.

«Ci incontreremo con lui in giornata.» aggiunse Gretchen.

«Ci sono un sacco di pazzi in giro.» disse Gloria. «Sapete che abbiamo ricevuto lettere minatorie dopo la morte dei nostri figli? Messaggi pieni d'odio. Riuscite a immaginarlo? Sono sicura che è stato a causa della copertura mediatica. C'era gente che sosteneva che avremmo dovuto bruciare all'inferno per aver voluto che fossero formulate delle accuse contro Virgil Lesko, come se non dovesse essere ritenuto responsabile per essersi ubriacato prima di mettersi alla guida di uno scuolabus pieno di bambini. E poi ci sono arrivate altre lettere, scritte da persone che nemmeno ci conoscevano, ma che erano pronte a sostenere che magari, se non fossi stata così concentrata sulla mia azienda, i miei figli sarebbero ancora vivi. Ma vi rendete conto? Come se il successo della mia attività avesse una qualche influenza diretta sulle abitudini di Virgil Lesko a darsi alla bottiglia!»

«Ha ancora qualcuna di quelle lettere?» chiese Josie.

«No.» disse Gloria. «Le ho buttate via. Erano orribili. Nathan voleva portarle alla polizia, ma non contenevano minacce reali. Soltanto odio. Odio puro.»

«Ha ricevuto qualcosa di simile negli ultimi tempi?» le chiese Gretchen e Gloria scosse la testa.

«Mrs. Cammack...» disse Josie, cambiando argomento, «sappiamo che Wallace aveva spesso problemi con i compagni a scuola e sullo scuolabus. Ci sono mai stati problemi tra lui e Bianca?»

«Era a questo che volevate arrivare, allora? Pensate che ci sia un collegamento di chissà che tipo tra il fatto che mio figlio, morto da due anni, avesse problemi con i compagni di scuola e l'omicidio di Krystal Duncan?»

«Non stiamo affatto dicendo questo.» le spiegò Gretchen. «Stiamo solo cercando di capire perché abbiamo trovato il soprannome che gli avevano dato i compagni sulla scena di un crimine. Il collegamento più logico è che i vostri figli andavano a scuola insieme. Per questo vorremmo sapere se ci sono mai stati problemi tra Wallace e Bianca Duncan.»

Gloria scosse la testa e sospirò. «No. Non erano amici, ma non ci sono mai stati problemi tra loro. Wallace era brillante, eccezionalmente brillante, ed era molto facile che si annoiasse. La sua mente si metteva all'opera sempre a velocità doppia rispetto a quella di tutti gli altri, persino degli insegnanti a scuola. Volevo iscriverlo a una scuola privata dove, per una volta, avrebbe potuto essere messo alla prova dal punto di vista intellettuale, ma Nathan si era rifiutato. Pensava che il costo fosse troppo alto e che i problemi di Wallace con gli insegnanti e gli altri studenti fossero dovuti alla sua personalità, non alla sua intelligenza.»

«Ci risulta che ci sia stato un problema con Gail Tenney poco prima dell'incidente.» disse Josie.

Gloria agitò una mano in aria. «Era stato uno scherzo di cattivo gusto. Un episodio. Un malinteso. Io e Dee ne discutemmo. Nessuno dei bambini si era fatto male. Era andato tutto bene.»

«Ne aveva parlato con Wallace?» chiese Josie.

«Certo. Dovevo assicurarmi che non si fosse fatto male.»

«La scuola venne coinvolta?» chiese Gretchen.

«Certo che sì, è dalla scuola che era partita la telefonata il giorno in cui era successo. Ma ero d'accordo che non avrei fatto pressione sulla preside per far punire Gail, e Dee disse che avrebbe fatto lo stesso per Wallace. Non è stato niente di che, davvero.»

Né Josie né Gretchen evitarono di menzionare che la versione di Dee su quell'episodio non coincideva esattamente con il racconto che stava fornendo lei: Dee aveva detto che lei e suo marito non avevano mai avuto la possibilità di affrontare la questione in modo adeguato, sottintendendo forse che avevano intenzione di fare pressione sulla scuola affinché prendesse la questione più seriamente.

«Mrs. Cammack.» disse Gretchen. «Quando è stata l'ultima volta che ha visto Krystal Duncan?»

«Non lo so. Una settimana fa, direi. Forse due settimane fa. Il suo giardino è proprio dietro al mio. Preferivo evitare di andarci se la vedevo fuori, ma a volte la scorgevo dalla finestra, quando tagliava il prato.»

«Può farci un resoconto dei suoi spostamenti e delle sue attività da giovedì a lunedì mattina?» le chiese Josie.

Gloria fece un altro sorriso incerto, come se stessero cercando di farle uno scherzo, ma quando fu chiaro che stavano aspettando una risposta seria, scosse la testa, rise e, allontanandosi dal tavolo, disse: «Come volete. Aspettate che prenda la mia agenda. Potrete scorrerla tutta.» Uscì dalla stanza e tornò con una grande borsa nera dalla quale estrasse un'agenda nera che aprì e posò sul tavolo davanti a loro. Sfogliò le pagine fino ad arrivare al giovedì della settimana precedente. «Non ho una fotocopiatrice qui a casa. Potete fare delle foto con i vostri telefoni oppure seguirmi al negozio e lì vi farò delle copie. Immagino che dovrete parlare con qualcuno dei miei collaboratori, se vorrete verificare che fossi effettivamente dove vi ho detto che sono stata.»

Gretchen stava già scattando alcune foto delle pagine.

«Giovedì e venerdì ha lavorato tutto il giorno.» ricapitolò Josie.

«E fino a sera. Ultimamente abbiamo avuto alcuni grossi ordini da consegnare e, come avrete intuito dalla telefonata a cui avete assistito poco fa, il mio attuale personale ha bisogno di essere sorvegliato in modo intensivo.»

«Saranno in grado di dirci fino a che ora è rimasta in negozio ogni sera?» domandò Josie.

«Certo. Passate dopo aver parlato con Nathan. Sarò lì fino a fine giornata.»

«Sabato aveva una seduta di yoga dalle otto alle sedici?» chiese Gretchen.

«Proprio così.» disse Gloria, snocciolando il nome del centro yoga, che Gretchen si annotò.

«I fine settimana sono i più difficili.» aggiunse. «Prima portavo i bambini dappertutto. Ora me ne sto seduta qui. Cerco di trovare quanti più impegni possibili, qualsiasi cosa per riempire le ore libere.»

Josie le chiese: «Ma domenica era a casa?»

«Domenica sono andata al cimitero. Poi sono andata in ufficio per un po', anche se ero sola, e sì, poi sono tornata a casa.»

«Quindi non c'è nessuno che può confermare dove si trovava domenica?» chiese Gretchen.

Gloria sembrò sorpresa. «Beh, no, direi proprio di no.»

«E lunedì mattina? È andata al lavoro?»

«Sì. Sono entrata alle nove. Sarei arrivata prima, ma domenica notte non ho dormito molto bene. Il processo in corso mi ha fatto tornare in mente tutto, come potete immaginare. Ho avuto degli incubi.»

«È comprensibile.» disse Josie.

Gretchen si alzò. «Grazie per il suo tempo, Mrs. Cammack. La lasciamo lavorare e ci faremo sentire più tardi, dopo aver parlato con Mr. Cammack.»

QUINDICI

Frankie salì sull'autobus, guardando Bianca e suo fratello che si spintonavano a vicenda mentre la precedevano, anche se la preside aveva detto loro di non litigare. Wallace non ascoltava mai. Non dava retta a nessuno. Frankie si fermò in cima alle scale dello scuolabus e sorrise all'autista.

«Salve, Mr. Lesko.» disse salutandolo con la mano.

Lui ricambiò con un sorriso a trentadue denti e lei aspettò che lui facesse il suo solito saluto; le rispondeva sempre dicendo "Ciao, Frankie" e aggiungendo alla fine il cognome di un famoso personaggio che di nome facesse Frankie o Frank. Il giorno prima, per esempio, le aveva detto «Ciao, Frankie Valli!» e lei aveva dovuto cercare Frankie Valli su Google quando era tornata a casa. Un altro cantante. Apparentemente, sono molti i cantanti che di nome fanno Frank o Frankie. Il personaggio che preferiva tra quelli che Mr. Lesko le aveva proposto fino ad allora era Franklin D. Roosevelt, il presidente.

«Va' a sederti, tesoro.» le disse l'autista.

Frankie lo guardò. «Sta bene, Mr. Lesko?»

Avvicinandosi, vide che i suoi occhi avevano qualcosa di strano. Le ricordavano le ciambelle glassate. A parte questo, quel giorno aveva uno strano odore; non era molto forte, ma Frankie riusciva a sentirlo distintamente, tanto che le venne da stropicciarsi il naso. Le ricordava il padre di Gail quando lo vedeva alle feste o ai barbecue.

«Sto brene.» rispose lui. Si allungò e tirò la leva per chiudere il portellone. Frankie si voltò per guardare il marciapiede davanti alla scuola, ma la preside se n'era già andata.

«Intende dire "bene"?» chiese all'autista.

«Frankie!» le gridò Wallace dal centro dell'autobus. «Sta' un po' zitta e siediti. Lascialo guidare!»

Frankie guardò di nuovo Mr. Lesko, ma lui stava già guardando fuori dal parabrezza, strizzando gli occhi come se gli fosse difficile vedere. L'autobus fece un balzo in avanti e Frankie cadde in ginocchio. Un attimo dopo Wallace la stava prendendo da sottobraccio per rimetterla in piedi. Si accovacciò e le spazzolò le ginocchia. «Andiamo.» disse. «Vieni a sederti accanto a me.»

SEDICI

Sedendosi in macchina, Josie chiese: «Allora adesso andiamo a parlare con Nathan Cammack?»

Gretchen si allacciò la cintura di sicurezza e si allontanò dalla casa di Gloria Cammack, regolando con una mano la manopola dell'aria condizionata: non erano ancora passate le dieci del mattino e già il caldo era opprimente. «Prima voglio fermarmi in un altro posto. L'avvocato di Virgil Lesko mi sta ignorando.»

Josie guardò le strade di West Denton scorrere in fretta davanti a lei. Il monumento funebre si affacciò di nuovo alla vista. Girò la testa e guardò dritto davanti a sé «Ti sta ignorando? Gli hai lasciato un messaggio ieri sera?»

«Ma certo.» disse Gretchen. «E l'ho chiamato di nuovo questa mattina e la sua segretaria mi ha detto di non sperare di essere richiamata. Non credo che l'incontro che Krystal Duncan ha avuto con Virgil Lesko abbia qualche collegamento con il suo omicidio, ma adesso che mi sono sentita dire di no, mi sento tenuta a ottenere maggiori informazioni.»

«Penso che dire di no alla polizia sia una delle prime regole del manuale dell'avvocato difensore.» commentò Josie.

Gretchen rise. «Hai ragione. Il fatto è che Krystal Duncan non ha avuto molti contatti con altre persone dopo la morte della figlia. Le restavano il lavoro e il gruppo di sostegno e basta. Questo non ci dà molte piste su cui indagare. Se c'è anche la minima possibilità che abbia detto qualcosa a Virgil Lesko durante il loro incontro che potrebbe condurci nella direzione del suo assassino, allora voglio sapere cosa è successo in quell'incontro. Anche se dubito fortemente che ci sia qualcosa...»

«Devi cancellarlo dalla lista.» concluse per lei Josie. «Ho capito. Pensi che Krystal conoscesse il suo assassino?»

«Tu non lo pensi?»

Josie ci pensò su. «Non c'erano segni di colluttazione. Si è lasciata tutti i suoi effetti personali alle spalle. Nessun segno di effrazione. Sì, credo che possiamo presumere che si conoscessero.»

«Se c'è anche solo l'un per cento di possibilità che abbia detto a Virgil Lesko qualcosa che potrebbe rivelarsi utile, dobbiamo scoprirlo. Se si fosse incontrata con lui sei mesi fa o anche tre, non lo considererei importante, ma poco più di due settimane sono troppo vicine al suo omicidio.»

«Non fa una piega.» disse Josie. «Ma chi è l'avvocato difensore?»

Gretchen rallentò fino a fermarsi a un semaforo rosso. Girò lentamente la testa nella direzione di Josie. Una smorfia le contorse i lineamenti. «Andrew Bowen.»

Josie si sentì aggrovigliare l'intestino. «Dovevo dirtelo.» si scusò Gretchen.

«Non c'è problema.»

«Non sei obbligata a venire con me.»

«E perdere l'occasione di mettere a disagio quell'idiota? Non credo proprio.» Sospirò. «Questo spiega molte cose.»

Il semaforo divenne verde e Gretchen attraversò l'incrocio, dirigendosi verso il centro di Denton. L'ufficio di Andrew

Bowen si trovava a pochi isolati dal municipio. «Cosa vuoi dire?» le chiese Gretchen.

«Virgil Lesko ha ammesso di aver bevuto il giorno dell'incidente dello scuolabus, giusto?»

«Sì, anche se ha assunto Bowen come avvocato prima ancora di essere dimesso dall'ospedale.»

«Mossa intelligente...» osservò Josie.

Senza contare che Andrew Bowen, il miglior avvocato penalista della contea, detestava Josie e la maggior parte degli agenti del Dipartimento di Polizia di Denton con un'intensità incandescente da quando avevano messo in prigione sua madre per un omicidio vecchio di decenni.

«Deve essere stato Bowen a suggerire a Lesko l'idea di dichiararsi non colpevole e obbligare a tenere un processo.» sentenziò Josie.

«Su questo non ci sono dubbi.» concordò Gretchen.

L'incidente dello scuolabus aveva suscitato non solo un'ampia copertura mediatica ma anche l'indignazione dell'opinione pubblica, perché nessuno voleva vedere Virgil Lesko patteggiare: era responsabile della morte di cinque bambini innocenti. Era chiaro, dunque, che si trattava di una delle manovre legali di cui Andrew Bowen era maestro; perciò, anche se non poteva immaginare quale sarebbe stata la sua linea di difesa, Josie supponeva che, qualunque fosse, avrebbe puntato alla riduzione del numero di anni che Virgil Lesko avrebbe dovuto trascorrere dietro le sbarre, se non addirittura a scagionarlo. C'era sempre la possibilità che Bowen trovasse un accordo con i procuratori nelle settimane precedenti al processo. Non c'era da stupirsi che avesse acconsentito a far incontrare Krystal Duncan con Virgil Lesko quando mancavano poche settimane al processo. Era esattamente come sospettava Dee Tenney: Bowen aveva cercato di portare uno dei genitori dalla parte dell'autista. Se questo non fosse bastato a convincere i procuratori, di certo avrebbe potuto convincere la giuria.

Gretchen lasciò l'auto davanti allo studio di Andrew Bowen, che occupava il primo piano di un vecchio edificio in mattoni alto quattro piani. Accanto all'imponente portone rosso era appesa una piccola insegna con la scritta "Andrew Bowen, Avvocato Difensore". Non c'era altro. Nemmeno un numero di telefono. Ma un avvocato di successo come Bowen non aveva bisogno di pubblicità. Scesero dall'auto. Gretchen inserì dei quarti di dollaro nel parchimetro installato sul marciapiede.

«Sei sicura che sia qui?» chiese Josie.

«Certo. Ho chiamato il Cancelliere del tribunale per controllare la sua agenda. Ha un'udienza alle undici, quindi manca un'ora. Dovrebbe essere qui a prepararsi.»

Josie seguì Gretchen nello studio. Davanti a loro si estendeva un pavimento in parquet scintillante. Alla loro destra c'era un piccolo salottino d'attesa che contava solo un tavolo e due sedie. Non c'era neanche una rivista. Evidentemente Bowen non voleva che i suoi clienti si mettessero troppo comodi. A sinistra c'era una grande scrivania in legno con fascicoli impilati ordinatamente a un metro e mezzo di altezza su entrambi i lati, tra i quali c'era un computer portatile e, dietro, una donna sulla cinquantina, con i capelli castani brizzolati legati all'indietro in uno chignon. Sopra gli occhiali da lettura, le squadrò. «Non avete un appuntamento.» disse. «Potete fissarne uno o andarvene.»

«Incantevole...» mormorò Josie sottovoce.

Dall'espressione di Gretchen, Josie capì che stava soffocando un sorriso. Si avvicinarono alla scrivania e mostrarono alla segretaria i loro distintivi. La segretaria li guardò per un attimo e poi tornò a guardarle in faccia, con un'espressione di disinteresse sul viso segnato dalle rughe. «E allora?» disse. «Volete prendere un appuntamento?»

Gretchen infilò in tasca il suo documento e indicò un'ampia doppia porta di legno chiusa di fronte all'ingresso principale. «Vogliamo parlare con Mr. Bowen.»

«Non potete. So che è lei ad aver chiamato poco fa. L'avvocato Bowen si sta preparando per un'udienza e non deve essere assolutamente disturbato.»

Da dietro le porte, Josie pensò di aver sentito delle voci soffocate. Voci di uomini. Inclinò la testa di lato, cercando di distinguere alcune parole. «... non mi interessa...» diceva una delle due voci. Josie non riuscì a capire se fosse quella di Bowen o meno. Tornando a guardare la segretaria, disse: «Eppure in questo momento sta ricevendo una persona.»

La bocca della segretaria si spalancò per un attimo, poi si chiuse di scatto e Josie, anziché darle il tempo di riprendersi, si avvicinò a una delle porte e ci batté un paio di volte con le nocche. I mormorii soffusi dall'altra parte cessarono.

«Ehi!» la ammonì la segretaria alzandosi di scatto e girando intorno alla scrivania. «Non può entrare lì e...»

La porta si aprì dall'interno. Davanti a Josie apparve un uomo, ma non era Andrew Bowen. Era più giovane e indossava quella che sembrava un'uniforme da fattorino, e a giudicare dall'odore che emanava, doveva fare consegne da asporto. Aveva il viso abbronzato e non si era rasato. Con la sua corporatura robusta riempì la porta quando si avvicinò a Josie. Superava sicuramente il metro e ottanta, aveva il busto di un sollevatore di pesi e le gambe magre di un corridore. La maglietta bianca che indossava gli aderiva al petto. I suoi occhi castani scrutarono verso il basso, osservando la pistola e il distintivo che Josie portava alla cintola. Quando si voltò verso l'interno dell'ufficio di Bowen, Josie vide che sotto il berrettino da baseball nero spuntava una folta chioma di riccioli castani. «C'è la polizia qui fuori.» annunciò.

Alle sue spalle risuonarono dei passi. Poi il volto di Andrew Bowen apparve accanto alla spalla dell'uomo e la sua espressione di sorpresa si trasformò in un brutto cipiglio. «Lei? Hanno mandato lei?» disse a Josie.

«Sì.» gli rispose lei. «Essendo una detective della Polizia di

Denton è piuttosto normale che mi venga chiesto di occuparmi di questioni di polizia. Più o meno è così che funziona.»

Il volto di Bowen si fece rosso fino alla radice della capigliatura biondo chiaro. Si passò una mano tra i capelli e aprì la bocca per dire qualcosa, ma non ne uscì alcun suono. Gretchen fece un passo avanti, mettendosi davanti a Josie. «Mr. Bowen...» disse. «Devo parlarle di un incontro che il suo cliente, Virgil Lesko, ha avuto con Krystal Duncan poco più di due settimane fa.»

«Porca puttana.» commentò l'uomo accanto a Bowen. Voltandosi verso Josie, sorrise e allungò una mano. «Sono Ted. Ted Lesko. Virgil è mio padre.»

Josie gli strinse la mano, notando un tatuaggio tra il polso e la base del pollice. Cinque puntini, quattro alle estremità e uno al centro. «Detective Josie Quinn.» si presentò.

«Krystal Duncan è la donna di cui hanno parlato al notiziario, giusto? Era uno dei genitori... dei bambini dell'incidente di mio padre.»

«È stata ammazzata.» disse Josie.

Il volto di Ted si spense. «Oh, merda. Ne siete... ne siete sicuri?»

«Il suo omicidio è stato reso noto dalla stampa.» confermò Josie.

«Che tragedia.» disse lui. «Ho lavorato come un matto negli ultimi due giorni. L'ultima volta che ho visto il notiziario dicevano che era scomparsa. Che cosa è successo?»

«Non siamo autorizzati a discutere i dettagli di un'indagine in corso.» intervenne Gretchen.

Ted scosse la testa. «È davvero terribile. Mi dispiace sentirlo.»

«Conosceva Krystal Duncan?» gli chiese Josie.

«No, non personalmente. Sapevo chi era, ovviamente. Mio padre è sotto processo per aver causato la morte di quei bambini. Ma non l'ho mai incontrata. A proposito di mio padre, sapete che è stato in prigione negli ultimi due anni, vero? Se pensate che abbia qualcosa a che fare con il suo omicidio, non è possibile.»

«Ne siamo consapevoli, Mr. Lesko.» gli assicurò Gretchen. «Non stiamo cercando di mettere sotto torchio suo padre e nemmeno lei. Siamo qui solo per discutere il contenuto dell'incontro tra suo padre e Ms. Duncan, qualora possa far luce sul caso di omicidio.»

Ted Lesko guardò Bowen. L'avvocato alzò le spalle. «Non siamo in nessun modo tenuti a condividere il contenuto di quell'incontro. A meno che queste detective non vogliano ottenere un mandato, e sanno bene quanto me che nessun giudice lo concederebbe. Come ha detto Mr. Lesko qui, suo padre è stato in prigione negli ultimi due anni, pertanto, non è possibile che abbia qualche collegamento con la morte di Krystal Duncan.»

«Se le cose stanno così, allora può mostrarci la registrazione.» gli fece notare Gretchen.

Bowen non ribatté.

«Vuole essere quel tipo di persona, Andrew?» gli chiese Josie. «Qualcuno ha ucciso questa povera donna poche settimane prima del processo di Virgil Lesko. La madre di uno dei Cinque Bambini di West Denton. Si stava preparando a testimoniare al processo. La polizia deve parlare con chiunque abbia avuto contatti con lei nelle settimane precedenti l'omicidio per cercare di accertare il suo stato d'animo e scoprire se ha nominato qualcuno che le dava problemi. Il suo cliente era una di quelle persone, aveva avuto contatti con lei. Come abbiamo già chiarito, Virgil Lesko è in prigione, quindi non potrà essere accusato di questo omicidio. Vogliamo solo sapere. Ma il suo avvocato dice di no. Il suo avvocato si rifiuta di collaborare all'indagine sull'omicidio della madre di uno dei bambini vittime del suo cliente. È questo il tipo di persona che vuole essere, Andrew? Agli occhi della stampa?»

Le sopracciglia inarcate e la leggera curva sulle labbra nell'espressione di Ted Lesko le fecero capire che si stava divertendo a vederla dare del filo da torcere a Bowen.

«Sì, Andrew.» le fece eco Ted, chiamando Bowen con il suo nome. «Vuole essere quel tipo di persona? È questo che vorrebbe mio padre?»

Il viso di Bowen, già rosso, si fece paonazzo. A denti stretti, disse: «Non mi sta pagando per collaborare con la polizia in un'indagine non correlata. Sto cercando in tutti i modi di evitare la condanna a suo padre.»

Ted scosse la testa. «Buona fortuna allora. Anche con una pena ridotta, morirà in prigione.»

«Non se posso evitarlo.» sbottò Bowen.

«Come vuole.» rispose Ted. «Senta, non voglio che mio padre faccia la figura dell'idiota oltre a tutto il resto. Già lo odiano tutti. Non peggioriamo le cose. Mostri alle detective la registrazione di quell'incontro.»

Bowen scosse la testa. «Prima devo parlarne con suo padre.»

Ted si portò una grossa mano al petto. «È stato mio padre che le ha appena dato duemila dollari o sono stato io?»

«Suo padre è il mio cliente.» puntualizzò Bowen. Intanto, la sfumatura rossastra si era estesa dalle guance alla punta delle orecchie. «E comunque, è in ritardo di due mesi sul mio pagamento. Sa una cosa? Non mi sento a mio agio a parlare di queste cose davanti alla polizia...» e si girò per ritirarsi nel suo ufficio. Ted lo seguì e, incombendo alle sue spalle, gli disse: «Dia alle detective quella dannata registrazione.»

Bowen si girò verso di lui, proprio mentre raggiungeva la scrivania, andando quasi a sbattere contro il petto voluminoso di Ted, e punzecchiandogli la clavicola disse un secco: «No.»

Josie e Gretchen varcarono la soglia e Gretchen disse: «Avvocato Bowen, se ci mostra la registrazione, ci toglieremo dai piedi in tempo per l'udienza delle undici.»

«Perché ne fa una questione se non ha nulla a che vedere

con questa situazione?» gli chiese Ted. «È perché non le piace quella?» lo apostrofò indicando Josie.

«N... no.» balbettò Bowen. «Sono un professionista. Io...»

«Allora gli metta a disposizione quella registrazione.» disse Ted con fare calmo e ragionevole.

«Non sa cosa contiene.» gli fece notare Bowen.

Ted scosse la testa, alzò una mano, si tolse il berretto e si passò le dita tra i folti capelli castani prima di rimetterlo a posto. Improvvisamente, il suo viso apparve sparuto e stanco. Quando parlò, la sua voce era segnata dalla rassegnazione. «Non ho bisogno di vederlo. In tutta la sua vita, mio padre ha commesso un solo crimine e lo pagherà caro. Non importa quanti tentativi faremo per impedirlo, non importa quanti soldi vorrà spremerci, Mr. Bowen... mio padre sarà condannato. Com'è giusto che sia. Se uccidi dei bambini, è giusto che tu vada in prigione. Fine della storia. A lui va bene così. A me sta bene così. Dovrebbe andar bene anche a lei, avvocato.»

Bowen si strinse il ponte del naso tra l'indice e il pollice.

«Ted... suo padre mi ha assunto per aiutarlo. Tutto il mio lavoro si basa sul presupposto che non è giusto che lui muoia dietro le sbarre. Se non ricordo male, lei si è avvalso di un avvocato difensore diversi anni fa, quando anche lei si era messo nei guai.»

Ted contrasse le labbra. Quando girò la testa verso di lei e Gretchen, esibendo un sorriso teso, Josie ripensò al tatuaggio sulla sua mano. I cinque punti. Era un tatuaggio comune in prigione. I quattro punti rappresentavano le quattro pareti di una cella. Il quinto punto rappresentava il carcerato. «Il suo avvocato difensore non deve essere stato molto bravo...» gli disse, «se è stato condannato.»

Ted annuì. «Sì, sono stato dentro. E no, il mio avvocato non era molto bravo. Ma non perché ero accusato di omicidio. Avevo una ragazza. Ci eravamo lasciati. Non l'avevo presa bene e ho finito col fare qualche stupidaggine. Mi sono fatto qualche anno. Quando sono uscito, mio padre si è assicurato che mettessi la testa a posto. Adesso faccio tre lavori diversi per mantenere la sua casa e pagare le spese legali, e lui è convinto di dover andare in prigione per quell'incidente.» Si voltò di nuovo verso Bowen. «Faccia quello che deve fare per mio padre, ma lasci che la polizia veda quella stupida registrazione, mi faccia il favore. Ha sentito cosa hanno detto. Uno dei genitori di quei bambini è stato ucciso, Bowen. Mio padre vorrebbe che collaborasse alle indagini. Lo sappiamo entrambi. E, a parte questo, in quella registrazione non può esserci niente di peggio di quello che mio padre sta affrontando in questo momento.»

Con un pesante sospiro, Bowen scansò Ted. «Va bene.» disse. «Venite con me.»

Tutti e tre lo seguirono attraverso un'altra serie di porte a destra della scrivania e lungo un corridoio. Passarono accanto ad altre due porte. Josie vide che una era di un bagno e l'altra di una sala conferenze buia con scatole accatastate sul tavolo e lungo le pareti. L'ultima porta si apriva su una piccola stanza con un tavolo e due sedie. Al centro del tavolo era collocato un computer portatile. Bowen passò qualche minuto ad avviarlo e a digitare sui tasti. Poi si spostò verso la parete più lontana, dove c'era un televisore a muro. Si allungò, prese un telecomando da dietro e lo accese. Lo schermo si animò, mostrando la stessa immagine dello schermo del portatile. Bowen premette più volte il pulsante del volume e poi tornò al portatile per eseguire gli ultimi passaggi finché non fece partire un video.

Josie riconobbe la sala privata che la maggior parte degli istituti penitenziari utilizzava per i colloqui dei detenuti con i loro avvocati. Le pareti, le piastrelle, persino il tavolo e le sedie erano dominati da un grigio cupo. Virgil Lesko era seduto a un lato del tavolo accanto a Bowen. Di fronte a loro c'era Krystal Duncan con la vistosa protuberanza del naso. Indossava una gonna nera e una camicetta di seta viola, come se dovesse andare al lavoro. I capelli castani le ricadevano a cascata sulla schiena. La telecamera era posizionata in modo da mostrare Krystal, Lesko e Bowen solo di profilo. Ma non occorreva un'inquadratura frontale, dal linguaggio del corpo si capiva che Krystal era nervosa. Teneva le gambe accavallate all'altezza del ginocchio, le braccia erano incrociate e strette al petto e le dita della mano destra battevano un ritmo frenetico contro il braccio.

Bowen parlava per primo, annunciando chi era presente nella stanza, dove si trovavano, l'ora e la data e il fatto che la riunione sarebbe stata registrata. Poi diceva: «Ms. Duncan, lei ha richiesto questo incontro.»

«Un momento...» si intrometteva Virgil Lesko.

Josie aveva visto le sue foto sulla stampa dopo l'incidente e più recentemente all'avvicinarsi della data del processo: aveva sempre avuto quel bell'aspetto da uomo alla vecchia maniera, affascinante da stella del cinema, con una corporatura alta e larga, lineamenti spigolosi e una folta chioma di capelli neri. Aveva da poco passato i cinquant'anni, ma in quel video, da quello che si poteva vedere, sembrava molto più vecchio. Era dimagrito e i suoi capelli erano più grigi che neri. Allungava le mani sul tavolo verso Krystal, ma lei indietreggiava, spingendo bruscamente indietro la sedia. Allora Virgil tirava indietro le mani. «Mi dispiace...» diceva in un sussurro. «Non avrei dovuto... non volevo... Krystal, voglio solo che tu sappia che mi dispiace tanto...»

«Virgil!» diceva Bowen bruscamente, interrompendolo. «Come abbiamo discusso, le sconsiglio di presentare scuse di qualsiasi tipo per ciò che è accaduto il giorno dell'incidente.»

Virgil abbassava la testa. Quando la tirava di nuovo su, sembrava che gli costasse un grande sforzo. «Krystal, voglio che tu sappia che non avrei mai fatto del male a nessuno di proposito. Ho commesso un errore...»

Di nuovo, Bowen lo zittiva. «Virgil!»

Krystal tremava violentemente.

Virgili scuoteva la testa. «Ho un figlio. So che non c'è nulla che potrei mai dirti che possa riparare a quello che ho...»

Questa volta Bowen metteva a tacere il suo cliente con una mano sul braccio. «Ms. Duncan.» diceva. «Devo proprio chiederle di arrivare al punto.» La voce di Krystal era appena udibile all'inizio. Si fermava e ricominciava due volte prima di riuscire a spingere fuori le parole. «Speravo di poter parlare con Virgil da sola.»

«Temo che non sia possibile.» rispondeva Bowen. «Qualsiasi cosa abbia da dirgli, può dirla davanti a me.»

Lanciava un'occhiata a Bowen. «Non ho nulla da dirgli.»

Virgil la fissava con interesse.

«Se non ha niente da dirgli, perché siamo qui?» chiedeva Bowen.

«Devo fargli una domanda.»

«Allora, prego, gliela faccia.» la esortava Bowen.

Krystal fissava Virgil diritto negli occhi per un lungo momento. Josie osservò le sue braccia stringersi più forte intorno al corpo. Alla fine, diceva: «Il giorno dell'incidente, prima che tu... prima che tu...»

«Basta.» sbottava Bowen. «Mi dispiace, ma non può fare alcuna domanda sull'incidente, sul giorno dell'incidente o su tutto ciò che lo ha preceduto.»

Le nocche di Krystal diventavano bianche contro la manica della camicetta. «Ha detto che potevo parlare con lui. Ha detto che potevo fargli delle domande. Ha ucciso mia figlia. Cosa diavolo pensava che gli avrei chiesto? Ricette per lo stufato?»

Bowen si alzava in piedi, fissandola con occhi freddi. «Sono spiacente, ma questo incontro è finito.»

Virgil nascondeva la testa tra le mani. Krystal si alzava di scatto e cominciava a rimproverare Andrew Bowen. Qualsiasi traccia di nervosismo era sparita, sostituita dalla furia di una madre a cui vengono negate risposte sulla morte della figlia. Per un momento, sembrava che Krystal potesse addirittura prendere a pugni l'avvocato, ma poi entrava un agente del penitenziario e la scortava fuori dalla stanza dei colloqui. Le grida di Krystal rimbombavano nella minuscola stanza. «Siete dei bastardi!»

A quel punto il video si interrompeva.

«È tutto qui?» disse Ted, ridendo e dando a Bowen una pacca sulla spalla. «Ha sollevato un polverone per questo? Ha parlato solo lei per tutto il video. Che perdita di tempo. Devo tornare al lavoro. La prossima settimana le porterò il resto che le devo. Detective?» Si prese un momento per incrociare lo sguardo di Gretchen e poi quello di Josie. «Vorrei dire che è stato un piacere conoscervi, ma non mi piace molto la polizia. Mi limito a dire soltanto che spero che troviate chi ha ucciso Krystal Duncan.»

Detto questo, lasciò la stanza. Gretchen ringraziò Andrew Bowen per il suo tempo e, insieme a Josie, accompagnò Ted Lesko fuori dalla porta d'ingresso, attirandosi gli sguardi severi della segretaria. Josie guardò Ted attraversare la strada fino a raggiungere una Prius rosso brillante. Una targhetta magnetica attaccata alla portiera del lato passeggero recitava: *Food Frenzy*. Josie lo conosceva bene. Era un servizio di consegna di cibo a domicilio come DoorDash o Grubhub, con il quale, da qualsiasi posto, tramite un'applicazione si poteva ordinare qualcosa; il fattorino andava al ristorante, prendeva l'ordine e te lo portava.

«Pensi di salire o no?» le chiese Gretchen.

Distogliendo lo sguardo da Ted che si era infilato nella Prius, Josie si rivolse a Gretchen. «Sì sì...» disse. «Alza l'aria, però.»

Una volta sedute in macchina, Gretchen girò la manopola dell'aria condizionata mentre Josie avviava il terminale di bordo. L'aria che usciva dalle bocchette da calda divenne rapidamente fresca, con grande sollievo di Josie. Mentre lei inseriva il nome di Ted Lesko in un database, Andrew Bowen uscì dall'edificio, vestito di tutto punto, con una valigetta in mano. Si fermò un attimo a guardarle con la fronte aggrottata. Josie sorrise e salutò, lui girò i tacchi e si allontanò.

«Cosa ne pensi?» chiese Gretchen.

«Penso che dovrebbe scendere dal suo piedistallo. Sua madre è un'assassina e io l'ho mandata in prigione. Uno di questi giorni dovrà accettarlo.»

«No.» disse Gretchen controllando il cellulare. «Mi riferisco alla registrazione.»

«È evidente che Krystal Duncan voleva informazioni da Virgil Lesko su qualcosa che era successo il giorno dell'incidente. Quali fossero queste informazioni, ora non lo sa nessuno. Credo che l'intera faccenda ci abbia lasciato più domande che risposte, e non sono sicura che nessuna di queste domande abbia a che fare con il suo omicidio. Ah, eccolo qui!»

Gretchen si sporse e si spinse gli occhiali da lettura sul naso. «Cosa ne pensi del figlio?»

«Sembra molto legato al padre.» disse Josie. «Ha detto la verità sul suo periodo di detenzione. Ha passato quasi tre anni in prigione per stalking. Il caso è stato aperto nella contea di Philadelphia otto anni fa. A quel tempo aveva ventiquattro anni.» Josie continuò a scorrere. «Da allora non ha preso nemmeno una multa per divieto di sosta.»

Gretchen sospirò. «E nessun collegamento con Krystal Duncan, a parte il fatto che suo padre ha ucciso sua figlia. Vicoli ciechi ovunque. Andiamo a parlare con Nathan Cammack e vediamo cosa può dirci sul soprannome "Stropi".»

DICIASSETTE

Nathan Cammack viveva in un monolocale sopra un negozio di fumetti nel centro di Denton. Non era tanto distante dalla stazione di polizia. La maggior parte degli abitanti di Denton lo considerava il quartiere degli affari della città. Le strade erano disposte a griglia e molti degli edifici erano enormi strutture in mattoni costruite da più di cento anni; diversi tra questi, come la centrale della polizia, erano iscritti nel registro dei monumenti storici. Gretchen e Josie trovarono un parcheggio a pagamento a pochi passi dalla vetrina del negozio e si diressero verso il retro dell'edificio. Una scalinata di legno conduceva a uno stretto camminamento al secondo piano. Al centro c'era una porta esterna. Quando la raggiunsero, Josie notò sul pavimento un secchio di latta pieno di sigarette. Un foglio a brandelli che sembrava essere stato attaccato e riattaccato più volte alla porta recitava a lettere scarabocchiate: *La porta si blocca. Assicurarsi di chiuderla bene.*

«A quanto pare non ha ottenuto molto dal divorzio.» mormorò Josie.

«Si direbbe di no.» concordò Gretchen. «Quando c'è stato l'incidente, era un importante responsabile marketing. Si sarebbe potuto permettere un appartamento o una villetta a schiera.»

Attraversarono la porta, facendo attenzione a chiuderla completamente alle loro spalle. Gretchen disse: «Dobbiamo trovare l'appartamento numero due o, come mi ha detto Nathan per telefono, la porta a destra.»

In fondo al corridoio c'era una porta con il numero due in metallo appena sopra lo spioncino. Non c'era campanello, così Josie bussò. Pochi secondi dopo, la porta si aprì. Davanti a loro apparve Nathan Cammack, a piedi nudi, con un paio di pantaloncini cachi e una camicia con colletto button-down a maniche corte gialla. Sembrava che avesse fatto il possibile per apparire presentabile, se non fosse che quei vestiti erano stropicciati, che i suoi capelli, di un castano biondiccio, erano lunghi e arruffati, e che c'erano delle briciole nella sua lunga barba incolta. Sapevano che aveva più o meno trentacinque anni, ma ne dimostrava una decina in più. I suoi occhi azzurri erano di una tonalità più scura rispetto a quelli della sua ex moglie e sembravano incavati, come se avesse perso molto peso e gli zigomi fossero diventati più sporgenti.

«Salve detective Palmer.» disse, accogliendole all'interno. Gretchen gli presentò Josie mentre si sistemavano su un divano futon. Il soffitto dell'appartamento era alto, le pareti in mattoni sbiaditi. Una mezza parete di mattoni sormontata da pilastri rotondi di legno bianco separava la zona soggiorno dalla cucina. Sebbene entrambi gli ambienti fossero grandi, c'erano pochi mobili. Sembrava che ci vivesse uno studente universitario, se non fosse stato per le foto di Wallace e Frankie appese a una delle pareti del soggiorno. Non ce n'erano così tante come a casa di Gloria, ma l'effetto era ancora più straziante. Le foto di scuola di entrambi i bambini facevano da cornice a un'istantanea che ritraeva Nathan insieme ai figli in piedi su una spiaggia, tutti sorridenti, compreso Wallace. Sotto c'era un disegno incorniciato fatto da uno dei due in cui delle impronte di mani rosa e viola formavano un cuore. Sopra c'era scritto "Buona Festa del Papà" e sotto "Ti vogliamo bene. Wallace e Frankie".

Frankie aveva disegnato un cuoricino al posto del puntino sopra la "i" del suo nome. Josie deglutì per il nodo che le si era formato in gola. Nonostante Nathan avesse chiaramente alzato l'aria condizionata, le si stava formando una patina di sudore tutto addosso. Si strinse le mani in grembo in modo che nessuno gliele vedesse tremare.

Nathan si mise di fronte a loro, passandosi una mano tra i capelli. «Posso offrirvi dell'acqua e... forse dell'acqua. Mi dispiace. Ho solo l'acqua. Non ho fatto la spesa. Non vado a fare la spesa perché sono solo e non mi serve molto...»

«Mr. Cammack...» lo interruppe Gretchen con un sorriso caloroso. «Stiamo bene, grazie. Abbiamo da farle solo qualche domanda.»

Nathan prese una delle sedie del tavolo di cucina. Josie notò che aveva solo due sedie ed erano spaiate. Il suo portatile era aperto sul tavolo accanto a quattro tazze di caffè, due bottiglie d'acqua e un sacchetto di patatine aperto. Sistemò la sedia di fronte a loro al contrario, mettendosi a cavalcioni sulla seduta e incrociando le braccia sullo schienale. «Immagino che siate qui per Krystal, dico bene? Dee mi ha detto cos'è successo. Ha detto di averla trovata al cimitero già morta. È vero che è stata uccisa?»

«Sì.» disse Gretchen.

«Come posso aiutarvi?»

«Quando è stata l'ultima volta che ha visto Krystal Duncan?» gli chiese Josie.

«All'ultima riunione del nostro gruppo di sostegno. Cioè, non quella appena trascorsa, ma quella precedente. Dee ve ne ha parlato, vero? Ci incontriamo il lunedì.»

«Sì.» confermò Josie. «Ha parlato con Krystal durante quella riunione?»

«Beh, non a tu per tu. È un gruppo e la dottoressa Rosetti fa da moderatore.»

«Quindi non ha parlato con Krystal in privato quella sera?» precisò Gretchen. «Né prima né dopo la riunione?»

Nathan scosse la testa. «No. Mi dispiace, non le ho parlato. Cosa sta succedendo di preciso? Pensate che io abbia qualcosa a che fare con il suo omicidio?»

«Mr. Cammack...» disse Josie. «Al momento stiamo parlando con tutte le persone che erano vicine a Krystal.»

Lui si portò una mano al petto, raddrizzando la schiena. «Oh, ma io non le ero vicino.»

«Sua moglie ci ha detto della sua relazione.» tagliò corto Gretchen.

Nathan Cammack ritrasse la testa come se avesse ricevuto uno schiaffo. «Relazione?» ripeté. «Quale relazione?»

«La sua relazione con Krystal Duncan.» spiegò Josie.

Lui rovesciò la testa all'indietro, guardando il soffitto, e poi abbassò la fronte sulle braccia. «Oh Signore...» esclamò con voce soffocata e, rialzando la testa, disse: «Chi vi ha detto che io e Krystal abbiamo avuto una relazione? È stata Gloria? Da dove diavolo l'ha tirato fuori?»

«Glielo ha raccontato Krystal.» spiegò Gretchen.

Lui balzò dalla sedia e cominciò a camminare. «Cosa? Quando? Cos'è questo, uno scherzo?»

«Mr. Cammack, si calmi.» lo pregò Josie.

Lui si fermò e puntò un dito contro Josie. «Mi state dicendo che Krystal ha raccontato a mia moglie che abbiamo avuto una relazione? E quando diavolo sarebbe successo?»

«Gloria non ne era completamente sicura. Ci ha detto di qualche incontro negli ultimi mesi.»

Il suo volto si contorse. Riprese a camminare. «Cosa? Mi state prendendo in giro? Che assurdità! Perché avrebbe dovuto... ma che cazzo... siete sicure? Krystal ha detto alla mia ex moglie che abbiamo avuto una relazione?»

«Sì.» disse Gretchen. «Mr. Cammack, la prego di sedersi. Gloria ci ha detto che non è arrabbiata per averlo scoperto. Ha detto che il vostro matrimonio era finito da tempo.»

Nathan alzò le braccia in aria e le lasciò ricadere lungo i fianchi con un forte schiaffo. «Perché mai Krystal le avrebbe raccontato una cosa del genere? Perché? Statemi a sentire, io e Krystal non abbiamo avuto una relazione. Buon Dio. L'ha detto a mia moglie e ora è morta! Quindi, immagino che adesso penserete che, se c'è stato qualcosa tra di noi, io... io le abbia fatto qualcosa!»

Josie si alzò e gli si parò davanti, costringendolo a fermarsi. «Nathan.» disse con fermezza. «Nessuno la sta accusando di nulla.»

«La mia ex moglie mi accusa di aver avuto una relazione!» esclamò lui.

Josie prese la sedia, la trascinò sul pavimento e la posizionò dietro di lui. «Si sieda.» disse. «Sua moglie non l'ha accusata di nulla. Secondo lei perché Krystal avrebbe dovuto dire alla sua ex moglie che voi due avete avuto una relazione?»

Si accasciò sulla sedia con un pesante sospiro. Si strofinò la barba con entrambe le mani, facendo cadere delle briciole. «Cristo santo. Non ne ho idea. Non ho idea del perché Krystal abbia detto una cosa del genere, soprattutto dopo tutto questo tempo. E a Gloria per di più. Pensavo che andasse tutto bene. Sono passati due anni. I bambini...»

Josie andò in cucina e aprì il frigorifero. Nathan non aveva minimizzato quando aveva detto che aveva solo dell'acqua. C'erano due bottiglie. Il resto del frigorifero era pieno di vari contenitori da asporto, alcuni dei quali piuttosto vecchi a giudicare dall'odore che emanavano. Si affrettò a prendere una bottiglia d'acqua, tornò al soggiorno, e porgendola a Nathan disse: «Le cose non andavano "bene" tra lei e Krystal quando c'è stato l'incidente?»

Bevve un lungo sorso dalla bottiglia e la posò sul pavimento tra i suoi piedi. «Io e Krystal siamo sempre andati d'accordo. Eravamo soliti vederci la sera, dopo che i nostri figli si erano addormentati. Gloria era sempre al computer o a fare qualche strano regime di bellezza new age che la tratteneva in bagno per ore intere. Io uscivo di nascosto. I nostri giardini sono confinanti. Lo sapevate?»

«Gloria ce l'ha mostrato.» disse Gretchen. «Quindi andava a casa di Krystal di notte?»

Scosse la testa. «Che diamine, no! Lei mi invitava a entrare in casa, ma io non volevo. Cosa sarebbe successo se Bianca si fosse svegliata e mi avesse visto? Si sarebbe fatta un'idea sbagliata!»

Josie abbassò lo sguardo su di lui. «Quale sarebbe l'idea sbagliata?»

Rispondendo alla sua occhiata, rispose: «Che avessimo una relazione! E non era così. Voglio dire, sì, è vero, quando i bambini erano molto piccoli, ovvero quando Bianca e Wallace andavano all'asilo, siamo andati a letto insieme. Una volta. È successo una volta sola. Gloria era via, Krystal aveva lasciato che Wallace e Frankie andassero a giocare nella casetta. A loro piaceva molto. Gloria non ce li lasciava mai andare.»

«Perché no?» chiese Gretchen.

Lui alzò gli occhi. «Aveva sempre paura che Krystal cercasse di dar loro da mangiare cibo spazzatura o qualcosa del genere. Oh, Dio non volesse, burro d'arachidi e marmellata e...» esclamò fingendo un sussulto drammatico. «Pane in cassetta! Sapete che Gloria gestisce un negozio di soli prodotti naturali per famiglie con bambini, vero?»

«Sì lo sappiamo.» disse Josie.

«Va nei matti per quella roba. Non lasciava mai che i bambini mangiassero qualcosa di buono. Intendo dire qualsiasi cosa con coloranti o conservanti o che fosse processata. Quello che si metteva in tavola doveva essere biologico e fatto a mano. Ha preparato il pranzo ai bambini da portare a scuola per tutti quegli anni. Sapete che un giorno Frankie era tornata a casa ed era scoppiata a piangere perché aveva mangiato un cupcake a scuola? Un'altra bambina aveva compiuto gli anni e aveva portato cupcake per tutta la classe e Frankie non aveva resistito. Poi era tornata a casa piangendo... immaginate, una bambina di sei anni piena di rimorso, perché temeva che la madre l'avrebbe punita!»

«E l'ha punita?» chiese Gretchen.

«No. Non glielo abbiamo detto. Non ne valeva la pena. Ne abbiamo fatto il nostro segreto. Frankie adorava condividere un segreto.» Scoppiò a piangere e un singhiozzo improvviso e inaspettato scosse tutto il suo corpo.

Josie si sentì mancare il fiato, fece un passo avanti e gli posò una mano sulla spalla. Lo sentiva tremare sotto il suo tocco. Nathan alzò lo sguardo verso le foto dei suoi figli e si asciugò le lacrime con i polpastrelli dei pollici. «Mi dispiace.» mormorò.

«Non deve mai scusarsi perché le mancano i suoi figli, Mr. Cammack.» lo rassicurò Gretchen.

Annuì e fece diversi respiri profondi. «È strano, sapete? Sono sempre i bei ricordi a colpirmi. Posso parlare dell'incidente, di quel giorno... posso ricordare i funerali, quelle prime terribili settimane, e mi sento morire dentro. Ma poi penso all'espressione dei loro volti quando facevamo le cose più divertenti insieme... solo io e loro, senza Gloria... e sento che potrei morire da quanto mi mancano.»

Josie gli diede una stretta alla spalla. Aveva un'altra domanda sulla punta della lingua, ma non riusciva a farla uscire. Gretchen riprese il filo del discorso per lei. «Portava i bambini da Krystal quando Gloria era via?»

Lui scosse la testa. «No. Non sempre. Non quando sono diventati grandi e hanno smesso di andare d'accordo.»

«Ha detto che lei e Krystal siete stati intimi, giusto?»

«Esatto, ma solo quella volta. Sono stato malissimo e anche Krystal è stata male. Lei era single, ma non era quel tipo di persona. Non andava con gli uomini sposati. È successo e basta. Ma come ho detto, è andata così. È stato un caso isolato. Un errore.»

Josie gli lasciò la spalla e si allontanò di un paio di passi. Calmando la voce, chiese: «Allora perché usciva di nascosto di notte per vedere Krystal?»

Sospirò. «Fumavamo erba insieme, ok? Nella casetta dei bambini. Una sera l'avevo sorpresa a fumare lassù e si era spaventata. Aveva paura che lo raccontassi in giro. Le dissi che non spettava a me dire qualcosa a qualcuno e che, se voleva fumare erba nell'intimità del suo giardino, non erano affari miei. Poi era scoppiata a piangere.»

«Come mai?» chiese Gretchen.

«Era stressata dal lavoro.» spiegò Nathan. «Non ricordo nello specifico, ma Krystal era sempre stressata per qualcosa. Diceva che l'erba era l'unica cosa che la aiutava ad affrontare l'ansia. Comunque, eravamo seduti lassù da così tanto tempo che me ne offrì un tiro. Poi è diventato un rituale, capite? Ci incontravamo in quella minuscola casetta, fumavamo erba, lei si lamentava del lavoro e io del mio matrimonio.»

«Per quanto tempo è andata avanti?» chiese Josie.

«Non lo so. Un paio d'anni. Dopo l'incidente non l'abbiamo più fatto. Non le ho mai parlato da solo dopo l'incidente.»

«Questo non basta a spiegare perché Krystal abbia detto a sua moglie che voi due avevate avuto una relazione, dopo che erano passati due anni dall'incidente dello scuolabus.»

«Lo so.» disse lui. «Non mi spiego perché l'abbia fatto. Non... non riesco a proprio a capirlo.»

«Nathan...» disse Josie. «La parola "Stropi" le dice qualcosa?»

«Stropi? Sì mi dice qualcosa...»

«È una combinazione delle parole "stronzo" e "piagnone".» chiarì Gretchen.

Nathan abbassò le spalle. «Cavolo. Non lo sentivo da secoli.

Da almeno due anni. Se me lo chiedete, presumo che sappiate che era un soprannome che mio figlio si era guadagnato a scuola.»

Josie incontrò brevemente lo sguardo di Gretchen: non solo Gloria e Nathan erano opposti nell'aspetto e nel modo di tenere la casa, ma evidentemente anche nel modo in cui avevano vissuto con i loro figli.

«Un soprannome che si era guadagnato?» ripeté Josie. «Come avrebbe fatto Wallace a guadagnarsi un soprannome del genere?»

Nathan abbassò il viso verso il petto e dopo un profondo respiro, tornò a guardare in alto, girando la testa per incrociare lo sguardo di Josie. «Io amavo mio figlio. Profondamente e incondizionatamente. Mi sarei preso una pallottola per lui. Per lui e per mia figlia. Farei a cambio di posto con loro in un batter d'occhio, se potessi. Ma la verità è che avevamo dei problemi con Wallace perché faceva il prepotente con gli altri bambini a scuola. Non ne vado fiero, lo ammetto. Io pensavo che avremmo dovuto lavorarci su, ma Gloria non la vedeva così. Avete mai sentito parlare di quei genitori che dicono "non mio figlio"?»

Josie ne aveva sentito parlare, invece Gretchen disse: «Sarebbero?»

«Quei genitori che crescono i loro figli come stronzi patentati, che pensano che a loro il mondo debba tutto e non importa cosa facciano di male; non importa quanto evidenti siano le prove dei loro comportamenti, i genitori si rifiutano di crederci. "Non mio figlio" dicono. Non è possibile che il loro figlio si sia ubriacato pur non avendo l'età per bere e abbia investito un gruppo di pedoni. Non è possibile che il figlio abbia palpeggiato una povera ragazza a una festa. Il loro figlio non potrebbe mai lanciare insulti razzisti. Perché è un figlio perfetto. Capite cosa voglio dire?»

«Sì.» disse Gretchen.

«Beh, Gloria era un po' così. Era una delle cose per cui litigavamo in continuazione. Voglio dire, non fraintendetemi, Wallace non era neanche lontanamente paragonabile agli esempi che vi ho appena fatto. Aveva solo dodici anni. Ma ero preoccupato che stesse andando in quella direzione, mi capite? Perché, insomma, nessuno vuole che il proprio figlio cresca come uno stronzo.»

«Come avete scoperto il soprannome che gli avevano dato?» chiese Josie.

«Ce lo disse lui. Un giorno era tornato a casa da scuola arrabbiato e dispiaciuto. Si rifiutò di andare alle prove di batteria, anche se saltare un appuntamento previsto dal prezioso programma di sua madre era un peccato capitale.»

«Che cos'è successo dopo?» chiese Gretchen.

Di nuovo, lui si strofinò la barba. «Niente. Non è successo niente. Iniziai a dirgli che doveva assumersi le responsabilità delle sue azioni e riflettere a lungo sul motivo per cui gli altri bambini lo chiamavano così, e Gloria mise subito fine a tutto questo. Mi accusò di aver preso le parti degli altri bambini, quando in realtà Wallace finiva nei guai con la scuola da mesi perché dava fastidio ai compagni. Quindi, alla fine, non successe nulla. Mi mise a tacere. Ma a prescindere da questo, pensai che fosse una cosa buona. So che suona strano, ma quel soprannome lo aveva turbato, capite? Speravo che si prendesse un po' di tempo per riflettere sulle sue azioni e che magari cercasse di essere migliore.»

«Dee Tenney ci ha detto che Wallace si è messo nei guai per aver dato fastidio a sua figlia, Gail, poco prima dell'incidente.» lo incalzò Gretchen. «E la sua ex moglie lo ha confermato. Cosa pensò in quell'occasione? Che forse non aveva imparato la lezione?»

Nathan annuì. «Proprio così. Ero molto arrabbiato per tutta quella faccenda, ma Gloria disse che ci aveva pensato lei e che non voleva che fossi coinvolto. Il che mi fece arrabbiare perché era anche figlio mio. Volevo parlarne con Miles, sapete, da padre a padre, ma poi è successo l'incidente e non ha più avuto importanza.»

«Krystal sapeva del soprannome?» chiese Josie.

«Non lo so. Probabilmente sì. Probabilmente Bianca glielo aveva raccontato. Bianca le diceva tutto. Avevano un buon rapporto in questo senso.»

«Chi altri sapeva del soprannome?» disse Gretchen.

«Non lo so. Tutti quanti, credo. Tutti i ragazzi a scuola lo sapevano. Aspettate un attimo. Perché stiamo parlando del soprannome che i compagni avevano appioppato a mio figlio? È per questo che siete venute a parlarmi? Non capisco.»

Gli spiegarono, come avevano fatto con Gloria, nel modo più vago possibile, che il soprannome di suo figlio era stato rinvenuto insieme al corpo di Krystal.

«Ma questo non ha senso.» disse. «Ne siete sicure? Deve trattarsi di un errore. Per quale motivo il soprannome di Wallace sarebbe venuto fuori nel luogo in cui è stata uccisa Krystal?»

«Non lo sappiamo.» ammise Josie. «È quello che stiamo cercando di scoprire. Nathan, può raccontarci cosa ha fatto da giovedì sera a lunedì mattina?»

Passò lo sguardo da Josie a Gretchen e viceversa prima di scuotere la testa e lasciarsi sfuggire una risatina dalle labbra. «Certo.» disse. «Ero qui. Sono sempre qui. Ora lavoro da casa, scrivo contenuti per siti web. Sono uscito a mangiare qualche volta.»

«Qualcuno può confermarlo?» chiese Gretchen.

«No.» rispose lui. «Non ho più nessuno.»

DICIOTTO

Josie e Gretchen presero il pranzo da asporto e tornarono alla centrale. Entrando nella sala grande, trovarono Amber seduta alla scrivania, che scattò in piedi non appena le vide. Sembrava fuori posto nell'area dei detective con il suo vestito lungo dai colori vivaci, i sandali con la zeppa color tortora e i capelli ramati che le scendevano sulle spalle. Le accolse con un sorriso, ma Josie riuscì a cogliere lo stesso la tensione che le saliva agli angoli della bocca. «Ho bisogno di un aggiornamento sul caso di Krystal Duncan.» annunciò. «La stampa sta impazzendo da quando hanno scoperto che è stata trovata morta. Il capo lo ha confermato, ma non ha voluto aggiungere altro, il che ha peggiorato notevolmente la situazione. Al notiziario di mezzogiorno hanno già dato la notizia del ritrovamento del corpo. Il mio telefono sta esplodendo e la mia e-mail è praticamente sovraccarica.»

Gretchen porse ad Amber un sacchetto di carta marrone. «È un'insalata Cobb. Se non sbaglio, ti piace.»

Stupefatta, Amber fissò il sacchetto come se fosse una testa mozzata. «Ehm, sì.»

«Prima mangi quella.» disse Gretchen. «Poi racconterai

questo alla stampa: il corpo di Krystal Duncan è stato trovato nel cimitero lunedì mattina. Il medico legale ha dichiarato la morte per omicidio. Non abbiamo altre informazioni. Stiamo seguendo ogni pista. Se qualcuno ha informazioni sugli spostamenti di Krystal da giovedì a lunedì o sulla sua morte, può chiamare il numero della centrale della Polizia di Denton. Non è molto di più di quello che hanno già, però è meglio di niente. Spingiamo per farci dare qualche soffiata dalla gente.»

Amber squadrò Gretchen per un attimo. Poi un sorriso le si allargò sul viso. «Grazie.»

Josie e Gretchen portarono il pranzo alla scrivania e cominciarono a mangiare, ma Josie non si gustò nulla; la mattinata le aveva tolto più di quanto avesse previsto. Stava pensando di fare un salto al Komorrah's Koffee per una tazza di caffè quando la porta del capo Chitwood si aprì di botto. Entrò nella sala grande e il suo sguardo gelido si posò immediatamente su Josie. «Quinn!» abbaiò.

Lei lo fissò. «Signore?»

Lui la fissò di rimando e incrociò le braccia sul petto magro. Un singolo capello bianco fluttuava in cima alla testa calva. «Hai qualcosa per me?»

A Josie bastò un secondo per capire che si stava riferendo al braccialetto per il rosario. In realtà le stava chiedendo se fosse pronta o meno a restituirglielo. Non aveva idea di quando sarebbe successo o di come avrebbe fatto a saperlo, ma era certa di averne ancora bisogno. Poteva praticamente sentirne il peso nella tasca. «No, Signore.» gli disse. «Non adesso.»

Chitwood annuì e rivolse lo sguardo a Gretchen. «Palmer. A che punto siamo con l'omicidio Duncan? L'intera città è in fibrillazione per questa storia, come è normale che sia, ma non voglio che si scateni il panico.»

Gretchen gli fece un resoconto delle attività che avevano svolto lei e Josie da quando era stato ritrovato il corpo di Krystal Duncan. «Dobbiamo parlare con i dipendenti di Gloria

Cammack e vedere se possono confermare le date e gli orari in cui era presente al lavoro.»

«Però ha un alibi debole.» aggiunse Josie. «E Nathan Cammack non ce l'ha proprio, ed era vicino a Krystal Duncan, almeno prima dell'incidente.»

«Pensate che siano stati i Cammack?» domandò il capo.

«No.» gli rispose Josie. «È difficile a dirsi, ma dobbiamo ancora fare diverse ricerche.»

«E gli addetti del cimitero? Avete fatto dei controlli su di loro?» chiese.

«Certo.» disse Gretchen. «Ho inserito i loro nomi nei database prima di andare all'obitorio e non ho trovato niente che mi suscitasse sospetti.»

«E quella Dee Tenney?» chiese il capo. «Pensate che possa avere qualcosa a che fare con tutto questo?»

«Ne dubito.» affermò Gretchen. «Ma anche lei ha un alibi debole. Noah ha raccolto la sua dichiarazione ieri. Non lavora, quindi la maggior parte del tempo la passa a casa, da sola. Heidi Byrne può giustificare una parte dei movimenti di Dee e ci sono anche le ricevute di alcune commissioni fatte lunedì mattina, ma a parte questo, nessuno può confermare che fosse davvero a casa da sola per buona parte del fine settimana in cui Krystal è scomparsa.»

«Inoltre...» aggiunse Josie, «sembra veramente che Dee non sapesse a cosa corrisponde la parola "Stropi".»

«Ammettendo che non abbia mentito.» suggerì Chitwood.

«Possibile.» concordò Josie. «Potrebbe aver mentito, ma non credo che sia questo il caso.»

Chitwood scosse la testa. «Mi state dicendo che avete scoperto tutte queste stronzate sul vizio che prima di morire questa donna aveva con l'erba e sul fatto che avesse o forse no una relazione con un altro tizio, ma che non c'è niente che vi indirizzi verso l'assassino?»

Gretchen si rabbuiò. «Più o meno è così.»

«Non c'era DNA sul corpo? Niente?»

Gretchen sfogliò alcune pagine del suo taccuino. «Mi dispiace, Signore. La Squadra di Raccolta delle Prove non ha trovato nulla.»

«E che mi dite del metodo? Avvelenamento da monossido di carbonio. Ci porta da qualche parte?»

«Nessuna.» disse Josie. «L'unica cosa che ci dice è che l'assassino avrebbe dovuto avere accesso a un luogo chiuso da riempire di monossido di carbonio dove potesse lasciarla abbastanza a lungo da farla morire. Presumibilmente in un posto abbastanza defilato da non permettere a nessuno di sentirla urlare o di cercare di uscire prima che il gas iniziasse a fare effetto.»

«Quindi, un posto come un garage.» ipotizzò Chitwood. «Probabilmente di una casa unifamiliare con abbastanza terreno intorno da impedire che qualcuno sentisse le sue urla. Questo restringe il campo. Spero che una di voi abbia in serbo un miracolo, perché altrimenti...»

Il resto della frase venne inghiottito dal rumore della porta delle scale che si apriva di botto. Il loro sergente, Dan Lamay, apparve piegato con le mani sulle ginocchia mentre cercava di riprendere fiato. «Abbiamo un problema al piano di sotto.» rantolò.

Josie e Gretchen erano già in piedi.

«Lamay, hai mai sentito parlare di un telefono?» sbraitò Chitwood. «Sono piuttosto convinto che al piano di sotto ce ne sia uno che puoi usare.»

«Sì.» disse Lamay. «Me ne servirà uno nuovo. Il "problema" l'ha afferrato attraverso l'apertura nel plexiglass e l'ha strappato dalla dannata scrivania.»

I tre attraversarono la porta con Dan che zoppicava dietro di loro. Aveva quasi settant'anni, era in sovrappeso e doveva fare i conti con un ginocchio malandato.

«Lamay, avresti dovuto chiudere la centrale.» sbraitò Chitwood.

«Non è pericoloso.» spiegò Lamay, seguendoli giù per le scale. «Non è armato e non è nemmeno aggressivo. È rimasto all'entrata, ma è stravolto. È Sebastian Palazzo.»

Josie e Gretchen si fermarono davanti alla porta che dava accesso al piano terra e guardarono su per la scalinata verso Lamay.

«Sebastian Palazzo?» chiese Gretchen. «Il padre di Nevin Palazzo, uno dei cinque bambini morti nell'incidente dello scuolabus di West Denton due anni fa?»

Lamay annuì. «Ha detto che sua moglie è scomparsa.»

«Porca puttana.» sbraitò Chitwood.

Josie e Gretchen attraversarono la porta, entrarono nel corridoio e corsero verso l'ingresso. Dall'altra parte del plexiglass che separava la scrivania di Dan Lamay dal resto dell'ambiente c'era Sebastian Palazzo, circondato da un gran disordine. Il telefono della scrivania di Dan giaceva in un angolo della stanza, con i cavi sfilacciati e lacerati come radici di alberi spezzate. Le sedie erano state rovesciate. La bacheca di sughero pendeva storta, appesa al muro solo da un lato. Sebastian Palazzo era alto, superava il metro e ottanta, aveva spalle larghe e folti capelli neri ondulati. I suoi occhi scuri sembravano assatanati. L'intera scena era incongrua con il resto del suo aspetto: pantaloni di un completo grigio antracite, camicia bianca e cravatta rossa sotto quello che sembrava un camice da laboratorio. Sul taschino sinistro era ricamata la scritta "Farmacia Palazzo". Appena sotto era apposta una spilla con il nome di una catena nazionale di farmacie sopra il suo nome proprio. A Josie sembrava di ricordare che la catena avesse rilevato la Farmacia Palazzo qualche anno prima.

Quando li vide si lanciò contro la scrivania, sbattendo gli avambracci contro la parete di plexiglass fino a farla vibrare. «Ho bisogno di aiuto!» gridò. «Aiuto! Mi sentite? Mia moglie è scomparsa! Perché a nessuno importa che mia moglie sia scomparsa?»

Josie si diresse verso la porta che dava sull'ingresso.

«Boss.» disse Gretchen.

Ma a Josie non importava quanto fosse fuori di sé quell'uomo o quanto fosse più grosso di lei. Entrò comunque nell'atrio, facendosi strada tra gli oggetti sparsi per raggiungerlo alla scrivania. «Mr. Palazzo.» disse con voce decisa. «Sono la detective Josie Quinn. Sono qui per aiutarla. Ma prima deve calmarsi.»

Lui le puntò un dito contro il viso e, a denti stretti, disse: «Non mi dica di calmarmi.»

Josie sentì la porta aprirsi e chiudersi alle sue spalle e capì che Gretchen e Chitwood erano dietro di lei. Si scostò dal dito di Sebastian Palazzo e lo guardò negli occhi. «Allora non le dirò di calmarsi, ma deve smetterla di distruggere il nostro ingresso. Se sua moglie è sparita ho i miei seri dubbi che l'impiego migliore del suo tempo sia stare in prigione con l'accusa di danni materiali.»

Mr. Palazzo abbassò la mano. «Ha intenzione di aiutarmi?»

«Certo.» disse Josie.

«Ho chiamato la polizia e mi hanno detto che non possono aiutarmi perché non sono passate ancora ventiquattro ore dalla scomparsa di mia moglie.»

«Funziona così con gli adulti. Di solito aspettiamo almeno ventiquattro ore prima di compilare una denuncia di scomparsa, ma visto che è qui, perché non passiamo nella nostra sala conferenze e ci dice cosa sta succedendo?»

Lo sguardo folle negli occhi di quell'uomo scomparve. All'improvviso parve essere tornato in sé. Guardandosi intorno si passò le dita tra i folti capelli quando si rese conto di come aveva ridotto l'ingresso. «Oh mio Dio.» esclamò. «Mi dispiace tanto. Io non... pagherò per tutti i danni, ma per favore, aiutatemi a trovare mia moglie.»

Gretchen gli tenne aperta la porta del corridoio. «Venga da questa parte, Mr. Palazzo.»

Chitwood lo condusse nel corridoio con Josie e Gretchen al seguito. Il capo rimase nella sala conferenze con loro, insistendo perché Sebastian si sedesse, e prese posto vicino alla porta mentre Josie e Gretchen lo invitavano a fare un resoconto dell'accaduto.

«Sua moglie si chiama Faye, giusto?» chiese Josie.

«Sì, sì.» rispose lui. «Come fate a saperlo?»

Gretchen si sporse in avanti sulla sedia. «Mr. Palazzo, probabilmente lei non si ricorda di me, ma io sono la detective Gretchen Palmer, ero responsabile delle indagini sul caso dell'incidente dello scuolabus di West Denton.»

Lui la studiò per un lungo momento. «Sì, capisco. Mi scusi tanto, ma non mi ricordo. È stato tutto molto confuso. C'erano così tante persone tra polizia, avvocati, giornalisti, vicini di casa, oltre alle persone che non conoscevamo e che volevano solo esprimere solidarietà.»

«Nessun problema.» lo tranquillizzò Gretchen. «Ci racconti di sua moglie.»

«Sono tornato a casa per pranzo e non c'era più.» cominciò lui. «Torno a casa per pranzo dalla farmacia tutti i giorni alle undici del mattino.»

«A che ora è uscito per andare al lavoro?» chiese Josie.

«Alle otto e mezza. Ora lavoro sei giorni alla settimana. Dal lunedì al sabato. Esco sempre alle otto e mezza esatte e torno a casa alle undici per il pranzo. Torno così presto perché dopo mezzogiorno la farmacia diventa troppo affollata perché io possa uscire. Io e mia moglie pranziamo tutti i giorni alla stessa ora. Voglio dire, lo facciamo ora, da quando Nevin è morto. Gliel'ho suggerito io perché, dopo l'incidente, mia moglie era così disperata che temevo davvero che avrebbe tentato togliersi la vita. Dopo qualche mese aveva iniziato a vedere la dottoressa Rosetti, che l'ha aiutata, e poi abbiamo iniziato a frequentare insieme il gruppo di sostegno. Anche quello è stato molto utile, ma non abbiamo mai interrotto l'abitudine di pranzare insieme alle undici. Comunque, sono tornato a casa alla stessa ora di sempre, ma lei non c'era. Ho cercato in tutta la casa, nel garage, sul retro. In ogni angolo.»

«È sicuro che non sia semplicemente andata a fare una passeggiata o un giro in macchina o qualcosa del genere?» gli chiese Josie.

Sebastian scosse la testa. Le lacrime gli brillavano negli occhi. «No, no. La sua macchina è ancora in garage. Non se ne sarebbe andata così. Di questo sono sicuro. Non mi avrebbe fatto una cosa del genere. Non dopo quello che è successo a Nevin.»

«Ha provato a chiamarla al cellulare?» domandò Gretchen.

Lo sguardo di Sebastian Palazzo passò su Gretchen. «È questo il punto di come so che qualcosa non va: ho trovato il suo cellulare lì, sul bancone della cucina. La sua borsa è ancora nell'armadio dell'ingresso dove la tiene sempre e dentro c'è ancora tutto, compreso il suo ansiolitico. Faye non esce mai di casa senza.»

Josie guardò Gretchen. Una sensazione di malessere le si agitava nel profondo dello stomaco. Cinque giorni prima, Krystal Duncan era scomparsa da casa sua, lasciandosi dietro l'auto, il cellulare e la borsa.

«Mr. Palazzo...» disse Gretchen, «le dispiace se veniamo a casa sua a dare un'occhiata?»

Lui si alzò di scatto dalla sedia, con il volto acceso e serio. «No, tutt'altro.» disse. «Venite, vi prego, non si tratta solo di questo. C'è qualcosa che ho bisogno che vediate. Come ho detto, ho chiamato la polizia, ma non hanno voluto mandare nessuno.»

Josie si alzò in piedi, con una punta di paura che le trafiggeva la spina dorsale. «Cosa vuole che vediamo?»

Il capo Chitwood si spostò vedendolo dirigersi verso la porta. Sebastian si guardò alle spalle, verso Gretchen e Josie, e facendo loro cenno di affrettarsi, disse: «Qualcosa che prima non c'era.»

L'esterno della casa dei Palazzo si presentava come quello di una qualsiasi altra casa di West Denton: grande, a due piani, con la facciata in mattoni, un garage per tre auto e un ampio prato con aiuole accuratamente tenute sul davanti. L'interno, invece, era tutto l'opposto. I Palazzo avevano scelto un arredamento moderno ed elegante che sembrava più adatto a un appartamento di lusso di New York che a una casa di famiglia nella periferia di una piccola città della Pennsylvania centrale. I mobili erano tutti bianchi e neri e di dimensioni così ridotte da dare l'idea di essere a malapena sufficienti per accogliere il necessario per due persone. I pavimenti di ogni stanza erano piastrellati con un motivo a scacchiera in bianco e nero, con soffici tappeti bianchi dappertutto. Josie si chiese se la casa fosse sempre stata così o se l'avessero ristrutturata dopo la morte del figlio, perché non riusciva a immaginare che un bambino potesse vivere in un posto del genere.

«Non ho visto segni di effrazione.» disse Gretchen mentre attraversavano l'ingresso. «La porta era chiusa a chiave quando è tornato a casa?»

«No, no. Il che è insolito perché Faye entra ed esce sempre

dal garage. Cioè, almeno quando usa la macchina. Ecco, vi mostro l'ingresso dal garage.»

Mentre si avviavano, Josie diede un'occhiata al soggiorno. Non c'era nulla fuori posto. Un divano e una poltrona bianchi erano disposti a forma di L, con un tavolino nero che faceva da angolo. Su una parete era montato un televisore. Su un'altra parete era appeso un enorme quadro in bianco e nero. All'inizio Josie pensò che si trattasse di un'opera d'arte, ma a un'occhiata più attenta capì che si trattava di una fotografia di Faye Palazzo. Josie riconobbe il suo volto dai servizi giornalistici sull'incidente dell'autobus. Faye era stata una modella di successo intorno ai vent'anni. Ogni volta che era apparsa davanti alle telecamere dopo l'incidente, anche nel suo dolore, rimaneva impressa. La foto era un ritratto a grandezza naturale in cui indossava tacchi alti e un vestito aderente. Era in una posizione inclinata rispetto alla macchina fotografica, ma teneva il viso girato e guardava alle sue spalle. Il vestito, aperto sulla schiena, metteva in mostra un'ampia superficie di pelle. La lunga chioma scura era scostata su un lato. Uno spacco del vestito lasciava intravedere una gamba leggermente piegata. Era una posizione scomoda, indubbiamente, ma i suoi occhi non mostravano alcun disagio e fissavano la macchina fotografica con un sorriso invitante e un po' misterioso.

Alle spalle di Josie, Sebastian disse: «È lei! È la mia Faye. Era una modella.»

Si voltò e capì che lui e Gretchen erano tornati dal garage. «È bellissima.» disse Josie con tono gentile, ma si chiese di chi fosse stata la decisione di far ingrandire la foto e appenderla in salotto.

«È la mia foto preferita.» continuò Sebastian. «Mia moglie, invece, la detesta.»

«Però le ha permesso di appenderla.» osservò Josie.

«Ha perso una scommessa.» spiegò lui. «Venite in cucina. Vi faccio vedere cosa ho trovato.»

Josie lo seguì. Nel corridoio che portava alla cucina c'erano ancora più fotografie di Faye, tutte a colori, risalenti a quando faceva la modella, disposte in modo geometrico, e ognuna era stata inserita in una piccola cornice quadrata. Faye che indossava vari abiti. Faye su una passerella, presumibilmente a New York. O forse a Parigi. Faye in costume da bagno, che mandava un bacio alla macchina fotografica. Dalla qualità degli scatti si capiva bene che erano stati fatti da fotografi professionisti. Non c'erano istantanee. Non un'immagine scattata dal marito in un momento di allegria. Passando davanti alla sala da pranzo, Josie notò un grande ritratto appeso a una parete che ritraeva i Palazzo nel giorno del loro matrimonio. Almeno c'era quello. Josie seguì Sebastian e Gretchen in cucina, arredata, ancora una volta, con mobili e piani d'appoggio bianchi, ed elettrodomestici bianchi. Solo il tavolo era nero. Su un lato del tavolo c'erano due piatti, ciascuno con un panino, presumibilmente per moglie e marito. Erano disposti in diagonale. L'altra estremità del tavolo era sovrastata da scatole impilate.

Josie diede una rapida occhiata. Una scatola conteneva volantini che annunciavano una veglia per le vittime dell'incidente di West Denton la sera prima del processo. Le altre scatole contenevano candele sottili e salvagoccia di carta. Sul lato delle altre due scatole c'era scritto a caratteri cubitali: *candele da quindici centimetri con salvagoccia. Quantità: cinquanta.*

«Sua moglie stava organizzando una veglia?» domandò Josie.

«Sì.» disse Sebastian. «Ne ha organizzate diverse da quando Nevin è morto. Ha pensato che farne una alla vigilia del processo sarebbe stato giusto, affinché la gente ricordasse ciò che è stato perso.»

Josie si voltò e vide che Gretchen si era avvicinata a un tavolino in un angolo della cucina. Era nero lucido e sopra c'erano alcune foto incorniciate di Nevin Palazzo. Istantanee di un ragazzino che assomigliava molto al padre, ma con le ciglia lunghe e il naso perfettamente dritto e stretto della madre. In una foto, giocava a calcio. In un'altra, si trovava accanto a un personaggio dei cartoni animati a Disneyworld. Una terza foto lo ritraeva in posa con i genitori a Times Square. Nell'ultima foto, sorrideva mentre la madre gli dava un bacio sulla guancia. Sembrava così felice. Josie fece un respiro profondo e si ricordò che era chiamata a svolgere un lavoro. Voltandosi verso Sebastian Palazzo, gli chiese: «Che cosa ha trovato?»

Dalla porta della cucina, Sebastian si avvicinò al tavolo e indicò uno dei due posti apparecchiati. Sul tovagliolo accanto, Josie vide due orecchini scintillanti. Piccoli cerchietti d'oro tempestati di diamanti, a quanto poteva constatare.

«Sono di Tiffany.» specificò Sebastian. «Molto costosi.»

«Non appartengono a sua moglie?» chiese Gretchen.

Il suo braccio tremò mentre li indicava ancora una volta con decisione. «Eccome se appartengono a mia moglie! Ma erano scomparsi da quasi tre anni. Pensavamo che fossero stati rubati. Dovetti sporgere denuncia alla polizia.»

Gretchen tirò fuori il telefono e mandò un messaggio. Josie sapeva che il detective Mettner doveva essere entrato di turno a quell'ora e sarebbe stato in grado di controllare la denuncia, se esisteva, per dare riscontro a quella versione dei fatti.

Intanto, Sebastian continuò: «C'è stato un periodo in cui sparivano delle cose in casa. Uno dei miei elettroutensili, alcune attrezzature sportive di Nevin, una collana che Nevin aveva regalato a mia moglie per la Festa della Mamma: non era di valore, ma sembrava molto costosa. Era una collana di diamanti finti con la scritta *La Mamma Migliore del Mondo*. Ogni anno la scuola organizzava un mercatino di Natale in cui i bambini potevano comprare ai genitori regali poco costosi e impacchettarli con le loro mani. In questo modo i bambini potevano farci una sorpresa e in più si sentivano indipendenti. Ce l'avevamo mandato con i soldi in una busta.»

«E tutte queste cose sono scomparse nello stesso momento?» domandò Gretchen.

«Oh, no. È successo nel corso di circa un anno, se non ricordo male, e non a distanza ravvicinata. Era una di quelle situazioni in cui ognuno in casa pensava di aver semplicemente smarrito qualcosa, finché non sono scomparsi questi orecchini, che erano molto costosi. A quel punto abbiamo guardato a ritroso e abbiamo iniziato a chiederci se per tutto quel tempo quegli oggetti non ci fossero stati rubati. Prendemmo l'abitudine a chiudere a chiave le porte e a sorvegliare con più attenzione chiunque entrasse in casa.»

«Avete mai denunciato il furto degli altri oggetti?» chiese Josie.

«No. Come ho detto, all'epoca non ci eravamo subito resi conto del furto.»

Josie si voltò a guardare gli orecchini. «E non ha pensato che sua moglie li abbia semplicemente ritrovati? Che forse non erano stati rubati, dopo tutto.»

Sebastian scosse la testa. «No, no. È impossibile. Quelli sono orecchini da tremila dollari. Li avevo comprati per mia moglie in vista del nostro quinto anniversario di matrimonio. Lei li indossava solo nelle occasioni speciali e li riponeva sempre nel suo portagioie. Nell'ultimo cassetto, a sinistra. Quando ci accorgemmo che erano scomparsi, mettemmo a soqquadro l'intera casa. Semplicemente, non c'erano più. Mia moglie non è una donna sbadata, detective. Non li aveva persi.»

«Ed è sicuro che siano gli stessi che ha regalato a sua moglie?» chiese Josie.

Lui rispose con uno sguardo sorpreso. «Oh, beh, ovviamente non posso esserne sicuro. Sono costosi, ma non sono unici. Però, quante persone porterebbero in giro orecchini da tremila dollari?»

«Ed è sicuro che sua moglie non ne abbia comprato un paio in sostituzione?» suggerì Gretchen.

«Oh, no. Quando li comprai si arrabbiò con me perché, secondo lei, erano troppo appariscenti, per questo non ne avrebbe mai comprato un paio nuovo. Inoltre, avevamo presentato il rapporto della polizia alla nostra compagnia di assicurazione. Ci facemmo rimborsare.»

Il telefono di Gretchen emise un trillo. Accese lo schermo e scorse. «Il nostro collega ha confermato che lei ha presentato una denuncia due anni e mezzo fa. Qui dice che sua moglie si stava preparando per una serata fuori, è andata per prenderli e ha visto che non c'erano più. Non li aveva indossati per sei mesi prima di allora. Quindi, non c'era modo di sapere quando erano scomparsi o quando potevano essere stati rubati.»

«Questo spiega perché la denuncia non è mai arrivata sulla scrivania di un detective.» disse Josie.

Sebastian allargò le mani. «Sapevamo che non c'era alcuna possibilità di recuperarli o di trovare chi li aveva presi. Durante quei sei mesi avevamo fatto delle feste e avevamo fatto fare dei lavori in casa. Avevamo chiamato un idraulico per riparare il bagno del piano di sotto e un imbianchino. Dovevamo anche far installare una scaffalatura su misura per Nevin. Poteva essere stato chiunque. Non eravamo stati abbastanza prudenti, suppongo. Ad ogni modo, il perito che si occupò della perizia ci disse che la cosa migliore da fare sarebbe stata presentare una richiesta di risarcimento alla nostra compagnia di assicurazione e così facemmo. Faye non volle che spendessi i soldi per un altro paio di orecchini, così li mettemmo da parte. Tra l'altro, stavamo progettando di fare una vacanza. Nevin voleva andare agli Universal Studios. Come sapete poi è morto e...»

Sebastian si prese un momento. Rimase immobile e i suoi occhi guardarono lontano. O stava fissando il suo passato o si stava dissociando da un presente troppo doloroso da sopportare. Josie avrebbe scommesso i risparmi di una vita sulla seconda ipotesi. Aspettò un attimo prima di toccargli delicatamente l'avambraccio. «Mr. Palazzo?» lo chiamò a bassa voce.

Lui scosse la testa, come se si stesse riprendendo da uno stato di trance. «Mi dispiace.» disse. «A volte... ripenso a tutto da capo. A quel giorno. E la realtà... mi colpisce. Anche dopo tutto questo tempo, mi investe come un fiume in piena.»

«Non c'è bisogno di scusarsi, Mr. Palazzo.» disse Gretchen. «Davvero. Ha toccato questi orecchini?»

«No.» disse lui. Guardò indietro verso il corridoio. «Sono entrato dalla porta principale. Mi è sembrato strano che fosse aperta, ma poi ho pensato che potesse averla lasciata aperta mia moglie. Me la sono chiusa alle spalle. L'ho chiamata. Sono entrato in cucina e lei non c'era, ma i piatti sì, quindi ho pensato che fosse tutto a posto.»

«Si è seduto per mangiare?» chiese Josie.

«No.» disse. «Volevo vedere mia moglie. Volevo mangiare con lei. Pensavo che fosse andata in bagno, ma quando sono andato a vedere, la porta era aperta e il bagno era vuoto e con la luce spenta. Allora sono andato a cercarla in tutta la casa, l'ho chiamata, ma non ho ricevuto risposta. Così sono andato a controllare in garage e in giardino. Ancora niente. Poi sono tornato qui e l'ho chiamata al telefono, e l'ho sentito squillare.» Indicò il bancone dove era appoggiato un cellulare.

«A quel punto ho cominciato ad andare nel panico. Sono andato a casa dei vicini, sia quelli nelle case di fianco che quelli che vivono dall'altra parte della strada. Alcuni erano al lavoro, quindi non mi ha aperto nessuno. Una signora c'era, ma non aveva visto né sentito nulla.»

«Lei o altri suoi vicini avete telecamere o altre apparecchiature di sicurezza?»

Lui scosse la testa. «No, credo che nel vicinato non ce ne sia nessuna. Non ci è mai sembrato che ce ne fosse bisogno.»

«Quando ha notato gli orecchini?» chiese Gretchen.

«Sono rientrato e ho controllato il telefono di Faye. Il codice d'accesso è la data di nascita di Nevin. Volevo vedere se qualcuno l'aveva chiamata o se c'era qualcosa che potesse indicarmi dove era andata. Non c'era niente, ma mentre cercavo, camminavo avanti e indietro ed è così che li ho visti lì.»

Josie indicò il telefono di Faye. «Le dispiace?»

«Certo che no.» disse. Lo prese, digitò il codice e lo porse a Josie. «Ma non troverà più di quello che ho trovato io.»

Aveva ragione. Josie controllò tutti i messaggi, le e-mail e gli account dei social media e non trovò niente che facesse pensare a qualcosa di strano. In effetti, Faye Palazzo sembrava fare ben poco se non stare a casa e frequentare il gruppo di sostegno. C'erano delle e-mail da e verso l'ufficio del Procuratore Distrettuale che la informavano delle date in cui si sarebbe tenuto il processo, altre e-mail che lei e l'impiegato comunale si erano scambiati in merito alla veglia che aveva organizzato, ma a parte questo, non c'era niente. Proprio come aveva detto Sebastian.

«Sua moglie non ha qualche amico intimo che avrebbe potuto andare a trovare?» si informò Josie. «O qualche parente magari?»

«Oh no.» rispose Sebastian. «Suo padre è professore alla Duke University e non si parlano molto spesso. Sua madre è un'espatriata che vive nella Repubblica di El Salvador. E si parlano ancora meno.»

«È figlia unica?» chiese Gretchen.

«Oh, beh, i suoi genitori hanno avuto in affidamento dei bambini quando stavano insieme, ma Faye non è mai stata legata a nessuno di loro, quindi sì, in pratica è figlia unica.»

«E che ci dice degli amici?» chiese Josie. «Potrebbe farci una lista degli amici di sua moglie, così che possiamo parlare con loro?»

«Mia moglie non ha amici.» disse Sebastian. Come se si fosse reso conto di come suonava, alzò le mani in segno di difesa. «Lo so, lo so, detto così suona piuttosto male, me ne rendo conto. Quando c'era ancora Nevin, Faye era molto attiva nell'Associazione Genitori-Insegnanti e aveva sempre qualcuno con cui incontrarsi, con cui andare agli aperitivi, con cui andare a

Zumba e tutto il resto, ma anche questi rapporti erano molto superficiali. Poi, quando Nevin è rimasto ucciso, beh, è stata la fine.»

«Intende dire che Faye ha scelto di troncare ogni relazione?» chiese Gretchen. Josie capì dalla sua fronte aggrottata che anche lei era perplessa.

«No, no.» spiegò Sebastian. «Il fatto è che Faye è molto bella e abbiamo scoperto che le altre donne erano estremamente intimidite dalla sua bellezza. Per lei è sempre stato difficile avvicinarsi alle persone. Per questo non aveva amici. A questo si aggiunge che non le importava più delle amicizie, una volta che Nevin se n'è andato. Non le importava di nulla, a dirla tutta.»

«Sua moglie come passa le giornate?» chiese Josie.

Sebastian si guardò intorno. «Passa le sue giornate qui. Prepara il pranzo e poi pulisce o fa giardinaggio o sbriga le commissioni e poi prepara la cena. Poi passiamo del tempo insieme prima di andare a letto, e i giorni... continuano a scorrere.»

Sembrava una vita terribilmente triste specialmente se si immaginava quanto dovesse essere più piena quando il figlio era ancora in vita. Da come la descriveva il marito, sembrava che Faye Palazzo fosse una donna che stava solo aspettando la morte. Ma il suo compito non era quello di esprimere la propria opinione. Avevano solo Sebastian per farsi un quadro accurato di Faye e della sua vita.

«E gli altri membri del gruppo di sostegno?» domandò Gretchen. «Sua moglie parlava con qualcuno di loro? Al di fuori del gruppo, intendo.»

«Oh, certo, sì. Occasionalmente. Credo che abbia incontrato Dee Tenney per un caffè una o due volte negli ultimi due anni. Anche se ieri sera ha parlato di lasciare il gruppo. Sono sicuro che sapete di Krystal Duncan. Dee ce ne ha parlato all'ultima riunione. È una cosa devastante. Faye l'ha presa molto male.»

«Era molto legata a Krystal Duncan?» chiese Josie.

«No, non direi. Voglio dire, noi avevamo un maschio e Krystal una femmina e frequentavano classi diverse. Faye conosceva Krystal da prima dell'incidente per via delle attività dell'Associazione Genitori-Insegnanti, ma non l'ha conosciuta veramente finché non è entrata nel gruppo di sostegno.»

«Capitava che parlassero al di fuori del gruppo?» continuò Gretchen.

«No, no. Ma anche così, Faye ha preso molto male la notizia. L'abbiamo presa male entrambi. Sappiamo bene cosa ha passato Krystal perdendo la figlia... e poi scoprire che è stata uccisa! È una tragedia insopportabile.»

«Mr. Palazzo...» disse Josie, «ci sono mai stati disaccordi all'interno del gruppo di sostegno? Qualche discussione su un particolare argomento?»

Lui ci pensò per un attimo. «No, in generale non capitava. C'è stata una volta in cui Krystal ci ha detto che era andata a incontrare Virgil Lesko in prigione. Non so bene quando, ma è successo abbastanza di recente. Abbiamo reagito tutti male, mi dispiace dirlo. Ma siamo tutti molto nervosi e questi incontri possono essere molto... beh, suscitano un sacco di emozioni. Sono certo che potete immaginare che a volte le cose si scaldano. Il lutto è un giro sulle montagne russe da cui non si scende più, per quanto lo si desideri. Però no, non c'è mai stato un vero astio, se è questo che volete sapere. Anche dopo aver scoperto che Krystal era andata a trovare Virgil, alla riunione successiva avevamo tutti quanti superato la cosa. Anche perché, eravamo tutti in amicizia con lui prima dell'incidente. Non mi sorprenderebbe scoprire che ognuno di noi, una volta o l'altra, abbia pensato di fargli visita e di parlargli di ciò che ha fatto. Ma Krystal non sembrava molto soddisfatta dell'incontro con lui.»

«Ci risulta che alla riunione della scorsa settimana Krystal Duncan fosse arrabbiata.» confermò Gretchen.

Sebastian abbassò il capo. «Sì, era molto turbata durante la riunione. A un certo punto si è sfogata con tutti noi, ma non ci abbiamo dato molto peso. Eravamo stati così duri con lei la settimana prima per la storia di Virgil che, in un certo senso, ce lo eravamo meritato. Intendo dire che nessuno l'ha presa sul personale.»

Josie trattenne un sospiro. A ogni minuto che passava c'erano sempre meno elementi su cui lavorare. Riportò la conversazione su Faye. «E gli hobby di sua moglie? Ne ha qualcuno?»

«No.» disse Sebastian. «Nevin è stato tutta la sua vita finché non è rimasto ucciso. Da allora, beh, nessuno di noi due ha voglia di alzarsi dal letto la mattina, tanto meno di intraprendere qualsiasi genere di attività.»

«Sua moglie ha mai espresso esplicitamente intenzioni suicide?» domandò Gretchen. «Ha mai parlato di farla finita o di come l'avrebbe fatto se ne avesse avuto il proposito?»

Lui scosse la testa. «No, no. Ha sempre e solo detto che avrebbe voluto fare a cambio con nostro figlio.»

«Lei cosa crede sia successo qui, questa mattina, Mr. Palazzo?» gli domandò Josie.

Lui allargò le mani. Nei suoi occhi comparve uno sguardo implorante. «Credo che mia moglie sia stata rapita. Qualcuno è entrato in casa e l'ha presa, e quegli orecchini sono stati lasciati come una specie di messaggio.»

«Che tipo di messaggio?» lo incalzò Gretchen.

«E io come faccio a saperlo? Ma mia moglie è sparita. Dovete trovarla. Dovete aiutarmi.»

Josie alzò una mano prima che lui si facesse prendere da un altro attacco di follia. «La aiuteremo, Mr. Palazzo. Glielo garantisco. Chi potrebbe voler fare una cosa del genere? Ne ha un'idea?»

Si passò le mani sul viso. «Non lo so. Non ne ho idea.»

«Lei o sua moglie avete avuto problemi con qualcuno di recente?» chiese Gretchen. «Discussioni, disaccordi, dispute? Questo genere di cose.»

«No, no. Ce ne stiamo per conto nostro.»

«Ma qualcuno è entrato qui.» obiettò Josie. «A casa vostra. Ha lasciato degli orecchini che ha tenuto per tre anni o che ha comprato come replica di quelli rubati. Secondo lei chi potrebbe essere?»

«Uno stalker.» esclamò Sebastian. «Deve essere uno stalker. Faye è una donna molto bella.»

«Sì, ce l'ha detto.» disse Josie. «Sua moglie ha avuto problemi con degli stalker in passato?»

«Quando viveva a New York aveva avuto problemi con una persona. La cosa era finita in tribunale. Poi, quando si trasferì qui, ci fu un altro gentiluomo che ritenevo si interessasse un po' troppo a lei. Un uomo che frequentava la palestra. Così lei lo denunciò alla direzione, che lo espulse. Quella è stata l'ultima volta che abbiamo avuto contatti con lui.»

«Quanto tempo fa è successo?» chiese Gretchen.

«Oh, saranno passati quindici anni...»

Il che significava che non c'era più traccia dell'uomo che era stato cacciato dalla palestra di Faye Palazzo, ed era improbabile che lo stesso uomo l'avesse perseguitata per un decennio e mezzo senza farsi riconoscere dai Palazzo prima di quel giorno.

«E nessuno di voi due aveva motivo di credere che recentemente sua moglie fosse stata oggetto di molestie?»

«No, per niente. Faye me lo avrebbe detto. Sono sicuro che l'avrebbe fatto. Sono sempre stato estremamente attento nei suoi confronti e non mi sono accorto di nulla. Ma quale altra spiegazione c'è?»

Josie aveva intuito un'altra possibile spiegazione per la scomparsa di Faye Palazzo, ma non aveva intenzione di condividerla con Sebastian. «Mr. Palazzo» disse, «la detective Palmer e io ci assentiamo per qualche minuto. Per prima cosa, può dirci cosa indossava Faye quando è uscita questa mattina. Era ancora in pigiama?»

«No, si era già cambiata. Si era messa una specie di

completo. Pantaloncini e camicetta, ma un pezzo unico. Di lino, rosa, ampio.»

Josie annuì mentre Gretchen annotava. Poi disse: «Dobbiamo chiamare altre unità e cominciare a muoverci. Se non le dispiace, le saremmo grati se non toccasse nulla qui in cucina fino a quando la nostra squadra non avrà avuto la possibilità di esaminarla.»

I suoi occhi si illuminarono. «Mi credete! Grazie a Dio. Sì, cioè no, non toccherò nulla. Grazie. Posso aspettare in salotto.»

Josie pensò all'enorme e sensuale foto di Faye appesa alla parete del soggiorno. «Perché non aspetta sulla scalinata d'ingresso?» suggerì.

VENTI

Sebastian Palazzo si mise a passeggiare da un'estremità all'altra del lungo vialetto d'ingresso, mentre Josie e Gretchen rimasero a diversi metri di distanza, vicino alla loro auto. Avevano richiesto l'intervento di due pattuglie per perlustrare il quartiere, anche se non si aspettavano di ricavarne qualcosa. La strada era tranquilla, poco trafficata, e se i vicini che abitavano ai lati di casa Palazzo e dall'altra parte della strada non si erano accorti di nulla in particolare, era improbabile che qualcun altro avesse visto di più. Ciononostante, valeva la pena provarci. Un'altra unità sarebbe stata assegnata al controllo di luoghi rilevanti, ovvero il sito del monumento commemorativo e qualsiasi altro luogo raggiungibile a piedi. Josie inviò anche un'unità a fare un giro nel cimitero dove era stato sepolto Nevin Palazzo. Gretchen chiamò la Squadra di Raccolta delle Prove per far esaminare la cucina e la porta d'ingresso di casa.

«Non otterremo impronte da quegli orecchini.» le disse Josie dopo che ebbe riattaccato con l'agente Hummel.

«Lo so.» disse Gretchen. «È un'ipotesi azzardata. E se Krystal Duncan non fosse stata trovata morta due giorni fa, non avrei nemmeno fatto un rapporto.»

«Se non fosse che sia Krystal Duncan che Faye Palazzo facevano parte dello stesso gruppo di sostegno.»

«Appunto.» disse Gretchen.

«Entrambe erano in casa fino al momento della scomparsa ed entrambe sono sparite lasciandosi alle spalle telefono, borsa e auto.»

«Appunto.» ripeté Gretchen.

Josie lanciò un'occhiata a Sebastian, ma lui continuava a camminare a testa bassa e dava tutta l'impressione di mormorare qualcosa tra sé e sé.

«Mi è parso un po' possessivo.»

«Direi proprio che lo è.» concordò Gretchen. «Leggermente ossessionato dalla moglie. Ma, d'altra parte, hanno perso l'unico figlio. Per alcune coppie, la perdita di un figlio può distruggere il matrimonio, mentre per altre può rafforzarlo. Forse lui e la moglie si sono aggrappati l'uno all'altra. Forse l'esperienza ha cambiato il loro rapporto.»

«Possibile.» ammise Josie. «Se avessi perso mio figlio, sarei sicuramente terrorizzata se il mio coniuge scomparisse. Però non credo che dobbiamo cercare uno stalker.»

Gretchen sospirò. «No, non nel senso che pensa lui.»

«L'incidente dello scuolabus è il collegamento.» disse Josie. «Il gruppo di sostegno.»

«Sono d'accordo. Dovremmo chiedere alla dottoressa Rosetti se ha notizie di Mrs. Palazzo.»

«E dobbiamo ancora parlare con i dipendenti di Gloria Cammack per capire quali parti del suo alibi possono essere verificate tra il momento in cui Krystal Duncan è scomparsa e quello in cui è stata trovata morta.» sottolineò Josie.

Il lavoro si stava accumulando.

«Dirò a Mett di occuparsene.» propose Gretchen. «Lo chiamo subito. Perché tu, intanto, non prendi la mia macchina e vai a casa della dottoressa Rosetti? Vedi cosa riesci a scoprire. Ci ritroviamo più tardi alla stazione di polizia. Mi faccio riaccompagnare da una delle pattuglie.»

Josie tirò fuori il cellulare per chiamare la dottoressa Rosetti e assicurarsi che fosse disponibile prima di prendere l'auto di Gretchen.

Quando Josie arrivò al suo studio, poco dopo le cinque del pomeriggio, le sedute della dottoressa erano già terminate per quel giorno. Seguì le istruzioni della dottoressa, che le aveva detto di passare per il cancello a lato della casa e di raggiungerla in giardino: così, attraversò il grande cancello di legno per accedere allo spazio che fino a quel momento aveva visto solo dalla stanza dove tenevano le loro sedute. Dal vivo era ancora più rigoglioso e splendido. La dottoressa indossava un vecchio paio di pantaloni capri color cachi e una maglietta dell'Università della Pennsylvania. Si era raccolta i capelli sulla nuca, allontanandoli dal collo, e stava inginocchiata sul prato intenta a togliere le erbacce da una delle aiuole, che depositava in un contenitore di tela accanto a lei. Alzò lo sguardo e sorrise a Josie, agitando una mano protetta da uno spesso guanto da giardinaggio rosa. «Accomodati.» disse.

Josie si voltò e vide una panchina di pietra sotto la finestra della stanza di terapia, proprio di fronte a loro. Si sedette e rimase a guardarla lavorare per qualche istante. La giornata era ancora calda, ma in quel giardino c'era una leggera brezza. Il cinguettio degli uccellini e il profumo inebriante dei fiori erano rilassanti. Come se le leggesse nel pensiero, la dottoressa disse: «Mi piace venire qui alla fine della giornata per rilassarmi. A volte mi siedo e mi godo semplicemente tutto questo verde, altre volte faccio un po' di giardinaggio.»

«È meraviglioso.» si complimentò Josie.

«Hai detto che dovevi parlarmi a proposito di un'indagine. Immagino che abbia a che fare con Krystal Duncan. Suppongo che avrai scoperto che è stata una mia paziente. Gestisco un gruppo di sostegno per i genitori dell'incidente dello scuolabus di West Denton.»

«Esatto.» disse Josie. «Ma in realtà, non sono qui per parlare di Krystal. Sono qui per Faye Palazzo.»

Le mani della dottoressa si congelarono nel terriccio. Quando si voltò a guardare Josie, i suoi occhi erano spalancati dalla paura. «È successo qualcosa? Faye sta bene?»

«È scomparsa.» disse Josie.

La dottoressa tirò le mani fuori dalla terra e si sfilò i guanti. Si alzò, si spolverò i pantaloni e andò a sedersi accanto a Josie. «Puoi dirmi di più?»

Tralasciando il particolare degli orecchini, Josie raccontò quello che Sebastian Palazzo aveva detto a lei e a Gretchen poco prima. Finito il resoconto, le chiese: «L'ha sentita oggi?»

Lei scosse la testa. «No.»

«L'ha vista privatamente e nel gruppo di sostegno per un paio d'anni. Ha qualche idea su dove potrebbe essere andata o a chi potrebbe essersi rivolta?»

«Sai che non posso violare la segretezza dei miei pazienti, Josie.»

«Sì, lo so bene, ma se credessimo che sia in pericolo, potrebbe infrangere il suo giuramento?»

«Pensate che sia in pericolo?»

«Suo marito crede che sia stata rapita da qualcuno, presumibilmente uno stalker, e noi non abbiamo motivo per non credergli. Faye le ha mai raccontato di essere stata pedinata?»

La dottoressa scosse la testa. «Ti rispondo solo perché, se Faye è davvero in pericolo, voglio esservi d'aiuto. No, l'argomento dei molestatori non è mai stato sollevato. Né nelle sedute private né in quelle di gruppo.»

«Come le è sembrata l'ultima volta che l'ha vista?» chiese Josie. «Le è sembrata più depressa del solito?»

La dottoressa si accigliò e abbassò lo sguardo. «Sono tutti più depressi, Josie. Posso dirti questo perché è di dominio pubblico: il processo all'autista dello scuolabus è alle porte e una cosa del genere crea una grande tensione nei familiari delle vittime. Non solo sono costretti a rivivere il trauma, ma, se ha luogo, può essere devastante affrontare il processo.»

«Intende dire che le prove hanno dimostrato che Virgil Lesko era ubriaco, quindi perché lui si è dichiarato non colpevole? Perché obbligare un processo?»

«Esattamente. È difficile spiegare a una persona in preda al dolore e alla perdita che ci sono sfumature legali e che il colpevole ha diritto a una difesa, a prescindere da tutto. Forse Faye sembrava più stressata del solito, ma se avessi pensato che potesse essere un pericolo per se stessa l'avrei fatta ricoverare. Non credo che lo fosse in quel momento.»

«So che non può violare la riservatezza, ma crediamo che l'omicidio di Krystal e la scomparsa di Faye possano essere collegati. Le viene in mente qualcuno che potrebbe voler fare del male ai membri del suo gruppo?»

La dottoressa si prese un momento per riflettere. Insieme, osservarono un uccello azzurro orientale svolazzare avanti e indietro su alcuni rami bassi di un albero vicino al fondo del giardino. Poi, Paige disse: «No, mi dispiace. Non mi viene in mente nessuno. Almeno, non c'è mai stata alcuna discussione nel gruppo o nelle sessioni private che riguardasse eventuali minacce. Ovviamente, se mi avessero parlato di una potenziale minaccia, li avrei incoraggiati a segnalarla alla polizia. Josie, queste persone sono solo genitori in lutto, niente di più.»

«Un paio di persone ci hanno riferito che agli ultimi incontri c'è stata tensione tra Krystal e gli altri genitori del gruppo perché lei era andata a trovare Virgil Lesko in prigione.»

La dottoressa agitò una mano in aria. «Quella cosa si è risolta da sé. All'inizio gli altri membri erano arrabbiati, ma già dalla settimana successiva nessuno ne parlava più.»

«Abbiamo saputo che Krystal è sembrata sconvolta durante l'ultima riunione. Che si è arrabbiata molto con gli altri membri del gruppo e che ha detto che Bianca non doveva nemmeno essere sullo scuolabus quel giorno. Sa cosa c'è dietro il suo sfogo?»

La dottoressa si alzò e tornò all'aiuola. Si mise in ginocchio, ma non fece alcun movimento per rimettersi i guanti. Sembrava che stesse riflettendo su qualcosa. Alla fine, disse: «Non credo che abbia a che fare con il suo omicidio.»

«È questo il problema di risolvere gli omicidi.» disse Josie. «Ciò che può non sembrare importante potrebbe essere l'elemento che risolve l'indagine. Per questo motivo occorre ottenere quante più informazioni possibili. Perché non me lo dice e lascia decidere a me se è utile o meno? Krystal non è più con noi, quindi lei non potrebbe violarne la riservatezza.»

La dottoressa guardò in basso, con le mani appoggiate in grembo. Sospirò. «Krystal era molto turbata quando ha lasciato l'ultima riunione del gruppo. Mi sono sentita in dovere di chiederle spiegazioni, così il giorno dopo l'ho chiamata al lavoro. È venuta per una breve seduta durante la pausa. Si è scusata per aver perso il controllo e aver urlato. Le ho chiesto perché fosse così arrabbiata. Mi ha detto che non poteva dirlo, così l'ho incalzata chiedendole cosa intendesse quando aveva detto che Bianca non doveva nemmeno salire sullo scuolabus quel giorno. All'inizio ha cercato di evitare di rispondere, ma alla fine ha detto che negli ultimi tempi aveva scoperto un sacco di cose...»

«Sarebbe a dire?» la interruppe Josie. «Quali cose?»

«Non lo so.» rispose la dottoressa. «Non ha voluto dirmelo. L'unica cosa che mi ha detto è che il giorno dell'incidente dello scuolabus si era messa d'accordo con Nathan Cammack chiedendogli di andare a prendere Frankie, Wallace e Bianca un quarto d'ora prima da scuola. A quanto pare, Bianca e uno dei figli dei Cammack avevano appuntamento con l'ortodontista alla stessa ora e Nathan aveva accettato di accompagnarli in modo che Krystal non dovesse uscire prima dal lavoro quel giorno.»

«E invece i bambini presero lo scuolabus.» disse Josie.

La dottoressa annuì tristemente. «Sì. Nathan mandò un messaggio a Krystal poco prima di uscire dal lavoro e le disse che l'ortodontista aveva cancellato tutti gli appuntamenti del pomeriggio e lui era comunque bloccato al lavoro.»

«A quel punto Krystal non poteva andare a prendere Bianca, che ha dovuto prendere lo scuolabus come tutti gli altri giorni.» concluse Josie. «Ma perché, due anni dopo, ha iniziato a dire che Bianca non avrebbe dovuto prendere lo scuolabus? Aveva provato a uscire dall'ufficio per andare a prenderla?»

«Non so se devo dirtelo perché riguarda uno degli altri genitori.» disse la dottoressa.

«Ne ha parlato con l'altro genitore? Di qualsiasi cosa si tratti?»

«No.» disse scuotendo la testa. «Me l'ha detto Krystal. Non ho cercato di verificarlo. Non ne ho visto il motivo, perché non cambia nulla.»

«Se glielo ha detto Krystal, non viola la privacy di nessuno degli altri genitori.» fece notare Josie.

«Ma, Josie, sono sicura che non è importante. Nessuna di queste cose è importante. Questa è la cosa con cui Krystal ha lottato e con cui molte, se non tutte, le persone in lutto combattono. Lo sai bene anche tu. Tutte quelle piccole decisioni apparentemente senza senso che abbiamo preso il giorno in cui la persona amata ci è stata portata via, possiamo ripeterle nella nostra testa fino alla nausea, ma non cambia nulla. Che Krystal abbia deciso di indossare una gonna rossa o una gonna blu quella mattina, Bianca rimane morta.»

Josie sentì qualcosa muoversi dentro di sé. Un'immagine di Lisette che spingeva il suo deambulatore nell'erba verso il limitare del bosco le si affacciò inaspettatamente alla mente. «C'è una bella differenza tra il chiedersi se il colore dei vestiti che indossavo il giorno in cui mia nonna è stata ammazzata l'avrebbe salvata e il chiedersi se avrei dovuto dirle di stare lontana dal bosco e di tornare in albergo. Se le avessi detto di tornare dagli altri ospiti sarebbe ancora viva.»

«Ma non l'hai fatto.» disse la dottoressa.

Josie si sentì come se le avesse tolto il fiato e una valanga di emozioni si abbatté sulle sue spalle. Sotto quel peso si piegò in avanti. I suoi polmoni lottarono per un respiro che non arrivava più. All'improvviso, Paige apparve di nuovo accanto a lei, le teneva le mani sulle spalle. «È solo dolore.» le ricordò. «Respira.»

Josie aprì la bocca per dire che non riusciva a respirare, ma si levò solo un grido strozzato.

La dottoressa prese ad accarezzarle la schiena con un movimento circolare. «Non ti opporre, Josie.»

Non posso, voleva dirle. *Non posso impedirlo.*

Paige continuò a parlare. «Non capisci, Josie? Tutto il giorno, tutti i giorni, prendiamo queste decisioni e le prendiamo partendo dal presupposto che il mondo sia ragionevolmente sicuro. Facciamo valutazioni dei rischi tutto il giorno e queste valutazioni si basano sull'esperienza e su aspettative che non riguardano necessariamente assassini o autisti ubriachi. Quando ti sei fatta accompagnare da tua nonna fino al limitare di quel bosco per trovare il punto in cui quella bambina vi si era addentrata, non avevi alcun motivo di pensare che tra quegli alberi ci fosse un assassino ad aspettarvi e che avrebbe sparato a te e a tua nonna. Non sei stata tu a causare la morte di tua nonna. È stato qualcun altro. Quando Bianca dovette prendere lo scuolabus il giorno dell'incidente, invece di andare dall'ortodontista con i Cammack, Krystal si aspettava ragionevolmente che sarebbe arrivata a casa sana e salva come ogni altro giorno di scuola della sua vita. Krystal non ha causato la morte di Bianca. L'autista dello scuolabus si è ubriacato e ha scelto di fare lo stesso il suo itinerario. "Se Solo..." è un gioco pericoloso, Josie. Un gioco pericoloso e inutile, che non cambia nulla. Se fosse stata Krystal a ubriacarsi e a portare in giro sua figlia in macchina, e Bianca fosse rimasta uccisa in un incidente, allora Krystal avrebbe avuto molto lavoro da fare per perdonare se stessa e andare avanti. Ma non ha causato lei l'incidente, così come l'omicidio di Lisette non è stata colpa tua.»

Finalmente Josie riuscì a fare un respiro profondo. Le circostanze in cui era morta Lisette e quelle in cui era morta Bianca Duncan non erano le stesse, e Josie aveva seri dubbi che si sarebbe mai convinta di essere esente dalle colpe per quello che era successo a sua nonna, perché ora non c'era più e tutto ciò che le restava era una morsa di emozioni così pesanti e così strazianti che non le sembrava possibile sopravviiervi fisicamente. Era così che si era sentita Krystal? Per lei era addirittura una sensazione amplificata perché aveva perso una figlia anziché una nonna?

«Cosa le ha detto?» le chiese Josie. «Cosa le ha detto Krystal che non vuole rivelare, dottoressa?»

Paige continuava ad accarezzarle la schiena. Josie teneva il busto piegato, temendo di vomitare se avesse provato a mettersi dritta.

«Nathan aveva mentito.» disse la dottoressa. «L'ortodontista non aveva cancellato i suoi appuntamenti pomeridiani. I bambini non si presentarono.»

«Che motivo aveva avuto di mentire?» chiese Josie.

Percepì che la dottoressa scrollava le spalle. «Non ne ho idea.»

«Come ha fatto Krystal a scoprirlo? Una cosa come questa non avrebbe dovuto scoprirla subito dopo l'incidente?» domandò Josie, sentendo la nausea farsi più forte.

«Non lo so davvero, Josie.» le rispose la dottoressa. «Posso solo dirti quello che ha detto Krystal. Ha detto che aveva appena scoperto che Nathan aveva mentito sull'ortodontista e apparentemente anche sul fatto di essere rimasto bloccato al lavoro. Ha detto che Nathan era andato a casa, senza nemmeno andare a prendere i figli a scuola, per stare con Gloria.»

«Ma perché?» si chiese Josie ad alta voce.

La dottoressa sospirò. «Immagino che sia una cosa tra Nathan e Gloria. Sono sicura che si sentono molto in colpa per questo. Non spetta a me fare ipotesi. Se uno dei due, o entrambi, volessero avvalersi dei miei servizi per discuterne, sarei felice di provare ad aiutarli, ma a parte questo, non c'è molto che possa dire.»

Josie si mise finalmente a sedere dritta e la dottoressa si mise le mani in grembo. «Come ti senti?» le chiese.

«Come se qualcuno mi avesse messo in un compattatore di rifiuti e non avesse finito il lavoro.» ammise Josie.

La dottoressa rise.

«Krystal doveva essere furiosa con Nathan.» suppose Josie. «Perché non lo ha affrontato?» Oppure si era confrontata con lui, ma lui aveva convenientemente tralasciato quella parte? «Le ha detto se l'ha fatto o no? O se aveva intenzione di farlo?»

La dottoressa scosse la testa. «Mi ha detto di non averne parlato con lui. Non so se avesse intenzione di farlo o meno.»

Josie sentì il telefono squillare nella tasca. «Mi scusi.» disse guardando lo schermo. «È un mio collega. Devo rispondere.» Scorse per accettare la chiamata. «Mett? Che succede?»

Josie percepì subito la tensione nella voce del detective Finn Mettner; in sottofondo, si sentiva un uomo che urlava. «Boss?» disse. «Potrebbe venire al negozio *Prodotti Naturali per Famiglie con Bambini*? Abbiamo un problema qui.»

VENTUNO

Il negozio di Gloria Cammack si trovava in un'autofficina riconvertita vicino al centro di Denton. Una metà era piena di articoli al dettaglio per gli acquirenti locali, mentre l'altra metà si presentava come un punto di spedizione in cui i dipendenti confezionavano i prodotti e li spedivano a clienti e committenti in tutto il Paese. Nel corso degli anni era stato aggiunto un secondo piano dove Josie vide Gloria Cammack, in piedi alla finestra, mentre entrava nel parcheggio di fronte al negozio. Fissava la strada sottostante, a braccia conserte sul petto e con un cipiglio stampato in faccia. Di fronte a due posti auto c'era una macchina di pattuglia, con i lampeggianti accesi. Due agenti in uniforme e il detective Mettner si erano fermati a circa un metro e mezzo dall'ingresso del negozio, e circondavano Nathan Cammack. Quando Josie scese dalla sua auto, lo vide che camminava in un cerchio stretto, con le mani strette ai fianchi e i capelli, che già erano scarmigliati, tutti arruffati; digrignando i denti, diceva: «Io voglio soltanto vedere mia moglie, cazzo!»

Le ultime due parole le gridò a voce abbastanza alta da spaventare un cliente che usciva dal negozio.

«Mr. Cammack, le ho già chiesto due volte di calmarsi.» gli rispose Mettner. «Mrs. Cammack non vuole parlare con lei e ci ha chiesto di allontanarla dall'edificio. Credo che sarebbe meglio per tutti se lei se ne andasse di sua spontanea volontà.»

«E questo non significa scendere dal marciapiede e mettersi in mezzo alla strada.» si premunì di aggiungere uno degli agenti in uniforme. «Significa andare a casa a sbollire.»

«Due parole.» disse Nathan rivolgendosi a Mettner. «Non può scambiare due parole con me?»

Cercò di superarli, ma Mettner mise una mano sul petto di Nathan. «Non vuole parlarle in questo momento. L'ha detto chiaramente.»

Josie si unì alla mischia. «Mr. Cammack?»

«Lei!» esclamò Cammack. «Ho parlato con lei questa mattina. Lei sa cosa sta succedendo. Devo parlare con mia moglie. Devo dirle che Krystal ha mentito.»

Fu allora che Josie sentì nel suo alito l'odore dell'alcol. «Mr. Cammack... Nathan... Gloria è la sua ex moglie e se non vuole parlare con lei, temo che non possiamo farci nulla.»

«Stavo finendo i colloqui con i dipendenti quando è arrivato qui in questo stato.» disse Mettner. «Ha teso un agguato a Mrs. Cammack nel suo ufficio...»

Nathan alzò le mani in aria. «Non le ho teso un agguato. Andiamo, agente. È mia moglie.»

Mettner continuò come se Nathan non avesse detto una parola. «La signora ha chiamato la polizia mentre io ero all'interno e cercavo di farlo uscire.»

«Non ne avete il diritto!» urlò Nathan. «Non potete buttarmi fuori di qui! Ho tutto il diritto di stare qui.»

«Nathan, non voglio vederla trascinato via da questo posto in una macchina della polizia.» gli disse Josie. «Perché non viene con me? Andiamo a prendere un caffè e parliamo. Approfittiamone, dato che ho altre domande da farle.»

Sembrò rifletterci su per un momento. Poi le sue labbra si

strinsero in una linea sottile e diritta, e cercò di nuovo di superarli. Lo trattennero e Mettner disse: «Portatelo in centrale.»

Mentre gli agenti in uniforme si avvicinavano, cominciò a urlare. «Toglietevi di mezzo! Vado a parlare con mia moglie e non potete fermarmi! Voglio parlare con mia moglie!»

Da sopra la sua spalla, Josie sentì la voce di Gloria. «Non sono più tua moglie, Nathan.»

Nathan smise di dimenarsi contro Josie e Mettner e allungò il collo per vedere meglio Gloria. Li aveva raggiunti e si era fermata a un metro e mezzo di distanza, con i suoi tacchi alti e il tailleur pantalone elegante, le braccia incrociate sul ventre. All'orecchio aveva di nuovo l'auricolare Bluetooth. «Vai a casa, Nathan.» gli disse. «Non abbiamo nulla da dirci.»

«Krystal ha mentito.» sbraitò lui. «Non abbiamo mai avuto una relazione.»

Per una frazione di secondo, il cipiglio di Gloria si sciolse, sostituito da un'espressione di sorpresa e smarrimento. Ma si ricompose rapidamente. Con un pesante sospiro, disse: «Non mi importa, Nathan. Non ha alcuna importanza. Niente ha più importanza.»

«Per me ha importanza.» ribatté lui. «Quando eravamo una famiglia, sono stato fedele a te e ai bambini.»

Josie sapeva che non era del tutto vero, vista la sua ammissione di un'avventura con Krystal, ma non intervenne.

«Ma davvero?» disse Gloria, facendo un passo verso di lui. «Mi contestavi su tutto. Quello che davo da mangiare ai bambini, i vestiti che indossavano, le medicine che prendevano, le località delle vacanze che sceglievo. Tutto. Niente era mai abbastanza per te. Perché dovrei credere che tu non mi abbia tradito? Se eri così infelice, e so che lo eri, perché non avresti dovuto avere una relazione?»

Nathan scosse la testa come un cane che si scuote dall'acqua. «D'accordo.» disse. «Va bene. È vero. Ero infelice. Non mi piaceva questo stile di vita tutto al biologico che volevi che seguissimo tutti quanti. Era troppo. C'erano volte che io e i bambini volevamo solo un cheeseburger o delle caramelle, che diamine! Esatto, caramelle troppo zuccherate e processate che non hanno posto nel mondo naturale. Volevamo divertirci, Gloria.»

Gli occhi di Gloria si riempirono di lacrime. La sua voce si incrinò quando disse: «Non ero divertente? Dopo tutto quello che ho fatto per la nostra famiglia, per provvedere a noi? Per migliorare le nostre vite? Non ero abbastanza divertente per te, Nathan? Quand'è che ti deciderai a crescere?»

Girò i tacchi e cominciò ad allontanarsi.

Nathan si lanciò verso di lei, ancora trattenuto da Josie e Mettner. «Sei stata una buona madre!» gridò. «Gloria! Sei stata una buona madre. Ti prego, ascoltami. Ti scongiuro.»

Lei si fermò, ma non si voltò. Le sue spalle tremavano.

«Sono un idiota, va bene?» disse Nathan. «Sono immaturo e sono un idiota. Mi dispiace. Non ti ho apprezzata abbastanza. Vorrei rimediare. Ma non ho avuto una relazione con Krystal. Abbiamo fumato dell'erba insieme. Tutto qui. Cioè, dai, cos'è più credibile? Che avessi una relazione di lunga durata con lei o che mi facessi le canne con lei la sera?»

Lentamente, Gloria si voltò di nuovo verso di lui. Si asciugò le lacrime dalle guance. Un po' di tensione aveva abbandonato il suo viso.

«Mi credi?» chiese Nathan.

«Sì.» disse. «Ti credo. Ma allora perché Krystal ha detto di aver avuto una relazione con te?»

Lo sguardo di Nathan cadde a terra. Josie e Mettner abbassarono cautamente le braccia e gli lasciarono un po' di spazio. Quando tornò a guardare Gloria, disse: «È stato per quella stupida cosa dello Studente del Mese.»

Il volto di Gloria assunse un'espressione confusa. «Ma sei fatto anche adesso?» sbottò. «Di cosa stai parlando?»

Nathan fece un passo verso di lei. «Ricordi che l'insegnante di Wallace era andata in maternità e che avevano chiamato quella supplente proprio prima della tragedia?»

Lei scosse rapidamente la testa, incoraggiandolo a proseguire. «Non mi sembra. Ma non importa, arriva al punto.»

«Non ti ricordi che Wallace era tornato a casa annunciando di essere stato nominato Studente del Mese?»

«Oh...» disse Gloria. Ormai l'irritazione le era passata. «Sì, certo che me lo ricordo. Non lo era mai stato prima.»

«Non doveva esserlo nemmeno quella volta, a quanto pare. Era Bianca che doveva essere la Studentessa del Mese. Era lei che la loro insegnante aveva scelto prima di andare in maternità. Ma Wallace aveva preso il registro e aveva inserito il suo nome come Studente del Mese. La supplente non si accorse di nulla; si limitò a leggere quello che c'era scritto sul registro che aveva lasciato l'insegnante di ruolo. Tutta la classe lo sapeva, ma nessuno voleva denunciarlo. Immagino che non volessero fare la spia. Però Bianca era molto arrabbiata.»

«Sono sicura che non è vero, Nathan. E poi, adesso che importanza ha?»

«Krystal voleva che andassi dalla preside e che lo facessi cambiare, perché Bianca aveva appena concluso tutta quella raccolta di fondi per la ricerca sul cancro nei bambini e se lo meritava. Ma nessuno in classe voleva schierarsi a favore di sua figlia. Krystal aveva detto che si sentiva a disagio a fare la spia su un ragazzino di dodici anni e che io, o meglio noi due, avremmo dovuto fare la cosa giusta e spingere Wallace ad ammettere la verità e scusarsi.»

«Perché non ne ho mai saputo nulla?» chiese Gloria. «Non me l'hai mai detto.»

«Perché sapevo che non ci avresti creduto se Wallace non te lo avesse detto di persona. Ne parlai con lui, ma non volle ammetterlo. Krystal mi disse di andare comunque a scuola, senza di te e senza di lui, ma io non ci andai.»

Gloria si mise una mano sul fianco. «Parlavi di nostro figlio con la donna con cui fumavi erba, ma non con me?»

Nathan fece un altro passo in avanti, alzando le mani in un gesto conciliante, ma Gloria fece un passo indietro contemporaneamente a lui. «Non sto dicendo che ho fatto bene. Sto solo cercando di spiegarti cosa è successo. Quando mi rifiutai di mettere le cose in chiaro sulla storia dello Studente del Mese, Krystal mi minacciò. Prima minacciò di dire che avevamo fumato erba insieme, ma siccome questo non mi spaventava, disse che avrebbe mentito e detto che avevamo una relazione. Ce l'aveva a morte con me. Probabilmente ce l'ha sempre avuta a morte con me. Ecco perché ha mentito sulla relazione.»

Gloria lo studiò per un lungo momento, cercando di decidere se credergli o meno. Poi disse: «Non può essersi aggrappata a quella stupida storia dello Studente del Mese per due anni dopo la morte dei bambini. Solo di recente mi ha detto che voi due avevate avuto una relazione. Voleva farmi del male, Nathan. Perché? Perché avrebbe dovuto farlo?»

Nathan lasciò cadere le mani sui fianchi. Davanti ai loro occhi, sembrò sgonfiarsi e per un attimo Josie si chiese se stesse per accasciarsi. Con un filo di voce e un tono di sconfitta, disse: «Non lo so.»

Josie fece un passo avanti. «Io credo di saperlo.»

VENTIDUE

Ci volle un po' di opera di persuasione per convincere entrambi i Cammack ad accettare di seguire Josie e Mettner fino al comando di polizia. Non appena un furgone dei notiziari si presentò fuori dal negozio di Gloria Cammack, Josie riuscì a fare su di loro un po' più di leva, sottolineando che l'ultima cosa di cui due genitori in lutto avevano bisogno era che la stampa li mostrasse intenti a svelare i propri segreti l'un l'altro. Josie mandò Mettner al Komorrah's Koffee a prendere del caffè per Nathan, mentre lei si procurava una bottiglia d'acqua per Gloria. I Cammack rimasero ad aspettare nella sala conferenze del primo piano, uno di fronte all'altro. Sembrava passata un'eternità da quando Sebastian Palazzo era stato in quella stessa stanza a parlare della moglie scomparsa a lei e a Gretchen, quando invece non erano ancora trascorse neanche dodici ore.

Controllò l'ora sul telefono appena fuori dalla porta della sala conferenze. Erano da poco passate le otto e mezza di sera e non aveva cenato. Scrisse velocemente un messaggio per chiedere a Mettner di prenderle dei pasticcini dal caffè prima di tornare. Sarebbero stati sufficienti. Rispose alla manciata di messaggi che Noah le aveva inviato per sapere come stava e poi mandò un messaggio a Gretchen per aggiornarla sulla situazione e per chiederle dei suoi progressi.

Le ricerche di Faye Palazzo erano state un buco nell'acqua. Nessuno l'aveva vista uscire di casa. Nessuno l'aveva vista girare per il quartiere. Non si trovava in nessuno dei posti in cui la polizia aveva cercato, compreso il cimitero. La Squadra di Raccolta delle Prove aveva passato al setaccio la cucina e l'ingresso di casa Palazzo, ma non aveva trovato niente. E intanto Sebastian Palazzo era talmente fuori di sé che Gretchen stava valutando di accompagnarlo al Pronto Soccorso se non si fosse dato una calmata alla svelta. Si lasciarono accordandosi di tenersi informate su tutti gli sviluppi. Quando Josie rimise il telefono in tasca, Mettner era già tornato con i caffè per lei e Nathan Cammack e diverse danesi al formaggio che Josie avrebbe consumato più tardi alla sua scrivania.

«Sei il migliore.» gli disse a bassa voce mentre entravano nella stanza con i Cammack. Josie si sedette accanto a Nathan, spingendogli davanti una tazza di caffè, mentre Mettner si sedette di fronte a loro, accanto a Gloria.

«Avete intenzione di leggerci i nostri diritti o qualcosa del genere?» proruppe Nathan.

Gloria alzò gli occhi al cielo.

«Siamo qui solo per parlare, Mr. Cammack.» disse Josie. «Nessuno di voi è sospettato di alcun crimine, ma stiamo ancora indagando sull'omicidio di Krystal Duncan. Inoltre, Faye Palazzo è scomparsa questa mattina.»

Gloria ebbe un sussulto e puntò gli occhi su Josie. «Cosa? Cosa vuol dire?»

«Proprio quello che ho detto. Faye Palazzo è scomparsa.»

«Uno di voi due ha parlato con lei di recente?» domandò Mettner. «Per esempio, nelle ultime ventiquattro ore?»

Sia Gloria che Nathan scossero la testa. Nathan disse: «L'ho vista alla riunione di lunedì sera. Poi basta. Dio santo. Dove pensate che sia?»

Josie non rispose e cambiò argomento. «Nel corso delle nostre indagini sull'omicidio di Krystal e sulla scomparsa di Faye, siamo venuti a sapere che Krystal aveva scoperto qualcosa prima della sua morte.»

«Che cosa significa?» chiese Gloria. «Non può essere più precisa?»

«Krystal aveva scoperto un dettaglio connesso al giorno dell'incidente dello scuolabus.» spiegò Josie.

Gloria rovesciò la testa all'indietro, guardando il soffitto e sospirando pesantemente. «Ancora questa storia. Quando finirà? Quand'è che finirà? Prima il processo e ora venite a rivangare tutte queste sciocchezze. Perché nessuno lascia che i miei figli riposino in pace?»

«I nostri figli.» precisò Nathan. Solo allora si decise a prendere il bicchiere di carta e bere un sorso di caffè.

Gloria lo guardò.

«Che vi piaccia o no, Krystal Duncan è stata trovata uccisa e il soprannome di vostro figlio è stato trovato sulla scena del crimine.» riprese Josie. «Oltre ai colleghi di lavoro, le uniche persone che Krystal frequentava erano i membri del gruppo di sostegno per i genitori dei bambini morti nell'incidente. E adesso è scomparso un secondo membro di quel gruppo. L'ultima volta che Krystal Duncan ha partecipato a una riunione, era visibilmente turbata e ha detto una serie di cose prima di andarsene infuriata.»

«Io non frequento quel gruppo, quindi non vedo come questo mi possa riguardare.» si giustificò Gloria, ma Josie continuò come se non avesse detto una parola. «Il giorno dell'incidente dello scuolabus, Nathan doveva andare a prendere Wallace e Frankie, e Bianca Duncan prima da scuola per accompagnarli dall'ortodontista.»

Nessuno dei due commentò.

«Nathan mandò un messaggio a Krystal mentre lei era al lavoro in cui le diceva che l'ortodontista aveva cancellato tutti i suoi appuntamenti pomeridiani, che era bloccato al lavoro e che non sarebbe andato a prendere i bambini.»

«Basta.» disse Nathan, con la voce improvvisamente rauca.

«Ma non era l'ortodontista che aveva cancellato gli appuntamenti del pomeriggio. Era Nathan ad aver chiamato il suo studio per annullarli. E non era bloccato al lavoro.» disse Josie fulminandolo con lo sguardo. «Era andato a casa.»

Nathan spinse la sedia all'indietro e si nascose il viso tra le mani, scoppiando a piangere. Il suono si riverberò nelle ossa di Josie come una specie di diapason del dolore. Dall'altra parte del tavolo, Mettner abbassò lo sguardo. Josie allungò una mano per toccare l'avambraccio di Nathan, ma poi la voce di Gloria tagliò il pianto dell'ex marito. Il suo tono era attentamente controllato. «La colpa era mia. È stata colpa mia.» spiegò. «Quel giorno lo chiamai al lavoro. Ero a casa, avevo dimenticato l'agenda e mi serviva. Ero tornata a casa dopo pranzo per prenderla e c'era un problema. Così chiamai Nathan per dirgli di tornare a casa. Mi rispose che doveva portare i bambini dall'ortodontista e io gli dissi di cancellare gli appuntamenti. Quando mi domandò cosa avrebbe dovuto dire a Krystal, gli risposi che non mi importava. Gli dissi solo di darsi una mossa e di tornare a casa.»

I singhiozzi di Nathan si ridussero a sospiri, ma non rialzò la testa. Mettner fece scivolare una scatola di fazzoletti sul tavolo e Josie ne prese due dando un colpetto a Nathan per farglieli prendere.

La voce di Gloria era fredda. «È questo che volevate sentire? Che è colpa mia se i nostri figli sono morti? Che è colpa mia se Bianca Duncan è morta?»

Josie pensò alla conversazione che aveva avuto con Paige Rosetti in giardino. *"Se Solo" è un gioco pericoloso.*

«Quello che è successo ai bambini su quello scuolabus non è colpa sua, Mrs. Cammack.» disse Josie con fermezza. «Non importa cosa sia successo. Non importa quali scelte abbia fatto quel giorno. Non è stata colpa sua.»

Gloria sembrò sorpresa. Poi, quando gli occhi le si riempirono di lacrime, girò la testa dall'altra parte. Josie spostò la scatola di fazzoletti dalla sua parte del tavolo. Aspettò un attimo per dar loro il tempo di ricomporsi, prima di ricominciare. «Qual era il problema, Gloria? Cos'era successo da richiedere che Nathan tornasse a casa quel giorno?»

«Ha importanza?» chiese Gloria.

«Non lo so.» rispose Josie. «Perché non ci dice cosa è successo così potremo stabilire se è rilevante per le nostre indagini?»

Gloria roteò gli occhi ma disse: «La PlayStation di Wallace era stata rubata.»

Nathan, che finalmente si era ripreso, precisò: «Non sappiamo se sia stata rubata.»

«Cosa pensi che fosse successo, Nathan? Sì che era stata rubata. Proprio come la moneta da dieci centesimi con Roosevelt di Frankie, la mia pochette di Yves Saint Laurent e quello stupido fornello da campeggio che non hai mai usato.»

Lui scosse la testa. «Ti sei sbarazzata della pochette di Yves Saint Laurent e del mio fornello da campeggio durante una delle tue operazioni di purificazione.»

«Non mi sarei mai sbarazzata di quella borsa.» insistette Gloria.

«Perché non ci spiegate più nel dettaglio?» si intromise Mettner. «Quali oggetti sono scomparsi e quando?»

«Tutto è cominciato all'incirca quattro o cinque mesi prima dell'incidente dello scuolabus.» raccontò Nathan. «A pensarci bene, era l'ultimo dell'anno, vero, Gloria?»

Gloria cambiò posizione sulla sedia, piegando le braccia sul petto, una posizione nella quale Josie si stava abituando a vederla. «Sì. Avevamo quella festa all'Eudora Hotel. L'aveva organizzata la Camera di Commercio comunale. Avevo cominciato a cercare la mia pochette perché si abbinava al vestito che mi ero messa, e non c'era più.»

«A quel punto ha pensato che fosse stata rubata?» chiese Josie.

«Se si sta chiedendo se poi abbiamo fatto una denuncia alla polizia, no, non l'abbiamo fatta.» rispose Gloria. «Pensavo di averla smarrita. Non l'ho mai ritrovata.»

«Poi, forse un mese dopo, forse due mesi, è scomparsa la monetina con Roosevelt di Frankie.»

«Monetina con Roosevelt?» gli fece eco Mettner.

«Gliel'aveva data mio padre.» chiarì Nathan. «È una moneta rara, da dieci centesimi, del 1982, senza il marchio della zecca. La teneva sempre in un sacchettino blu, come un portamonete, con le sue iniziali fatte con i brillantini sul davanti: *F. C.* Lo teneva in una scatola su una delle sue librerie. Un giorno aveva invitato un'amica e voleva mostrargliela, aprì la scatola e non c'era più nulla. Sia il sacchettino che la moneta al suo interno.»

«Cercammo ovunque.» raccontò Gloria. «Frankie era così arrabbiata. Smontammo persino l'aspirapolvere e svuotammo il filtro perché temevamo che, in qualche modo, la monetina fosse uscita dall'astuccio e fosse caduta sul pavimento della sua camera da letto e l'avessimo accidentalmente aspirata. Lo feci più per tranquillizzarla che per altro, perché anche l'astuccio era sparito.»

«Ma non c'era niente nell'aspirapolvere.» aggiunse Nathan. «Non la ritrovammo più.»

«La pochette e i dieci centesimi.» riformulò Josie. «Quanto valevano, secondo lei?»

«Insieme?» chiese Gloria. «Direi tra i seicento e i settecento dollari.»

«E il fornello da campeggio?» chiese Mettner.

«Non avevo nemmeno aperto la scatola.» disse Nathan. «Era un fornello di qualità, quindi direi trecento dollari.

Quando il tempo tornò bello, andai in garage per tirarlo fuori, pensando che avremmo potuto usarlo per arrostire i marshmallow...» raccontò guardando Gloria di sottecchi, «quelli vegani, da fare all'aperto, in giardino. Ma il fornello non c'era più. Gloria aveva portato alcune cose alla Goodwill e pensavo che avesse donato anche quello.»

«Pensava che avesse donato un fornello da campeggio da trecento dollari, nuovo di zecca, e non ha detto nulla?» chiese Mettner.

Nathan alzò le spalle. «Non fino a quel momento. Avevamo già litigato diverse volte per quello.»

«Aveva le mani bucate.» chiarì Gloria. «Non gli piace nemmeno il campeggio. Non aveva neppure una tenda.»

«Prima o poi avrei trovato il modo di farlo.» ribatté Nathan.

«Oh, come hai fatto quando volevi imparare ad andare in kayak o ad affumicare la carne?» sbottò Gloria prima di rivolgersi a Mettner. «Ha l'abitudine di comprare cose troppo costose per hobby che poi non pratica mai.»

Prima che potessero continuare con quell'argomento, Josie disse: «Ma il giorno dell'incidente, ha detto che era tornata a casa e la PlayStation di Wallace non c'era più, giusto?»

«Esatto.» disse Gloria. «Era sistemata nel salotto, dove i bambini stavano quando c'erano gli amici e io potevo tenerli d'occhio. Quel giorno ci passai davanti e notai che non c'era più. Fu la goccia che fece traboccare il vaso. Chiamai Nathan e gli dissi di raggiungermi immediatamente.»

«Perché pensava che quegli oggetti fossero stati rubati?» domandò Josie.

Gloria annuì. «Proprio così.»

«Non all'inizio, però.» disse Nathan. «Nessuno di noi pensava che ci stessero rubando in casa. Pensavamo solo di essere impazziti, di aver smarrito tutte quelle cose o che ce ne fossimo sbarazzati senza ricordarcene.»

«Pensate che qualcuno si sia intrufolato in casa vostra per prendere quegli oggetti?» chiese Mettner.

«O qualcuno che conoscevamo che prendeva le nostre cose.» suggerì Gloria. «Il nostro quartiere è molto sicuro. Ci sono un sacco di famiglie. I nostri figli giocavano tutti insieme. Ce li guardavamo a vicenda.»

«C'era sempre qualcuno che organizzava qualche barbecue o delle feste di compleanno per i bambini o un club del libro... non finiva mai.» aggiunse Nathan. «Ogni famiglia organizzava qualcosa. C'era sempre gente che entrava e usciva da casa. Anche Virgil, l'autista dello scuolabus, partecipava sempre. Era un buon vicino e un amico per tutti noi prima dell'incidente.»

Gloria lo fulminò con lo sguardo. «Non pronunciare il suo nome, Nathan.»

Josie li riportò all'argomento in questione. «Pensavate fosse qualcuno che conoscevate?»

Gloria fece una scrollata di spalle. «Non ne eravamo sicuri. All'inizio non eravamo nemmeno sicuri che stesse succedendo davvero.»

«Potreste fare una lista delle persone che sono state a casa vostra in quel periodo?» chiese Mettner.

Nathan rise. «Sta scherzando, vero? È sufficiente fare un elenco di quasi tutti i vicini nel raggio di dieci isolati. Senza contare che alcune volte abbiamo fatto venire delle ditte a casa nostra per delle riparazioni.»

«Non c'è modo di fare un elenco completo e se lo facessimo, conterebbe decine di persone.» spiegò Gloria. «Il punto è che non ci era mai venuto in mente che qualcuno potesse rubare da casa nostra, quindi non prestavamo attenzione. Ecco perché non ne siamo stati sicuri finché non è sparita la PlayStation. Era un regalo molto costoso. La pochette era più costosa, ma non la usavo quasi mai. La PlayStation... Wallace viveva per quell'aggeggio. Quando mi accorsi che non c'era più, pensai che ne sarebbe rimasto sconvolto. Ci giocava quasi ogni giorno dopo la scuola... con dei limiti di tempo, s'intende. È stato in quel momento che ho avuto come l'impressione che ogni tassello andasse al suo posto: pensai che tutti quegli oggetti spariti fossero collegati e che non c'era altra spiegazione se non che qualcuno fosse entrato in casa nostra e li avesse portati via! E allora, siccome ero spaventata e sconvolta, chiamai mio marito.»

Nathan scosse la testa, senza guardarla negli occhi. «E io mi precipitai da te. Lasciai i bambini. Lasciai il lavoro. Tornai a casa.»

«Avrebbero dovuto essere al sicuro su quello scuolabus.» mormorò Gloria.

«Nessuno di voi due ha mai parlato con qualcuno di questa storia?» si informò Josie. «Della PlayStation mancante? Degli appuntamenti cancellati con l'ortodontista? Del fatto che vi siete dati appuntamento a casa quando i bambini stavano uscendo da scuola?»

Sia lui che lei la guardarono. Gloria cercò di parlare, ma tutto ciò che uscì fu un grido strozzato. Nathan disse: «No, non l'abbiamo mai detto a nessuno. Stavamo discutendo se fosse il caso di rivolgerci alla polizia quando ricevemmo la telefonata che ci avvertiva dell'incidente. Non abbiamo ripensato a nulla di tutto ciò fino a molto tempo dopo. Abbiamo... abbiamo deciso insieme di non dirlo a nessuno. Non ci sembrava... rilevante.»

«Avevate paura di essere in qualche modo incolpati.» disse Mettner.

Nathan annuì. «Non solo per la morte dei nostri figli, ma anche per la figlia di Krystal. Era troppo. Troppo orribile. Gloria era già stata criticata dalla stampa per il fatto di essere madre e capo di un'azienda, come se questo avesse qualcosa a che fare con tutto il resto. Non pensavamo che fosse un dettaglio da far emergere. Non avrebbe cambiato il risultato.»

«Allora come avrebbe fatto Krystal Duncan a scoprirlo due anni dopo il fatto?» chiese Josie.

Nathan scosse la testa. «Non lo so. L'ortodontista, forse?»

«Che importanza ha?» chiese Gloria. «Cosa c'entra con il suo omicidio? Se l'avesse scoperto, avrebbe avuto tutto il diritto di essere furibonda con noi. Al posto suo, avrei voluto ucciderci entrambi. Allora perché noi siamo qui e lei no?»

«È quello che stiamo cercando di capire.» disse Mettner.

La vera domanda era: perché Krystal aveva iniziato a cercare informazioni? Josie pensò a ciò che aveva detto Paige Rosetti riguardo al fatto che Krystal aveva scoperto alcune cose. Cos'altro aveva scoperto? Che cosa aveva scoperto che l'aveva spinta all'East Bridge a chiedere a Skinny D. degli antidolorifici? Era stata la scoperta che Nathan aveva cancellato gli appuntamenti con l'ortodontista o si trattava di qualcos'altro?

A conti fatti, Gloria aveva ragione: la rivelazione sull'incontro tra Nathan e Gloria a casa loro il giorno dell'incidente non era un fatto che avrebbe portato alla morte di Krystal.

Cosa si stavano perdendo?

«Boss?»

Josie guardò Mettner e poi si accorse che tutti la stavano fissando. «Sì?»

«Abbiamo chiesto se è tutto.» disse Gloria. «Possiamo andare? Sono esausta e voglio solo andare a casa.»

«Certo.» disse Josie. «Sì, mi sembra una buona idea.»

Mettner accompagnò Nathan Cammack a casa, mentre Gloria se ne andò da sola. Josie divorò un paio di danesi al formaggio mentre finiva di scrivere i rapporti della giornata. Quando arrivò a casa erano quasi le dieci. Avvicinandosi alla porta d'ingresso, sentì gli artigli di Trout che grattavano sul pavimento dell'entrata, accompagnati da un coro di lamenti acuti. La stanchezza si scontrò con il dispiacere. Era passata dallo stare a casa con il cane ventiquattro ore al giorno a stare lontana da lui per la maggior parte della giornata. A questo si aggiungeva il fatto che quello era uno dei giorni di riposo di Noah e lei non era nemmeno arrivata a casa in tempo per cenare insieme a lui. Questo era il lavoro, però, e non le era mai pesato prima. E invece, in quel momento, quella cappa di tristezza pesava sulle sue spalle. I genitori dell'incidente dello scuolabus di West Denton non solo condividevano il tipo di trauma che lei stessa conosceva bene, ma le ricordavano di tenersi strette le persone più care perché basta un secondo per perderle.

Quando Josie raggiunse la porta, Noah la spalancò. Trout si precipitò verso di lei, saltando sulle zampe e uggiolando eccitato. Riportò quella palla di pelo agitata dentro casa e gli diede abbastanza attenzione e complimenti da farlo calmare. Quando alzò lo sguardo, vide che Noah le stava sorridendo. Guardò dietro di lui per vedere una luce tremolante all'ingresso della cucina.

«Che succede?» chiese.

«Ho una sorpresa per te. Vieni.»

La cucina era illuminata da una dozzina di candele. La tavola era apparecchiata con quelli che avevano tutta l'aria di essere scampi. Il profumo era irresistibile e a Josie venne l'acquolina in bocca alla prospettiva di un vero pasto. Quando Noah tirò fuori una sedia da sotto al tavolo per lei e la fece sedere, le disse: «Non l'ho preparato io, ovviamente. È stata Misty. Era preoccupata per te, dato che è la tua prima settimana di rientro e tutto il resto, ed è venuta per lasciarci questo. Mett mi ha mandato un messaggio poco fa per dirmi che stavi finendo i rapporti, così l'ho riscaldato.»

«È meraviglioso.» disse Josie, cominciando a sentire che una parte della pesantezza si dissipava.

Le si sedette di fronte e fu allora che lei notò i fiori di campo in un vaso al centro del tavolo. Le si mozzò il fiato in gola. Lo sguardo di Noah seguì il suo. «Tua nonna, prima di morire, mi ha detto di raccogliere fiori selvatici per te ogni tanto.»

Josie fece un respiro tremolante. «Sì, lo facevamo sempre. Quando ero una ragazzina e vivevo con lei. Raccoglievamo fiori di campo e li lasciavamo sul tavolo dell'ingresso l'una per l'altra. Era una cosa stupida. Era...»

Si interruppe sentendo le lacrime che le bruciavano gli occhi.

«Posso metterli via.» disse Noah. «Se ti fanno un brutto effetto.»

«No, ti prego.» disse Josie. «Non importa.»

Trout diede un colpetto alla gamba di Josie e lei si abbassò per toccargli la testa. Assicuratosi che stesse bene, fece un giro e si sdraiò vicino ai suoi piedi.

Noah disse: «Mi ha detto che avresti avuto bisogno di ricordare quello che ti aveva detto prima di morire.»

Lisette aveva detto alcune cose a Josie prima di morire, ma Josie sapeva esattamente a quale parte si riferiva quando aveva dato a Noah quelle istruzioni.

«Devi imparare a convivere con entrambi, tesoro mio.» le aveva sussurrato la nonna. «Il dolore e la felicità... Se non riesci a convivere con entrambi, non ce la farai mai.»

Josie si avvicinò e girò il vaso per vedere meglio i fiori selvatici. «Questo...» disse sfiorandone uno con le dita, «con le minuscole perline rosa tutte raggruppate insieme, si chiama poligono persicaria. Questi fiori con i quattro petali bianchi e la stella gialla al centro sono la fitolacca americana.»

Noah rise. «Hanno tutti nomi così strani.»

«No.» rispose Josie. «Molti, ma non tutti. Questo fiorellino...» Indicò un piccolo fiore viola che spuntava dalla foglia verde sottostante e poi si apriva con un petalo che penzolava verso il basso come una lingua svolazzante. «Questo si chiama falsa ortica reniforme, e questo...» Spostò l'indice su un insieme di fiori che assomigliava a un bulbo con grappoli di petali viola che spuntavano da ogni parte. «Si chiama brunella.» Incontrò i suoi occhi, che scintillavano alla luce della candela. «Conoscevi i nomi quando li hai raccolti?»

«Certo che no.» disse. «Non so nulla di fiori selvatici, ma tua nonna ha detto che avresti saputo nominarli uno per uno.»

«È così.» disse Josie.

«Vuoi parlare di oggi?»

Josie prese la forchetta. «No. Voglio mangiare e poi voglio che mi porti a letto.»

VENTITRÉ

Bianca sbatté la testa contro il finestrino quando l'autobus sbandò violentemente a sinistra. Prima ancora che potesse gridare o controllare che non le fosse uscito del sangue, lo scuolabus deviò nella direzione opposta. Bianca venne scaraventata contro Gail, che per poco non cadde lungo il corridoio. Tra i compagni si levò un applauso e qualcuno urlò: «A tutta birra, Mr. Lesko!»

Bianca si sfregò la testa e guardò fuori dal finestrino. Ogni cosa sembrava scorrere troppo velocemente. Di solito il viaggio sullo scuolabus era così lento che aveva sempre l'impressione di poter arrivare prima andando a piedi.

«Stai bene?» le chiese Gail.

«Mi sa che c'è qualcosa che non va.» le disse Bianca.

«Ti sei fatta male?»

«No, non dicevo alla testa. Parlavo di Mr. Lesko. Non è lo stesso di sempre.»

Gail rise. «Oh, ma dai, si sta solo divertendo un po'.»

«Come fai a saperlo da qui dietro?»

«Non lo so. Tutti gli altri lo stanno applaudendo...»

«Perché sono degli idioti.» sentenziò Bianca. «La gente non

dovrebbe guidare così, soprattutto gli adulti che si occupano di un gruppo di bambini.»

Gail alzò gli occhi al cielo. «Sembri mia madre, lo sai? Se davvero avesse qualcosa che non va, secondo te la preside gli avrebbe permesso di accompagnarci? Stai calma. Tanto siamo quasi alla nostra fermata.»

VENTIQUATTRO

La mattina seguente, prima del lavoro, Josie e Noah si fermarono al Komorrah's Koffee per prendere i caffè per loro, Gretchen, Mettner e Amber. Mentre lasciavano la macchina nel parcheggio comunale, Noah emise un fischio basso. «Guarda che circo.»

Intorno alla porta della centrale, che era l'ingresso privato per gli agenti di polizia, c'era una manciata di giornalisti che, vedendoli avvicinarsi, li accerchiarono puntando loro in faccia i telefoni e sommergendoli di domande.

«Avete già trovato l'assassino di Krystal Duncan?»

«È vero che anche la madre di un'altra delle vittime dell'incidente dello scuolabus di West Denton è scomparsa?»

«Questi sviluppi ritarderanno il processo di Virgil Lesko?»

«La popolazione deve preoccuparsi?»

«L'assassino sta prendendo di mira in particolare le madri dei bambini di quella tragedia?»

La WYEP aveva inviato un cameraman che si muoveva parallelamente alla folla di giornalisti, riprendendo ogni "nessun commento" che Josie e Noah lanciavano in risposta. Al piano superiore, nella sala grande, trovarono Gretchen già seduta alla sua scrivania, intenta a guardare qualcosa sullo schermo del computer. Mettner e Amber erano in piedi accanto a lei, molto vicini e con le teste chinate l'una verso l'altra. Mentre Noah distribuiva caffè, Gretchen alzò lo sguardo. «Siete stati beccati dai paparazzi all'ingresso?»

«Sì.» rispose Josie. «Ci hanno fatto un sacco di domande.»

Amber si scostò da Mettner. «Penso che dovremmo tenere una conferenza stampa. Questo li terrebbe a bada, almeno per un po'.»

«Prima dobbiamo decidere se dire alla stampa che Faye Palazzo è scomparsa.» obiettò Mettner.

«Lo sanno già.» gli fece notare Noah. «In via non ufficiale. Si è sparsa la voce. Sanno che qualcun altro è scomparso.»

«Gretchen, sei tu il responsabile delle indagini.» disse Josie. «Cosa pensi di fare?»

Gretchen si tolse gli occhiali da lettura e si appoggiò allo schienale della sedia, sospirando. «Non voglio alimentare il fuoco. Se rendiamo pubbliche le notizie, esponiamo queste famiglie, che hanno già passato più di quanto chiunque dovrebbe mai affrontare, e così corriamo il rischio di scatenare il panico.»

«Oppure rendiamo la popolazione più sicura mettendola in guardia.» argomentò Mettner.

Gretchen prese il suo caffè e ne bevve un sorso. «Vero. È una possibilità, ma credo che la stampa la farà apparire come una faccenda legata ai genitori dei bambini dello scuolabus di West Denton, per ottenere il massimo degli ascolti. Il problema è che non abbiamo nessuna pista per questi casi. Nessuna. Assolutamente niente.»

«Allora analizziamoli, pezzo per pezzo.» propose Noah.

Avvicendandosi, Josie e Gretchen lo aggiornarono. Josie concluse: «Sappiamo molto di ciò che è accaduto nei mesi e persino nelle ore precedenti all'incidente dello scuolabus di

West Denton, ma collegarlo in qualche modo all'omicidio di Krystal e alla scomparsa di Faye è un problema.»

«Nel senso che non sembra esserci alcun collegamento.» disse Mettner. «A parte il fatto che abbiamo trovato il soprannome di Wallace Cammack scritto sul braccio di Krystal Duncan. Se non fosse per questo, non ci sarebbe alcun collegamento con l'incidente.»

«E che due delle madri dei bambini morti nell'incidente sono scomparse.» commentò Noah. «E una di loro ora è stata uccisa ed è stata lasciata sulla tomba della figlia.»

«Sì...» rispose Mettner, «ma voglio dire che forse stiamo considerando con troppa attenzione l'incidente dello scuolabus. Forse è una distrazione. Il boss ha detto che nei mesi, o forse nell'anno, che hanno preceduto l'incidente, nelle case dei Palazzo e dei Cammack sono scomparsi degli oggetti, giusto? Ma non ci sono state effrazioni. Non sono state presentate denunce alla polizia.»

«Tranne quella per gli orecchini di Faye Palazzo, che sono stati riportati a casa sua quando è scomparsa, per quanto possiamo dire.» puntualizzò Gretchen. «Potrebbero essere delle repliche. Ho chiesto alla Squadra di Raccolta delle Prove di verificare se si tratta di veri orecchini di Tiffany.»

«Ottimo.» convenne Mettner. «Ma stiamo ancora cercando qualcuno che entrava e usciva dalle case di queste persone con accesso agli oggetti di valore, qualcuno che sicuramente ha sottratto degli oggetti da almeno due case. Scommetto che, se si facesse un giro nel quartiere, si troverebbero molte storie simili.»

«Pensi che si tratti di un ladro diventato assassino?» gli chiese Josie.

Mettner replicò con una scrollata di spalle. «Succede che i criminali passino da azioni non violente ad azioni più violente. Non è una cosa insolita, ma quello che voglio dire è che non dovremmo concentrarci su un'unica teoria, come il collegamento con l'incidente dello scuolabus.»

«Sono d'accordo.» disse Noah.

Josie e Gretchen fissarono Noah, poi guardarono Mettner e di nuovo Noah. «Porca miseria.» esclamò Gretchen. «Forse questa è la prima volta che voi due siete d'accordo su qualcosa.»

Tutti quanti si misero a ridere. Poi Gretchen disse: «Beh, Mett, perché non ti occupi di questa parte dell'indagine? Vai a West Denton e inizia a chiedere in giro. Se ci sono stati altri furti, c'è la possibilità che qualcuno abbia visto qualcosa.»

«Penso che il ladro o l'assassino, che si tratti della stessa persona o meno, fosse una persona che sia i Palazzo che i Cammack conoscevano.» affermò Josie. «Come hanno detto Gloria e Nathan Cammack, e anche Sebastian Palazzo, c'era sempre gente che entrava e usciva dalle case del vicinato per feste e altri incontri. Per di più, né Krystal né Faye hanno opposto resistenza. Non c'erano segni di colluttazione. Faye stava addirittura per mettersi a tavola con il marito.»

«Krystal aveva un bicchiere di vino mezzo bevuto sul tavolino. Lo abbiamo scoperto quando abbiamo iniziato a indagare sulla sua scomparsa, prima che tu tornassi al lavoro.» aggiunse Noah guardando Josie.

«Non avresti problemi ad allontanarti da un panino o da un bicchiere di vino o dalla tua borsa o dal tuo telefono se ti bussasse un vicino di casa che vuole parlarti o che ti chiede di uscire per un momento.» argomentò Josie.

«Qualcuno deve fare un elenco o uno schemino o qualcosa del genere delle famiglie di quel quartiere e del livello di familiarità reciproca.» ordinò Gretchen.

«Ci penso io.» si propose Mettner. «Così posso approfittarne per fare anche dei controlli sui precedenti penali di tutte le persone con cui andrò a parlare.»

«E io posso aiutare Mett a sbrigarsela.» si offrì Noah. «Ci sarà da bussare a parecchie porte. Abbiamo ancora il problema di Faye Palazzo. A questo proposito, stamattina la squadra di Hummel ha chiamato per segnalarci un dettaglio molto importante: c'erano due scatole di candele da veglia sul tavolo della cucina di Faye Palazzo quando è scomparsa.»

«Mi ricordo.» disse Josie. «Ce n'erano indicate cinquanta in ogni scatola.»

Noah annuì. «Solo che ce n'erano solo quarantadue per scatola.»

«Interessante.» disse Josie. «Quando le aveva prese Faye? Sebastian ha saputo dare una spiegazione per le sedici candele mancanti?»

«Le aveva acquistate due settimane prima della sua scomparsa e lui ha detto che, per quanto ne sa, Faye non aveva usato nessuna candela né le aveva date a qualcun altro. Dovevano essercene cinquanta in ogni scatola.» puntualizzò Mettner.

«Ma non c'erano.» disse Noah. «E un primo confronto tra la cera delle candele della veglia di Faye Palazzo e quella trovata nella gola di Krystal Duncan ha rivelato che c'è un'alta probabilità che si tratti dello stesso tipo di cera. Naturalmente, dobbiamo sottoporre i campioni al laboratorio statale e forse anche a quello dell'FBI per un'analisi più approfondita, che lo confermerebbe con certezza, ma potrebbero volerci settimane.»

«Molto bene, allora.» disse Gretchen. «Supponiamo per un momento che la cera trovata nella gola di Krystal Duncan provenga davvero dalle candele della veglia di Faye Palazzo. Che cosa significherebbe? O che Faye ha ucciso Krystal e ora sta inscenando la sua scomparsa, oppure è suo marito, Sebastian, che ha ucciso Krystal.»

«E in tal caso Faye potrebbe averlo scoperto e lui avrebbe ucciso anche lei?» si chiese Josie ad alta voce.

Gretchen si pizzicò il ponte del naso. «Che situazione. Se Sebastian Palazzo ha ucciso Krystal Duncan e ha fatto qualcosa a sua moglie, allora sta mettendo in scena l'interpretazione più degna di un Oscar che abbia mai visto. Ieri sera era così disperato che l'ho dovuto minacciare di ricovero forzato in ospedale se non si fosse dato una calmata.»

«Allora forse non è lui il colpevole.» suggerì Metter. «Forse qualcun altro ha preso le candele della veglia di Faye proprio per indurci a indagare su Sebastian. Comunque sia, se dietro la scomparsa di Faye c'è la stessa persona che ha preso Krystal Duncan, allora lei è nei guai.»

«Qualcuno deve essere entrato nella casa dei Palazzo per prenderc le candele, se sono le stesse usate per l'omicidio di Krystal.» concluse Noah. «Chi potrebbe essere? I vostri rapporti dicono che Faye vedeva solo suo marito.»

«Per quanto ne sa il marito.» osservò Josie. «Rimaneva a casa da sola tutto il giorno, tutti i giorni, tranne quando lui andava a pranzo. Avrebbe potuto ospitare qualcuno a sua insaputa.»

«Allora, se è così, torniamo all'ipotesi che è una persona che sia Krystal che Faye conoscevano. Faye non avrebbe fatto entrare un estraneo in casa sua con il marito al lavoro.»

«È vero.» disse Josie. «Penso che dobbiamo indagare su Krystal più da vicino. È da lì che è iniziato tutto questo. Qualcosa l'ha spinta a indagare sugli aspetti dell'incidente dello scuolabus e sappiamo che ha scoperto almeno una cosa che l'ha profondamente turbata. Sappiamo che ha organizzato un incontro con Virgil Lesko per chiedergli qualcosa sul giorno dell'incidente, anche se non abbiamo idea di cosa. Perciò il punto è capire perché stava scavando e cos'altro ha scoperto e se era qualcosa per cui qualcuno l'avrebbe uccisa.»

«Posso chiamare l'ortodontista da cui Nathan Cammack avrebbe dovuto portare i bambini il giorno dell'incidente e scoprire se si era messa in contatto con loro di recente.»

Gretchen avvicinò il suo blocco note e scrisse qualcosa.

Noah toccò una pila di documenti sulla scrivania di Josie. «Vengono dallo studio legale di Krystal? Non avete trovato niente qui dentro?»

«Sì, sono tutti i casi a cui stava lavorando.» disse Josie. «E no, non abbiamo trovato un bel niente. Ma vi invito a dare un'altra occhiata.»

«Quando Mett e io torneremo, daremo un'occhiata.» disse Noah. «Non fa male guardare con occhi nuovi. Speriamo di avere un nuovo elenco di nomi di altri vicini e di potenziali ladri per quando avremo finito.»

«Voglio mettere un'unità su Sebastian Palazzo per ora, per tenere traccia dei suoi movimenti.» aggiunse Gretchen. «Per quanto ne so, in questo momento è a casa. Qualcuno dovrà verificare il suo alibi per il periodo in cui Krystal è scomparsa e poi è stata uccisa.»

«Saremo in zona a raccogliere informazioni, in ogni caso, ce ne occuperemo noi.» assicurò Mettner.

«So che abbiamo deciso di non concentrarci troppo sull'incidente, ma credo che sia necessario approfondire.» affermò Josie. «Mentre Noah e Mett si occupano dei furti, magari tu, Gretchen, potresti illustrarmi i dettagli dell'incidente, visto che eri a capo delle indagini.»

«Pensi che questo possa aiutarci a trovare Faye Palazzo?» le chiese Mettner.

«No.» ammise Josie. «Credo che il modo migliore per trovare Faye Palazzo sia informare la stampa. Nel frattempo, non possiamo stare fermi e sperare in una svolta. Dobbiamo continuare ad andare avanti. Per questo può esserci utile riesaminare l'incidente. Può darsi che ci stia sfuggendo qualcosa. O che ci stia sfuggendo qualcuno. Una persona fuori campo.»

Gretchen si alzò in piedi. «Il boss ha ragione. Amber, andiamo a preparare qualcosa. La sottoporremo al capo Chitwood e poi tu e lui potrete organizzare una conferenza stampa mentre il resto di noi si occupa di seguire queste piste.»

Amber sorrise ironicamente. «Oh, lavorare con il capo. Giornata felice.»

VENTICINQUE

Noah e Mettner se ne andarono riuscendo a evitare la stampa all'esterno, mentre Gretchen e Amber scomparvero nell'ufficio di Chitwood. Josie accese il computer e trovò la documentazione sulle indagini della polizia in merito all'incidente dello scuolabus di West Denton. Le prime chiamate ai soccorsi erano arrivate tra le quindici e trenta e le quindici e quarantacinque del pomeriggio, con i bambini che venivano lasciati alle rispettive fermate, correvano a casa e raccontavano ai genitori che Virgil Lesko biascicava e guidava in modo irregolare. Alle quindici e quarantasette era arrivata una chiamata alla polizia da parte di un automobilista che era stato quasi investito dallo scuolabus. Le unità erano state inviate alle sedici meno dieci. Prima che potessero intercettare lo scuolabus, si era verificato l'incidente. Quando gli ultimi sei bambini, cioè Heidi Byrne, Gail Tenney, Nevin Palazzo, Bianca Duncan, Wallace e Frankie Cammack, stavano per essere lasciati alla fermata, a due minuti alle sedici lo scuolabus aveva superato la fermata, era salito sul marciapiede, si era ribaltato su se stesso e alla fine la coda del veicolo si era avviluppata intorno a un grande platano nel giardino di un privato. Le prime unità erano sopraggiunte sul posto sette minuti più tardi. A quel punto, il proprietario della casa che si era visto schiantare uno scuolabus in mezzo al giardino era uscito e aveva iniziato a cercare di estrarre i bambini dai rottami.

Ma era troppo tardi.

Gail, Nevin, Bianca, Wallace e Frankie erano tutti morti sul colpo. Heidi era stata trasportata in ambulanza al Denton Memorial Hospital, dove era rimasta ricoverata per una settimana. Aveva riportato una commozione cerebrale, diverse fratture alle costole e una lacerazione alla milza che, fortunatamente, era guarita. Virgil Lesko era stato trovato privo di sensi. Gretchen gli aveva parlato più tardi in ospedale. In un primo momento, la stampa aveva ipotizzato che avesse avuto un problema di salute di qualche tipo, come un ictus, ma fu subito chiaro, almeno per Gretchen e per il personale dell'ospedale che si stava occupando di lui che era sotto l'effetto dell'alcol e dell'ossicodone. Nella sua prima dichiarazione a Gretchen, Lesko aveva ammesso di aver bevuto un drink a pranzo prima di andare a fare il giro dopo mezzogiorno, ma aveva insistito sul fatto che non aveva preso nient'altro, certamente non narcotici. Quando gli era stato chiesto se bevesse e se fosse un'abitudine quella di bere prima di mettersi alla guida dello scuolabus, aveva risposto: «No, certo che no.» Gretchen gli aveva chiesto perché avesse bevuto quel giorno. I suoi appunti riportavano: "Mr. Lesko riferisce di essere rimasto turbato dal fatto che sua madre era stata affidata alla casa di riposo quella mattina". Altri appunti riportavano che Lesko aveva dichiarato che la madre, ormai in età avanzata, viveva con lui e stava combattendo contro il cancro al seno da diversi anni.

Josie continuò a scorrere il materiale del dossier, mentre le foto della scena dell'incidente le facevano quasi rigettare la colazione. Scorrendo le foto, arrivò a quelle del veicolo di Lesko, che aveva lasciato al deposito degli autobus quando aveva preso lo scuolabus per il tragitto pomeridiano. All'interno del veicolo non c'erano bottiglie di liquore vuote o flaconi di ossicodone da prescrizione. C'era dell'attrezzatura sportiva, quella che usava per arbitrare le partite della Lega Giovanile e le partite di softball; un cappellino da baseball; alcuni involucri dei fast-food; una ricevuta accartocciata del distributore di benzina; una pila di posta aperta, che includeva una bolletta della luce e un estratto conto del Denton Memorial Hospital.

«Cosa ne pensi?» chiese Gretchen, sbirciando sopra la spalla di Josie che, trasalendo, alzò lo sguardo. «Mi sembra tutto piuttosto chiaro. Non è difficile capire perché un assassino potrebbe prendere di mira Virgil Lesko o la sua famiglia, ma non i genitori dei bambini uccisi. Non capisco.»

Gretchen sospirò. «Forse Mett ha ragione. Forse la storia dell'incidente è una sorta di distrazione.»

«E per cosa?» chiese Josie. «Abbiamo a che fare con un serial killer a piede libero che prende di mira madri in lutto?»

«Non usare ancora la parola "serial".» le disse Gretchen con una risata secca.

«D'accordo.» disse Josie. «Ma non può essere una coincidenza che due madri del gruppo siano scomparse nell'ultima settimana.»

«Ma l'altra cosa che dobbiamo considerare è che quasi tutti i dettagli dell'incidente erano noti all'intera comunità. Chiunque in quel quartiere di West Denton avrebbe potuto avvicinare le famiglie e sapere cose non riportate dalla stampa. Forse si tratta di qualcuno che usa l'incidente come una cortina fumogena. Uccidendo Krystal, sequestrando Faye e volendo che noi indagassimo sull'incidente perché così non lo cerchiamo.»

«È possibile.» concordò Josie. «Non dobbiamo perdere di vista il resto, concentrandoci solo sull'incidente e trascurando qualcosa che abbiamo di fronte. Ma dovremmo comunque considerare attentamente l'incidente, anche solo per togliercelo di torno.»

«Hai il fascicolo lì.» disse Gretchen.

«No.» disse Josie. «Voglio percorrere il tragitto che lo scuolabus ha fatto quel giorno.»

Per convinzione, o forse perché non avevano altre piste, Gretchen fece spallucce e disse: «Andiamo.»

Per fortuna il parcheggio era vuoto, adesso che i giornalisti dovevano riunirsi per una conferenza stampa nel giro di un'ora. Presero la macchina di Gretchen e raggiunsero il deposito degli autobus, un grande piazzale recintato a South Denton, pieno di grandi scuolabus gialli e di un minuscolo casottino con il tetto in legno che fungeva da ufficio. Gretchen si fermò davanti ai cancelli, ora sbarrati perché era estate e le scuole erano chiuse. «A metà tra il turno mattutino e quello pomeridiano Virgil era tornato a casa per occuparsi di sua madre.»

«È ancora viva?» le chiese Josie.

«No. È morta due mesi dopo l'incidente. Del funerale se ne occupò Ted Lesko, dato che Virgil era già in prigione.»

«Allora, com'è andata?» chiese Josie. «È arrivato, ha lasciato la macchina fuori nel piazzale e ha preso lo scuolabus?»

«Ha timbrato e poi ha preso lo scuolabus.» precisò Gretchen. «Di solito c'è un supervisore in servizio, ma quel pomeriggio non c'era. Sua moglie stava per partorire, così aveva lasciato il deposito incustodito per il turno pomeridiano. Non pensava che sarebbe stato un problema: tutti gli autisti sapevano cosa fare e aveva incaricato uno degli ultimi autisti di chiudere il cancello alla fine della giornata.»

«C'era qualcun altro qui quando Virgil ha timbrato il cartellino?»

«No.» disse Gretchen. «Era in ritardo. Tutti gli altri autisti avevano timbrato il cartellino, preso lo scuolabus assegnato e se ne erano andati.»

«Gesù...» disse Josie. «Se il supervisore fosse stato qui quel giorno...»

«Avrebbe potuto notare che Virgil non era in condizioni di guidare.» finì Gretchen.

«Una vera tragedia.»

Josie chiuse gli occhi, avvertendo una morsa che le si stringeva intorno al petto. Se Solo, Se Solo. Se solo la moglie del supervisore non fosse entrata in travaglio quel giorno. Se solo Nathan non avesse cancellato gli appuntamenti con l'ortodontista per quel pomeriggio, almeno tre dei bambini sarebbero stati ancora vivi. Se solo Gloria non avesse dimenticato la sua preziosa agenda e non fosse tornata a casa a prenderla, non avrebbe visto che la PlayStation del figlio era sparita e non avrebbe chiamato Nathan, insistendo perché annullasse gli appuntamenti. Josie si chiese fino a che punto poteva risalire. Se solo la persona che rubava nelle case di West Denton non avesse preso la PlayStation quel giorno. Se solo la madre di Virgil Lesko non fosse stata ricoverata in casa di cura quella mattina.

Se solo avesse detto a Lisette di tornare nella sua stanza d'albergo la notte in cui le avevano sparato.

«Boss?» la chiamò Gretchen. «Tutto a posto?»

Josie scacciò dal suo cervello le immagini del corpo di Lisette che sussultava quando veniva colpito dal proiettile e riportò la sua attenzione sull'incidente. Qualcosa assillava la sua mente. «Se solo, se solo...» mormorò.

Gretchen le posò una mano calda sull'avambraccio. «Josie.»

I tasselli nella sua testa si sistemarono al loro posto. Aprì gli occhi di scatto. «Quel giorno la madre di Virgil Lesko non era stata ricoverata in ospizio.»

«Che cosa?»

«Quando ho guardato il fascicolo prima di partire c'erano le foto dell'auto di Virgil Lesko. Aveva della posta. La Squadra di Raccolta delle Prove l'ha fotografata e una delle lettere era un estratto conto del Denton Memorial Hospital. Era per l'assistenza domiciliare per il mese prima dell'incidente.»

«Ne sei sicura?» chiese Gretchen.

«Sì.» rispose Josie. «Sono sicura. Voglio dire, possiamo controllare quando torniamo, ma sono abbastanza sicura.»

«Perché Virgil Lesko avrebbe dovuto mentire sul motivo per cui aveva bevuto quel giorno?» si chiese Gretchen.

«Non lo so. Forse beveva regolarmente e quella era la prima volta che veniva beccato.»

«Aveva in circolo parecchio ossicodone.»

«Che ha negato di aver preso.» le fece notare Josie.

Tra loro ci fu un attimo di silenzio. Poi Josie disse: «Continuiamo.»

Gretchen si allontanò e passò davanti alla scuola elementare di West Denton. «Lesko arriva alla scuola, dove i bambini stanno già aspettando, visto che è in ritardo.»

Proseguì, percorrendo le strade di West Denton, controllando di tanto in tanto il telefono per trovare le coordinate delle varie fermate dello scuolabus, che aveva inserito nella sua applicazione del navigatore prima di lasciare la centrale. «Le fermate sono tutte agli angoli al centro di un percorso di tre o quattro isolati. Quindi, ogni volta che si ferma, fa scendere da tre a sei bambini che tornano a casa a piedi o che si fanno prendere dai genitori che sono già lì ad aspettarli. E quel giorno nessun genitore stava aspettando.»

Se solo, pensò Josie. Se solo ci fosse stato un genitore in attesa alla fermata dell'autobus quel giorno, magari avrebbe visto che Virgil Lesko aveva qualcosa che non andava e gli avrebbe impedito di andare avanti.

«Questa è la terza fermata.» disse Gretchen accostando a un altro angolo incantevole di West Denton. «Qui è dove alcuni bambini sono scesi e sono corsi a casa per dire ai loro genitori che l'autista aveva qualcosa che non andava.»

Gretchen proseguì per quattro isolati e si fermò a un semaforo rosso. «Qui è dove ha quasi tamponato un altro veicolo. Il conducente ha chiamato la polizia.»

«Quante fermate mancano?» chiese Josie.

Il semaforo divenne verde e Gretchen attraversò l'incrocio con un'accelerata. «Due. Alla fermata successiva fa scendere tre bambini. Sullo scuolabus rimangono solo Heidi, Gail, Nevin, Bianca, Wallace e Frankie. Alla fermata successiva, l'ultima, si schianta.»

Gretchen svoltò a destra in una strada chiamata Tallon, fiancheggiata da case da un lato e da alberi dall'altro. Lungo la strada un enorme cartello recitava "Vendesi terreno di venti ettari" con sotto un numero di telefono. «Questo è in vendita da un'eternità.» commentò Gretchen. «L'ho letto sul giornale. I proprietari vogliono costruire degli appartamenti, ma la comunità locale vuole uno spazio verde. Sono dieci anni che se lo contendono.»

Alla fine del complesso c'era un'apertura tra gli alberi dove una striscia di fango compatto conduceva a una radura al di là della linea degli alberi. Un bagliore rosa attirò l'attenzione di Josie.

«Fermati.» disse.

«Che c'è?»

«Fa' inversione.» le disse Josie. «Torna in quell'apertura.»

Gretchen controllò negli specchietti e fece manovra raggiungendo il viale fangoso.

Lo percorsero finché non arrivarono dall'altra parte degli alberi, dove era stata liberata un'ampia fascia di terreno, ora solo di erba e terra.

Il cuore di Josie saltò un battito. Accanto a lei Gretchen sussurrò: «Oh buon Dio...»

Al centro della radura, in ginocchio con la testa rovesciata all'indietro e gli occhi morti fissi al cielo, c'era Faye Palazzo.

VENTISEI

Quando scesero dall'auto, Gretchen era già al telefono e stava chiamando le unità, l'ambulanza, il pronto soccorso e la dottoressa Feist, ordinando a tutti di non diffondere le notizie alla radio. Josie si avvicinò al corpo di Faye, tremando nonostante il caldo torrido di agosto. Come avevano visto su Krystal Duncan, la pelle di Faye Palazzo era rosa. Sembrava viva e in salute, finché non ci si avvicinava abbastanza per vedere gocce di cera secca lungo le labbra e il mento, e gli occhi lattiginosi e privi di vita. I lunghi capelli castani le ricadevano sciolti sulla schiena. All'orecchio destro brillava un orecchino con diamante, mentre mancava quello all'orecchio sinistro. Sulla parte inferiore del mento si vedevano lividi delle dimensioni delle dita di una mano. Le braccia erano appoggiate sulle cosce, con i palmi e gli avambracci rivolti verso l'alto. Altri lividi viola chiaro, questi più grandi, ne segnavano la pelle.

Faye Palazzo aveva lottato.

Lungo l'interno di uno degli avambracci c'era un nome scritto con il pennarello nero: GAIL.

«Gail Tenney.» mormorò Josie, lasciando uscire il respiro

che non si era resa conto di aver trattenuto. La tristezza la travolse.

Gretchen si avvicinò alle sue spalle. «Come l'hai vista? Dalla macchina?»

«Non l'ho vista.» disse Josie. «Ho colto qualcosa di rosa tra gli alberi.» Entrambe si voltarono nella direzione da cui erano venute e si spostarono di tre metri sulla destra, dove avevano una visuale chiara della strada e delle auto che passavano. Proprio di fronte al sentiero di fango c'era un ampio spazio tra due case vicine sull'altro lato della strada. Faye era stata messa in vetrina, ma non in modo così evidente da essere vista a una prima occhiata dal primo automobilista di passaggio. Non sarebbe stata vista nemmeno dalla finestra di una delle case che si affacciavano su quell'area. Forse non subito. Era possibile che prima o poi uno dei vicini avrebbe notato la stessa striscia di tessuto rosa tra gli alberi e sarebbe andato a vedere.

Josie si girò lentamente a osservare la radura. Alle spalle di Faye c'era un grande cumulo di terra e poi altri alberi. C'erano tracce di pneumatici nel fango, ma erano numerose, ognuna delle quali si sovrapponeva all'altra, lasciando solo frammenti, e nessuna era abbastanza distinta per poterne fare un calco. «Maledizione.» disse.

«Non capisco.» disse Gretchen. «Che significato ha questo posto?»

«Può darsi che non volessero lasciarla al cimitero perché c'era troppo affollamento.» ipotizzò Josie. «Tanto per cominciare sarebbe stato rischioso. Può darsi che l'abbiano lasciata qui perché si trova sul percorso dello scuolabus. Chiunque in questa zona avrebbe potuto vederlo passare.»

«Io non...»

Le parole di Gretchen furono inghiottite dal rumore di un motore che si avviava. Un fuoristrada bianco imboccò il sentiero sterrato e si diresse verso di loro. Il sole si riverberava sul parabrezza, rendendo impossibile distinguere chi ci fosse al volante.

Superò l'auto di Gretchen senza rallentare e si diresse diretta-mente verso di loro. Josie si mosse senza pensare e si tuffò su Gretchen, buttandola a terra. Il fuoristrada proseguì nella sua corsa. Josie rotolò facendo rotolare anche Gretchen da una parte e, con un movimento fluido, estrasse la Glock dalla fondina che portava al fianco, mettendosi in posizione supina, con la testa sollevata ed entrambe le mani puntate verso il fuoristrada, che si schiantò contro il cumulo di terra davanti agli alberi.

Accanto a Josie, Gretchen respirava a fatica. Il colpo le aveva tolto il fiato. Prima che Josie potesse occuparsi di lei, la portiera del conducente del fuoristrada si aprì con un sonoro stridore. «Fermati lì.» gridò Josie, puntando alla cabina del furgone. «Fermati! Polizia. Mani in alto.»

Heidi Byrne spuntò fuori dal furgone incespicando e cadde a terra a quattro zampe. Da un taglio sulla fronte le usciva un rivolo di sangue. Josie abbassò l'arma e saltò in piedi. Tenendo la pistola puntata verso il basso al suo fianco, corse verso la ragazza.

«Heidi? Che succede? Cosa stai facendo?»

Josie guardò nell'abitacolo, ma era vuoto.

Una sottile colonna di fumo si levava dal cofano schiacciato. Mise la pistola nella fondina, entrò nel furgone e spense il motore, mettendo in tasca le chiavi, poi appoggiò una mano sulla schiena tremante della ragazza. Il sangue le gocciolava dalla testa e colava nel terriccio. La ragazza alzò lo sguardo verso Josie. «Quella è... è Mrs. Palazzo?»

Josie volse lo sguardo verso il corpo di Faye, ancora dritto, in ginocchio, con le mani in grembo e la testa inclinata all'indietro. Josie si spostò in modo da impedire alla ragazza di guardare il cadavere della donna. «Sì.» rispose.

Tirando l'orlo della sua polo, si accovacciò e lo premette sulla fronte di Heidi, cercando di fermare l'emorragia. «Cosa ci fai qui, Heidi? Di chi è quel fuoristrada? Non hai nemmeno l'età per guidare!»

Heidi si mise a sedere e Josie la imitò, cercando di tenere l'orlo della maglietta premuto sulla ferita. «Cosa è successo a Mrs. Palazzo?»

«Non lo sappiamo.» rispose Josie. Si voltò per controllare Gretchen, che si era tirata in piedi e stava arrancando verso di lei.

Heidi alzò gli occhi per guardarla mentre si avvicinava. «Mi dispiace. Mi dispiace davvero. Non volevo... non volevo farvi del male.»

«Ci stavi seguendo?» le chiese Gretchen.

Josie scostò la maglietta, felice di vedere che il flusso di sangue stava rallentando. Gretchen tirò fuori un fazzoletto da una tasca e lo diede a Heidi. «Grazie.» disse lei, sostituendo la maglietta di Josie con il fazzoletto. «Sì, vi stavo seguendo. Mi dispiace.»

«Dalla stazione di polizia?» chiese Josie.

«Volevo parlare con voi, ma quando sono arrivata c'erano tutti quei giornalisti. Poi se ne sono andati, ma mi sentivo ancora a disagio, così vi ho seguite. Poi sono rimasta bloccata a un semaforo e vi ho perse. Stavo passando davanti a questa apertura quando mi è sembrato di vedere la sua auto. Ho sterzato. Non volevo accelerare, ma poi ho visto Mrs. Palazzo e non sono riuscita a... ho perso il controllo e...»

«Di chi è quel fuoristrada?» domandò Josie.

«Di mio padre.» rispose Heidi con tono deciso. Allontanò il fazzoletto dalla testa, ma stava ancora sanguinando. Premendolo di nuovo sulla ferita, disse: «Ne ha due. Dice che l'alternatore di questo se ne sta andando, ma io non ho mai avuto problemi.»

Josie colse l'occhiata di Gretchen e intuì che stava pensando la stessa cosa a cui stava pensando lei: dire "non ho mai avuto problemi" implicava che Heidi si era messa al volante diverse volte. «Heidi...» disse Josie. «Ti capita spesso di guidare il fuoristrada di tuo padre?»

Tutte e tre girarono la testa verso il suono di gomme che

grattavano sullo sterrato: diversi veicoli della polizia stavano entrando nella radura, come la colonna che era apparsa al cimitero il giorno in cui Dee Tenney e Josie avevano ritrovato il corpo di Krystal Duncan.

«Non lo so.» rispose Heidi. «Voglio dire... qualche volta.»

I veicoli si fermarono e Josie rimase a guardare gli agenti di pattuglia che uscivano dalle loro auto, oltre a Hummel e a un paio di altri membri della Squadra di Raccolta delle Prove. Gretchen si avvicinò a loro di corsa.

Josie abbassò lo sguardo su Heidi. «Tuo padre sa che guidi il suo fuoristrada?»

Da sotto il fazzoletto, Heidi strabuzzò gli occhi. «Certo che no.»

«Ma quanti anni hai? Quattordici, giusto? Lo sai che guidare senza patente o anche solo senza permesso provvisorio di guida è illegale, vero? Stavi quasi per ammazzare me e la mia collega, Heidi!»

Il labbro inferiore tremò. «Non volevo, lo giuro. Sono sempre molto attenta. Non ho mai avuto problemi fino a oggi. Mi sarei sicuramente fermata, ma mi sono distratta quando ho visto Mrs. Palazzo.» Si girò per guardare dietro a Josie. «È sicura che sia morta?»

Suo malgrado, Josie tornò a guardare il corpo di Faye Palazzo. Più in là, Hummel stava indicando a un paio di agenti in uniforme il punto in cui delimitare il perimetro della scena del crimine con del nastro giallo. Dietro di lui, un'ambulanza e il furgone della dottoressa Feist stavano accostando. «Sì.» disse Josie. «Purtroppo sì, Heidi. Mrs. Palazzo è morta.»

Heidi chinò il capo. Un attimo dopo, Josie notò le lacrime che colavano dal mento di Heidi. Le sue spalle sottili cominciarono a tremare. Josie si inginocchiò accanto a lei e le toccò il braccio. «Ehi.» disse. «Mi dispiace. Perché non vieni a sederti in macchina? Dobbiamo portarti via di qui immediatamente. Sono sicura che saprai che dobbiamo chiamare tuo padre.»

Heidi annuì. Con un sospiro, tornò a guardare Josie. «Non c'è problema. Ammesso che riusciate a mettervi in contatto con lui...»

Josie alzò lo sguardo verso il furgone. «Come hai imparato a guidare?»

«Mrs. Tenney.» disse Heidi. «Mi ha insegnato lei. Ma non prendetevela con lei, okay? Non voglio che si metta nei casini per colpa mia. Le ho già causato abbastanza problemi. Lo sa che suo marito l'ha lasciata per colpa mia?»

«Com'è possibile?»

«Sì.» disse Heidi. «Non lo ammetterà mai, ma so che è così. Una volta ho sentito suo marito che le urlava contro quando pensavano che non potessi sentire. Le diceva che era assurdo quello che stava facendo, tenermi con sé, come se stesse cercando di rimpiazzare Gail. Dopo quella lite se n'è andato per sempre.»

«Deve essere stato tremendo...» disse Josie. «Ma le persone in lutto dicono molte cose che non pensano, Heidi. Non è colpa tua se il loro matrimonio è andato in frantumi. Sono sicura che c'erano molte altre questioni da risolvere. La maggior parte dei matrimoni non sopravvive alla morte di un figlio.»

Un'altra auto si fermò nello spiazzo, ormai molto affollato, da cui saltarono fuori Noah e Mettner. Gretchen fece loro cenno di avvicinarsi e cominciò a gesticolare animatamente.

«Se la racconti pure.» disse Heidi. «Può rifilarmi queste stronzate da adulti quanto vuole. So cos'è successo.»

Josie riportò l'attenzione su Heidi. «Non volevo...»

«Lasci perdere...» disse Heidi, interrompendola. «Il punto è che Mrs. Tenney è l'unica persona che mi ha trattato come una persona normale dopo l'incidente. Ha solo cercato di aiutarmi. Dopo l'incidente avevo il terrore di salire su qualsiasi tipo di mezzo. A tutte le visite mediche che ho dovuto fare in seguito ci sono andata a piedi, avanti e indietro, avanti e indietro. Non riuscivo a stare più di un minuto in un'auto senza farmi prendere da un fortissimo attacco di panico. Mio padre non sapeva cosa fare. Poi un giorno Mrs. Tenney ci ha visti sul ciglio della strada mentre tornavamo dal dottore. Ero seduta sul marciapiede in iperventilazione. È stato allora che si è offerta di aiutarmi. E poi, in pratica, mi ha accolta in casa sua.»

«Avevo avuto questa sensazione.» ammise Josie.

«All'inizio di quest'anno, stavo avendo uno dei miei soliti attacchi di panico in macchina e Mrs. Tenney si è fermata. Immaginavo che non ne potesse più di me o qualcosa del genere e pensavo che mi avrebbe buttata fuori dall'auto. Invece ha detto: "Così non funziona, quindi smettiamo di provarci". Queste parole esatte. Poi mi ha portata in un parcheggio vuoto e mi ha fatto mettere al volante.»

Inaspettatamente, Josie si commosse. Le venne subito in mente Lisette. Josie aveva avuto molte paure a causa della sua infanzia traumatica e sua nonna l'aveva aiutata ad affrontarle tutte. A volte era stato utile, altre volte no, ma Lisette era disposta a fare qualsiasi tentativo e non si ostinava mai a portare a termine qualcosa che semplicemente non funzionava, anche se questo implicava infrangere alcune regole.

«Abbiamo iniziato a provare ogni giorno finché non sono diventata brava.» continuò Heidi. «Alla fine, ho smesso di avere paura. Però mi ha fatto giurare che non l'avrei mai detto a nessuno. Quindi, deve promettermi che non la arresterete o altro, d'accordo?»

«Io posso prometterti di non metterla nei guai se tu mi prometti di smettere di guidare senza patente.»

Heidi la studiò per un attimo e poi disse: «Affare fatto.»

«Ora dimmi perché ci stavi seguendo.» le disse Josie. «Non ce l'hai detto prima.»

Heidi si alzò e si guardò intorno, come se cercasse di decidere da che parte andare. Josie le toccò il braccio. «Dovremmo portarti all'ospedale per un controllo.»

«No.» disse Heidi. «Sto bene. Mi sento bene. Posso farmi

accompagnare da mio padre più tardi se siete preoccupati, ma non posso andarci ora. Vi stavo cercando per parlarvi di Mrs. Tenney. Non vuole dirvelo, ma ha paura.»

Gretchen tornò verso di loro. «Ci vorrà qualche ora qui, con l'elaborazione della scena e tutto il resto. Devo contattare il padre di Heidi e probabilmente ci servirà un carro attrezzi.»

«Non lo troverà.» disse Heidi. «È in qualche cantiere da qualche parte. Comunque, stavo dicendo alla detective Quinn che Mrs. Tenney ha bisogno di aiuto.»

«Perché pensi che abbia bisogno di aiuto?» le chiese Josie. «Di che cosa ha paura?»

«Si è comportata in modo molto strano ultimamente. Guarda sempre fuori dalle finestre e controlla che le porte siano chiuse a chiave. Questa mattina stava dando di matto per qualcosa che riguardava il suo conto corrente e poi l'ho sentita al telefono che parlava con Mrs. Cammack.»

«Gloria Cammack?» disse Gretchen.

«Sì. Ha detto qualcosa sul fatto di essere osservata e voleva sapere se poteva stare da lei per qualche giorno. Poi mi ha detto di andare via per qualche giorno, magari a fare una gita, e che dopo ci saremmo viste a casa mia invece che a casa sua.»

«Chi pensa che la stia sorvegliando?» chiese Josie, domandandosi come mai Dee non avesse chiamato la polizia.

Aveva visto qualcuno o era solo spaventata dalla morte di Krystal Duncan e dalla scomparsa di Faye Palazzo?

«Non lo so.» disse Heidi. «Ma se davvero qualcuno la sta osservando, allora ha bisogno di aiuto. Non lo chiederà mai, però. Dovete proteggerla. E se finisse come Mrs. Duncan o Mrs. Palazzo?» Un singhiozzo le eruppe dalla gola. «Vi scongiuro.»

A quelle parole si sciolse in lacrime. Josie allungò la mano per toccarle di nuovo il braccio, ma Heidi si gettò su di lei, stringendole le braccia intorno alla vita e piangendo sulla sua spalla. «Va tutto bene, Heidi. Le parleremo.» la rassicurò Josie ricambiando l'abbraccio della ragazza e appoggiando il mento sulla sua testa. Dall'altra parte della radura, Josie vide Noah che la fissava. Fece un debole sorriso.

«Senti se ti convince questo, Heidi...» le propose Gretchen, «ti facciamo accompagnare all'ospedale da una delle pattuglie, mentre noi andiamo a parlare con Mrs. Tenney.»

Heidi alzò il viso dalla spalla di Josie. «No. Voglio venire con voi. Voglio assicurarmi che stia bene.» e si strinse forte a Josie.

«Boss?» fece Gretchen.

Josie si guardò intorno. «Hai detto tu stessa che ci vorranno ore. Noah e Mett sono già qui. Lascia che siano loro a occuparsene, così noi possiamo andare a casa di Gloria. Heidi può venire con noi finché non raggiungiamo suo padre.»

Heidi liberò Josie e usò il suo fazzoletto insanguinato per asciugarsi le lacrime che le scendevano sulle guance. «Grazie.»

Josie sorrise. «Almeno così so che non ruberai altre macchine.»

VENTISETTE

Lungo la strada che portava a casa di Gloria Cammack, Josie lasciò due messaggi nella casella vocale del padre di Heidi, Corey Byrne ma Heidi le suggerì di scrivergli. «Non risponde mai alle chiamate.» spiegò. Quando Josie gli ebbe ormai inviato una serie di messaggi, erano già davanti a casa Cammack. Gloria era al lavoro, ma vennero accolte da Dee Tenney. Questa volta si riunirono in salotto, con Dee che si mise rannicchiata sul divano, con i piedi infilati sotto di sé. Heidi si sedette accanto a lei e Dee la attirò a sé in un abbraccio. Via via che Josie e Gretchen spiegavano gli eventi della mattina, dal ritrovamento del corpo di Faye Palazzo al rischio di rimanere uccise da Heidi alla guida del fuoristrada di suo padre, le espressioni di Dee tradivano un'interiore montagna russa di emozioni che passavano dallo stupore, al dolore, alla paura, alla rabbia, alla preoccupazione. Infine, accarezzò i capelli di Heidi, scostandoglieli dal viso e sfiorandole con delicatezza il taglio sulla fronte. «Tesoro, non devi farlo mai più, mi hai capito? Ti ho insegnato a guidare per aiutarti a superare la paura, non perché tu prendessi la macchina di tuo padre senza permesso.»

«Prometto che non succederà mai più.» le disse Heidi.

Dee sorrise, anche se nei suoi occhi si vedeva bene il luccichio delle lacrime e le diede un bacio sulla fronte. «Mi dispiace di averti fatto stare in pensiero per me. Per quanto lo apprezzi molto, non è compito tuo preoccuparti per me o per qualsiasi altro adulto. Anch'io mi preoccupo per te.»

Heidi sfoggiò un'espressione raggiante. Josie cercò di parlare, ma le si era chiusa la gola. Avvertì lo sguardo di Gretchen su di sé, prima di sentirle dire: «Heidi, dobbiamo parlare con Mrs. Tenney della nostra indagine e...»

Heidi la interruppe. «Non crede che sia opportuno che io ascolti quello che avete da dire?»

Gretchen le rispose: «Sarebbe meglio che parlassimo con Mrs. Tenney in privato.»

Heidi spinse il mento in avanti. «Sa quanti cadaveri ho visto? Sei. Ho visto morire cinque dei miei migliori amici in quell'incidente d'autobus e oggi ho visto il corpo di Mrs. Palazzo. Ha idea di cosa significhi?»

Gretchen ricambiò con uno sguardo stupito e Josie capì che ce la stava mettendo tutta per non ridere. Con molte probabilità Gretchen aveva visto più cadaveri di tutti i membri del Dipartimento di Polizia di Denton messi insieme. Ma riuscì a non ridere, perché Heidi era seria e cercava di spiegare il suo punto di vista. Fece un gran sospiro.

«Beh, direi che se sei abbastanza grande da andartene in giro per la città con la macchina di tuo padre senza patente e senza supervisione, allora sei abbastanza grande anche per ascoltare questa conversazione. A meno che Mrs. Tenney non abbia qualcosa da obiettare...»

Dee scosse la testa. «Sentirà tutto, comunque, quando ne parlerò a suo padre più tardi.»

Gretchen tirò fuori taccuino e penna. «Cominciamo da Faye Palazzo. Il nome di sua figlia è stato trovato scritto sulla scena del crimine.»

«Davvero?» sbottò Heidi. «Non l'ho visto.»

Gretchen le lanciò un'occhiata severa.

«Oh, giusto.» disse. «Perché stavo andando a tutto gas sul furgone di mio padre. Mi dispiace. Ora sto zitta.»

Josie ritrovò la voce. «Dee, le viene in mente qualche motivo per giustificare il nome di Gail sulla scena del crimine?»

Dee scosse la testa. «Buon Dio, no. Non me ne viene neanche uno.»

«Gail e Nevin Palazzo erano amici?»

«No, non particolarmente. Voglio dire che lei era stata a casa sua qualche volta e viceversa. Tutti i bambini sono cresciuti insieme, però no, non erano più vicini di quanto lo fosse con gli altri.»

«Quando è stata l'ultima volta che ha parlato con Faye Palazzo?» le chiese Gretchen.

«All'ultima riunione del gruppo di sostegno.»

«Per caso correva cattivo sangue tra Gail e Nevin?» domandò Josie.

Dee rise. «Cattivo sangue? Erano poco più che bambini!»

«No.» intervenne Heidi. «Lo so, lo so, ho detto che sarei stata zitta, ma conoscevo Gail e Nevin da quando erano piccoli, e andavano d'accordo. Nevin era dolce, piaceva a tutti, e Gail poteva essere molto impertinente, ma era anche divertente da morire e non era per niente cattiva. Non accettava di farsi mettere i piedi in testa, però era gentile.»

Un piccolo sussulto sfuggì dalle labbra di Dee, che alzò una mano per coprirle. Heidi si voltò verso di lei, con il viso carico di apprensione. «Mi dispiace tanto, Mrs. T. Mi dispiace tanto. Non volevo turbarla. Io...»

Dee tolse la mano dalla bocca e afferrò la mano di Heidi, stringendola così forte che le nocche diventarono bianche. «Ti ringrazio.» disse. «Per aver parlato di lei. Io non riesco mai a parlare di Gail. Nessuno mi racconta mai qualcosa di mia figlia. Cose che non sapevo. Certo, al gruppo di sostegno parliamo dei nostri ragazzi, ma non in questo modo. E fuori da quel gruppo è come se fossi invisibile. Nessuno vuole sentirti parlare di tua figlia morta.»

«Possiamo parlare di Gail quando vuole.» la rassicurò Heidi.

Josie e Gretchen lasciarono che le due condividessero un momento di silenzio per cercare di ricomporsi. Poi Josie si intromise di nuovo, cambiando la direzione delle domande. «Può dirci perché si trova qui, Mrs. Tenney?»

«Non vorrei farne un dramma, ma ieri mi è sembrato di vedere una persona a lato della casa. Dalla finestra della sala da pranzo. Sono uscita e sono sgattaiolata da quella parte e nonostante non abbia visto nessuno, ho sentito dei passi, o almeno quelli che mi è sembrato fossero dei passi. Passi che correvano tra gli alberi dietro casa mia. Poi, questa mattina, quando ho aperto a Heidi per la colazione, la serratura della mia porta era... beh, era distrutta. Come se qualcuno avesse cercato di forzare la porta.»

«Perché non ha chiamato la polizia?» chiese Gretchen.

«Stavo per farlo, ma poi la banca mi ha chiamato per dirmi che il mio conto era scoperto e io, beh, mi sono lasciata trascinare dalla situazione. Da quando io e Miles ci siamo separati, secondo l'accordo che abbiamo stabilito, lui deposita una somma sul conto e io prelevo i contanti per fare il pieno, la spesa e, insomma, per comprare tutto quello che mi occorre. Ho provato a chiamarlo, ma non sono riuscita a contattarlo. Stavo... stavo per avere un crollo, lo ammetto. Non riuscivo a mettermi in contatto con mio marito e temevo che avessero cercato di entrare in casa mia. Ho avuto paura. E a quel punto mi è venuto in mente di chiamare Gloria e di chiederle se potevo restare da lei. Così, quando mi fossi calmata, avrei chiamato la polizia, e volevo farlo, davvero.»

«Mrs. Tenney, sia Krystal Duncan che Faye Palazzo sono state ammazzate questa settimana.» riprese Josie. «Non c'è bisogno che le ricordi che erano entrambe membri del suo gruppo di sostegno. Se sente che c'è qualcosa di strano, intendo dire qualunque cosa, deve chiamarci senza perdere un minuto. Anzi, se resterà qui per qualche giorno, sono certa di poter chiedere al mio capo l'autorizzazione a far stazionare una pattuglia all'esterno.»

Dee si portò una mano al petto. «Oh. Pensa che sia davvero necessario?»

«Sì.» disse Heidi.

«Credo che tutte voi vi sentireste meglio se facessimo così.» aggiunse Gretchen.

«In tal caso, d'accordo. Posso pensare io a informare Gloria.»

«Ha notato se ultimamente è sparito qualcosa da casa sua?» le domandò Josie.

«No, niente.»

«E nemmeno se qualcosa è riapparso?» proseguì Gretchen.

Dee le guardò con aria confusa. «Riapparso?»

«Magari un oggetto scomparso da tempo che improvvisamente è tornato fuori.» spiegò Josie.

«Oh, no, niente del genere.» rispose Dee.

«Mi dispiace doverla riportare al periodo prima dell'incidente dello scuolabus...» disse Gretchen, «ma diverse persone ci hanno riferito che per un lasso di tempo compreso tra i sei e i dodici mesi precedenti all'evento, erano spariti oggetti di valore dalle loro case. A lei è capitato?»

«Oh...» disse Dee. «Ehm, sì. Qualcosa del genere. Erano stati rubati gli attrezzi di mio marito dal garage. È accaduto circa quattro o cinque mesi prima dell'incidente. Me lo ricordo perché si gelava. Deve essere stato dopo Natale. O forse poco prima. Comunque, lui aveva fatto la denuncia alla polizia.»

Josie e Gretchen si scambiarono uno sguardo incuriosito e Josie le chiese: «Ne è sicura?»

«Sì, ne sono sicura. Mi disse che avrebbe fatto richiesta di risarcimento all'assicurazione.»

«E lo ha fatto?» le chiese Gretchen.

«Sono sicura che lo abbia fatto.»

«Ma non lo sa di preciso.» puntualizzò Josie.

«È Miles che gestisce tutte le nostre finanze. Questo era l'accordo quando ci siamo sposati. Lui era un commerciante di automobili di grande successo e guadagnava un sacco di soldi, e voleva che io potessi stare a casa e prendermi cura di nostra figlia. Quando ci siamo separati, per quanto sia stato furioso, non ha voluto che la mia vita venisse stravolta, che dovessi trasferirmi e mantenermi da sola.»

«La polizia venne a casa vostra quel giorno?» si informò Gretchen.

«No. Fu mio marito che andò alla stazione di polizia. Disse che non voleva tenere occupato il 911 per una questione per nulla urgente. Gli attrezzi potevano essere sostituiti.»

«E li sostituì?» chiese Josie.

Dee si prese un momento per pensarci. «No, non subito. Anzi, no, per niente, ora che ci penso. Voleva farlo, ma poi c'è stato l'incidente e... insomma, era già abbastanza difficile per entrambi fare le cose più normali ogni giorno. A quel punto gli attrezzi erano la cosa più lontana dalla mente di Miles. Oltretutto, quelli che gli avevano rubato li usava a malapena.»

Il telefono di Josie squillò. Lo tirò fuori e trovò un messaggio di Corey Byrne. *Abbia pazienza. Sono in cantiere. Non posso parlare. Possiamo vederci a casa mia dopo il lavoro. Alle cinque.* Josie scosse la testa mentre infilava di nuovo in tasca il telefono. Sua figlia aveva avuto un incidente stradale con il suo fuoristrada e lui era troppo occupato per parlare, o non poteva essere disturbato; non c'era da stupirsi che Heidi avesse legato così tanto con Dee Tenney, e le venne naturale chiedersi come fosse la vita di quella ragazzina prima dell'incidente.

«Mrs. Tenney...» disse Gretchen, «e se le dicessi che suo marito non ha mai sporto denuncia?»

«Come fa a saperlo?» chiese Dee.

«Perché abbiamo già controllato tutti i rapporti di polizia

fatti in questa zona da tre anni a questa parte e suo marito non ha mai sporto alcuna denuncia per furto.»

«Non so che dire.» sospirò Dee. «Dovreste chiederlo a Miles. Vi darò il suo numero di telefono. Forse lui potrà darvi delle risposte. Posso darvi anche il suo indirizzo. Se gli parlerete, ditegli di chiamarmi.»

«Torniamo a Faye Palazzo.» disse Josie dopo che Gretchen ebbe annotato i contatti di Miles Tenney. «Il marito ha detto che non aveva più amici, ma che voi due vi frequentavate ogni tanto. È vero? Le viene in mente se c'è qualcun'altro con cui avrebbe potuto passare del tempo? O qualcuno con cui avrebbe potuto avere dei problemi?»

La bocca di Dee si irrigidì in una linea sottile. Si sporse in avanti, distendendo le gambe e lanciando un'occhiata a Heidi come se si stesse pentendo di aver deciso di permetterle di restare. Infine, disse: «Prendevamo il caffè insieme, sì. Prima dell'incidente. Dopo non molto. Entrambe eravamo madri casalinghe ed eravamo molto coinvolte nell'Associazione Genitori-Insegnanti. Faye è una grande organizzatrice... era una grande organizzatrice. Riusciva sempre a combinare tutto.»

«Come le veglie?» la incalzò Josie.

«Sì, esattamente. Le piaceva organizzare delle veglie dopo la morte dei bambini. So che ne stava organizzando una per la vigilia del processo, ma ne avevamo parlato solo in gruppo. Le uniche volte che ci siamo incontrate per un caffè dopo la tragedia è stato per discutere delle veglie. E per nient'altro.»

«C'è qualche motivo per cui non siete rimaste in contatto dopo l'incidente?» chiese Gretchen. «A parte gli incontri con il gruppo.»

Di nuovo, Dee guardò Heidi che ora era interamente concentrata a mangiucchiarsi le unghie della mano sinistra. Dee abbassò la voce, anche se Heidi poteva ancora sentirla. «Non dovrei dirlo. Preferirei non dirlo. Non è... non credo che abbia importanza, soprattutto in questo momento.»

«Continui, Dee...» la esortò Josie. «Perché non ce lo dice così noi saremo in grado di stabilire se è rilevante o meno per la nostra indagine?»

Dee chiuse gli occhi e fece diversi respiri profondi, come se si stesse preparando a qualcosa. Li riaprì di scatto e disse tutto d'un fiato: «Faye aveva una relazione.»

Nella stanza calò un attimo di silenzio. Lo sguardo di Heidi corse sul profilo di Dee, ma continuò a mangiarsi le unghie. Josie notò che non sembrava né scioccata né sorpresa.

«Come fa a saperlo?» chiese Gretchen.

«È stata lei a dirmelo.»

«Quando è successo?» chiese Josie.

«Qualche settimana prima dell'incidente. Ci eravamo incontrate come al solito per pianificare alcune cose dell'associazione genitori-insegnanti. L'avevo vista distratta e turbata, così l'avevo invitata a dirmi cosa c'era che non andava e lei mi aveva detto che aveva una relazione, ma che voleva chiuderla. Era consumata dal senso di colpa, perché Sebastian le era molto devoto e pensava che ne sarebbe potuto morire, letteralmente, se l'avesse scoperto... e devo ammettere che, secondo me, aveva ragione.»

«È sicura che sia quello che ha detto?» chiese Josie. «È possibile che abbia detto che quella a morire sarebbe stata lei?»

«Oh, no.» disse Dee. «Non sarebbe affatto da Sebastian. Voglio dire, se parlate con lui, anche solo per un secondo, vi renderete conto di come la veneri. L'ha sempre adorata. A dire il vero, nel gruppo delle altre madri abbiamo sempre pensato che fosse un po' patetico. Non che lei non lo ricambiasse. Sicuramente gli era devota, ma dava tutta l'impressione di amarlo in modo meno appassionato di quanto lui amasse lei.»

«Essere devoti a qualcuno non esclude la violenza domestica o addirittura l'omicidio.» le fece notare Gretchen.

«Lo so.» disse Dee. «Ma vi dico che Sebastian non è quel tipo di persona.»

«È un rammollito.» intervenne Heidi. Si voltarono tutte a guardarla.

Lei alzò gli occhi. «Non voglio essere offensiva, ma lo è. È un rammollito come pochi. Nemmeno noi ragazzi riuscivamo a capire cosa ci trovasse in lui Mrs. Palazzo. Lei era una modella di successo di New York e lui un farmacista timido che a malapena riusciva a spiccicare due parole.»

«Heidi, smettila.» la ammonì Dee. «È una cattiveria da dire.»

«Che c'è?» esclamò Heidi, spalancando gli occhi. «Non sto dicendo che non sia un brav'uomo. È una persona estremamente gentile. Una volta ci accompagnò durante una gita di classe e comprò il gelato a tutti. Ma un giorno stava riportando me e Nevin a casa dai nostri allenamenti... Nevin giocava a baseball e io a softball... e un tizio lo tamponò. Mr. Palazzo scese per scambiare i dati dell'assicurazione, e il tizio gli fece una bella lavata di capo, cominciò a urlargli contro quando era stato lui a venirci addosso! Tanto che pensavamo che stesse per tirare un pugno a Mr. Palazzo, e Nevin si mise persino a piangere. Poi Mr. P. risalì in macchina e se ne andò. Non era riuscito a farsi dare i dati né a chiamare la polizia per denunciare quello squilibrato. Non disse nemmeno una parola. Ci riportò a casa come se non fosse successo nulla, con metà del paraurti che penzolava.»

«A me sembra che l'altro conducente fosse fuori di testa e che Mr. Palazzo, per evitare di attaccar briga, si sia comportato in modo intelligente, considerando soprattutto che voi due eravate in macchina con lui.» brontolò Dee.

Cercando di riprendere il controllo della conversazione, Josie chiese: «Dee, ha idea di chi fosse la persona con cui Faye Palazzo aveva una relazione?»

Dee scosse la testa. «Neanche mezza, mi dispiace.»

«Ma anche se non ne è sicura...» la incalzò Gretchen, «non si è fatta un'idea su chi possa essere quell'uomo?»

«Ne sono completamente all'oscuro.» ribadì Dee. «Ma posso dirvi che non credo che sia successo altro dopo l'incidente. Era già intenzionata a farla finita, e una volta che lei e Sebastian hanno perso Nevin, beh, erano a pezzi, come tutti noi, e credo che, a differenza di altri, condividere il loro dolore li abbia avvicinati.»

Gretchen annuì. «Usciamo per qualche minuto per fare un paio di telefonate. Dobbiamo far venire qui un'unità per tenerla d'occhio, Mrs. Tenney. Le va bene se Heidi rimane con lei fino a quando non incontriamo suo padre più tardi?»

«Ma sì, certo.»

Josie seguì Gretchen fino al vialetto. Si fermarono accanto all'auto di Gretchen mentre Josie metteva in vivavoce Mettner e Noah all'altro capo. «Abbiamo fatto un sopralluogo alle case dall'altra parte della strada.» annunciò Noah. «Nessuno ha telecamere e nessuno ha visto niente. La dottoressa Feist dice che Faye Palazzo è in pieno rigor mortis, allo stesso modo di Krystal Duncan, ma che nel suo caso il livor mortis è stabile. Probabilmente la causa della morte è la stessa, anche se presenta dei lividi sul viso.»

«L'ho notato.» disse Josie.

«Non avremo un'ora del decesso o una causa ufficiale finché la dottoressa Feist non la porterà nel suo laboratorio.» aggiunse Mettner. «Ma direi che ci sono pochi dubbi che si tratti di un omicidio quasi identico a quello di Krystal Duncan, in base alle osservazioni iniziali della dottoressa: il colore rosa indicativo di avvelenamento da monossido di carbonio, la cera in bocca, il nome sul braccio. Dato lo stato del corpo e il caldo che c'è a quest'ora, è molto probabile che sia stata lasciata qui stamattina presto, presumibilmente prima che sorgesse il sole, ma come ho detto, la dottoressa cercherà di restringere l'ora del decesso dopo l'esame.»

«Avete ottenuto qualcosa con i vostri interrogatori prima che vi chiamassimo?» chiese Gretchen.

«Non molto in realtà.» rispose Noah. «Siamo riusciti a parlare con Sebastian Palazzo, però. Come tutti gli altri, Gloria, Nathan e Dee, ha un alibi inconsistente. Può rendere conto di una parte delle sue attività, ma non di tutto, durante i giorni in cui Krystal è scomparsa. Inoltre, Faye era il suo alibi per gran parte del tempo e adesso che è morta non può confermare nulla di ciò che ci ha detto.»

Gretchen sospirò e scosse la testa. «Ricevuto.» disse. «Occorre comunque ispezionare il quartiere, come abbiamo convenuto.»

«Io torno indietro mentre Fraley rimane qui sulla scena.» disse Mettner. «Non ha senso che rimaniamo qui tutti e due, e comunque la Squadra di Raccolta delle Prove rimarrà sulla scena almeno un'altra ora, forse anche due.»

«Molto bene.» disse Gretchen. «Andremo a parlare con Miles Tenney per vedere se ha idea del perché il nome di sua figlia sia stato scritto sul corpo di Faye Palazzo.»

Josie si voltò verso la casa dei Cammack quando la porta d'ingresso si aprì. Heidi fece capolino. «Aspetta.» disse Josie a Gretchen, indicando Heidi.

«Vi terremo informati.» disse Gretchen a Noah e Mettner prima di riattaccare.

Heidi intanto era già arrivata a metà del vialetto.

«Va tutto bene?» le chiese Josie.

«So qualcosa.» sbottò Heidi. Si voltò verso la casa, ma la porta rimaneva chiusa. «Non so se dovrei dirlo.»

«Di che cosa si tratta?» chiese Josie.

«Sulla relazione di Mrs. Palazzo.»

«Parla.» disse Gretchen.

«Ma non voglio mettere nei guai nessuno. Voglio dire, non voglio mettere nei guai mio padre.»

«Perché? Pensi che sia tuo padre ad aver avuto una relazione con Mrs. Palazzo?» le chiese Josie.

«Non lo penso e basta, ne sono sicura. Però credetemi,

questo non significa che l'abbia uccisa lui, chiaro? Non farebbe mai una cosa del genere. In realtà... credo che fossero proprio innamorati. Ma hanno smesso dopo l'incidente. Come ha detto Mrs. Tenney.»

«Come fai a sapere che tuo padre e Faye Palazzo avevano una relazione?» le domandò Josie.

Heidi alzò gli occhi al cielo. «Perché non sono stupida, vi basta? Tutti mi hanno sempre trattata come se lo fossi, ma non lo sono. Io sento tutto. Ho sempre sentito tutto. Gli adulti pensano che non sono abbastanza sveglia per sapere cosa sta succedendo o che non mi importi perché sono una bambina. Mio padre è fisso al lavoro, e intendo sempre, proprio come prima dell'incidente. Gli altri genitori mi portavano sempre in giro, mi davano da mangiare o mi ospitavano finché lui non tornava a casa. Era come se mi stesse crescendo l'intero quartiere. Come se fossi un caso di carità o qualcosa del genere, a parte il fatto che mio padre ha un sacco di soldi. Voglio dire, immagino che sia così, visto che non fa altro che lavorare e non ha mai tempo per spendere quello che guadagna.»

«Quindi hai sentito tuo padre e Faye Palazzo parlare di una relazione?» chiese Gretchen.

«No.» disse Heidi. «Usavano il mio zaino per passarsi dei bigliettini.»

«Il tuo zaino?» le fece eco Josie.

«Sì. Nel mio zaino c'era una tasca piccolissima in cui praticamente non entrava nulla, cioè al massimo ci potevi infilare qualcosa come una gomma da cancellare o un temperamatite, ma a parte questo era inutile. Nei giorni in cui andavo a casa dei signori Palazzo, da quando lo scuolabus ci lasciava fino a quando mio padre non tornava a casa dal lavoro, lui metteva un biglietto in quella piccola tasca e quando io andavo a casa loro a giocare con Nevin o a passare il tempo con lui, lei lo tirava fuori, lo leggeva, ci scriveva una risposta e lo rimetteva lì.»

«Come fai a saperlo?» chiese Josie.

«Secondo lei? Perché li ho beccati. O meglio, la prima volta che ho trovato un bigliettino, non sapevo cosa fosse. Ero a scuola. C'era scritto di incontrarsi al solito posto alle due. Non sapevo cosa significasse. All'inizio pensai che potesse venire dallo studio di mio padre e che, in qualche modo, fosse finito nel mio zaino. Non lo so. Non ero così sveglia allora. Volevo chiederglielo quella sera, ma poi me ne dimenticai. Quando andai dai Palazzo, passai davanti alla cucina mentre Mrs. P. pensava che io e Nevin fossimo sul retro e la vidi che lo prendeva, lo leggeva, ci scriveva sopra qualcosa e lo rimetteva a posto.»

«Non hai chiesto a nessuno di loro una spiegazione?» domandò Gretchen.

«No, figuriamoci. Come ho detto, ero una ragazzina stupida. Mi assicurai di leggere la sua risposta prima di mio padre, ma c'era scritto solo "D'accordo", ed ero ancora molto confusa, quindi non ne parlai. Ma in seguito cominciai a tenere traccia dei biglietti che si scambiavano l'un l'altro. Erano molto noiosi, comunque. Parlavano solo di quando avrebbero potuto incontrarsi in qualche posto. Tranne l'ultimo.»

«Cosa diceva l'ultimo?» la incalzò Josie.

«Che lei voleva chiudere.» rispose Heidi. «Ce l'ho ancora, se volete vederlo.»

«Dove?» chiese Gretchen. «Dove ce l'hai?»

«A casa mia. Possiamo andarci. È a un isolato di distanza.»

VENTOTTO

La casa in cui vivevano Corey e Heidi Byrne era molto simile a tutte le altre del quartiere, una villetta di stucco a due piani ben tenuta, con un grande prato davanti e un garage per due auto. Con le sue siepi che rimanevano verdi tutto l'anno e non perdevano le foglie, richiedendo così solo una piccola quantità di potature, il giardino risultava più razionale. Per qualcuno che presumibilmente lavorava tanto quanto Corey, doveva essere sembrata la soluzione vincente. Heidi trovò la chiave sotto un vaso di fiori accanto alla porta d'ingresso e le fece accomodare.

«Però!» esclamò Josie quando entrarono in un enorme open space. In tutto il locale, dove avrebbero dovuto esserci dei muri, c'erano invece delle colonne di sostegno. I pavimenti in parquet brillavano. L'enorme ambiente sembrava diviso in quattro settori o aree: il soggiorno, la sala da pranzo, la cucina e quello che, a giudicare dalla scrivania ricoperta da pile disordinate di fogli accatastate, doveva essere uno studiolo.

«Sì.» disse Heidi, guardandole mentre lo osservavano. «È la stessa reazione di tutti quelli che lo vedono. È tutta la vita che ci lavora. A volte mettiamo dei muri e altre volte abbiamo questo. Continua a cambiare. Una volta pensavo che fosse semplicemente indeciso su cosa gli piacesse, ma ora penso che per lui l'importante sia lavorare su qualcosa, altrimenti impazzirebbe. Andiamo.»

Fece loro cenno di attraversare lo spazio fino a una porta che conduceva al garage. Josie e Gretchen la seguirono, percorsero un breve corridoio e attraversarono un'altra porta per entrare in un ampio garage. Non c'erano veicoli, ma praticamente ogni centimetro quadrato delle pareti era coperto di attrezzi.

«Che tipo di lavoro fa tuo padre?» le chiese Gretchen.

«Fa un po' di tutto.» disse Heidi in tono disinteressato. «Cioè, non è esatto. Non si occupa di idraulica che, a suo dire, non è il suo forte. Comunque, costruisce case. Si occupa di carpenteria, impianti elettrici, verniciatura e tutto il resto. Una volta pensavo che lavorasse così tanto perché aveva bisogno di soldi per crescermi e mantenermi in questo bel quartiere, ma ora? Ora penso solo che preferisca il suo lavoro a me.»

«Sono sicura che non è affatto così.» disse Josie.

Heidi fece una scrollata di spalle e si allontanò, avvicinandosi a una scaffalatura con diversi contenitori di plastica contrassegnati dal suo nome. «Come le pare. Non si disturbi a fare quella cosa degli adulti che cercano di rassicurarti raccontando storielle. Prima dell'incidente, quando avevo degli amici, vedevo come gli altri genitori trattavano i loro figli. So che mio padre mi vuole bene, ma non sono sicura che gli sia mai interessato davvero essere un padre.»

Lo disse senza emozioni, come se si fosse rassegnata a questo fatto da molto tempo. Josie si sentì improvvisamente felice che Heidi avesse Mrs. Tenney su cui contare. A quattordici anni, Josie era stata affidata alle cure della nonna dopo anni di abusi e abbandono, e questo aveva fatto la differenza. Non che ci fossero segni di abusi su Heidi, eppure era chiaro che era stata trascurata per molti anni, e per quanto le sue necessità fisiche fossero state soddisfatte, era evidente che le attenzioni di Corey Byrne nei confronti della figlia si erano limitate a questo.

Heidi si mise in equilibrio sulla punta dei piedi, tirando giù un bidone di plastica giallo senape. Lo lasciò cadere sul pavimento di cemento con un rumore sordo. Scostò il coperchio e tirò fuori uno zaino bianco e blu che in alcuni punti era macchiato di marrone e in altri di un color ruggine sbiadito. Sangue, capì Josie.

Heidi pose lo zaino ai loro piedi. «È il sangue dei miei amici.» disse in tono cupo. «Quelli che sono morti nell'incidente dello scuolabus. Quando l'ho riavuto era già secco. Non so chi me l'abbia portato a casa, ma quando sono tornata dall'ospedale era qui.»

Gretchen le chiese: «Tuo padre non ha cercato di pulirlo?»

«In realtà l'aveva buttato via.» disse Heidi. «L'ho trovato nella nostra spazzatura. Non sa nemmeno che l'ho tenuto. Suppongo che non volesse farmelo vedere perché temeva che mi avrebbe turbato, ma un vecchio zaino insanguinato non potrebbe mai essere paragonato alle immagini di quel giorno che mi sono rimaste impresse nella testa, capite?»

«Certo.» Josie respirò. «So cosa intendi.»

«Non deve toccarlo.» disse Heidi. Inginocchiandosi per terra, scostò le cinghie e trovò una piccola apertura sul retro dello zaino, proprio nel punto in cui si sarebbe appoggiato alla parte superiore della schiena se l'avesse indossato. Ci volle un po' di tempo per scavare, ma alla fine trovò un foglio di carta piegato. Con attenzione, lisciò le pieghe, sfruttando le cosce come superficie, e poi porse il foglio a Josie.

Sulla carta c'erano due diversi tipi di calligrafia, anche se entrambi erano sbiaditi e le pieghe avevano consumato parte dell'inchiostro. Una serie di messaggi era scritta in caratteri stampatello, quasi tutti maiuscoli. L'altra serie era scritta in corsivo con una calligrafia allungata e lineare, con occhielli alti e aggraziati. Non c'erano nomi e nemmeno iniziali, solo brevi istruzioni, proprio come aveva detto Heidi. In stampatello: *Incontriamoci al nostro posto. Giovedì alle due del pomeriggio.*

Poi sotto, semplicemente: *D'accordo*. O in alternativa: *Ci vediamo lì*. Andava avanti così per mezza pagina. Poi le risposte brevi e semplici della graziosa calligrafia cambiavano.

Tutto questo deve finire. Non posso più continuare a farlo. Non ne vale la pena. Ci hanno visto.

Sotto c'era un altro messaggio in stampatello che diceva: *Non sappiamo se ci hanno visto. Non fare così.*

E a seguire: *Se noi abbiamo visto loro, loro hanno visto noi. Non posso più correre rischi. Ho paura. Questa cosa deve finire.*

E infine: *Per favore, parliamone di persona. Vediamoci al nostro solito posto. Alle due del pomeriggio.*

Non c'era altro.

Heidi indicò le lettere maiuscole e squadrate. «È la calligrafia di mio padre.»

Gretchen studiò la scritta da sopra la spalla di Josie. A bassa voce, disse: «Non assomiglia alla calligrafia trovata sulle scene del crimine.»

«Infatti.» convenne Josie, concedendosi un piccolo sospiro di sollievo. «No, è diversa.» Non riusciva a immaginare che cosa avrebbe fatto alla povera Heidi, dopo tutto quello che aveva già passato, scoprire che suo padre era un assassino. «Ma a prescindere da questo...» sussurrò a Gretchen, «sarà meglio fare un controllo degli alibi.»

«Certamente.» concordò Gretchen. Rivolgendosi a Heidi, disse: «Sei sicura che questa sia la calligrafia di Faye Palazzo?»

«Sì. Diciamo che ne sono abbastanza sicura, dato che l'ho vista scrivere su quel foglio e rimetterlo nel mio zaino.»

«Sai a chi si riferisce quando dice "loro"?» continuò Gretchen.

«No.»

«E hai idea di dove sia questo "posto" che menzionano?» fece seguito Josie.

Heidi scosse la testa. «No, mi dispiace. Non ne ho idea. In quel periodo andavo a scuola. Non so dove si incontrassero.»

«Ha mai visto Mrs. Palazzo qui?»

«Solo se veniva a riprendere Nevin quando veniva a trovarci, il che capitava di rado.»

«Heidi...» disse Josie, «abbiamo in programma di parlare con tuo padre qui, oggi, alle cinque. Dovremo chiedergli di questo.»

«Lo so.» disse Heidi. «Se vi preoccupa che questa cosa possa mettermi nei guai, non disturbatevi. Non è quel genere di padre.»

VENTINOVE

Josie e Gretchen accompagnarono Heidi Byrne a casa di Gloria Cammack, lasciandola alle cure di Dee Tenney fino al pomeriggio, finché Corey sarebbe stato al lavoro. Una pattuglia si era già appostata davanti alla casa. Si fermarono in un parcheggio per consumare rapidamente il pranzo di un fast-food vicino, mentre discutevano degli ultimi sviluppi.

«Cosa ne pensi di Corey Byrne?» le chiese Gretchen.

Josie si infilò in bocca una patatina fritta. «È difficile dirlo senza conoscerlo, ma non mi sembra il tipo adatto per questi omicidi.»

«In base alla calligrafia? Potrebbe aver provato a cambiarla quando ha scritto i nomi sulle braccia di Krystal e Faye.»

«È possibile.» concordò Josie. «Ma perché avrebbe dovuto uccidere le madri delle vittime dell'incidente dello scuolabus? Non ha senso. Heidi è sopravvissuta e, a quanto sembra, dipende da tempo da quella rete di madri che si occupano di sua figlia mentre lui passa la maggior parte del tempo al lavoro.»

Gretchen sorseggiò la bibita con la cannuccia. «Sì. Hai ragione. A meno che non abbia voluto uccidere Faye Palazzo perché era furioso con lei per aver interrotto la relazione, e abbia usato Krystal Duncan come una specie di copertura.»

«Mi sembra piuttosto complesso.» sentenziò Josie. «E non sembra che Corey Byrne sia il tipo di persona che esce dai binari, nemmeno per le persone a cui tiene. Comunque, condivido quello che dici sul fare i dovuti controlli e tutto il resto. Quando gli parleremo più tardi gli chiederemo di fornirci gli alibi per gli omicidi e li confronteremo con le persone con cui lavora. E poi?»

Gretchen prese il telefono dal cruscotto. «Mett è ancora in giro a cercare il nostro ladro. Credo che dovremmo fare una visita a Miles Tenney. Gli ho già lasciato due messaggi vocali oggi, ma non ha risposto. Andiamo a fargli una visita.»

Finito di mangiare, Gretchen inserì l'indirizzo nel navigatore e si diressero a Southwest Denton, dove Miles Tenney aveva preso in affitto un appartamento in una delle zone più malfamate e squallide della città. Il suo appartamento si trovava al primo dei quattro piani di un edificio incastrato tra due palazzi molto più ampi e alti. In tutto l'isolato non c'era una struttura tenuta decentemente. La vernice delle facciate era scrostata. Alcune finestre dei piani superiori erano state murate con pannelli di compensato e cartone. Quando Gretchen e Josie scesero dall'auto e si diressero verso il portone d'ingresso, dovettero scansare erbacce che spuntavano dal marciapiede sbrecciato, vetri rotti, immondizia e perfino aghi ipodermici. Il portone d'ingresso era di vetro, come se un tempo avesse dato accesso a un negozio. Un telo chiaro fissato sul lato opposto impediva loro di vedere all'interno, ma un biglietto scritto con mano incerta e attaccato con il nastro adesivo ad altezza occhi indicava che l'ingresso agli appartamenti si raggiungeva passando dal retro.

C'era solo un vicolo che conduceva al retro. Quando girarono dietro l'angolo, una colonia di scarafaggi si disperse davanti ai loro piedi. Quello che un tempo poteva essere stato un cortile era ormai un terreno vuoto, disseminato di blocchi di cemento frantumati, resti di mobili dismessi e una manciata di grandi elettrodomestici ammaccati che probabilmente avevano più di trent'anni. Una recinzione di metallo separava la proprietà da un parcheggio che ospitava tre auto. Consultando nella sua testa la mappa di quella zona di Denton, Josie si ricordò che nell'isolato successivo c'era un banco dei pegni che probabilmente era il proprietario del parcheggio.

«Che puzza c'è qui dietro...» brontolò Gretchen.

«Miles Tenney ha lasciato la moglie per vivere qui?» borbottò Josie, avvicinandosi all'unica porta sul retro dell'edificio, accanto alla quale c'era un cassonetto traboccante di rifiuti.

L'odore, accentuato dall'intensa calura estiva, era sufficiente a farle rivoltare lo stomaco.

«Questo fa sembrare l'appartamento di Nathan Cammack una reggia.» commentò Gretchen.

«La casa di Cammack non era male.» disse Josie. «Molto moderna. Di sicuro non puzzava così tanto.»

La porta era solida, dotata di una semplice maniglia, nessun catenaccio. Gretchen guardò Josie che alzò le spalle come per dire: "Prova ad aprire". Il pomello girò senza problemi nella mano di Gretchen. Attraversarono la porta e si ritrovarono in un corridoio stretto e buio con pavimenti in legno massiccio e un odore sgradevole di muffa che riempiva il naso. «Dee ti ha dato il numero dell'appartamento?»

Gretchen scosse la testa. «Mi ha dato solo l'indirizzo della strada, seguito da "primo piano a sinistra".»

«La porta a sinistra.»

«Sembra di sì.»

«Mi ripeti cosa fa Miles Tenney per vivere?»

«Il venditore di auto.» rispose Gretchen mentre si addentravano nel meandro di corridoi. «Almeno, è quello che faceva quando ho indagato sull'incidente.»

«Non deve essere molto bravo.»

Superarono una porta sulla destra e proseguirono. Quasi alla fine del corridoio c'era un'altra porta, socchiusa. Gretchen si accostò e Josie si fermò alle sue spalle.

«Beh, questo non è mai un buon segno.»

«Non nel nostro mestiere.» concordò Josie. La sua mano si mosse verso la fondina, aprendola. Rimanendo dietro a Gretchen, Josie riuscì a scorgere quello che sembrava un piccolo salotto. Di fronte a un vecchio divano marrone affossato al centro c'era un tavolino rovesciato. Un televisore era steso con lo schermo rivolto al pavimento. Accanto c'era una lampada riversa su un lato, con il paralume accartocciato. La lampadina emetteva un fioco bagliore giallo. Il pannello di legno della parete di fronte a loro era scuro, ma non così tanto da impedire loro di distinguere gli schizzi di sangue che lo attraversavano. Josie sentiva odore di sigaretta misto a quello di sangue. Estrasse la pistola dalla fondina, sentendone il peso sul palmo. Tenendola verso il basso, diede un colpetto alla spalla di Gretchen, che estrasse l'arma a sua volta. Con la mano libera bussò alla porta. «Mr. Tenney.» chiamò con voce forte e chiara. «Siamo le detective Palmer e Quinn della Polizia di Denton. Mr. Tenney? Possiamo entrare?»

Josie scandì i secondi insieme ai battiti del suo cuore.

Cinque secondi. Dieci secondi.

«Miles Tenney!» urlò Gretchen, questa volta più forte. «Siamo della Polizia. Dobbiamo parlare con lei, signore.»

Cinque secondi. Dieci secondi.

«Se c'è qualcuno qui dentro, esca subito con le mani in vista.»

Nessuna risposta. Nemmeno un suono. Josie batté di nuovo sulla spalla di Gretchen, indicandole di andare avanti. Si mossero come un corpo solo, Josie un passo indietro, prendendo ciascuna un lato diverso della stanza, passando in rassegna con le armi puntate tutta la stanza, alla ricerca di qualsiasi movimento. Ma non c'era nulla. Il soggiorno e la cucina erano un unico ambiente, delimitato dallo schienale del divano. Contenitori di cibo da asporto ricoprivano un tavolo abbastanza grande per due persone, accanto al quale giacevano due sedie di legno rovesciate. A una mancavano due gambe, grosse schegge sporgevano come pugnali nel punto in cui si erano spezzate. Su quasi tutto il pavimento piastrellato della cucina erano disseminate decine di fogli di quelli che sembravano documenti di vario tipo, su cui Josie vide altre gocce di sangue. Ai piedi del frigorifero c'era un cellulare fracassato, con gocce di sangue che ne macchiavano i frammenti.

Rivolgendo l'attenzione a Gretchen, la vide fare un movimento verso il lato sinistro della stanza, indicando un angolo con due porte. Entrambe le porte erano aperte. La prima dava accesso al bagno, non più grande di un ripostiglio. Non c'era nemmeno abbastanza spazio per una vasca da bagno. C'era solo una doccia, senza tenda, con il gabinetto e il lavandino stipati gli uni accanto agli altri. La stanza successiva era una camera da letto, con un materasso a due piazze steso sul pavimento, con sopra le lenzuola tutte appallottolate. Lungo le pareti c'erano scatole di cartone, file e file impilate quasi fino al soffitto. Non c'era armadio.

«Libero.» annunciò Gretchen.

Riposero le armi e tornarono nella prima stanza. «Credo che ci troviamo su una scena del crimine.» sentenziò Josie. Tirò fuori il telefono e chiamò Noah per chiedergli di far intervenire la squadra per esaminare l'appartamento in modo da tenere l'intera faccenda fuori dal radar della polizia e, di conseguenza, anche di quello della stampa. «Se c'erano dubbi sul fatto che gli omicidi di Krystal e Faye fossero legati all'incidente dello scuolabus...» disse Josie dopo aver riattaccato, «questo li mette a tacere. Con questa fanno tre sparizioni tra i genitori delle vittime dell'incidente in una settimana!»

Gretchen rimase immobile vicino alla porta aperta dell'appartamento, osservando la scena. «Solo che Miles non è sparito di sua volontà. Ha opposto resistenza. L'assassino lo ha ferito. O forse lui ha ferito l'assassino. Non c'è modo di capire di chi sia questo sangue.»

«Sono sicura che Dee può dirci il gruppo sanguigno di Miles. La Squadra di Raccolta delle Prove può analizzare queste tracce di sangue per vedere se corrispondono o meno.»

Josie tornò con cautela verso la cucina. Da dietro il frigorifero spuntava qualcosa di blu scintillante. Spiccava contro i pannelli di legno e il verde spento del frigorifero. Di qualunque cosa si trattasse, sembrava che fosse caduto dalla parte superiore del frigorifero e si fosse incastrato alla base della parete. Abbassandosi, vide che il luccichio che aveva catturato il suo sguardo dall'altra parte della stanza era una lettera brillante all'esterno di un sacchettino blu. Una F maiuscola. Josie non la toccò. Non voleva contaminare la scena del crimine, ma era certa che una volta che la Squadra di Raccolta delle Prove avesse recuperato il sacchettino da dietro il frigorifero, ci avrebbero trovato un'altra lettera argentata: una C maiuscola.

F.C., le iniziali di Frankie Cammack. Quello era l'astuccio in cui la piccola Frankie aveva conservato la sua preziosa monetina con Roosevelt. Cosa diavolo ci faceva nell'appartamento disastrato di Miles Tenney, nella zona più malfamata della città? Josie si tirò su e fece per richiamare l'attenzione di Gretchen, che però la precedette.

«Ravioli.»

A Josie ci volle una frazione di secondo per elaborare quella parola, pronunciata completamente fuori contesto: era la loro parola per il panico, da usare non per segnalare un pericolo fisico, ma per il panico emotivo, e Josie capì cosa intendeva Gretchen. Girò la testa e vide Gretchen rivolta verso la porta aperta dell'appartamento, con le mani alzate. Aveva la canna di una pistola puntata alla fronte. Tutto ciò che era visibile da dove si trovava Josie era una mano carnosa avvolta intorno all'impugnatura; nessuna manica, solo il cinturino nero di un orologio da polso. Tutto il resto che poteva vedere dell'uomo armato era coperto dalla porta, il che significava che nemmeno lui poteva vedere lei.

«Cosa hai detto?» lo sentì dire.

Il cuore di Josie tuonò mentre il suo corpo si lanciava nell'azione. In silenzio, fece due grandi passi e si mise dietro la porta con la schiena contro il muro, in modo da non essere vista attraverso la fessura. In mano teneva la Glock, puntata verso l'alto.

L'uomo disse: «Hai detto "ravioli"?»

«Ho detto: "Non spararmi".»

Josie osservò come il mignolo e l'anulare della mano sinistra di Gretchen si piegassero lentamente verso il palmo. Poi il pollice si infilò dietro di loro, finché rimasero solo l'indice e il medio, rivolti verso il soffitto. Due. C'erano due uomini.

Gretchen disse: «Sono un'agente di polizia.»

Seguirono delle risate. «Certo che lo sei, tesoro.»

«Mettete giù le pistole.» intimò Gretchen.

«Dov'è Miles?» chiese l'uomo.

«I miei colleghi stanno arrivando.»

«Certo, certo.» disse l'uomo. «Sei della polizia e si dà il caso che tutti i tuoi amici poliziotti stiano venendo qui. E se metto via la pistola, si gireranno e torneranno alla stazione di polizia?»

«Scopriamolo.» disse Gretchen con tono piatto.

Altre risate. «Questa è forte. Sei forte, lo sai? Siamo venuti a prendere Miles e se non viene con noi, prendiamo te.»

Si sentì un'altra voce maschile, questa più bassa e roca. «Non sembra la moglie.»

«Allora è l'amante.» disse il primo uomo. «Prendiamo lei al posto di lui.»

La pistola puntata alla testa di Gretchen oscillava mentre l'uomo parlava con il suo amico. Gretchen si prese un secondo per incrociare lo sguardo di Josie, che con una mano le fece un segnale, augurandosi che lei capisse le intenzioni che aveva. Si erano già trovate in situazioni rischiose e si erano sempre capite al volo. Gretchen fece un rapido cenno di assenso e tornò a guardare la pistola, che smise di oscillare e tornò a puntare verso il suo viso.

«E se fosse davvero un poliziotto?» chiese quello con la voce roca.

«Io sono davvero un poliziotto.» ribatté Gretchen.

Josie prese un respiro e, espirando, urlò: «Polizia! Gettate le armi!»

Come previsto, ci fu un secondo di stupore dall'altra parte della porta. La pistola vacillò. Gretchen si lasciò cadere a terra e poi rotolò alla sua sinistra, fuori dalla porta. Josie sollevò la gamba e diede un calcio alla porta più forte che poté. L'uomo armato gridò quando il suo polso rimase incastrato tra la porta e lo stipite. Josie tirò altri due calci finché la pistola non gli cadde. Prima che Josie potesse fare un passo avanti per aprire la porta, un colpo di pistola esplose dal corridoio. Poi un altro e un altro ancora. Il legno della porta andò in frantumi. Un proiettile si conficcò nella parete opposta. Josie si era già buttata sul pavimento. Gretchen era dietro di lei e aveva estratto la pistola. Arrivò un altro sparo, seguito da un grugnito. La porta si aprì e un uomo dalla corporatura massiccia cadde in avanti sul pavimento. Maglietta bianca, jeans, scarpe da ginnastica nere. Da un foro sulla schiena usciva del sangue. Il suo compare gli aveva sparato di proposito o per sbaglio? Non c'era tempo per capirlo. L'eco degli spari rimbombava nelle orecchie di Josie. Solo quando sentì una porta che sbatteva, capì che l'altro uomo, quello con la voce rauca, era uscito di corsa dall'edificio.

Josie guardò di nuovo Gretchen.

«Vai!» disse Gretchen. «Io mi occupo di questo qui e chiamo la squadra. Li avverto che abbiamo un uomo armato in fuga.»

Josie saltò in piedi, con la pistola puntata verso il basso, e partì all'inseguimento, scavalcando il corpo del primo uomo e sfrecciando lungo il corridoio. Attraversò la porta con una spallata, accecata momentaneamente dal sole. L'odore del cassonetto era opprimente come quando erano arrivate. Cercando di orientarsi, percorse il retro fino a individuare l'uomo che correva nel parcheggio del banco dei pegni, con la pistola infilata dentro la cintura. Era più alto e più magro di quanto si aspettasse, indossava un paio di pantaloni cargo color cachi e una maglietta nera. Josie urlò: «Polizia! Fermo!» ma lui non si voltò nemmeno a guardarla.

Percorse rapidamente quel tratto e scavalcò la recinzione. Nei quattro mesi di sospensione, Josie si era mantenuta in esercizio correndo quasi ogni giorno, a volte anche due volte al giorno, punendo il suo corpo per non pensare all'omicidio di Lisette. Ora quei sacrifici la ripagavano. Lo raggiunse rapidamente, ma lui era molto più alto di lei. Ancora qualche passo e sarebbe uscito dal parcheggio. Tra loro due si trovava una vecchia Honda Civic. Senza perdere il passo, Josie inserì la sua arma nella fondina, saltò sul cofano, corse sul parabrezza e saltò dal tetto dell'auto atterrando sulla schiena dell'assalitore. Lui cadde a faccia in giù con un grugnito. Josie si mise a cavalcioni su di lui, strappandogli la pistola dalla cintura e lanciandola lontano dalla sua portata.

«Sei pazza?» urlò lui sotto il suo peso mentre lei gli tirava i polsi all'altezza della schiena.

«Sei in arresto.» disse Josie, stringendogli le manette intorno ai polsi. Gli lesse i suoi diritti mentre lui si contorceva sotto di lei.

«Mi hai rotto il naso, stupida puttana!» si lamentò.

Quando alzò il viso da terra, gli usciva sangue dal naso.

«Ora ti aiuto a rialzarti, così ti posso rovesciare la testa all'indietro e cercare di fermare l'emorragia.» disse Josie.

«Fottiti.» gridò lui.

«Andiamo.» gli disse Josie, facendogli scivolare una mano sotto un braccio. «Mettiti in ginocchio e poi ci alziamo.»

Lui si scostò dalla sua presa. «Allontanati da me! Non sei un vero poliziotto! Questa è una stronzata!»

Josie sentì dei passi dietro di lei, provenienti dal retro del palazzo di Miles Tenney. Si voltò e vide Noah che saltava la recinzione e si dirigeva verso di loro. Guardò l'uomo a terra e fece una smorfia. «Mi dispiace dirtelo, bello, ma è una vera poliziotta e ti conviene fare come dice lei.»

TRENTA

Dopo aver redatto i loro rapporti in centrale, Josie e Gretchen furono mandate a casa per la sera. Chitwood ordinò loro di rimandare il colloquio con Corey Byrne al giorno successivo. Entrambi i loro aggressori erano stati trattenuti in ospedale sotto sorveglianza e la squadra di Hummel avrebbe impiegato ore per esaminare l'appartamento di Miles Tenney, che ora era la scena di due crimini: la scomparsa di Miles, di qualunque natura fosse, e la sparatoria in cui Josie e Gretchen erano rimaste coinvolte. Noah e Mettner erano rimasti sul posto per interrogare i vicini e esaminare eventuali filmati di sorveglianza delle proprietà adiacenti per vedere se potevano determinare cos'era successo a Miles. Tornata a casa, Josie si immerse in un bagno caldo con le bolle, mentre Trout dormiva sul materassino accanto alla vasca. Nella sua mente, catalogò tutti i passaggi investigativi che avrebbero dovuto seguire da lì in avanti, cercando di non pensare a ciò che era accaduto nell'appartamento di Miles Tenney. Non era la prima volta che le sparavano, ma era la prima volta che succedeva dalla morte di Lisette. Sullo schermo della sua mente, la scena dell'appartamento si alternava come in un montaggio con le scene dell'omicidio di

Lisette. Più e più volte, sentiva nella sua testa quel primo, inaspettato sparo. Quando l'occhio della sua mente vide Lisette cadere attraverso la porta dell'appartamento di Miles Tenney, sanguinante, ebbe un sussulto che fece turbinare l'acqua, ormai tiepida, intorno a lei. Trout mugolò e si alzò in piedi. Appoggiò il mento sul bordo della vasca con le orecchie dritte in aria e i grandi occhi marroni pieni di preoccupazione. «Mi dispiace, bello.» gli disse. «Mi stavo addormentando.»

Aveva rischiato abbastanza per quel giorno, si disse. Una volta uscita dalla vasca, asciugata e vestita, si sedette sul letto e controllò il telefono per avere notizie di Noah. Ancora niente. Con un sospiro, rimise il telefono in carica. Voleva aspettarlo sveglia, ma una volta che Trout saltò sul letto e appoggiò il suo corpicino caldo contro il suo fianco, Josie si addormentò quasi all'istante. I suoi sogni erano pieni di spari, con il corpo di Lisette che cadeva ai suoi piedi. A volte si trovavano vicino al bosco dove era successo davvero, altre volte nel lotto del banco dei pegni dietro l'appartamento di Miles Tenney. E ogni volta, proprio quando Josie stava per prendere tra le braccia il corpo senza vita di Lisette e correre a chiedere aiuto, un muro d'acqua si abbatteva su di loro da ogni direzione, come se la costa orientale fosse stata colpita da uno tsunami così imponente da raggiungere il culmine a Denton, nel centro della Pennsylvania. Sotto l'onda, Josie lottava per prendere aria e cercava di aggrapparsi a Lisette, ma non ci riusciva.

Josie si svegliò ansimando e stringendosi la gola. Trout era in piedi sopra di lei e le zampettava sul braccio, leccandole il viso. La luce del sole entrava nella stanza. Una volta ripreso fiato e assicurato al cane che stava bene, Josie guardò l'orologio. Erano quasi le dieci del mattino e il lato del letto di Noah era vuoto. A parte questo, per la prima volta in quattro mesi, aveva dormito tutta la notte. Popolata da nuovi incubi, incubi diversi, ma che almeno per una notte le avevano permesso di riposare. Prese il telefono e trovò un messaggio di Noah.

Sono rientrato tardi. Eri già addormentata e non volevo svegliarti. Quando ti alzi, vieni in centrale. Ci sono novità.

Mezz'ora più tardi, Josie era vestita e stava entrando nel parcheggio comunale della centrale di polizia. Intorno all'ingresso doveva esserci il quadruplo dei giornalisti del giorno prima. Era solo per l'incidente a casa di Miles Tenney o c'era stato qualcos'altro durante la notte? Il cuore le batteva forte nel petto mentre fermava l'auto nel parcheggio e scendeva, notando solo in quel momento che nel lotto c'erano anche diversi veicoli dell'FBI. Si affrettò a uscire dall'auto e superò la folla di giornalisti che urlavano domande.

«È vero che Faye Palazzo è stata trovata uccisa ieri?»

«Crede che ci sia un serial killer che prende di mira i genitori dei bambini dell'incidente dello scuolabus di West Denton?»

«Lei è stata coinvolta nella sparatoria di ieri a Southwest Denton?»

«È vero che Miles Tenney è stato trovato ucciso nel suo appartamento?»

«Chi sono gli uomini che avete arrestato? Le accuse sono legate all'omicidio di Krystal Duncan?»

«Cosa comporta una presenza così massiccia dell'FBI qui oggi?»

«Cosa significa questo per il processo a Virgil Lesko?»

«Gli altri genitori delle vittime dell'incidente dello scuolabus di West Denton sono in pericolo? E la popolazione dovrebbe essere preoccupata?»

Josie ripeté "non ho dichiarazioni da fare" come un disco rotto finché non varcò la porta. Salì di corsa i gradini e irruppe nella sala grande dove trovò la squadra al completo, compresi Amber Watts e il capo Chitwood, riuniti intorno alle scrivanie dei detective e l'agente dell'FBI Drake Nally, vestito elegantemente in abito grigio e cravatta blu. «Bene.» sbottò Drake. «Guarda un po' se non è la signora di Noah Fraley!» Si avvicinò e la strinse in un abbraccio, sollevandola per un momento da terra. Josie ricambiò l'abbraccio, sempre felice di vederlo, indipendentemente dalle circostanze. «È un piacere vederti. Come stai?»

Drake era arrivato dalla sede di New York. Viveva a Manhattan e frequentava la sorella gemella di Josie, Trinity Payne, una famosa giornalista televisiva. Riuscì a fargli un sorriso quando lui la lasciò. «Bene.» rispose.

Drake era alto e robusto e dovette abbassarsi per guardarla in faccia. A mezza voce, disse: «Sei sicura?»

Josie mantenne il sorriso stampato sul viso. «Se non lo fossi, di sicuro non te lo direi.»

Lui rise e le strinse una spalla. «Trinity mi aveva avvertito che avresti risposto così.»

«Che ci fai qui?» gli chiese, passandogli accanto per raggiungere la sua scrivania. Noah le diede un bacio sulla guancia e le girò la sedia da sotto la scrivania, e quando fu seduta le porse un caffè in un bicchiere di carta.

«Sapevo di averti sposato per un buon motivo.» gli disse.

Di fronte a lei, Gretchen le fece un cenno di saluto e anche Mettner, che era al telefono, la salutò con una mano. Amber stava scrivendo al portatile e Chitwood li sorvegliava tutti da un lato della stanza, come una sentinella silenziosa.

Drake si appollaiò sul bordo della scrivania, incrociando le braccia sul petto. «Quei due tizi con cui tu e Palmer vi siete scontrate ieri fanno parte di una grossa organizzazione criminale con sede a New York. Operano sotto il nome di Cerberus.»

«Non ne ho mai sentito parlare.» disse Josie.

«Sono due anni che abbiamo messo su una squadra speciale a occuparsi di questa gente. Hanno iniziato con lo strozzinaggio e, man mano che si sono allargati, sono entrati nel giro del gioco d'azzardo, della prostituzione e ora si stanno dilettando con lo spaccio di droga. Adesso hanno le mani in pasta in qualsiasi cosa, a sud fino a Washington e a nord fino a Boston.»

«Non li avevamo mai visti qui fino a oggi.» disse Chitwood.

Drake annuì. «Sono attivi a Philadelphia. Crediamo che sia lì che Miles Tenney è entrato in contatto con loro.»

«Le scatole che avete trovato nella camera di Miles Tenney erano piene di oggetti che riteniamo essere stati rubati.» spiegò Noah. «Ogni cosa, dall'elettronica ai gioielli agli attrezzi da lavoro. Tutto ciò che si può vendere o impegnare in cambio di denaro.»

«L'astuccio dietro il frigorifero.» disse Josie. «Siete riusciti ad accertarvi che sia quello che apparteneva a Frankie Cammack?»

Mettner riagganciò il telefono. «Ieri sera ho incontrato Gloria Cammack nel suo ufficio, le ho mostrato le foto e lo ha confermato.»

«E la moneta era ancora lì dentro?» chiese Josie.

Noah scosse la testa. «No.»

«Era Miles che rubava in casa dei suoi amici e dei vicini, e poi rivendeva la refurtiva.» disse Gretchen.

«Sembra che sia così.» confermò Mettner. «Ci vorrà parecchio tempo per rintracciare i proprietari degli oggetti che erano ancora in suo possesso e per contattare i banchi dei pegni per determinare se vi sono stati portati alcuni degli oggetti di cui è stata denunciata la scomparsa.» Indicò una fitta pila di fogli sulla scrivania. «Questo è un elenco degli oggetti di cui ieri i residenti di West Denton, nel raggio di quindici isolati dalla casa di Tenney, ci hanno riferito la scomparsa nei due anni precedenti l'incidente dello scuolabus; e quasi nessun furto era stato denunciato alla polizia.»

«A ogni porta era la stessa storia...» disse Noah, «ci hanno detto tutti di aver pensato all'inizio di aver semplicemente smarrito questi oggetti, di essersene sbarazzati o di averli prestati a qualcun altro che non li aveva restituiti, ma nessuno riusciva a ricordarsene abbastanza chiaramente da poter affermare con sicurezza che l'oggetto era stato rubato. Di solito si trattava di oggetti la cui mancanza non veniva subito notata, perché non li usavano spesso o non li usavano mai.»

«Come la pochette di Gloria.» disse Gretchen. «O il fornello da campeggio di Nathan Cammack.»

«Esattamente.» disse Noah.

Josie li guardò convinta. «Allora abbiamo scoperto che era Miles Tenney a rubare ai vicini. Pensate che abbia smesso in seguito all'incidente?»

«No.» disse Noah. «Non considerando tutti gli oggetti presenti nel suo appartamento. Ha solo cambiato zona. Pensiamo che abbia smesso di rubare alle persone che conosceva e sia passato agli sconosciuti.»

«Pensavo che Miles Tenney fosse un venditore di auto di successo. La loro casa è bellissima e deve valere un bel po' di soldi.» commentò Josie.

«Ho appena parlato al telefono con il suo vecchio principale.» disse Mettner. «Miles è stato licenziato sei mesi dopo l'incidente.»

«Per aver rubato?» chiese Gretchen.

«Per il sospetto di aver rubato. Una grossa somma di denaro era sparita dalla cassa della concessionaria. A quanto pare, gli oggetti personali di alcuni dipendenti scomparivano da qualche tempo, così il proprietario aveva fatto installare ulteriori telecamere di sicurezza e alla fine aveva beccato Miles mentre entrava nella cassaforte.»

«E non lo fecero arrestare e accusare?» chiese Chitwood.

«Si sentivano in colpa perché aveva appena perso la figlia. Gli dissero che se avesse restituito tutti i soldi entro ventiquattro ore, avrebbero lasciato perdere tutta la storia. Naturalmente lo licenziarono. Lui restituì i soldi e la cosa finì lì.»

«Non credo che sua moglie sappia nulla di tutto questo.» disse Josie.

«Non lo sa, infatti.» confermò Noah. «Ieri sera siamo andati a parlare con Dee Tenney, da Gloria Cammack. Dovevamo farle sapere di Miles. Il sangue sulla scena corrisponde al suo gruppo sanguigno. Qualcuno doveva dirle che è scomparso e che è probabilmente ferito. In qualche modo la stampa ne è già a conoscenza. Tecnicamente, sono ancora sposati. Inoltre, dovevamo sapere se aveva qualche informazione su dove trovarlo o su chi potesse averlo portato via, a parte quelli di Cerberus. Ma non sapeva nulla. È rimasta completamente sconvolta.»

«Miles le mentiva.» spiegò Josie.

«Su una scala piuttosto grande.» sottolineò Mettner. «A quanto risulta, negli ultimi tre o quattro anni, Miles Tenney ha sviluppato un problema di gioco d'azzardo piuttosto serio. Non ha avuto molta fortuna e si è ritrovato con molti debiti. Da allora sta cercando di uscirne.»

«Ed è così che è entrato in contatto con il gruppo Cerberus.» disse Drake.

«Miles Tenney era già nel vostro radar?» gli chiese Josie.

«No, ma i due uomini che hai incontrato ieri si chiamano Leon Tartaglia e Joseph Bruno, che invece tenevamo d'occhio. Quando sono stati tratti in arresto, siamo stati avvisati.»

«Ma quindi non sei qui per Miles Tenney.» osservò Gretchen.

Drake sorrise. «No. Spero di riuscire a incastrare uno di questi signori.»

«Perciò adesso sono fuori dalla nostra competenza?» chiese Chitwood.

«Abbiamo parlato con entrambi questa mattina.» disse Drake. «Uno sta collaborando, l'altro no.»

«Sono sopravvissuti entrambi.» disse Josie.

«Già.» si intromise Noah. «Bruno ha iniziato a sparare quando tu hai disarmato Tartaglia e lui ha colpito il suo amico alla schiena. Tartaglia ha passato qualche ora in sala operatoria ieri sera e adesso le sue condizioni sono stabili.»

«Stavano cercando Miles.» disse Gretchen. «È impossibile che sappiano dove sia. Ma stavano valutando di prendere sua moglie.»

«Abbiamo messo una pattuglia a sorvegliare Dee Tenney e la terremo d'occhio per il momento.» disse Chitwood.

«Bruno ci ha detto che Miles era in debito con Cerberus per oltre trecentomila dollari.» spiegò Drake. «Una settimana fa avrebbe dovuto consegnare dei contanti a un bar di Philadelphia che funge da copertura per l'organizzazione. Non è stata la prima volta che non si è presentato o non ha restituito quanto dovuto. Bruno e Tartaglia sono stati mandati a prenderlo per portarlo al loro capo. Se non lo avessero trovato, l'ordine era di prendere sua moglie. L'avrebbero trattenuta per stanare Miles.»

«Invece Miles è sparito.» disse Josie. «O è scappato o l'ha trovato qualcun altro, oltre a Cerberus. Dee è ancora in pericolo e dubito fortemente che abbiamo le risorse per proteggerla a lungo da un'organizzazione come Cerberus.»

Drake si accigliò. «Non posso farle ottenere la protezione testimoni se non ha assistito a nulla.»

«È un bersaglio facile, Drake. Ed è innocente.» Passò in rassegna la stanza, pensando a Heidi e a quanto si era legata a Dee Tenney. «Non possiamo starcene con le mani in mano!»

Nessuno parlò. Nel silenzio, si sentiva soltanto Amber che picchiettava sulla tastiera. Ma in un attimo anche quel suono cessò. Poi arrivò la sua voce. «Potrei dare un suggerimento?»

I presenti si voltarono tutti verso di lei, che si alzò dalla sedia e appoggiò un fianco al bordo della scrivania. «A questo signore del crimine interessa Dee Tenney solo per stanare Miles, giusto?»

Drake annuì.

«Allora se gli fate credere che Miles è sparito, non avrà motivo di dare la caccia a Dee.»

«In teoria potrebbe funzionare.» rispose Drake. «Ma gente come questa, come le persone che gestiscono Cerberus, non sempre operano secondo il sistema dell'onore. Potrebbero prenderla comunque e ucciderla solo perché ne hanno voglia. Oppure, se pensano che Miles sia scappato, la prenderanno per attirarlo di nuovo.»

«Ma potremmo diminuire le possibilità che ciò accada se facessimo quello che, suppongo, Amber intende dire: far trapelare la cosa alla stampa.» propose Mettner. «Diremo che Miles è scomparso, ma che si ritiene sia morto.»

«Nessuno ha detto che è morto.» gli fece notare Gretchen.

«Certo.» disse Josie. «Ma il suo sangue è stato trovato sulla scena del crimine. Se non altro, sappiamo che è stato ferito. Potrebbe anche essere morto.»

«Quanto sangue ha perso?» chiese Noah. «Possiamo sostenere che ha perso troppo sangue per essere sopravvissuto?»

«Io non credo che sia necessario.» riprese Amber. «Potreste semplicemente dire che sulla scena è stato trovato del sangue che corrisponde al gruppo sanguigno di Miles e lasciare che il pubblico aggiunga il resto. Non dobbiamo mentire su ciò che gli è successo: non lo sappiamo davvero e va bene dichiararlo. La cosa importante sarebbe far sapere a questo gruppo Cerberus che Miles Tenney è sparito e che non si è semplicemente dileguato di sua spontanea volontà. Ma se volete davvero proteggere Dee, dovete raccontare tutta la storia: che lui le ha mentito, l'ha lasciata nell'indigenza e lei non aveva idea di cosa stesse facendo.»

«Vuoi mettere in piazza i suoi segreti per tutta la città?» disse Gretchen.

Josie disse: «È l'unica possibilità che abbiamo di proteggerla.» *E per proteggere Heidi*, aggiunse mentalmente. «Se le parliamo e le spieghiamo la situazione, sono sicura che riusciremo a convincerla ad accettare.»

«Sono disposto a parlarle e a dirle quello che sappiamo su Cerberus.» annunciò Drake. «Magari cercherò di farle capire la serietà di ciò con cui abbiamo a che fare. Da qui in poi ci facciamo carico noi del caso di Miles Tenney.»

«Grazie.» disse Josie. «Ma non dobbiamo preoccuparci solo di proteggere Dee. La squadra ti ha aggiornato su quello che sta succedendo qui?»

«Su come sono state trovate morte delle madri dei bambini uccisi nell'incidente dello scuolabus?» disse Drake. «Senti, me l'hanno detto che ci sono dei tratti in comune tra le due vittime, ma devi considerare la possibilità che quello che è successo a Miles Tenney non abbia nulla a che fare con questo.»

«Cioè, non credi che quello che è successo a Miles sia collegato agli omicidi degli altri due genitori?» gli chiese Josie.

«C'erano molti documenti nell'appartamento di Miles Tenney.» intervenne Mettner. «I nostri agenti li stanno ancora esaminando e caricando nel dossier del caso, ma non c'è niente di utile. Dobbiamo prendere in considerazione l'eventualità che Cerberus non fosse l'unico gruppo che cercava di ripagare Miles con il sangue.»

Gretchen sollevò il mento in direzione di Noah. «Avete trovato qualche pista su Miles Tenney? Video? Auto? Qualcosa?»

«Niente video.» cominciò Noah. «Il banco dei pegni ha una telecamera, ma nelle riprese Miles non si vede. Abbiamo trovato la sua auto a pochi isolati di distanza, e niente. I vicini affermano di non aver visto nulla, di non aver sentito nulla.»

«Ovviamente...» mormorò Josie. Era una risposta tipica in quella zona di Denton. Era meglio far finta di non aver visto né sentito nulla che mettersi un bersaglio sulla schiena facendo la spia sui criminali. «Non avete trovato candele nel suo appartamento, vero?»

«No.» rispose Mettner.

«Allora non possiamo dire con certezza che la scomparsa di Miles sia collegata agli omicidi di Krystal Duncan e Faye Palazzo.» concluse Gretchen.

«Esatto.» convenne Noah. «A meno che il suo corpo non venga fuori tra un giorno o due con un grumo di cera in gola e un nome scritto sul braccio.»

Quando Chitwood si schiarì la gola, tutti trasalirono. Josie aveva quasi dimenticato che c'era anche lui. «Indipendentemente dal fatto che la scomparsa di Miles Tenney sia collegata ai casi Duncan e Palazzo, o che sia dovuta a qualche guaio in cui si è cacciato, in questo momento abbiamo un assassino a piede libero in città che prende di mira genitori in lutto. Il responsabile sta chiaramente cercando di mandare un messaggio, qualunque sia.»

«Quindi, per il momento, lasciamo perdere Miles e ci concentriamo sui Duncan e Palazzo.» riformulò Gretchen.

«No.» disse Josie. «Dovevamo parlare con Miles. Anzi, dovevamo scoprire il suo segreto.»

«Come sarebbe a dire?» chiese Mettner.

Josie alzò lo sguardo dalla sua tazza di caffè e vide che aveva l'attenzione di tutti. «Pensate a questo: il corpo di Krystal ci ha portato a Gloria e Nathan Cammack. Quali erano i loro segreti?»

«Che per anni Nathan si è fatto le canne con Krystal alle spalle della moglie.» disse Gretchen.

«Che è andato a letto con Krystal almeno una volta. Che il giorno dell'incidente ha annullato gli appuntamenti di Frankie e Wallace, e Bianca Duncan con l'ortodontista per raggiungere la moglie a casa.»

«Questi sono tutti segreti del marito.» fece notare Noah.

«No.» disse Josie. «Il segreto di Gloria è che ha fatto tornare Nathan a casa prima e ha lasciato i bambini a scuola quel giorno, e loro hanno dovuto prendere l'autobus.»

«Faye è stata la successiva.» disse Chitwood.

«Il nome di Gail Tenney era scritto sul suo braccio.» puntualizzò Noah.

«Questo ci ha portato prima a Dee.» disse Josie. «Che non ha segreti, o almeno, non ne abbiamo ancora scoperti.»

«Ma è stata lei a dirci che Faye aveva avuto una relazione.» sottolineò Gretchen. «Forse non si tratta necessariamente di segreti personali, ma di qualcosa che sapevano su uno degli altri genitori.»

«Esatto.» disse Josie. «Potrebbe benissimo essere così. Ma per ora seguiamo le tracce lasciate dall'assassino. A logica la prossima persona da interrogare sarebbe Miles.»

«Il suo segreto sono gli anni di furti, i debiti di gioco, i licenziamenti.» chiarì Mettner. «Sua moglie non sapeva nulla di tutto questo.»

«Ne siamo sicuri?» chiese Chitwood. «Siamo sicuri che Dee Tenney non stia mentendo solo per salvare la faccia?»

«Secondo la quattordicenne Heidi Byrne, che in pratica vive con Dee attualmente...» intervenne Gretchen, «Dee ha avuto un crollo la mattina in cui il corpo di Faye è stato ritrovato perché il suo conto in banca era in rosso. Penso che possiamo presumere che Heidi sia una testimone indipendente. Se Dee stesse mentendo, potrebbe mettere in scena il suo teatrino per la polizia, ma non credo che lo farebbe per Heidi. Da quanto ci ha detto Heidi, Dee non aveva idea che ci fossero problemi finanziari. Quando abbiamo parlato con Dee ieri, ha detto che Miles semplicemente depositava una somma sul suo conto corrente e lei continuava la sua vita.»

«Ma senza lo spargimento di sangue nell'appartamento di Miles Tenney e i gorilla di Cerberus, come avresti fatto a scoprire il suo grande segreto?» disse Noah. «Pensi che te l'avrebbe detto così, come se niente fosse?»

Nella mente di Josie, due parole si sussurrarono a ripetizione: *Se Solo, Se Solo.*

«Non lo sapremo mai, ma aveva un segreto.» sentenziò Gretchen. «Se avessimo scavato più a fondo, avremmo potuto scoprirlo o se avessimo aspettato abbastanza a lungo, la sua rete di bugie si sarebbe estesa fino a ritorcerglisi contro, come è successo ieri sera con quei tizi che gli davano la caccia.»

«Non si può scappare per sempre quando si è così inguaiati.» decretò Chitwood. «Prima o poi sarebbe venuto fuori.»

«Ma allora qual è il punto?» chiese Mettner. «Questo ha cancellato le visite mediche. Quell'altra ha fumato erba. Questa aveva una relazione. Quest'altro ancora era indebitato con un'associazione criminale di strozzini. Cosa c'entra tutto questo con l'incidente dello scuolabus?»

Se Solo, Se Solo.

«Se Miles non avesse rubato in casa dei suoi vicini per tutto quel tempo, quando quel giorno Gloria è rientrata per prendere la sua agenda il giorno dell'incidente, la PlayStation di suo figlio sarebbe stata lì.» intervenne Josie. «Non avrebbe chiamato il marito al lavoro per chiedergli di tornare a casa. Nathan non avrebbe cancellato gli appuntamenti con l'ortodontista e sarebbe andato a prendere i bambini come previsto... almeno tre di loro, che sarebbero ancora vivi.»

«Quindi, pensi a una specie di vendetta?» chiese Noah.

«Se così fosse, allora perché uccidere Krystal o Faye?» chiese Gretchen. «Perché non uccidere Nathan, Gloria e Miles?»

«Perché quelli non sono tutti i segreti.» spiegò Josie. «Ce ne sono altri. Anche Faye aveva un segreto: la sua relazione con Corey Byrne.»

Chitwood emise un sospiro di frustrazione e agitò una mano in aria. «Non ci stiamo ponendo le domande giuste, gente. Se c'è qualcuno che sta prendendo di mira i genitori delle vittime dell'incidente dello scuolabus, chi ha più da guadagnare dalla loro morte?»

«Nessuno.» disse Noah. «Virgil Lesko era ubriaco il giorno dell'incidente, come ha dimostrato l'esame tossicologico e come lui stesso ha confessato. I genitori non dovevano nemmeno testimoniare al processo. Uccidere i genitori non gli serve a nulla. È colpevole sia che siano vivi sia che siano morti.»

«Ma ha mentito.» disse Josie. «Ha mentito sul motivo per cui aveva bevuto quel giorno. Nella sua dichiarazione iniziale aveva affermato di aver bevuto perché quel giorno sua madre, malata, era stata ricoverata in un ospizio, mentre in realtà era già ricoverata da almeno un mese. Nei documenti del caso c'è una foto di una lettera di presentazione delle agevolazioni per l'assistenza sanitaria, che è stata trovata nella sua auto. È datata un mese prima.»

Si sporse in avanti e cliccò sul mouse del computer finché non ebbe accesso al fascicolo di Virgil Lesko e trovò di nuovo la foto. Ingrandendola sullo schermo, indicò due righe. «Paziente: Luray Lesko. Periodo di fatturazione: dal 1° aprile al 30 aprile. L'incidente dell'autobus è avvenuto il 18 maggio.»

Gretchen e Mettner si alzarono dai loro posti e si avvicinarono per guardare lo schermo. Anche Chitwood si avvicinò per guardare. Appollaiato sul bordo della scrivania di Josie, Noah aveva una buona visuale e disse: «Perché avrebbe dovuto mentire? Ha ammesso di aver bevuto. Perché mentire sul motivo?»

Gretchen fece un passo indietro e alzò gli occhiali da lettura sulla testa. «Perché era molto rispettato nella comunità. Prendeva il suo lavoro seriamente e non avrebbe mai bevuto prima di fare il suo giro con lo scuolabus pieno di scolari. Me l'aveva detto. Per lui era un motivo di orgoglio.»

«Cosa potrebbe esserci stato di così grave da averlo indotto a bere quel giorno e poi a mentire?» chiese Mettner, allontanandosi anche lui dal computer di Josie.

Silenzio.

«Potremmo chiedere a suo figlio, Ted.» propose Josie. «È stato piuttosto collaborativo quando l'abbiamo incontrato nell'ufficio di Andrew Bowen.»

«A proposito di suo figlio...» disse Mettner lanciando un'occhiata al capo Chitwood, inspirando profondamente e riprendendo a parlare. «So che il capo pensa che questi omicidi siano finalizzati al guadagno, ma se Noah avesse ragione e non si trattasse affatto di una questione di profitto, ma di vendetta? La persona che più vorrebbe vendicarsi dei genitori dovrebbe essere Ted Lesko, non crede?»

Aspettarono un attimo che Chitwood partisse a sbraitare, invece rimase in silenzio, con le braccia conserte sul petto. «Questo ha senso...» convenne Gretchen, «ma non è possibile che Ted Lesko sia a conoscenza di tutte queste informazioni riservate, come il soprannome che i compagni di scuola hanno affibbiato a Wallace Cammack o la storia di Nathan Cammack che ha cancellato gli appuntamenti con l'ortodontista e che ha mentito a Krystal su questo. Dovremmo cercare persone che avessero accesso a queste famiglie, qualcuno che potesse raccogliere questi dettagli.»

«Così torniamo al gruppo di sostegno.» sottolineò Noah. «O a qualcuno dei vicini nel quartiere.»

Chitwood batté le mani, richiamando la loro attenzione. «Va bene, va bene. In ogni caso convochiamo Ted Lesko e vediamo cosa ha da dire di persona. Qualcun altro vada a parlare con Corey Byrne. So che non fa parte del gruppo, ma forse sa qualcosa che nessun altro sa. Mettner e Fraley, so che avete ancora delle piste da seguire da ieri, come i documenti di lavoro di Krystal Duncan e l'ortodontista. Fate in modo di incastrarci anche queste cose. Drake, puoi tenerti Watts per oggi. Vai a trovare Dee Tenney e vedi se riesci a mettere insieme una qualche storia per la stampa, in modo da tenerla fuori dai riflettori. Quinn, la faccenda di cui parli, cioè che tutti hanno un segreto, chi è rimasto? Chi ha dei segreti che non conosciamo?»

«Dee Tenney e Sebastian Palazzo.» disse Josie. Si rivolse a Mettner. «A proposito di Sebastian, chi gli ha dato la notizia della morte della moglie?»

Dallo sguardo sofferente di Noah e Mettner capì che erano stati loro. «È stato spiacevole.» disse Mettner. «Davvero brutto.»

Noah disse: «Stavamo per accompagnarlo al Pronto Soccorso e farlo ricoverare in ospedale per settantadue ore in osservazione per tentato suicidio, ma poi è arrivata una collega della farmacia. Ha promesso di restare con lui e di chiamare la polizia se avesse dato di nuovo segni di squilibrio.»

«Le ho detto che le basterebbe uscire, visto che comunque abbiamo un'unità di stanza davanti a casa sua.» aggiunse Mettner. «Non è mai uscito da quando sua moglie è scomparsa.»

«Signore, cosa vuole che facciamo?» chiese Gretchen rivolgendosi a Chitwood. «Portiamo qui Dee e Sebastian e chiediamo loro a bruciapelo se hanno dei segreti?»

«Non ancora.» disse Chitwood. «Entrambi sono sotto la sorveglianza della polizia, quindi se uno di loro è il rapitore e l'assassino, per ora non sarà in grado di fare del male a nessun altro. Concentriamoci sulle altre cose per oggi e vediamo cosa succede.»

Il telefono sulla scrivania di Josie squillò. Lo prese «Quinn.»

Dall'altro capo, la dottoressa Feist disse: «Ho finito l'autopsia di Faye Palazzo. Ha tempo di passare per qualche minuto?»

TRENTUNO

La scena all'obitorio era quasi identica a quella dell'ultima volta, quando Josie e Gretchen vi si erano recate per i risultati dell'autopsia di Krystal Duncan. Il corpo di Faye Palazzo giaceva sullo stesso tavolo autoptico, con un lenzuolo tirato fino al collo. La dottoressa Feist entrò dalla porta che collegava il laboratorio al suo ufficio personale. Quel giorno indossava un camice color salmone. Quando Josie e Gretchen entrarono, le salutò togliendosi la cuffia e scuotendo i capelli biondo argentato. Fece loro un sorriso cupo e le invitò ad avvicinarsi al corpo senza vita di Faye.

«So che eravate entrambe presenti al ritrovamento.» disse. «Il che implica che avete già notato il colore rosato della pelle, che indica un avvelenamento da monossido di carbonio, così come la cera sulle labbra e il nome sul braccio.»

Josie e Gretchen annuirono.

La dottoressa Feist indicò i lividi lungo la mascella di Faye che Josie aveva già notato sulla scena. «Questi li avevate visti?»

«Sì.» disse Josie. «Si è ribellata.»

«Esattamente, ma non ho trovato tracce di pelle sotto le unghie né alcun tipo di livido in altre parti del corpo.»

«Questo significa che era completamente legata, eccetto che per la testa?» domandò Gretchen.

«No, non credo perché, se fosse stata immobilizzata, penso che ne avremmo prova dai segni lasciati dalle corde o dal nastro adesivo o dalle fascette di plastica a polsi e caviglie. E credo che quando l'assassino le ha versato la cera in bocca questa donna fosse troppo debole per opporre una resistenza tale da lasciarci delle prove. Ma visto il tipo di bruciature all'interno della bocca e della gola, si intuisce che l'assassino non ha avuto il tempo che gli serviva, come ha avuto con Krystal Duncan.»

«La cera quindi le è stata versata in bocca prima che morisse.» concluse Josie.

«Sì. Credo che abbia cercato istintivamente di girare la testa, anche se indebolita dall'avvelenamento da monossido di carbonio, e l'assassino ha dovuto tenerla ferma.»

Josie aveva lo stomaco in fiamme. Non poteva fare a meno di pensare a Sebastian Palazzo. Prima o poi avrebbe scoperto i dettagli dell'omicidio di sua moglie. Sarebbe stata una tortura per lui, tanto più che era già abbastanza sofferente. Aveva perso il figlio e la moglie a distanza di due anni l'uno dall'altra. Le venne istintivo chiedersi come sarebbe sopravvissuto a tutto questo. Chiaramente la moglie rappresentava tutto il suo mondo. Come si fa a sopravvivere a perdite del genere? E lei come riusciva a sopravvivere alla perdita di sua nonna? Com'era possibile che fossero già passati quattro mesi da quando l'aveva vista esalare l'ultimo respiro? Come faceva a camminare, a parlare e a muoversi ogni giorno, quando una parte così grande della sua anima le era stata strappata via?

«Josie?»

Sbatté le palpebre e alzò lo sguardo dal viso di Faye Palazzo e si accorse che sia la dottoressa Feist che Gretchen la stavano guardando. Non capì chi delle due avesse pronunciato il suo nome. Con un gesto lento, come se avesse paura di spaventarla, Gretchen allungò una mano, dentro cui stringeva un fazzoletto, che Josie non prese. Invece, si sfiorò la guancia con le dita e sentì che era umida. Con calma, quasi con riverenza, la dottoressa disse: «Sono abbastanza convinta di non averla mai vista piangere.»

«Io non...» iniziò a dire Josie, ma altre lacrime stavano già uscendo. Con riluttanza, prese il fazzoletto dalle mani di Gretchen e si asciugò il viso.

«Anch'io piango, sa.» disse la Feist.

Josie sbatté di nuovo le palpebre, infastidita dalla pressione che sentiva dietro gli occhi; voleva lasciar cadere le lacrime se non altro per alleviare quella sensazione. «Cosa?»

«Anch'io piango.» ripeté il medico legale. «Di continuo. In privato, naturalmente.»

Josie la fissò con aria assente.

Un caldo sorriso si diffuse sul volto della dottoressa. «Crede che possa fare questo lavoro ogni giorno e non sentirmi scossa? Mi capita di dover fare l'autopsia a dei bambini. A volte a dei neonati. Ho fatto l'autopsia al figlio di questa donna e alla figlia di Krystal Duncan. Non so cosa sia peggio: la violenza che gli esseri umani sono capaci di infliggere l'uno all'altro o il fatto che anche se si fermasse tutta questa violenza, le persone morirebbero comunque e i loro cari resterebbero con enormi vuoti nel cuore e nella vita.» La dottoressa Feist spostò lo sguardo su Faye, con un'espressione cupa sul volto e con un dito tracciò i lividi lungo la mascella della donna.

«Quindi piango.» aggiunse. «In macchina, sotto la doccia, in bagno. A volte bastano un lungo corridoio o anche un ascensore. Non lo faccio perché ho bisogno di conforto. Non c'è conforto per questo genere di cose. Piango per sfogare un po' di tensione. Mi aiuta a lasciar andare un po' di tristezza e di dolore. Mi ricorda che sono ancora umana.»

Josie sentiva la gola farsi densa di muco. Tossì per cercare di liberarla e disse: «E funziona?»

La dottoressa Feist scrollò le spalle. «Per me, sì. Non

riuscirò mai ad accettare l'omicidio, la morte, la perdita e il dolore, ma mi fa superare i giorni peggiori.»

Josie si premette di nuovo il fazzoletto sulle guance, ma era fradicio. Gretchen gliene passò un altro. Si voltò verso di loro, asciugandosi di nuovo le lacrime, cercando di ricomporsi, ma più si sforzava e più le lacrime arrivavano. «Oh mio Dio...» mormorò.

Non avrebbe saputo dire quanti minuti fossero passati, ma dopo aver inzuppato diversi altri fazzoletti, le lacrime diminuirono abbastanza da permetterle di tornare a rivolgere l'attenzione verso le sue colleghe. La dottoressa Feist sorrise gentilmente. «Sarà il nostro piccolo segreto, Josie.»

Gretchen annuì.

Josie fece un respiro tremante e tornò al tavolo. «Sto bene.» disse. «Torniamo al lavoro.»

«Molto bene.» disse il medico legale. «Quello che posso dirvi è che la causa primaria della morte è stata l'asfissia causata dalla cera nelle vie respiratorie, anche se, dato il rosso ciliegia delle sue interiora, proprio come abbiamo visto con Krystal Duncan, sarebbe morta comunque per avvelenamento da monossido di carbonio anche se l'assassino non le avesse versato la cera in gola. Nessun segno di violenza sessuale. Nient'altro di rilevante all'esame o all'autopsia. Era una donna in perfetta salute. Forse un po' sottopeso, ma in ottima forma fisica.»

«Cos'era che voleva farci vedere?» le chiese Josie.

«Un paio di cose.» Si spostò ai piedi di Faye Palazzo e poi sollevò lentamente il lenzuolo, piegandolo all'altezza delle ginocchia in modo da esporre gli stinchi. All'inizio Josie vide solo dei segni di sferzate rosse e violente su entrambe le gambe di Faye. Poi si rese conto che non erano segni di frustate. Era la forma di qualcosa che era stata impressa sulla sua pelle. La dottoressa Feist disse: «So cosa state pensando: che questi segni rossi orizzontali sulla pelle sembrano procurati da una frusta o che le sue gambe sono rimaste premute contro una superficie a listelli per un lungo periodo di tempo, ma ricordate quando abbiamo parlato del livor mortis?»

«Cioè il fenomeno per cui il sangue si deposita nelle parti del corpo più vicine al terreno, facendo diventare la pelle violacea o nerastra...» disse Gretchen.

«O rosso ciliegia nel caso di avvelenamento da monossido di carbonio.» la interruppe la dottoressa Feist. «Il livor mortis si ha quando l'assetto diventa stabile e nessuna manipolazione del corpo può modificarlo. Il rosso che vedete qui è il punto in cui il sangue si è depositato.»

«E i segni bianchi?» chiese Josie. «Sembra quasi che abbia delle strisce bianche e rosse sulle gambe.»

«Il bianco è dovuto a uno sbiancamento da contatto. Dove si vede il bianco è il punto in cui le gambe erano appoggiate a qualcosa che impediva al sangue di depositarsi in quell'area. Sembrano strisce, o, come ho detto, listelli di qualche tipo. Il livor mortis si era già stabilizzato quando l'avete trovata, il che significa che era morta da otto o dodici ore prima di essere spostata nel luogo del ritrovamento.»

«Il che vuol dire che deve essere stata uccisa poco tempo dopo essere scomparsa da casa sua.» disse Gretchen. «Almeno dodici ore.»

«L'assassino non l'ha sequestrata.» osservò Josie. «Non voleva nulla da lei. Voleva solo ucciderla.»

Gretchen annuì. «Da Krystal voleva qualcosa. Informazioni. Ecco perché è sparita per tanti giorni e perché si è collegata al database del lavoro. O magari, ecco perché lui l'ha costretta a collegarsi.»

Josie tirò fuori il cellulare e mandò un messaggio a Noah. «Chiedo a Noah se lui e Mett hanno già avuto modo di rimettersi in contatto con l'ufficio legale. Gli dico di indagare oltre i casi a cui lavorava Krystal. Se hai ragione, Gretchen, allora nei fascicoli di quello studio legale c'è qualcosa che l'assassino stava cercando.»

Gretchen annuì e riportò l'attenzione sulla dottoressa Feist. «Ci sta dicendo che Faye Palazzo è morta mentre era inginocchiata su una qualche superficie a doghe?»

«Proprio così.» confermò la dottoressa Feist.

«Dove si trovano i pavimenti a doghe?» si chiese Josie. «Un pontile di qualche tipo? La piattaforma di un'autofficina?»

«Oppure un fienile.» suggerì la Feist. «Venite a vedere.»

Coprì le gambe di Faye Palazzo e si diresse verso il bancone in fondo alla stanza, facendo loro cenno di seguirla. Accanto a diverse buste contenenti alcune prove c'era il suo computer portatile. Di solito, a questo punto del resoconto di un'autopsia, la dottoressa Feist apriva il portatile per mostrare i risultati delle radiografie o per leggere altri appunti relativi all'esame. Questa volta, invece, lasciò perdere il portatile e andò dritta verso una piccola busta di carta per le prove, che aveva già etichettato. «Hummel verrà a prenderla a breve. Non posso andarmene da qui finché non l'avrò affidata a lui. Prima di mostrarvi perché penso che questa donna possa essere stata tenuta prigioniera in un luogo simile a un granaio, voglio mostrarvi una cosa. In questa busta c'è un piccolo orecchino con diamante.»

«Al momento del ritrovamento ho notato che ne aveva solo uno.» disse Josie.

«L'altro le è stato strappato?» domandò Gretchen. «Magari nella colluttazione con l'assassino?»

La dottoressa Feist scosse la testa. «No, altrimenti si vedrebbe una lacerazione del lobo dell'altro orecchio. No, credo che si sia tolta l'orecchino da sola. Oppure le è caduto, ma è molto probabile che se lo sia tolto e lo abbia lasciato nel luogo in cui è stata trattenuta.»

«Cosa glielo fa pensare?» le domandò Gretchen. «Io perdo gli orecchini in continuazione.»

La dottoressa Feist alzò un indice in aria, come per dire loro di aspettare. Poi si infilò un paio di guanti e prese una busta per le prove più grande. Con cautela, ne estrasse il contenuto e lo pose sul bancone di acciaio inossidabile: un paio di ballerine color cuoio.

«Queste sono le scarpe che indossava la vittima quando è stata trovata. Sono scarpe basse, quindi il battistrada della suola non avrebbe potuto produrre tracce, ma all'interno di entrambe le scarpe ho trovato dei peli.»

Gretchen aggrottò la fronte. «Dei peli?»

Da un'altra busta, la dottoressa Feist estrasse due sacchetti di plastica trasparente con diversi ciuffi di peli di colore giallo pallido. Ciascun ciuffo aveva una lunghezza da cinque a dieci centimetri e si attorcigliava in riccioli indisciplinati. Josie si abbassò, avvicinando il viso a pochi centimetri dalle buste per poterle guardare da vicino. «Pelliccia o criniera.»

«È la stessa conclusione a cui sono giunta io. Devono essere inviati al laboratorio per le analisi, ma sono quasi certa che si tratti di peli di animale.»

«Ne ha riempito le scarpe.» disse Josie. «Sapeva che sarebbe morta, così si è tolta l'orecchino e l'ha lasciato lì e poi ha riempito le scarpe di peli di animale.»

Gretchen disse: «L'assassino si sarebbe dovuto assicurare di spazzolare vestiti e pelle, cosa che probabilmente ha fatto. Questo spiegherebbe perché non c'era alcuna traccia né su Krystal né su Faye quando la Squadra di Raccolta delle Prove ha esaminato i loro vestiti e quando la dottoressa Feist ha fatto il suo esame. L'assassino le aveva ripulite entrambe.»

«Ma non ha tolto loro le scarpe.» disse Josie. «Perché avrebbe dovuto?»

«Faye ha corso un bel rischio.» disse Gretchen. «Le ballerine si sfilano facilmente.»

«E anche se l'assassino avesse trovato i peli nelle scarpe...» rispose Josie. «sarebbe comunque morta. L'unico rischio era che agli esami forensi non venissero trovati.»

«A quale specie animale pensa che appartengano questi peli?» chiese Gretchen alla dottoressa Feist, che scosse la testa.

«Oh, detective, non sono un'esperta di animali. Ho capito che c'era qualcosa di strano quando le ho tolto le scarpe. Ho fatto molte autopsie nella mia vita e non ho mai visto una cosa del genere.»

«Una capra.» suggerì Josie. «Una pecora? Sono troppo lunghi e arricciolati per essere di una mucca.»

«Alpaca, forse?» propose la dottoressa.

Gretchen annuì. Tirò fuori il suo taccuino e iniziò a scarabocchiare qualche appunto.

«L'unico problema è che siamo nel bel mezzo della Pennsylvania centrale.» osservò Josie. «Avete idea di quanti fienili ci siano solo nella periferia di Denton? Quante fattorie?»

Gretchen alzò lo sguardo. «Direi un bel po'.»

La dottoressa Feist rise. «Più che un bel po'.»

Gretchen tirò fuori il telefono e controllò l'ora. «Sono tutti in giro a lavorare al caso. Dobbiamo ancora interrogare Corey Byrne e Mett o Noah dovrebbero essere sulle tracce di Ted Lesko. Per controllare i fienili della zona potrebbero volerci ore.»

«Fallo fare a Lamay.» disse Josie, riferendosi al loro sergente all'entrata, Dan Lamay. «Può cominciare a fare un elenco mentre presidia l'ingresso. Lo farà se glielo chiediamo.»

«Ottima idea.» convenne Gretchen, componendo il numero di telefono della postazione di Lamay. Mentre Gretchen gli dava istruzioni, Josie si girò verso la dottoressa Feist e sorrise. Un sorriso vero. «Lei è eccezionale.» le disse. «Grazie.»

La dottoressa annuì. «Speriamo che vi aiuti a trovare questo assassino. Non voglio vedere un'altra vittima di questo caso.»

TRENTADUE

Proprio mentre si avvicinavano alla fermata successiva, lo scuolabus si inclinò di lato. Non c'erano più tanti bambini a bordo. Nessuno applaudiva. Gail si voltò verso Bianca, che era ammutolita ed era più pallida di quanto Gail l'avesse mai vista. Teneva le mani strette intorno allo zaino che abbracciava in grembo. Gail sentì uno degli altri bambini che si stava preparando a scendere dall'autobus che diceva: «Cavolo, credo proprio che vomiterò.»

Gail si tirò un po' su dal sedile per poter vedere la fermata dell'autobus. Non c'erano genitori ad aspettare. Non appena toccarono l'asfalto, i bambini si dispersero, correndo verso casa. Un forte rumore di sfregamento arrivò da qualche parte sotto di loro. L'intero scuolabus vibrò.

Alle loro spalle, Nevin disse: «Cosa sta facendo? Il bus si è rotto?»

Gail sentì un brivido partire dalle gambe e risalire lungo tutto il corpo. Non era divertente e non le piaceva più. «Forse dovremmo scendere.» disse a Bianca.

«Intendi scendere dallo scuolabus? Qui? Questa non è la nostra fermata.»

«Hai detto che Mr. Lesko ha qualcosa che non va. Forse hai ragione. Dovremmo scendere. Posso chiamare mia madre.»

Bianca non disse nulla. Sembrava congelata come una statua.

«Potremmo anche andare a piedi da qui.» propose Nevin. «Non è poi così lontano.»

I loro corpi sobbalzarono in avanti e poi all'indietro e lo scuolabus riprese la sua corsa, accelerando così tanto che il paesaggio esterno divenne una macchia sfocata di colori.

«Ormai è troppo tardi.» sentenziò Nevin.

TRENTATRÉ

Gretchen era arrivata alla stazione di polizia diverse ore prima di Josie quella mattina e ne aveva approfittato per parlare con il capo Chitwood di Corey Byrne sia per fare un confronto delle date e degli orari in cui Corey era stato al lavoro dopo la scomparsa di Krystal Duncan, sia per sapere con precisione in quale cantiere avesse lavorato quel giorno. Ancora una volta, Gretchen si mise alla guida, percorrendo le strade di Denton come se ci vivesse da tutta una vita. L'aria gelida soffiava sul viso di Josie, raffreddando addosso il sudore che le si era formato sul labbro superiore nel tempo impiegato per attraversare il parcheggio dell'ospedale. Avrebbe voluto avercela con Noah per averla lasciata dormire fino a tardi, ma era stata la miglior dormita da quattro mesi a quella parte e da quando Lisette era morta non si era mai sentita tanto lucida come in quel momento. Per la prima volta, riusciva a pensare a sua nonna per pochi fugaci secondi senza provare una totale devastazione; infatti, riusciva a vederne il sorriso complice con gli occhi della mente e sentire la sua voce che le diceva: «Lo so, lo so. Devi tornare al lavoro. Vai, tesoro, vai!»

Corey Byrne stava lavorando in un nuovo complesso residenziale in costruzione all'estremità nord del campus dell'Università di Denton. Gretchen lasciò la macchina nel parcheggio sterrato retrostante, in mezzo a una fila di furgoni che, presumibilmente, appartenevano agli operai della ditta edile. Lo scheletro dell'edificio era completo e su uno dei lati erano già state tirate su le pareti, mentre l'altro era ancora aperto. Quando girarono intorno alla parte frontale del cantiere, trovarono un cartello che annunciava che l'edificio era destinato a diventare un nuovo alloggio per gli studenti iscritti ai corsi di specializzazione. Si fecero strada nel cantiere, parlando con tre persone diverse e salendo quattro piani prima di trovare Corey che montava una parete in cartongesso in una delle stanze sul lato chiuso dell'edificio. Le avvertì che non potevano stare lì, ma Gretchen aveva già tirato fuori il suo distintivo. Allora posò gli attrezzi e si pulì i palmi sui jeans prima di stringere la mano a entrambe. «Non sapevo che sareste venute.» disse. «Il mio superiore...»

«Ci ha dato il permesso di parlare con lei.» lo informò Gretchen.

Lui sollevò la visiera dell'elmetto giallo che portava sulla testa e se lo sfilò, scoprendo una folta capigliatura biondo dorato. Il primo pensiero di Josie fu che non aveva l'aspetto di un padre di un'adolescente. A malapena dimostrava l'età necessaria per avere una figlia di quattordici anni, ma poi Josie ricordò che Heidi aveva raccontato che sua madre aveva appena diciannove anni quando lei era nata, quindi era presumibile che il padre avesse pressappoco la stessa età all'epoca, il che lo rendeva molto più giovane della media dei genitori del suo quartiere di West Denton. Non solo, ma non assomigliava affatto alle altre persone che vivevano nel vicinato. La maggior parte dei residenti aveva un'istruzione universitaria e un'età compresa tra i trenta e i quarant'anni, o addirittura i cinquanta come Virgil Lesko, e aveva un lavoro da colletto bianco. Corey faceva da contraltare: giovane e bello, svolgeva ogni giorno un lavoro fisico. Le ore di lavoro, apparentemente interminabili, avevano scolpito il suo corpo in qualcosa che gli irriducibili della palestra potevano solo sognare. La maglietta bianca aderente e intrisa di sudore rivelava ogni muscolo delle braccia, del petto e degli addominali scolpiti, che si contraevano ogni volta che si muoveva. Era comprensibile perché Faye Palazzo fosse stata attratta da lui. Ma sicuramente, come modella di successo, Faye Palazzo aveva avuto la possibilità di scegliere tra gli uomini fisicamente più attraenti del pianeta, eppure aveva scelto Sebastian come marito. Non che Sebastian fosse poco attraente, ma era tutto l'opposto di Corey Byrne. Era questo il motivo per cui Faye aveva rischiato il suo matrimonio per stare con lui?

«Heidi mi ha raccontato cosa sta succedendo.» cominciò Corey, tenendo il caschetto con entrambe le mani. «Mi dispiace molto per Krystal e, ehm, Faye... io, ehm... È vero? È davvero morta?»

«Purtroppo sì, Mr. Byrne.» disse Josie.

Il suo sguardo si spostò sul pavimento. Un muscolo della mascella fremette. Tra le sue mani, la plastica del casco rigido scricchiolò.

«Mr. Byrne.» disse Gretchen. «Ha bisogno di un momento?»

Lui scosse la testa, ma non aprì bocca.

Con tono pacato, Josie disse: «Sappiamo che lei teneva a Faye. Sappiamo che avevate una relazione.»

A quelle parole, chiuse gli occhi e rovesciò la testa all'indietro. Il suo pomo d'Adamo sobbalzò per ogni volta che deglutì. Andò a posare il casco in un angolo della stanza e si strofinò gli occhi prima di riaprirli e tornare a guardarle. «Il marito lo sa?»

«No.» disse Josie. «Almeno, non per quello che possiamo sapere. Noi l'abbiamo scoperto attraverso altri canali.»

Corey la guardò stupito. «Altri canali, eh? Intende dire Heidi.» Scosse la testa. «Maledizione. Non si riesce a nascondere nulla a quella ragazzina.»

«È un bene che sua figlia ce l'abbia detto, Mr. Byrne.» ribatté Gretchen. «C'è un assassino a piede libero in questa città e sembra che stia prendendo di mira i genitori dei bambini morti nell'incidente dello scuolabus di West Denton.»

Corey infilò le mani nelle tasche dei jeans. «Capisco, ma allora perché volete parlare con me? Mia figlia è sopravvissuta a quell'incidente.»

«Nell'indagare sull'omicidio di Faye dobbiamo esaminare ogni aspetto della sua vita.» spiegò Josie. «Quando è stata l'ultima volta che l'ha vista?»

«Ai funerali.» rispose immediatamente. «Sono andato ai funerali di tutti i bambini.»

«Ovvero non l'ha vista e non le ha parlato per più di due anni?» chiarì Gretchen.

«Proprio così. Avrei voluto, eccome se avrei voluto, ma non mi sembrava giusto. Lei voleva farla finita prima dell'incidente e io sapevo che Nevin era tutto il suo mondo. Sapevo che nella sua vita non c'era più posto per me. E, a parte questo, era davvero imbarazzante, se capite cosa intendo. Perché mia figlia era l'unica sopravvissuta. Dissi a Heidi che potevamo trasferirci ovunque volesse, ma lei voleva restare qui, e così abbiamo fatto. L'unica tra i genitori dei bambini dell'incidente che ancora mi parla è Dee Tenney. Grazie a Dio c'è lei.»

Josie gli chiese: «Prima dei funerali, quand'è stata l'ultima volta che ha visto Faye?»

«Il giorno dell'incidente.»

«Vi siete incontrati?» gli chiese Gretchen. «Al "vostro posto"?»

Lui sbatté le palpebre. «Sì. Come fate a saperlo?»

«Siamo in possesso di un foglio di appunti che lei e Faye Palazzo avete usato per comunicare durante la vostra relazione, in cui il vostro "posto" viene menzionato più volte.» disse Josie.

Un lato della bocca di Corey si sollevò in un mezzo sorriso. «Ancora Heidi.» dedusse. «Sì, quel giorno eravamo al nostro posto. Alla stessa ora di sempre. Alle quattordici. Vedemmo lo scuolabus passarci accanto e mi sembrò che stesse sbandando. Le dissi di seguirlo, ma lei disse di no, non potevamo rischiare di essere visti insieme. Ne sarebbero seguite troppe domande. Le dissi: "E chi se ne frega? E i bambini? Diremo che ci siamo incontrati e che ti ho dato un passaggio", ma lei insistette per non seguirlo. Quel giorno litigammo. Mi stava scaricando. Restammo più a lungo del solito e poi, beh, entrambi i nostri cellulari cominciarono a esplodere perché lo scuolabus si era schiantato. È stato... è stato orribile.»

I suoi occhi erano diventati vitrei, lo sguardo si era fatto distante, come se stesse guardando nel passato, come se stesse rivedendo gli eventi di quel giorno ancora e ancora.

Gli diedero un attimo di tempo per riprendersi e poi Gretchen disse: «Mr. Byrne, dov'era il posto in cui vi incontravate?»

Scosse un po' la testa, come per ritornare al presente. «Oh, era un terreno non edificato poco distante dalle nostre case, in realtà. È libero da anni perché ogni volta che vogliono costruirci qualcosa, il consiglio comunale lo blocca. Ci sono delle case di fronte, ma il terreno è abbastanza coperto d'alberi e ci si può parcheggiare senza essere visti. Ci incontravamo lì con il mio furgone. Faye non si sarebbe mai sognata di incontrarci né a casa mia né a casa sua. Dovevamo sempre vederci nel furgone.»

Gretchen guardò Josie. Entrambe stavano pensando la stessa cosa. Josie nominò la strada in cui avevano trovato il corpo di Faye Palazzo. «Il posto di cui parla è in Tallon Street?» gli chiese.

«Sì.» disse Corey. «È là il posto. Ehi, ma come fate a saperlo?»

Ma Josie, anziché rispondere alla sua domanda, proseguì con le sue: «C'era qualcun altro che sapeva della vostra relazione?»

«No, nessuno.» disse lui. «Faye manteneva il segreto quasi

alla follia. Suo marito non è un tipo che prende le cose alla leggera, capite?»

«Crede che Faye avesse paura di lui?» gli domandò Gretchen.

«Credo di sì, un po', ma ha sempre detto che non voleva che finissero col divorziare perché Nevin aveva bisogno di suo padre.»

«Lei ha mai detto a qualcuno della vostra relazione?» chiese Josie. «Anche dopo che era finita?»

«No. Mai. L'avevo promesso a Faye.»

«Nel biglietto che abbiamo trovato, Faye scrive che qualcuno vi aveva visti.» disse Josie. «Che cosa significa? Che qualcuno vi aveva scoperti?»

Di nuovo, Corey rovesciò la testa all'indietro e guardò per un attimo il soffitto. Con un sospiro pesante, incrociò di nuovo lo sguardo di Josie. «Non so se qualcuno ci avesse visti o meno. Faye pensava di sì, ma io non ne sono mai stato sicuro. In ogni caso, non pensavo che fosse importante.»

«Ci racconti cos'è successo.» lo invitò Gretchen.

Fece una scrollata di spalle. «Per cominciare eravamo al nostro posto. Stavamo, beh, sapete, nell'abitacolo del furgone, ma parcheggiavamo sempre di lato, dietro quegli alberi, in modo che, se qualcuno si fosse fermato, non ci avrebbe visto subito. Nessuno si è mai fermato, tranne quella volta.»

«Quando è successo?» chiese Josie.

«Non lo so. Un paio di mesi prima dell'incidente, direi.»

«Chi si era fermato nella radura?»

«Due macchine.» disse. «Si fermarono una accanto all'altra. Ne scesero due uomini, che iniziarono a spostare la roba dal bagagliaio di un'auto a quello dell'altra. Uno lo riconoscemmo subito, era Miles. A quel punto Faye cominciò a dare di matto. Si affrettò così tanto per rimettersi in sesto e nascondersi che colpì per sbaglio il clacson. A quel punto i due si girarono. Rimanemmo lì, completamente congelati. Poi, molto lentamente, Miles e quest'altro tizio chiusero i bagagliai, rimontarono in macchina e se ne andarono. Faye era sicura che ci avessero visto e che Miles ci avesse riconosciuti, mentre io non avevo nemmeno incrociato lo sguardo con nessuno dei due. Non ho dubbi che ci avessero visti, ma non so se ci riconobbero o se capirono cosa stavamo facendo. Ho visto Miles un paio di volte in seguito, quando lasciavo o andavo a riprendere Heidi, e non ha mai detto nulla.»

«E lei non riuscì a riconoscere l'altro uomo?» chiese Josie.

Corey si grattò la nuca. «Aveva un aspetto molto familiare, ma no, non riuscii a riconoscerlo. Forse se fossi stato più vicino l'avrei riconosciuto, ma no, non da dove avevamo parcheggiato. Riconobbi subito Miles perché lo vedevo sempre, aveva la testa rasata e guidava quella berlina Lexus argentata che aveva preso in leasing dal suo concessionario.»

«E nemmeno Faye riconobbe l'altro uomo?» chiese Gretchen.

«Credo che l'avesse riconosciuto, ma non siamo mai arrivati a parlarne davvero. Non era quella la cosa importante, se mi seguite. Il vero problema era che qualcuno ci aveva visti insieme. Poi mi scaricò, ci fu l'incidente e non ci parlammo più.»

Josie chiese: «Cosa stavano trasferendo da un'auto all'altra?»

«Non saprei. Non stavo prestando molta attenzione. Come ho detto, Faye stava dando di matto.»

«E l'auto che guidava l'altro tizio?» chiese Gretchen. «Si ricorda che tipo di macchina era?»

«Ricordo che era rossa. Rossa e piccola. Non so, forse una Prius o un modello del genere. Ma non posso dirlo con certezza.»

Qualcosa si accese in fondo alla mente di Josie. Si girò verso Gretchen. «Conosco qualcuno che guida una Prius rossa.»

«Andiamo.» disse Gretchen.

TRENTAQUATTRO

Nel giro di una ventina di minuti, Josie e Gretchen entrarono all'interno di una delle stanze di sorveglianza a circuito chiuso del comando di Polizia di Denton, fissando lo schermo di un televisore che trasmetteva le immagini in diretta di una delle loro stanze per gli interrogatori. Sullo schermo si vedeva Ted Lesko, seduto al tavolo in legno invecchiato di una delle sale per gli interrogatori che, come se non avesse alcuna preoccupazione al mondo, divorava un panino al tonno e poi tracannava la lattina di Coca Cola che Mettner gli aveva dato, lasciandosi poi andare a un sano rutto.

«Non può essere così facile...» commentò Gretchen.

«Non lo è, infatti.» rispose Mettner. «Se lo stiamo indagando per gli omicidi, ha un alibi per la maggior parte del tempo che ci interessa. Nelle tre ore in cui Sebastian Palazzo è uscito per andare al lavoro ed è rientrato a casa per il pranzo, durante le quali Faye Palazzo è scomparsa, lui stava facendo consegne nella parte opposta della città. Ho le coordinate del navigatore, le ricevute e persino i video che lo riprendono mentre arriva in varie case e aziende con le sue consegne a domicilio. Lavora anche per il Downey's Grocery Market e per WheelShare, l'applicazione di ride-sharing, e queste ore di lavoro giustificano la maggior parte del resto del suo alibi sia per il periodo in cui Faye è scomparsa che per quello in cui è scomparsa Krystal.»

«Ma tutto ciò che sappiamo con certezza è che non può aver sequestrato Faye.» concluse Gretchen. «È possibile che collabori con qualcun altro. Rimane ancora un lasso di tempo in cui nessuno può verificare i suoi spostamenti, durante il quale sia Faye che Krystal sono scomparse.»

«È vero.» ammise Mettner. «Ma il navigatore sulla sua auto ci ha permesso di localizzarla nei luoghi in cui dice che si trovava in quei momenti.»

«Ed è l'unica auto che ci risulta registrata a suo nome?» gli chiese Josie.

«Sì. E comunque abbiamo fatto un sopralluogo a casa sua. Ci ha dato il permesso. Ha un garage come tutti gli altri, ma qualche mese fa un albero è caduto sul tetto e ha fatto dei danni discreti, che non ha potuto permettersi di far riparare. Quindi non aveva modo di trattenere lì dentro una persona contro la sua volontà, sigillando la casa quanto bastava da provocare un avvelenamento da monossido di carbonio.»

«Ovvio.» disse Josie. Qualcosa le dava fastidio, come un irritante taglietto da carta che brucia ogni volta che ci si lava le mani, ma non riusciva a capire di cosa si trattasse.

«Ci ha dato il permesso di perquisire la casa e l'auto e anche di far entrare la Squadra di Raccolta delle Prove per dare un'occhiata in giro e prendere quello che volevano.»

«Per caso hanno trovato delle candele?» chiese Josie.

«Sì, delle Yankee Candle.» disse Mettner. «Nessuna candela da veglia.»

«E non ha chiesto un avvocato?» chiese Gretchen.

«No, ma non gli ho ancora letto i suoi diritti.»

«Non sembra che ce ne sia bisogno.» commentò Josie. «Scopriamo cosa faceva con Miles Tenney due anni fa e poi lo lasciamo andare.»

Josie uscì dalla sala delle telecamere a circuito chiuso per entrare nella sala degli interrogatori. Il volto di Ted si illuminò in un sorriso quando la vide. «Ci incontriamo di nuovo.» disse. «Sa che lei è l'unica persona che riesce a far arrabbiare Andrew Bowen più di me?»

Josie rise e prese posto di fronte a lui. «È così? Non le piace Bowen?»

«A chi è che piace quel tipo?»

«Ottima osservazione. Ted, il detective Mettner le ha detto perché le abbiamo chiesto di venire qui oggi?»

«È abbastanza ovvio da tutte le domande che ha fatto.» rispose Ted. «Si tratta della faccenda di Krystal Duncan, ha detto che un altro genitore del gruppo è stato ucciso. Un bel casino.»

«Non la preoccupa di essere stato portato qui per un interrogatorio?»

Ted scosse la testa e si appoggiò allo schienale della sedia, allungando le braccia sopra la testa. Le riportò giù e appoggiò i gomiti sul tavolo. «No. Non ho ammazzato nessuno. Non c'è motivo di essere nervosi.»

Josie inclinò la testa di lato, guardandolo con sospetto. «Non ha paura che cerchiamo di incolpare lei di questi omicidi? Di creare delle prove? Lei è l'unica persona che ci viene in mente che potrebbe avere problemi con i genitori dei bambini dello scuolabus.»

Si sporse verso di lei, incurvando le spalle sul collo. «Non sono un tipo che si fida, se è questo che intende, ma sono passato dal sistema. Ho visto come funziona. A prescindere da quello che voi poliziotti avete intenzione di farmi, la mia mossa migliore in questo momento è la totale trasparenza. Prendetela come volete.»

«Va bene.» concesse Josie. «Devo chiederle qualcosa riguardo al periodo precedente la tragedia dello scuolabus.»

«Spari.»

«Lei si era incontrato con Miles Tenney, almeno una volta, nel terreno vuoto di Tallon Street. Voi due stavate spostando delle cose avanti e indietro dai bagagliai delle vostre auto. Cosa stavate facendo? Come conosce Miles Tenney?»

Ted reagì con un'espressione di sorpresa. Poi si mise a ridere. «Questo risale a parecchio tempo fa. Anche Miles è morto?»

«Non lo sappiamo.»

«Se non lo sapete, allora è probabile che sia morto, perché quel tipo era in rapporti con gente particolarmente pericolosa a cui doveva un bel po' di soldi. Io gli davo una mano perché non voleva essere visto mentre impegnava la sua roba. Era un grosso e importante venditore di auto, quindi avrebbe dovuto essere pieno di soldi, e invece riusciva a malapena a pagare il mutuo. Un paio di volte ho dovuto prestargli i soldi per fare il pieno. Riesce a crederci?»

Vedendo che Josie non gli rispondeva, Ted Lesko continuò: «Era troppo imbarazzato per andare nei banchi dei pegni a vendere la sua roba, così mi chiese di farlo al posto suo. Ci incontravamo ogni tanto e lui mi dava quello che aveva da vendere. Io lo prendevo e lo impegnavo nei negozi da qui a Philadelphia. Mi tenevo una piccola parte e gli davo il resto. Non c'è niente di illegale in questo.»

«Solo che la roba che le dava era rubata. Glielo aveva detto?»

Ted non si scompose. «No, non mi diceva dove la prendeva e io non glielo chiedevo. Potete anche provare a incastrarmi per furto con ricettazione, visto che la prescrizione è di cinque anni, ma per far valere questa accusa dovreste conoscere il valore della merce che era stata rubata e dovreste essere in grado di dimostrare che io fossi al corrente che era stata rubata.»

Josie sapeva che un'accusa di furto con ricettazione, in mancanza di un testimone attendibile o di dettagli più precisi, sarebbe stata praticamente impossibile da dimostrare, ma a quel punto non era interessata ad arrestare Ted Lesko. Quello che le interessava era solo ottenere informazioni su Miles e lui gliele stava dando gratuitamente.

«Perché Miles chiese aiuto a lei?»

Ted si mise a ridere. «Andiamo, detective. Ha visto il quartiere in cui vive Miles, in cui viviamo io e mio padre... crede che qualcuno da quelle parti abbia mai messo piede in un banco dei pegni? Quando venni rilasciato e tornai a vivere con mio padre, mi portava con sé alle feste e ai barbecue per tenermi d'occhio. Una volta capito che non avrei fatto pazzie se mi avesse lasciato da solo, non fui più costretto a starmene seduto a mangiare schifezze con degli sconosciuti per ore interminabili. Ma avevo conosciuto Miles a uno di quei barbecue e, di conseguenza, lui sapeva chi ero. Poi, mi capitò di fare un paio di consegne alla concessionaria e, con l'occasione, gli parlai. Era al corrente dell'accordo e che ero stato in prigione. Così, mi chiese se sapevo come impegnare la roba o venderla al mercato nero. Gli risposi: "Certo, se sei disposto a farmi entrare".»

«Per quanto tempo lei e Miles siete andati avanti?»

«Non lo so. Un paio d'anni, forse tre.»

«E smise dopo l'incidente? A causa dell'incidente?»

Ted le lanciò un'occhiata secca. «Beh, sarebbe stato piuttosto spiacevole, non crede? "Ehi, mio padre ha ucciso tuo figlio. Ti serve ancora il mio aiuto per vendere la tua merce?" È naturale che smise dopo l'incidente, a causa dell'incidente. Da allora non gli ho più parlato.»

«Vi è mai capitato di vedere qualcun altro in quel terreno libero quando vi incontravate? O qualcuno vi vide mai insieme?»

«Non mi sembra. Una volta sentimmo qualcuno che suonava il clacson, ma non riuscimmo a capire da dove venisse, così chiudemmo tutto e ce ne andammo.»

«Miles non vide nessuno? Non disse mai nulla?»

Ted si sfregò la mascella. «Disse che gli sembrava di aver

visto qualcuno che conosceva parcheggiato più in là nella radura e che voleva andarsene. Io diedi un'occhiata, ma non vidi nulla e, tanto per essere sicuri, ce ne andammo. Così ci accordammo che da allora avrei dovuto aspettare che facesse buio, andare a casa sua e attendere fuori dal garage, nel giardino di fianco.»

Cambiando argomento, Josie gli domandò: «Ha mai parlato con suo padre del giorno dell'incidente?»

«Scherza o cosa? Bowen avrebbe una crisi di nervi se sapesse che mi sta chiedendo dell'incidente. Non mi è permesso fare un fiato al riguardo.»

Ma Josie andò avanti lo stesso. «Almeno mi dica perché suo padre avrebbe mentito sul motivo per cui aveva bevuto quel giorno.»

«Di cosa sta parlando?»

«Suo padre disse agli agenti investigativi di aver bevuto quel giorno perché era sconvolto dal fatto che sua madre fosse stata ricoverata in un ospizio quella mattina. Ma quella decisione era stata presa almeno un mese prima, e sua madre aveva già ricevuto l'assistenza sanitaria per tutto quel tempo. Perché mentire al riguardo?»

«Sinceramente non ne ho idea.» ammise Ted. «Senta, detto tra noi, qualche volta gli ho chiesto cosa è successo quel giorno, perché ha buttato via la sua vita in quel modo. So che non aveva solo dell'alcol in corpo. Me l'ha detto Bowen. Era nei notiziari. Così, una volta gli ho detto: "Dopo avermi rotto le palle per tutti questi anni per tornare sulla retta via, ti sei fatto di pillole e alcol e hai ucciso un gruppo di ragazzini! Che diavolo t'è preso?" Non ne ha mai voluto parlare. Nemmeno con me.»

«Ted...» disse Josie. «Ho solo un'altra domanda. Lei o suo padre possedete altre proprietà oltre alla casa in cui vivete? Qualcosa in campagna? Magari una casa che le ha lasciato sua nonna. Una fattoria o una proprietà del genere.»

Sarebbe stato abbastanza facile controllare sui registri delle proprietà, ma Josie voleva sentire come avrebbe risposto. Lui rise di nuovo. «Un'altra proprietà? Ma per favore. Tutto ciò che non è inchiodato a terra è stato venduto per pagare l'avvocato di lusso di mio padre. No, non possediamo altre proprietà se non la casa di mio padre, di cui riesco a malapena a pagare le rate perché Andrew Bowen si prende quasi ogni centesimo che guadagno.»

TRENTACINQUE

Riunitisi nella sala grande, Josie si era seduta alla scrivania e stringeva il rosario in una mano, mentre Gretchen, Mettner e il capo Chitwood stavano in semicerchio a pochi metri di distanza. Gretchen fece a Chitwood un resoconto dell'autopsia di Faye Palazzo e dell'interrogatorio fatto a Ted Lesko. Dan Lamay presentò un elenco parziale di fattorie della zona e di qualsiasi altra proprietà che avesse un fienile. Nessuno dei nomi dei proprietari era noto a Josie, Gretchen o a Chitwood, ma quest'ultimo diede ordine a Mettner di iniziare a ispezionare ciascuna proprietà alla ricerca di pavimenti a listoni e di animali da stalla con il pelo riccio di un giallo pallido.

«Probabilmente sarà così per tutte le stalle, Signore.» commentò Gretchen.

Chitwood la fissò sbuffando. «Per caso hai un'idea migliore, Palmer?»

Gretchen non rispose, si sedette alla scrivania e avviò il computer per scrivere alcuni rapporti.

«Cercherò anche un orecchino di diamanti.» disse Mettner.

«Chiunque non ti permetta di fare dei controlli nella sua

proprietà è un segnale di allarme, capito?» si raccomandò Chitwood.

«Certo, Signore.» disse Mettner, correndo verso la tromba delle scale.

Chitwood sparì nel suo ufficio, sbattendosi la porta alle spalle.

Il cellulare di Josie vibrò all'arrivo di un messaggio. «È Noah.» disse a Gretchen. «Sta portando la cena in anticipo e dice che è andato allo studio legale di Krystal Duncan e ha iniziato a esaminare i file che non ci hanno dato, quelli su cui Krystal non stava lavorando direttamente. A quanto pare, ha trovato qualcosa in quei documenti.»

«Beh, speriamo che sia qualcosa di buono.» mormorò Gretchen. «La traccia, non la cena. Anzi, è meglio che siano buone entrambe.»

La porta delle scale si aprì e si udì un rapido fischio. Josie si voltò e vide Drake che le faceva cenno di avvicinarsi. «Ehi.» disse. «C'è Dee Tenney di sotto, se vuoi parlarle. Sai no? Di qualche segreto che potrebbe nascondere...»

Josie rise mentre lo raggiungeva e lo seguiva giù per la tromba delle scale. «Di solito non è così facile.» gli disse. «In genere la gente non è particolarmente propensa a raccontare i propri segreti alla polizia.»

Drake le fece strada fino al primo piano. Si fermò poco prima della porta della sala conferenze e si voltò verso di lei. «Amber è qui dentro con lei e sta ultimando la dichiarazione da fare alla stampa.»

«Quindi, ha accettato di rendere pubblico il giro d'affari di Miles?»

Drake annuì. «Le è stato difficile convincersi. Sta ancora rifiutando il fatto che Miles abbia lasciato che le cose si mettessero così male senza che lei ne sapesse nulla. Inoltre, non vuole avere a che fare con la stampa. Ha detto che lei, come gli altri genitori, ne hanno avuto abbastanza dopo l'incidente dello scuolabus.»

Josie si mise una mano sul fianco. «E allora come hai fatto a convincerla?»

«Non sono stato io.» disse Drake, indicandosi il petto. «Ci ha pensato la vostra addetta stampa di grido a convincerla. Ha detto a Dee che era solo una questione di sicurezza, per tenere in vita e illesa se stessa e chiunque le stia a cuore.»

«Heidi, allora.» disse Josie, pensando a quante volte Corey Byrne aveva pronunciato quelle parole quando lo avevano interrogato.

«Esatto.» convenne Drake. «Quella ragazzina è proprio speciale. Non si è allontanata un attimo da Dee. Ha ascoltato ogni parola. Borbottava in continuazione.» Dal suo sorriso di apprezzamento Josie capì che non era stato affatto infastidito da Heidi e, anzi, percepì una nota di ammirazione nella sua voce. «Onestamente, se Dee non tenesse così tanto a quella ragazzina, credo che starebbe in giro ad aspettare che quelli di Cerberus vengano a farla fuori.»

«Sì.» disse Josie. «Anch'io ho avuto questa impressione. Heidi è qui con lei adesso?»

«No, è andata in gita per la giornata. Ha detto che sarebbe passata a casa di Gloria Cammack per vedere Dee stasera.»

La porta della sala conferenze si aprì e Amber la varcò, con il portatile infilato sotto un braccio. «È tutta vostra.» annunciò.

Drake fece cenno a Josie di entrare. «Dopo di te.»

Dee, seduta com'era su una delle sedie per i dirigenti, aveva un aspetto piccolo e insignificante. Era pallida in viso, aveva i capelli unti. Josie si chiese se avesse dormito o se si fosse lavata dall'ultima volta che l'avevano vista.

Dee alzò lo sguardo su di lei con la speranza che le riempiva gli occhi spalancati. «Avete trovato Miles? Sta bene?»

Josie si sedette accanto a lei, mentre Drake si trattenne

vicino alla porta. «Purtroppo no, Dee, ma l'FBI lo sta cercando e ha molte più risorse di noi.»

La speranza nei suoi occhi si spense. Cominciò a giocherellare con la fede nuziale. «Non so nemmeno se voglio rivederlo. Non stavamo più insieme, ma non perché avessi smesso di amarlo. È solo che una volta morta Gail, ogni cosa è crollata.»

«Sfortunatamente, questo è un fenomeno molto comune dopo la morte di un figlio.» disse Josie. «Mi dispiace tanto, Dee.»

«Lei mi crede?» chiese Dee con tono improvvisamente aggressivo. «Perché se non mi crede lei, come faranno a credermi gli altri? La stampa, il pubblico, questa... questa organizzazione criminale?»

«Crederle su cosa?» domandò Josie.

Dee si avvicinò a Josie. «Che non sapevo cosa stesse facendo Miles o quanto fossero gravi le cose dal punto di vista finanziario.»

«Dee, non spetta a me...» cominciò a dire.

«Nessuno crederà che non lo sapessi, ma dovete capire che sono stata una casalinga per tutta la vita. Era Miles a lavorare. Era lui che si occupava di tutte le finanze. Era il suo compito, il suo ruolo. Il mio compito era quello di essere la madre di Gail. Non ho mai dovuto desiderare niente. E nemmeno Gail. Qualsiasi cosa chiedessimo, Miles la rendeva possibile. Eravamo felici. Non avevo motivo di dubitare, di sospettare che...» a queste parole si interruppe con un singhiozzo che le uscì dalla gola. Si nascose il viso tra le mani. Drake fece scivolare una scatola di fazzoletti lungo il tavolo. Josie li prese e li tenne in grembo, in attesa che Dee si voltasse. «Si è fidata di suo marito, Dee.» le disse. «Non c'è niente di male in questo. Credo che nessuno possa biasimarla per questo. Di solito non si sposano persone di cui non ci si fida.»

Dee alzò lo sguardo e proruppe in una risatina. Prese un fazzoletto dalla scatola e si asciugò le guance. «Immagino che sia così.»

Josie si prese un attimo per trovare un modo discreto per chiederle se per caso nascondesse qualche segreto che un assassino avrebbe voluto rendere di dominio pubblico, ma non riuscì a farsi venire in mente niente; decise quindi di affrontare l'argomento dei segreti continuando a parlare di alcune cose che Miles le aveva tenuto nascoste.

«Già che siamo in argomento...» iniziò Josie. «Volevo chiederle di Ted Lesko. Qualcuno ci ha raccontato che prima dell'incidente lo ha visto insieme a suo marito. Quando abbiamo chiesto a Ted di parlarne, ha ammesso di aver aiutato Miles a vendere o impegnare oggetti per fare un po' di soldi. Anche lei conosceva Ted?»

Dee si posò le mani in grembo e tirò su con il naso. «No, no. Ted non ha mai aiutato Miles. Oh, e sì, conoscevo già Ted perché Virgil lo aveva portato a un paio di feste a casa nostra quando era uscito di prigione. Sapevate che è stato in prigione?»

«Sì.» confermò Josie. «Ce ne ha parlato.»

«Oh, immaginavo che l'avesse fatto. Per che cosa vi ha detto che era stato condannato? Attraversamento fuori dalle strisce? Virgil Lesko me ne aveva parlato, sapete, diversi anni fa, poco prima che Ted tornasse a casa. Era così imbarazzato e preoccupato che suo figlio, una volta uscito, sarebbe stato peggio di quando era entrato. Quando Ted andava all'università, a Philadelphia, c'era una ragazza della quale era ossessionato. La teneva d'occhio attraverso le finestre, come un guardone. La pedinava ovunque, la seguiva sui social media. Controllava persino i suoi amici. Era perfino arrivato al punto di rubare dal suo appartamento. Insomma, era una situazione spiacevole.»

«Virgil le disse anche come aveva conosciuto quella ragazza?» domandò Josie. «Per caso uscivano insieme?»

Dee sventolò una mano in aria. «Non ne ho proprio idea. Virgil questo non lo menzionò. Io so soltanto che fu grave. Inquietante.» Fu scossa da un brivido. «Ted Lesko è inquietante. Non riesco ancora a credere che non l'abbiano schedato nel registro dei molestatori sessuali, anche se so che Virgil di questo è stato grato. Mi sono sempre chiesta: e se passasse dalle molestie ad aggredire qualche povera donna? Ma era il figlio di Virgil e quando si tratta dei tuoi figli, vuoi solo il meglio per loro, a prescindere da tutto. Ciononostante, Ted mi faceva venire i brividi.»

«Dal momento che lei sapeva che Ted era stato in prigione...» le fece notare Josie, «cosa le fa pensare che non aiutasse Miles nei suoi affari?»

Dee rivolse a Josie un'occhiata eloquente, come se le sfuggisse un concetto evidente. «È stato in prigione per aver molestato delle donne, non per aver venduto merce rubata.»

Dalla porta, Josie sentì Drake soffocare una risata. Lei riuscì a mantenere un'espressione neutra.

«A volte i criminali si diversificano.» spiegò a Dee, la quale, però, scosse la testa. «No, no. Era tornato alle sue vecchie abitudini. Io... io non volevo dire niente a nessuno perché ormai era tutto finito e non aveva importanza, e aveva smesso dopo l'incidente, ma lo vedevo. Ho visto Ted.»

«Cosa vuole dire?» chiese Josie. «L'ha visto? Dove? A fare cosa?»

«Fuori da casa nostra. La sera. Se ne stava lì fuori, in agguato. Ho mandato Miles a parlargli un paio di volte... non volevo chiamare la polizia per via di Virgil... ma lui se ne andava sempre non appena Miles usciva. L'altro giorno, quando ho sentito che c'era qualcuno, fuori in giardino, per un attimo ho pensato che fosse di nuovo Ted, ma non ho visto nessuno. L'FBI pensa che probabilmente si tratti di uno degli sgherri di quell'organizzazione criminale. Cerberus. Ma vi assicuro che prima dell'incidente Ted mi perseguitava regolarmente.»

«Dee...» disse Josie. «Ted non stava pedinando lei. Stava aspettando Miles. Qualcuno li aveva visti scambiarsi merci rubate nel vecchio luogo in cui si incontravano e così avevano smesso di andarci e Miles disse a Ted di raggiungerlo a casa da quel momento in poi.»

Dee piegò le braccia sul petto. «Chi ve lo ha detto? È stato Ted? Volete credere a lui piuttosto che a me? So quello che ho visto e, a parte questo, Virgil mi ha detto che avevo ragione.»

«Cosa intende dire?»

«Come ho detto, non volevo chiamare la polizia e mettere Ted nei guai. Sapevo quanto Virgil desiderasse vedere suo figlio guarire, vederlo condurre una vita normale. Anch'io ero un genitore e lo capivo. Così, quando lo vidi aggirarsi intorno a casa mia, andai da Virgil anziché alla polizia. Gli raccontai quello che stava succedendo e lui mi disse che avrebbe approfondito la questione. Mi ringraziò persino per essere andata prima da lui. Pressappoco una settimana più tardi, gli parlai alla fermata dello scuolabus. Nostra figlia era sempre tra gli ultimi a scendere. Mi chiese di restare un minuto. Mandai Gail a piedi fino a casa e rimasi a parlare con lui. Era sconvolto. Davvero sconvolto. Disse che aveva trovato le prove di quello che gli avevo detto. La prova che Ted aveva ripreso le sue vecchie manie.»

«Che tipo di prove?» chiese Josie.

«Non ne ho idea. Non glielo chiesi. Non volevo saperlo, a dire la verità. Mi disse semplicemente che se ne sarebbe occupato personalmente e che, se non ci fosse riuscito, avrebbe senz'altro coinvolto la polizia. E io mi fidai di lui. Poi c'è stato l'incidente e, beh, a quel punto non mi poteva importare più di tanto quello che Ted Lesko faceva a me o a chiunque altro.»

Il cuore di Josie accelerò quando le chiese: «Tutto questo quando è successo? Che giorno era quando ne avete discusso con Virgil Lesko?»

Dee si prese un momento per pensarci. Poi disse: «Il giorno prima dell'incidente dello scuolabus.»

TRENTASEI

Tornata al piano di sopra, Josie trovò Gretchen e riepilogò la conversazione avuta con Dee Tenney. Noah apparve con delle buste di cibo da asporto che iniziò a distribuire sulle scrivanie, ascoltando l'aggiornamento. Mentre Josie parlava, l'odore della cena si diffuse verso di lei, facendole brontolare lo stomaco, così, non appena finì il suo resoconto, si avventò su uno dei contenitori, lasciando che Gretchen si occupasse dei nuovi sviluppi. «O Ted Lesko sta mentendo su ciò che faceva a casa di Dee Tenney in quelle notti oppure Dee Tenney ha completamente frainteso ciò che stava accadendo.»

«È quello che ho pensato anch'io.» convenne Josie. «Ma se le cose stessero così, allora cosa diavolo può aver scoperto Virgil Lesko per iniziare a sospettare che suo figlio stesse di nuovo pedinando le donne?»

Noah si abbandonò sulla sedia e appoggiò i piedi sulla scrivania. «Abbiamo un testimone indipendente, Corey Byrne, che ha confermato che Ted Lesko aiutava Miles Tenney e questo lo ha ammesso lui stesso. Per quale altro motivo sarebbe andato a casa dei Tenney?»

Gretchen rispose con una scrollata di spalle. «Forse perché

nel profondo del suo animo è e rimane uno stalker. È possibile che aiutasse Miles nelle sue imprese criminali e che pedinasse le donne nel tempo libero.»

«Certo, non è da escludere.» disse Josie.

«E il caso originale contro Ted Lesko?» chiese Noah. «Non avete detto che Ted vi ha riferito che l'intera faccenda è scaturita da una separazione? Ci hai appena detto che Dee Tenney ha raccontato che lui perseguitava "una ragazza". Allora, non dovrebbe essere troppo complicato fare qualche ricerca per scoprire se Ted ha mentito sul fatto che la ragazza suddetta fosse realmente una sua ex fidanzata.»

«Ma a prescindere da questo, la perseguitava comunque.» obiettò Gretchen.

«Naturalmente.» concordò Noah. «Non sto insinuando che avesse qualche giustificazione, ma non è detto che un uomo che perseguita una sua ex ragazza passi poi a perseguitare estranee o conoscenti occasionali. È molto probabile che Dee Tenney fosse prevenuta nei confronti di Ted perché Virgil le aveva raccontato nel dettaglio la sua storia criminale. A questo si aggiunge il fatto che Dee non sapeva che Miles si serviva di Ted per rivendere merce rubata; quindi, è facile che lei abbia frainteso l'intera situazione. Per di più, il marito non è qui per dissipare il sospetto che Ted si fosse preso una fissa per lei. In ogni caso, il fatto che Ted ci abbia mentito sulle motivazioni del caso di stalking contro di lui ci dice molto sul tipo che è.»

«Sarebbe interessante conoscere anche cosa aveva scoperto Virgil.» disse Josie. «Stando alla versione di Dee, quando gli aveva parlato il giorno prima dell'incidente, sembrava sconvolto. Perciò, è possibile che qualsiasi cosa sia quella che si è ritrovato per le mani, deve essere ciò che lo ha spinto a bere il giorno dell'incidente e che lo ha portato a mentire per non incriminare suo figlio.»

«Penso che sia non solo possibile, ma anche probabile.»

sentenziò Gretchen. «Chiamerò Andrew Bowen e gli chiederò di fissare un incontro con Virgil Lesko.»

Josie rise. «Figurati se ce lo concederà.»

Ma Gretchen stava già componendo il numero e dopo un brusco scambio di battute con la segretaria di Andrew Bowen, riattaccò. Josie si rivolse di nuovo a Noah. «Tu che cosa hai trovato nei documenti dello studio di Krystal?»

Noah rimise i piedi per terra e appoggiò i gomiti sulla scrivania. «Una cosa che riguarda l'ortodontista da cui andavano Bianca Duncan e Frankie e Wallace Cammack: hanno dovuto chiudere lo studio perché devono affrontare un'enorme causa per negligenza. E indovinate un po' chi la porta avanti?»

«Gil Defeo.» disse Josie.

Noah scosse la testa. «No. Il suo socio, Richard Abt. Ecco perché Krystal Duncan non ci stava lavorando.»

«Ma avrebbe comunque avuto accesso al fascicolo attraverso il database dello studio.» dedusse Gretchen.

«Esattamente. Circa un mese prima della sua scomparsa, Krystal stava pranzando con le altre assistenti legali dell'ufficio e queste si lamentavano del caso. A quanto pareva c'erano molti clienti, ma non abbastanza per avviare un'azione legale collettiva. Ad ogni modo, quando Krystal aveva sentito il nome dell'ortodontista, aveva detto alle altre colleghe che era proprio l'ambulatorio dove mandava sua figlia e si era chiesta anche se Bianca sarebbe stata una delle clienti della causa per negligenza medica, nel caso fosse sopravvissuta all'incidente.»

«E le avevano fatto esaminare i documenti?» chiese Josie.

«Che direzione sta prendendo questa storia?»

«Che Krystal abbia avuto accesso alla documentazione non è mai venuto fuori...» specificò Noah, «ma Abt e Defeo avevano recuperato una copia del registro dei pazienti dell'ortodontista attraverso l'istruttoria del caso, in modo che fosse a disposizione se Krystal avesse mai voluto accedervi. Non sarebbe stato difficile. L'ho fatto mentre ero lì. Carly mi ha permesso di usare le sue credenziali di accesso per entrare nel server dello studio. Sono riuscito a entrare nelle cartelle cliniche dell'ortodontista e a cercare il nome di Bianca Duncan. Provate a indovinare cosa ho trovato nella sua cartella?»

Josie sentì un brivido lungo la nuca. «La disdetta per un appuntamento nella data dell'incidente.»

«Precisamente. Fatta dal genitore, non dall'ortodontista.»

«Il che significa che quando Krystal Duncan è andata a controllare, ha scoperto che Nathan Cammack aveva mentito sul motivo per cui l'appuntamento era stato cancellato quel giorno e perché i bambini erano dovuti tornare a casa con lo scuolabus.» concluse Gretchen. «E sarebbe stato questo a spingerla all'Fast Bridge in cerca di qualcosa di più forte dell'erba per calmarsi i nervi?»

«Non lo sapremo mai.» sospirò Josie. «Però hai detto che aveva saputo del dossier dalle sue colleghe almeno un mese prima della sua scomparsa, giusto? Eppure, questa scoperta non l'aveva turbata abbastanza da andare a chiedere a Skinny D. qualcosa di più forte dell'erba fino a un paio di giorni prima della sua scomparsa. Perciò deve aver scoperto qualcos'altro. Qualcosa che l'ha sconvolta ancora di più.»

«Cosa c'è di peggio della scoperta che un tuo amico e vicino di casa ha causato la morte di tuo figlio costringendolo a salire su uno scuolabus che si è schiantato?» disse Gretchen.

Josie scosse la testa. «Non ne ho idea, ma credo che ci sia dell'altro. Anzi, sono sicura che c'è dell'altro.»

Noah si alzò e stiracchiò le braccia sopra la testa. «Torno allo studio Abt&Defeo. Saranno tutti lì fino a tardi perché si stanno preparando per il processo di un incidente automobilistico multiplo. Se c'è dell'altro che Krystal aveva scoperto dall'archivio in ufficio, potrei riuscire a trovarlo. Posso cercare qualcuno dei nomi dei genitori nei fascicoli dell'altro avvocato e vedere cosa salta fuori.» Poi guardò Josie. «Ti va bene se ti lascio a casa da sola?»

Lei sorrise. «Sopravviverò.»

TRENTASETTE

Nevin aveva tutto il sedile per sé. Aveva provato a scambiare due parole con Gail e Bianca, ma loro erano ammutolite. In realtà, era calato uno strano silenzio all'interno dello scuolabus. Per un attimo Nevin si chiese se fossero morti tutti o qualcosa del genere. Ma era un pensiero bizzarro. Dovette mettersi a sedere molto dritto per potersi guardare bene intorno. Erano ancora tutti vivi, anche se avevano un aspetto piuttosto sofferente. Ormai erano rimasti gli ultimi: lui, Gail, Bianca, Wallace, Frankie e Heidi. Di solito le ragazze parlavano tra di loro oppure Wallace si metteva ad attaccar briga, ma non quel giorno.

Nevin guardò fuori dal finestrino. Riconobbe il terreno libero che precedeva la loro strada. Una macchia indistinta attirò la sua attenzione. Quel giorno laggiù c'era un furgoncino o comunque un veicolo a quattro ruote. Si chiese se avessero intenzione di costruirci qualcosa. Quanto sarebbe stato bello un parco per fare skateboard o una sala giochi o simili, ma sua madre diceva sempre che lì ci avrebbero costruito solo delle case, se mai avessero iniziato i lavori.

All'improvviso, lo scuolabus tremò. Nevin venne scaraventato da una parte e dall'altra. Dall'esterno provenne uno strano suono come di metallo che raschiava. A quel punto, lo scuolabus prese velocità.

«Porca miseria, ragazzi!» esclamò Wallace. «Credo che Mr. Lesko abbia appena investito qualcuno.»

TRENTOTTO

Josie trascorse il resto della serata scrivendo i suoi rapporti e ascoltando Gretchen che discuteva al telefono con Andrew Bowen per ottenere un incontro con Virgil Lesko. Quando ebbe concluso, Gretchen chiamò alcuni dei suoi vecchi contatti nel Dipartimento di Polizia di Philadelphia per ottenere maggiori dettagli sul caso di stalking che aveva mandato Ted Lesko in prigione per tre anni. Dopo un'ora intera passata a mormorare "mm-hmm" e "ah-ah" nella cornetta del telefono, Gretchen riattaccò e alzò lo sguardo su Josie. «Ted Lesko ci ha detto la verità. Era una sua ex fidanzata.»

«Ma Dee aveva ragione a dire che il suo comportamento era decisamente grave.» disse Josie. «Altrimenti non sarebbe andato in prigione.»

«Infatti. Penso che dopo quello che Virgil le aveva raccontato su suo figlio, aveva tutte le ragioni di essere preoccupata. Lo sarei stata anch'io.»

«E adesso dove andiamo?»

«A casa.» disse Gretchen. «È tutto il giorno che siamo qui e sono quasi le otto di sera. Mett e Noah stanno ancora seguendo le piste, quindi le cose si stanno ancora muovendo.»

Josie non poteva ignorare la stanchezza che la appesantiva dalla testa ai piedi. L'idea di mettersi dei vestiti comodi e di sprofondare sul divano era più che allettante. Naturalmente, una volta raggiunto il divano, tutta la stanchezza di poco prima sparì. Come se avesse percepito la sua irrequietezza, Trout si avvicinò, mise le due zampe anteriori sul bordo del cuscino e lasciò cadere la sua pallina in grembo e cominciò a fissarla con attenzione. Ridendo, Josie si mise a sedere e prese la pallina. «Sono convinta che se tu potessi parlare...» gli disse, «adesso mi diresti: "Guarda che questa pallina non si lancia da sola".»

Per tutta risposta, ricevette un'abbaiata a pieni polmoni e poi Trout cominciò a saltellare, aspettando con trepidazione il gioco che aveva iniziato. Josie si abbassò sul pavimento e lanciò la pallina all'altro capo della stanza. Trout gliela riportò più volte, finché non acquisirono un ritmo. La mente di Josie prese a vagare tra i casi Duncan e Palazzo, rielaborando tutte le informazioni che avevano messo insieme. Alla squadra mancavano ancora alcuni pezzi.

Krystal Duncan aveva cercato informazioni sull'incidente dello scuolabus, arrivando persino a fare visita a Virgil Lesko in prigione. Cosa stava cercando? E soprattutto, in che cosa si era imbattuta che l'aveva fatta uccidere? Aveva detto a Faye Palazzo quello che aveva scoperto? Era per questo che anche lei era morta subito dopo? Ma se erano state entrambe ammazzate per metterle a tacere, perché lasciare i nomi dei bambini rimasti uccisi nell'incidente dello scuolabus sulle loro braccia? Se l'assassino stava uccidendo per mantenere i segreti che Krystal Duncan aveva portato alla luce, perché darsi tanto da fare per rivelare i segreti di tutti gli altri?

Se Solo, Se Solo.

C'era qualcuno in giro che stava giocando al gioco del "Se Solo" con i genitori dei Cinque Bambini di West Denton? Se era così, dove iniziava e dove finiva? Josie cercò di seguire il contorto percorso dei "se solo" nella sua mente, partendo dalle informazioni che Krystal aveva scovato.

Se solo Nathan Cammack non avesse annullato gli appuntamenti con l'ortodontista quel giorno, Bianca, Frankie e Wallace non sarebbero saliti sullo scuolabus. Se solo Gloria non avesse chiamato Nathan per chiedergli di tornare a casa, allora lui non avrebbe cancellato gli appuntamenti. Se solo Miles Tenney non avesse rubato ai suoi vicini, la PlayStation di Wallace Cammack sarebbe stata esattamente dove doveva essere quando Gloria era tornata a casa per riprendere l'agenda che aveva dimenticato; in quel modo non avrebbe chiamato Nathan e lui non avrebbe cancellato gli appuntamenti.

Josie non riusciva a trovare un collegamento tra Krystal o i Cammack e Faye Palazzo, ma Faye era la seconda vittima. Faye aveva visto lo scuolabus sbandare quel giorno, o meglio, Corey Byrne lo aveva visto e glielo aveva fatto notare, ma lei aveva scelto di non seguirlo perché non voleva farsi vedere insieme a lui. Se solo non fosse stata così preoccupata di nascondere la loro relazione, avrebbe accettato di inseguire lo scuolabus. E chissà, magari Corey avrebbe potuto far scendere Virgil o avrebbe potuto trattenerlo a una delle fermate precedenti, perfino evitando del tutto l'incidente.

Chi altro rimaneva?

Dee Tenney e Sebastian Palazzo, proprio come aveva detto al capo Chitwood. Certo, non sapeva quale fosse il segreto che Sebastian aveva tenuto nascosto, ammesso che ci fosse un segreto da occultare, ma a lei Dee aveva detto qualcosa che non aveva detto a nessun altro e che riguardava Ted Lesko. E se Dee si fosse sbagliata su Ted? Se Ted avesse detto la verità? Ted era andato a casa dei Tenney non perché stava perseguitando Dee, ma perché era coinvolto in un'impresa criminale con Miles. Ma, come Josie e la squadra si erano già chiesti, per quale motivo Virgil avrebbe dovuto pensare che Ted avesse ricominciato a pedinare le persone? Che cosa aveva scoperto?

La risposta era così ovvia che faceva ridere. «Beni trafugati», disse Josie ad alta voce. Trout si fermò sul tappeto del soggiorno, con la pallina che gli penzolava dalla bocca, le orecchie puntate all'insù e la testa inclinata di lato, come per suggerire a Josie di continuare a parlare. Lei rise. «Beni trafugati.» ripeté al cane, il quale, non particolarmente impressionato, lasciò cadere di nuovo la pallina davanti ai suoi piedi in modo che gliela lanciasse di nuovo. Poi Josie prese il telefono e chiamò Noah.

«Ted Lesko riceveva da Miles Tenney dei beni trafugati da rivendere.» disse quando lui rispose.

Ci fu un attimo di silenzio, poi Noah disse: «D'accordo. Continua.»

«La refurtiva che Miles aveva preso dalle case dei suoi vicini, compresi i gioielli. Ted viveva con Virgil. Dee vide Ted appostato fuori casa e mandò Miles a sbarazzarsi di lui, ma il motivo per cui era lì era per portare via le cose che Miles gli passava.»

«Che Ted portava a casa con sé finché non avrebbe avuto modo di spostarle.» disse Noah. «Chiaro, ho capito dove vuoi arrivare. Dee disse a Virgil che pensava che Ted la stesse perseguitando. Virgil condusse le sue indagini e probabilmente trovò gioielli da donna tra le cose del figlio.»

«Esatto.» concordò Josie. «Virgil non aveva idea che Ted stesse solo facendo un po' di soldi in più dando una mano a Miles Tenney a spostare gli oggetti rubati, perciò se avesse trovato dei gioielli da donna, come gli orecchini di Faye Palazzo o una borsa da donna come la pochette di Gloria Cammack, subito dopo che Dee lo aveva accusato di stalking, sarebbe naturalmente giunto alla conclusione che suo figlio aveva ricominciato a prendere di mira qualche donna.»

«E per quanto Virgil aveva lavorato duramente per riportare il figlio sulla retta via, ne sarebbe rimasto distrutto. O abbastanza arrabbiato da bere un bicchiere a pranzo.» dedusse Noah.

«Se solo Dee non avesse frainteso il motivo della presenza di Ted nel giardino di casa sua...» mormorò Josie, «non avrebbe detto a Virgil che pensava che suo figlio la stesse molestando e Virgil non sarebbe andato a frugare tra le cose di Ted e non avrebbe trovato qualcosa che gli era sembrato incriminante. E allora Virgil non si sarebbe trovato spinto a bere qualcosa quel giorno.»

«Cosa stai suggerendo?» chiese Noah. «Che l'incidente non sarebbe avvenuto?»

«Proprio così.» disse Josie. «È questo che penso.» Si prese un momento per spiegargli quello che la dottoressa Rosetti chiamava il "gioco del Se Solo" e anche Noah si prese un momento per pensarci su, quando lei ebbe finito. In sottofondo, Josie sentì un fruscio di fogli e il ticchettio di una tastiera. Alla fine, Noah disse: «Ti stai dimenticando dei narcotici. Virgil Lesko è risultato positivo a una grande quantità di ossicodone quel giorno. E questo ha senso. Un solo bicchiere, ma anche due o tre, o addirittura quattro, non avrebbero giustificato la guida tanto spericolata precedente allo schianto. Quel giorno era davvero devastato.»

«È vero, ma lui ha detto a Gretchen che non aveva preso l'ossicodone.» ribatté Josie.

«Quindi ha mentito.» concluse Noah. «Sappiamo già che ha mentito sul perché aveva bevuto quel giorno. Perché non avrebbe dovuto mentire anche sull'ossicodone?»

«Ma ha ammesso di aver bevuto. Perché ammettere di aver bevuto, ma non di aver assunto stupefacenti? Non avrebbe migliorato la sua situazione. Le analisi non mentono. A meno che...»

Si interruppe nel momento stesso in cui gli altri pezzi del puzzle andarono al loro posto.

«A meno che cosa? Josie?»

Prima di riprendere a parlare, Josie rielaborò i passaggi due volte nella sua mente. «Di tutti i genitori vivi e presenti, l'unica persona che non muove la pedina nel gioco dei "Se Solo" è Sebastian Palazzo.»

«E allora? Forse non sa nulla. Forse non ha segreti. Quel tipo è alquanto patetico, Josie.»

«Può darsi, ma questo non significa che non abbia un segreto. Noah, Sebastian Palazzo è un farmacista. Era il proprietario della sua farmacia fino a poco tempo fa... negli ultimi due anni, per la precisione, quando una catena più grande l'ha rilevata.»

«Cosa stai cercando di dire? Pensi che sia stato Sebastian Palazzo a dare a Virgil l'ossicodone? Sarebbe questo il suo segreto? Se solo Sebastian non gli avesse dato l'ossicodone, Virgil non sarebbe stato così strafatto quel giorno e probabilmente non si sarebbe schiantato? E perché Sebastian avrebbe dato a Virgil l'ossicodone prima di mettersi alla guida dello scuolabus?»

«Non lo so.» disse Josie. «Ma sarebbe in linea con lo schema generale del caso. Non credi che, se Krystal Duncan avesse scoperto, chissà come, che Sebastian Palazzo aveva dato a Virgil Lesko la droga che l'ha spinto a schiantarsi con lo scuolabus, sarebbe andata completamente fuori di testa?»

«E avrebbe cercato di impedirsi di impazzire chiedendo al suo spacciatore lo stesso tipo di antidolorifico?» commentò Noah con una piccola risata.

«Non necessariamente.» obiettò Josie. «Ha detto a Skinny D. che aveva bisogno di qualcosa per superare il limite. Non credo che le importasse cosa fosse quel qualcosa. Noah, dobbiamo concentrarci su Sebastian. Puoi cercare il suo nome nei registri Abt&Defeo?»

«L'ho già fatto, ma non risulta. Né come cliente, né come imputato, né come testimone, né altro.»

«Un secondo.» disse Josie. Lasciando Trout in soggiorno, corse in cucina e aprì il portatile, battendo nervosamente il tallone sul pavimento mentre aspettava che si avviasse. Una volta avviato il browser Internet, cercò la Farmacia Palazzo e scorse i risultati.

«Sembra che Sebastian abbia venduto la farmacia alla catena più grande circa due anni e mezzo fa e abbia realizzato un bel profitto pur continuando a lavorare lì e a percepire uno stipendio. Ma l'anno scorso la farmacia è finita nei guai perché uno dei farmacisti ha eseguito una prescrizione con le pillole sbagliate e ha quasi ucciso una donna.»

Sentì un ticchettio all'altro capo. «Questo sarebbe rientrato in una causa per lesioni personali.» ipotizzò Noah. «Un momento, cerco il nome della catena di farmacie.» Passarono alcuni istanti, poi Noah disse: «Sì. Richard Abt ha rappresentato quella donna contro la farmacia.»

«Il che significa che lo studio Abt&Defeo avrebbe ottenuto tutti i tipi di documenti durante l'istruttoria.» disse Josie.

«Giusto e anche se poi Krystal non avesse lavorato a quel caso, avrebbe avuto comunque accesso ai file.»

«Aveva trovato qualcosa in quei documenti, Noah. Non può essere altrimenti.»

«Allora non tornerò a casa finché non avrò trovato quello che aveva scoperto.» disse Noah. «Ma Josie, questo non ci avvicina alla ricerca dell'assassino.»

«Sebastian Palazzo potrebbe essere l'assassino.» argomentò Josie. «Se troviamo le informazioni che Krystal aveva scoperto e lo mettiamo alle strette, allora...»

«Un attimo.» la interruppe Noah. «Mi sta chiamando Mett.»

Josie sentì che anche lei aveva una chiamata in arrivo sul proprio telefono; allontanandolo dal viso, vide che era di Chitwood. «Io ne ho una del capo.» disse. «Ti richiamo tra poco.»

Ma Noah aveva già riattaccato.

«Signore?» disse Josie dopo aver risposto.

«Quinn!» abbaiò. «Ho bisogno che porti il tuo culo a casa di Gloria Cammack, subito.»

Josie sentì una stretta allo stomaco. Il suo primo pensiero non fu né per Gloria né per Dee, ma per Heidi. «Signore? Ci sono feriti?»

«Feriti? No, Quinn. Sono scomparsi tutti. Sono svaniti nel nulla. Spariti.»

TRENTANOVE

La strada di Gloria Cammack era inondata dal bagliore delle luci rosse e blu delle volanti della polizia. Josie lasciò la macchina il più vicino possibile alla casa. Contò tre veicoli contrassegnati: il fuoristrada del capo Chitwood, l'auto di Gretchen e un pick-up che Josie ricordava di aver visto al cantiere di Corey Byrne. Lungo il marciapiede di fronte alla casa di Gloria, i vicini si erano messi in fila per assistere allo spettacolo. Un furgone della WYEP si fermò dietro Josie. Velocemente, prima che qualche giornalista si accorgesse di lei, si avviò di corsa verso la casa di Gloria Cammack. Un agente in uniforme stava di guardia fuori con una cartellina. Josie sentì un formicolio diffondersi dal petto. «Avete una scena del crimine?» gli chiese.

«Non lo so. Il capo ha detto di non far entrare nessuno che non sia della polizia.» Agitò la cartellina. «E di assicurarmi di tenere traccia di chi entra e chi esce.»

Josie annuì. L'agente annotò il suo nome e lei entrò. Sembrava che qualcuno avesse acceso tutte le luci della casa. Non vide nessuno della Squadra di Raccolta delle Prove, ma in soggiorno c'era Corey Byrne, seduto sul divano che fissava Gretchen; indossava un paio di jeans e una maglietta pieni di macchie e sgualciti. «Che cosa è successo?» chiese Josie, accostandosi a Gretchen.

«Sono venuto a prendere Heidi.» disse Corey. «Sono entrato perché la porta era aperta. Dentro non c'era nessuno.»

«Sono quasi le undici di sera.» disse Josie.

«Giornata lunga.» spiegò Corey. «E comunque, sono arrivato qui un'ora fa. Come ho detto, non c'era nessuno. Né Heidi né Dee e nemmeno Gloria.»

«Ha provato a chiamarle tutte e tre.» disse Gretchen. «Ma i loro telefoni sono in cucina.»

Una sensazione di nausea attanagliò lo stomaco di Josie. «Le borse? Lo zaino di Heidi?»

Gretchen annuì. «In cucina. È stato lasciato tutto. Borse, telefoni, computer portatili. L'agenda di Gloria.»

Proprio come Krystal Duncan e Faye Palazzo.

«C'erano popcorn appena sfornati nel microonde.» aggiunse Corey. «E un film in televisione. È come se a un certo punto si fossero alzate e fossero andate via.»

«E l'unità appostata?» chiese Josie guardando Gretchen.

«Non hanno visto nulla. Non si sono accorti di niente finché Mr. Byrne non è tornato fuori per avvertirli che erano sparite tutte e tre.»

«Il che significa che sono uscite dal retro.» disse Josie.

«Giusto. Il capo ha messo degli uomini sul retro in questo momento. La Squadra di Raccolta delle Prove è nel giardino di Krystal Duncan, alla ricerca di eventuali indizi, e hanno già preso le impronte in cucina. Abbiamo un paio di pattuglie che girano per il quartiere e alcune unità che stanno interrogando i vicini della strada di Krystal per scoprire se qualcuno ha visto qualcosa.»

«Dove diavolo è mia figlia?» sbottò Corey.

Senza prestargli attenzione, Josie chiese: «Qualcuno ha controllato i telefoni? Forse una di loro ha mandato un messaggio a un contatto o ha lasciato qualche informazione sul telefono, un indizio di qualche tipo... Avete fatto delle ricerche per verificare dove si trovano Nathan Cammack e Ted Lesko?»

«Sui telefoni non c'è niente.» disse Gretchen. «Nathan Cammack è a casa sua e abbiamo già mandato un'unità per sorvegliarlo. Abbiamo tolto Mett dalle ricerche sulle proprietà rubate e l'abbiamo mandato a rintracciare Ted Lesko. Comunque, aveva soltanto un elenco parziale da cui cominciare. E Dan Lamay sta ancora rintracciando i proprietari dei fienili della contea.»

«Dov'è mia figlia?» ripeté Corey. «Non capisco cosa stia succedendo qui.»

Josie girò in un lento cerchio, come se la stanza le potesse offrire delle risposte. «È stato Miles?» disse. «O Cerberus? Perché si sarebbero fatte portare via tutte e tre?»

«Sotto minaccia armata.» propose Gretchen. «Si sarebbero fatte portare via se il rapitore fosse stato armato.»

Corey si alzò in piedi cacciando un urlo stridente. «Mi state dicendo che delle persone sono venute qui e hanno portato via mia figlia sotto la minaccia di una pistola?»

«Non lo sappiamo.» gli rispose Josie. «Stiamo solo facendo delle ipotesi. Potrebbero anche essere andate con qualcuno che conoscevano.»

«Per esempio chi?» disse Corey.

«E Sebastian Palazzo?» aggiunse Josie. «Qualcuno ha controllato i suoi movimenti?»

«L'unità è ancora davanti a casa sua.» rispose Gretchen.

«Davanti...» disse Josie. «Infatti qui ha funzionato benissimo.»

«Cazzo.» disse Gretchen. «Mr. Byrne, temo di doverle chiedere di andare a casa sua e di aspettare lì finché non avremo notizie.»

«Mi state prendendo in giro? Mia figlia è stata rapita e volete che vada a casa?» gridò.

«I Palazzo vivono a un isolato da casa di Krystal.» disse Josie.

«Vai tu.» disse Gretchen. «Qui ci sto io.»

La porta della casa dei Cammack si chiuse alle spalle di Josie. Si mise in marcia, correndo nella direzione opposta a quella della stampa, un ammasso di giornalisti e telecamere si erano aggiunti all'unico furgone del notiziario della WYEP. Passò davanti alla strada di Krystal Duncan e Dee Tenney. Altri veicoli della polizia intasavano la strada davanti alla casa della prima. Josie notò il veicolo della Squadra di Raccolta delle Prove e il capo Chitwood in piedi in mezzo alla strada che comandava le operazioni. Alcuni giornalisti erano già arrivati sulla scena e si stavano accalcando sulle forze dell'ordine.

Josie girò a sinistra nella strada successiva, dove trovò una sola volante della polizia parcheggiata a metà della via, davanti alla casa dei Palazzo. Josie bussò al finestrino quando la raggiunse. «Sto entrando per controllare Mr. Palazzo. C'è qualcuno lì dentro con lui?»

L'agente scosse la testa. «Ha ospitato un'amica quasi tutto il giorno. Se n'è andata qualche ora fa. Da allora nessuna attività. So che la detective Palmer era preoccupata che questo tizio cercasse di farsi del male, così gli ho chiesto il permesso di restare con lui dentro casa, ma non me l'ha dato.»

Josie tirò fuori il telefono e compose il numero di cellulare di Sebastian Palazzo. Non rispose. Lo stesso per il numero di casa. Riattaccò e mise in tasca il telefono. «Vado dentro.»

«Chiamo altre unità?»

«No.» disse lei. «Sono tutti impegnati in questo momento. Ti chiamo se ho bisogno.»

Josie corse lungo il viale e bussò alla porta d'ingresso. Chiamò Sebastian più volte, ma non ricevette risposta, così come le altre chiamate al cellulare e al telefono fisso che fece. Dall'interno della casa non proveniva alcun suono, anche se poteva vedere che c'erano delle luci accese al piano di sopra.

«Ehi.»

Josie si girò di scatto e vide Noah che correva verso di lei. Dietro di lui, parcheggiata dietro l'auto di pattuglia, c'era la sua macchina. Non l'aveva nemmeno sentito accostare.

«Cosa ci fai qui?» gli chiese.

Lui si spostò sul lato opposto della porta e aprì la fondina a tracolla. «Ho recuperato quello che aveva trovato Krystal. Sono venuto qui e ho parlato con Gretchen. È occupata con Corey Byrne, che ha lasciato la casa dei Cammack e si è rivolto alla stampa spifferando tutto.»

«Oh, fantastico.» gemette Josie.

«Non dovresti entrare qui da sola.»

Stava per chiedere che cosa avesse trovato esattamente Noah, quando dall'interno della casa giunse un grido strozzato, come il verso di un animale preso in trappola. «Andiamo.» disse Josie.

Estrasse l'arma contemporaneamente a Noah e il pomello della porta girò facilmente nella sua mano. Sebastian non aveva chiuso a chiave la porta. Il lamento si sentiva ancora più forte nell'ingresso. Josie ne perlustrò un lato con la pistola spianata, mentre Noah si appostò a controllare l'altro. «In soggiorno.» gli disse Josie.

Noah le fece segno di andare per prima e lei avanzò lungo la parete di destra fino a raggiungere l'ingressino che conduceva alla zona giorno in stile art déco bianco e nero dei Palazzo. La stanza era completamente distrutta. I mobili erano stati rovesciati. Le lampade e i tavolini erano frantumati e ridotti in schegge. C'erano buchi nelle pareti. C'era persino un'ammaccatura sul soffitto. L'unica cosa intatta era il ritratto a grandezza naturale di Faye, davanti al quale videro Sebastian, in ginocchio, con la sua folta capigliatura scura tutta in disordine. Fissava l'immagine di sua moglie, mugolando come una creatura che avesse subito una ferita mortale. Il suo petto si gonfiava sotto la camicia bianca. Nei pantaloni color cachi c'era uno strappo lungo la coscia sinistra.

«Mr. Palazzo...» disse Josie, parlando a voce alta per farsi sentire sopra le sue grida.

Il lamento cessò. Poi alzò il braccio sinistro in direzione di Josie. Era troppo tardi quando Josie si rese conto che impugnava una pistola; fece un passo indietro per uscire dalla porta, urtando Noah che era dietro di lei, ma non partì nessun colpo. «Ha una pistola!» disse a Noah. «Sebastian!» chiamò. «Sono la detective Josie Quinn. Sono qui con il mio collega, il tenente Noah Fraley. Siamo venuti per parlare con lei.»

«Andatevene o sparo.»

«Per favore, Sebastian, metta giù la pistola. Siamo venuti solo per parlare.»

«Non voglio farvi del male.» urlò lui. «Voglio solo farla finita, ma se cercate di fermarmi, ucciderò anche voi.»

«Chiamo i rinforzi...» le sussurrò Noah all'orecchio. «La Polizia di Stato può far intervenire una squadra SWAT in venti minuti.»

«Dubito fortemente che abbiamo tutto questo tempo...» borbottò Josie. «Ma provaci.»

Dal soggiorno dei Palazzo provenivano singhiozzi sommessi. Josie sbirciò dietro la porta per vedere che Sebastian aveva riposto la pistola in grembo, ma ce l'aveva ancora puntata. Questa volta parlò con un tono più pacato. «Sebastian, voglio entrare e parlare con lei, ma ho bisogno che metta giù quell'arma e la dia a me. Può farlo?»

«Mi crede uno stupido?» urlò.

«No, per niente.» disse Josie. «Sono solo preoccupata per lei. Non voglio che si faccia del male.»

«Perché non dovrei? Non mi resta più nulla per cui vivere ormai. Mio figlio, mia moglie... Ho provato di tutto, ma non è bastato. Mi ha mentito, lo sa. Dopo tutto quello che le ho dato, mi ha mentito. Mi ha tradito.»

«Mi rendo conto di come si sente...» disse Josie. «Ma Mr. Palazzo, davvero, mi sentirei molto meglio se potessi vederla in faccia. Se potessimo parlare a quattr'occhi, faccia a faccia. Senza pistole.»

Lui alzò di nuovo la mano, ma questa volta puntò la pistola contro la foto di Faye e premette il grilletto. Lo sparo rimbombò all'interno della casa, facendo rimbalzare l'eco su tutte le pareti. Per qualche secondo Josie sentì solo il silenzio, poi intorno a lei i suoni tornarono a crescere. Sebastian stava borbottando qualcosa, ma non riuscì a capire che cosa.

«Sebastian...» sussurrò.

L'agente in uniforme si precipitò attraverso la porta, raggiungendo Noah alle spalle, con la pistola pronta, ma Noah gli fece segno di aspettare. Riportando l'attenzione al salotto, Josie guardò Sebastian che sollevava di nuovo la pistola e svuotava il caricatore sulla foto della moglie, finché non ridusse il suo sorriso seducente a nient'altro che un ammasso di fori di proiettile. Quando ebbe finito i colpi, gettò la pistola da una parte e cominciò a ondeggiare il busto avanti e indietro. Quando il ronzio nelle orecchie si attenuò, Josie poté sentire quello che stava dicendo.

«Ha avuto quello che si meritava. Ha avuto quello che si meritava. Ha avuto quello che si meritava.»

Josie indicò con l'indice il soggiorno, facendo segno a Noah di entrare. L'agente in uniforme lo seguì. Josie si precipitò in avanti, puntando alla pistola di Sebastian e spingendola ancora più lontano da lui.

«Mani in alto.» gli ordinò Noah.

Lentamente, Sebastian fece come gli veniva ordinato. Qualcosa di argentato scintillava contro la pelle della mano destra. Noah tenne la pistola puntata su Sebastian mentre Josie si chinava per vedere meglio. Era una collana con un ciondolo con la scritta *La Mamma Migliore del Mondo*.

«Quella l'aveva regalata suo figlio a sua moglie per la festa della mamma, vero?» disse Josie. «Ci ha raccontato che l'aveva comprata al negozio delle vacanze a scuola. Ci ha anche detto che era stata rubata.»

Mentre parlava, Noah fece cenno all'agente in uniforme di avvicinarsi. Insieme, fecero alzare Sebastian in piedi e gli misero le mani dietro la schiena. La testa gli ricadde sul petto. La collana gli scivolò ai piedi. «È così infatti.» rispose.

Josie la raccolse. «Questo è un duplicato?»

«No. È l'originale. L'ho ritrovata a casa di Virgil Lesko. Doveva essere circa un mese prima dell'incidente dello scuola-bus. Ero andato a portargli dalla farmacia le medicine per la madre, che era in fin di vita, come avevo fatto almeno una dozzina di volte per cortesia nei suoi confronti. Mi sentivo in dovere verso di lui perché sua madre stava morendo.»

«Dove l'ha trovata?» chiese Josie.

«Nella sua camera da letto. Quel giorno sua madre soffriva molto. Aveva vomitato dappertutto. Entrai proprio mentre stava accadendo. Sapevo che le era stato prescritto un farmaco contro la nausea, ma Virgil non riusciva a trovarlo. Mi disse di guardare in bagno, ma non c'era. Lo chiamai per dirgli che non era in bagno e lui disse di provare nella cassettiera della camera da letto. Ero agitato, perché sua madre stava davvero male e così iniziai ad aprire le porte. Non mi resi nemmeno conto che stavo entrando nella camera da letto di Virgil anziché in quella di sua madre fin quando non mi trovai davanti alla cassettiera, dove non c'erano flaconi di pillole. C'erano un portafoglio, una cintura e qualche spicciolo e tra questi c'era la collana. Era proprio lì in mezzo alle sue cose! È stato allora che capii, che mi resi conto che era stato lui a rubarla. Non sapevo cosa fare e la presi. Andai nella camera da letto accanto, che era quella giusta, e trovai le pillole. Virgil era così preso a occuparsi di sua madre e a ripulirla, che non ebbi la possibilità di parlargli, non sapevo cosa...»

Inciampò e Josie pensò che doveva aver bevuto, anche se

non aveva sentito odore di alcol. Oppure poteva aver assunto qualcosa per trovare il coraggio di togliersi la vita.

«Chiama un'ambulanza e fallo sedere qui.» disse a Noah.

L'agente in uniforme afferrò un bracciolo del divano e lo raddrizzò, controllando che non si rovesciasse se vi avessero fatto sedere Sebastian. Soddisfatto che potesse reggere il suo peso, aiutò Josie a calarvi Sebastian.

«Sebastian...» disse lei. «Che cosa ha preso? Quali farmaci ha assunto?»

Un sorriso pigro gli arricciò le labbra. «Non glielo dirò mai.»

Noah rimise il cellulare in tasca. «Dieci minuti.» disse.

Sebastian indicò con il mento la collana attorcigliata al palmo di Josie. «La tenga lei. Ha figli?»

«Sebastian...» disse Josie. «Mi dica che cosa ha preso.»

«Se avesse dei figli, lo capirebbe...» continuò, incurante.

Josie guardò l'agente in uniforme. «Vai a cercare flaconi di pillole da prescrizione, in tutta la casa.»

Lui annuì e scattò verso la porta.

Intanto Sebastian proseguiva: «Non c'è nulla di peggio di tua moglie che ha una relazione quando hai figli. Niente di peggio. E Virgil Lesko. Un autista di scuolabus! Cosa ci vedeva in un autista di scuolabus? Avevo la mia attività, per la miseria! Era perché avevo venduto la farmacia? Secondo me aveva iniziato quella tresca dopo la vendita. L'ho sempre sospettato. L'avevo capito. Faye si comportava in modo diverso. Pensava che non le prestassi molta attenzione, ma io notavo tutto. Ogni minimo dettaglio. Non sono riuscito a capire chi fosse finché non ho visto la collana a casa di Virgil. Prima di allora, avevo anche sperato di sbagliarmi. Glielo avevo detto cosa sarebbe successo se mi avesse tradito.»

«Cosa sarebbe successo?» chiese Noah.

Sebastian alzò lo sguardo su di lui. «Le dissi che se mi avesse tradito, sarebbe stata la fine di tutto. Di tutto. Le dissi che non avrei mai potuto sopportarlo. Non solo il tradimento. Lei era tutto il mio mondo. Facevo tutto quello che mi chiedeva. La veneravo come una dea. Le diedi la mia vita e lei mi disse che era questo che voleva. Non voleva più stare a New York City. Non voleva più circondarsi di quegli scimmioni superficiali tutti addominali scolpiti e niente cervello. Voleva una vita normale. Una vita comune. Una famiglia. Le diedi tutto questo. Ma le dissi che non avrebbe mai potuto tradire. Se mi avesse tradito, sarebbe stata la distruzione totale. L'apocalisse.»

«È per questo che l'ha uccisa?» chiese Josie. «E Krystal Duncan?»

Lui rimase perfettamente immobile e alzò gli occhi per incrociare i suoi. Il suo viso fu attraversato da una confusione apparentemente genuina. «Cosa?»

«Distruzione totale...» gli fece eco Josie. «Questo deve significare che ha ammazzato sua moglie. E, chi lo sa, anche tutti quelli che considerava amici... come Krystal Duncan. E Gloria Cammack, Dee Tenney e Heidi Byrne? Dove sono, Sebastian?»

«Ma di che parla?» chiese sbattendo le palpebre. «No. No, no, no. Non ho... come può pensare che io... non ucciderei mai nessuno. Non farei mai del male a nessuno.»

«Ma l'ha fatto.» ribatté Noah.

Sebastian girò la testa per guardarlo in faccia. «Di cosa sta parlando?»

«Il giorno dell'incidente dello scuolabus. Quel giorno ha fatto del male a qualcuno, vero?»

Josie osservò il volto di Sebastian contorcersi mentre la sua mente metteva lentamente insieme i ricordi con le accuse di Noah. Un singhiozzo gli scosse il corpo. «Non volevo farlo. Non avrei mai voluto che salisse sullo scuolabus. Volevo solo che venisse licenziato, che venisse umiliato come lo ero stato io. Sapevo che sarebbe andato al deposito degli autobus per timbrare il cartellino, ma non avrei mai pensato che il suo supervisore gli avrebbe permesso di guidare in quelle condizioni!»

Josie guardò Noah, che le spiegò: «I registri di Abt&Defeo

mostrano che il giorno dell'incidente dello scuolabus, Sebastian ha rilasciato a Virgil Lesko una ricetta per l'ossicodone. Il medico che l'aveva prescritta era un tizio deceduto qualche giorno prima, quindi la sua licenza non era ancora stata bloccata. E Sebastian ha usato la licenza di quel medico per far passare la prescrizione. Era indicata come consegnata.»

«Non volevo!» urlò Sebastian. «Non ho mai voluto che si facesse male qualcuno. Virgil aveva una relazione con mia moglie! Gli avevo consegnato le medicine per sua madre per mesi. Ero stato buono con lui e mi ha tradito.»

«Virgil stava bevendo quando è arrivato?» gli chiese Noah.

Sebastian alzò lo sguardo, con gli occhi lucidi di lacrime. «No, non stava bevendo. Ma vedevo bene che era turbato da qualcosa. Avevo intenzione di versargli l'ossicodone tritato nel caffè o una cosa simile, ma era visibilmente sconvolto. Così cercai di farlo parlare per evitare che si accorgesse di quello che stavo facendo, ma iniziò a dire tutta una serie di cose su suo figlio che era uno stalker o un molestatore, che so io... Mi fece promettere di non dirlo a nessuno. Gli dissi che lo capivo. Capivo quel tipo di tradimento perché Faye aveva una relazione. E lui non batté ciglio! Era così falso a dirmi quanto gli dispiaceva, che potevo sempre andare a parlarne con lui. Che faccia tosta! Non potevo crederci. Teneva sempre della vodka in casa. Era la sua passione. Gli proposi di bere qualcosa insieme. Avrei potuto mischiarla con del succo di frutta. Lui lo faceva sempre per sua madre.»

«Ma quel pomeriggio doveva fare il giro con i bambini.» disse Josie.

«Sì, certo.» confermò Sebastian. «E infatti fu molto difficile convincerlo, ma alla fine ci riuscii. Preparai i drink, mischiai l'ossicodone nel suo, ma ve lo giuro, volevo soltanto che venisse beccato in piena sbronza dal suo supervisore e venisse licenziato in tronco. Ecco tutto. Nessun supervisore sano di mente gli avrebbe permesso di guidare ridotto com'era.»

«Solo che il supervisore non c'era quel giorno, perché sua moglie stava per partorire.» spiegò Josie.

«Questo non lo sapevo!» gridò Sebastian. «Giuro che non lo sapevo!»

Si udirono delle sirene in avvicinamento: l'ambulanza stava arrivando. Josie guardò Noah. Lo scambio silenzioso tra loro non durò che una manciata di secondi: avrebbero potuto dirgli che aveva sospettato dell'uomo sbagliato, che non era Virgil quello con cui Faye aveva avuto una relazione, ma Corey.

Se Solo, Se Solo.

Se solo Sebastian non avesse preso di mira l'uomo sbagliato, non avrebbe convinto Virgil a bere qualcosa e non lo avrebbe drogato di ossicodone prima di mandarlo a fare il suo giro pomeridiano con lo scuolabus. Ma arrivati a quel punto sarebbe cambiato qualcosa se Sebastian avesse saputo la verità? Avevano qualcosa da guadagnarci dicendoglielo?

«Mr. Palazzo...» disse Noah. «Dove sono Gloria, Dee e Heidi?»

Sebastian scosse la testa. «Non so di cosa sta parlando!»

«Cosa ne ha fatto?» chiese Josie. «Dove le ha portate?»

«Non le ho portate da nessuna parte. Non ho portato nessuno da nessuna parte!»

L'agente in uniforme entrò nella stanza tenendo in mano un flacone arancione di pillole. «Ecco.» disse. «Era nella stanza che porta dalla casa al garage. Sembrerebbe che sia un ansiolitico, prescritto a sua moglie. È vuoto.»

La porta d'ingresso si aprì di botto e due paramedici irruppero nella casa con una barella. Josie e Noah fecero un rapporto completo e aspettarono che se ne andassero con Sebastian. Poi, uscendo, sul prato di casa Palazzo, Noah le disse. «Non sono sicuro che sia il nostro uomo.»

Josie sentì quel vecchio brivido di disagio che provava quando i pezzi del puzzle di un caso non si incastravano bene. «Nemmeno io.» disse.

Noah alzò il telefono, che mostrava una chiamata in arrivo da Mettner, scorse per rispondere e si mise in ascolto. Il volume del telefono era abbastanza alto da permettere a Josie di sentire quello che Mettner gli riferiva.

«Sono al supermercato di Southwest Denton dove Ted Lesko avrebbe dovuto fare il turno di notte. Non è qui. Non si è presentato. Il suo responsabile lo ha chiamato al cellulare, ma non risponde. Ha detto che non è da Ted fare una cosa del genere perché deve molti soldi all'avvocato di suo padre.»

Josie incrociò lo sguardo di Noah. «Di' a Mett che ci troviamo a casa di Lesko.»

QUARANTA

Josie salì in macchina con Noah. Ci vollero quasi dieci minuti perché Noah riuscisse a farsi strada tra la folla di giornalisti e curiosi, a cui si era aggiunto un furgone della squadra SWAT della Polizia di Stato, che si era radunata davanti alla casa di Sebastian Palazzo. La casa dei Lesko era a pochi isolati di distanza, proprio come Gloria Cammack aveva detto a Josie e Gretchen quando l'avevano interrogata la prima volta. Mettner era già arrivato, aveva parcheggiato sul davanti, e stava scendendo dall'auto proprio mentre loro si fermavano dietro di lui. A differenza della maggior parte delle altre case della zona, quella dei Lesko era a un solo piano e si estendeva su un terreno di poco meno di un ettaro. Aveva i rivestimenti grigi, un portico stretto e un garage per un'auto che, come aveva riferito Mettner in precedenza, aveva il tetto parzialmente crollato e coperto da teloni blu. Una lampadina solitaria accanto alla porta d'ingresso proiettava un debole cerchio di luce che raggiungeva a malapena il bordo del portico; anche dal marciapiede Josie poté vedere che la porta d'ingresso era socchiusa, oltre la quale c'era solo oscurità assoluta.

Accanto a lei, Noah sospirò. «Beh, dopo la notte che

abbiamo passato, non mi aspettavo niente di meno. Prendiamo delle torce. E vista la scena con Sebastian Palazzo, direi che dovremmo indossare anche i giubbotti antiproiettile.»

Aprirono i bagagliai e usarono l'applicazione della torcia sui loro telefoni per trovare l'attrezzatura necessaria. Per fortuna, da quando Josie e Noah si erano sposati, portavano sempre con loro l'equipaggiamento per l'altro nelle loro auto. Noah tirò fuori dalle profondità del bagagliaio uno dei giubbotti antiproiettile di Josie e glielo porse, insieme alla sua torcia di riserva. Una volta che tutti e tre furono equipaggiati, formarono una fila e attraversarono silenziosamente il prato fino alla porta d'ingresso. Mettner prese il comando, fermandosi davanti alla porta per annunciarsi e chiamare Ted. Non ci fu risposta.

Josie osservò il fascio della torcia di Mettner che attraversava l'ingresso prima che lui entrasse. Lei lo seguì, usando la propria torcia, posizionandola proprio sotto la pistola, per perlustrare il lato opposto della stanza. La prima cosa che percepì fu l'odore di sangue, vomito e qualcos'altro. Era la morte, capì, mentre Noah le scivolava accanto, conducendoli in un'area aperta sulla sinistra. Prima di seguirlo, Josie sapeva già cosa avrebbero trovato in quella stanza.

«Ci sono dei corpi.» avvertì.

Lei e Mettner scavalcarono due sagome prone mentre seguivano Noah, superandosi l'un l'altro mentre ispezionavano l'intera casa. Una volta accertato che non c'erano minacce imminenti, tornarono indietro attraversando la casa e infilandosi i guanti per accendere alcune luci. Quando tornarono nella stanza con i due cadaveri, Josie disse: «Fate venire qui la squadra di Hummel.»

Mettner tirò fuori il telefono, accese lo schermo, fece qualche passaggio e se lo portò all'orecchio. Fissò l'orrendo spettacolo davanti a loro fino a quando il suo viso non divenne di una pallida tonalità di verde. Josie gli fece cenno di andare nell'altra stanza e lui obbedì immediatamente, ansimando e parlando al telefono.

Si avvicinò ai corpi e notò che erano entrambi uomini, rivolti a faccia in giù, con le mani legate dietro la schiena con del nastro adesivo. Sia l'uno che l'altro presentavano ferite da arma da fuoco alla nuca, all'altezza del tronco encefalico, con macchie nere intorno ai fori, a indicare che la pistola era stata premuta contro la pelle quando l'assassino aveva sparato. Noah si mise accanto a lei e indicò l'uomo con i riccioli castani, ora intrisi di sangue e materia cerebrale. «Quello è Ted Lesko, vero?»

«Credo di sì.» disse Josie.

«E quell'altro?» chiese Noah indicando l'altro uomo, più alto e più magro, il cui lucido cuoio capelluto rasato era ora coperto di schizzi di sangue.

Josie sospirò. «Io scommetto che è Miles Tenney, ma spetterà al medico legale confermare l'identità.»

«Non è stato l'assassino che stiamo cercando.» concluse Noah. «Questa è la mano di un professionista.»

Josie annuì. «Sembra proprio di sì. Forse Miles è venuto da Ted in cerca di un posto dove nascondersi e Cerberus o qualsiasi altra organizzazione in cui si era imbarcato per soldi lo ha raggiunto. Sveglierò Drake e farò venire qui la sua squadra invece della nostra.»

«Buona idea.» concordò Noah. «Il nostro Hummel è piuttosto sovraccarico di lavoro in questo momento.»

«Mettner...» chiamò Josie entrando in cucina. «Di' alla nostra squadra di non intervenire. Faremo intervenire la squadra dell'FBI. Pensiamo che uno di quei corpi appartenga a Miles Tenney.» Si fermò quando lo vide, fermo con il telefono al fianco, che fissava un cartone isotermico per il cibo da asporto, ora vuoto sul tavolo. Probabilmente era quello che Ted usava per le consegne di Food Frenzy per mantenere il cibo il più fresco, caldo o freddo possibile fino al momento della consegna. Josie lo guardò preoccupata. «Mett? Cosa c'è che non va?»

«Vieni a dare un'occhiata...» le disse. «Non voglio toccare nulla, visto che si tratta di una scena del crimine, ma sono sicuro che questo lo vorrai vedere.»

Josie si avvicinò e si mise accanto a lui per vedere meglio l'interno della borsa isolante. Evidentemente non era vuota. Sul fondo c'erano quattro candele da veglia.

QUARANTUNO

Erano quasi le quattro del mattino quando si riunirono tutti alla centrale: Josie, Noah, Mettner, Gretchen, il capo Chitwood e anche Amber Watts, che con il caos che si era verificato a West Denton la sera prima si ritrovava tra le mani un vero e proprio incubo per gli addetti stampa. Per una volta, non scriveva al computer ma se ne stava seduta alla scrivania, con il mento appoggiato su un palmo. Indossava ancora i vestiti di quasi ventiquattr'ore prima, solo che ora erano tutti stropicciati. Qualcuno aveva preparato del caffè nella sala ristoro del primo piano e i quattro detective lo bevevano da tazze di ceramica, ognuno seduto alla propria scrivania. C'era un silenzio di tomba. Erano troppe le cose da elaborare e nessuno di loro dormiva da giorni, o così sembrava.

Il capo Chitwood uscì dal suo ufficio e si avvicinò alle loro scrivanie, con la faccia rossa e i capelli canuti che gli svolazzavano da tutte la parti sopra la testa. «Ho appena parlato al telefono con Drake. Ha un'identificazione preliminare positiva dei corpi a casa Lesko... è proprio come sospettavano Quinn e Fraley. Sono Ted Lesko e Miles Tenney, e sì, Drake crede che sia opera di Cerberus. Miles aveva alcune ferite superficiali da taglio alle braccia e a una spalla, che sembrano essere state inferte prima della morte. Era ridotto male anche in faccia. Drake pensa che qualcuno, oltre a Cerberus, lo abbia malmenato nel suo appartamento poco prima che voi e Palmer arrivaste lì. Questo spiegherebbe perché c'erano tracce del suo sangue. Doveva essere in fuga, ma sembra che alla fine Cerberus lo abbia raggiunto.»

«Oppure è stata un'organizzazione simile...» mormorò Noah.

«Non è da escludere...» concordò Chitwood. «Comunque sia, l'FBI si sta occupando dei cadaveri di Miles Tenney e Ted Lesko.»

«E Gloria Cammack, Dee Tenney e Heidi Byrnes?» chiese Josie.

«Drake dice che Ted e Miles non erano morti da molto. Probabilmente quelli di Cerberus sono arrivati a notte fonda, hanno fatto quello che dovevano fare e se ne sono andati alla svelta. Volevano Miles e l'hanno preso. Non c'è motivo per cui abbiano portato via Dee, tanto meno per prendere anche Heidi e Gloria.»

«Ma Gloria, Dee e Heidi erano scomparse da ore prima che Ted e Miles fossero uccisi.» obiettò Noah. «E se Cerberus le avesse trascinate fuori dalla casa per non allertare l'unità di polizia all'esterno e le avesse giustiziate da qualche altra parte?»

«A quest'ora le avremmo già trovate.» disse Gretchen. «Non si sarebbero scarrozzati in giro due donne e una ragazzina. Le avrebbero fatte fuori subito e abbandonate. La mia opinione è che chiunque ha ucciso Krystal Duncan e Faye Palazzo ha preso anche loro tre.»

«Ma non è Sebastian Palazzo?» intervenne Chitwood.

«No, crediamo di no.» rispose Josie.

«In base a che cosa?» domandò Chitwood.

«In base al mio istinto.» rispose Josie.

«Non mi parlare di istinto, Quinn.» ringhiò Chitwood. «Ho

tre persone scomparse in questo momento. Dobbiamo trovarle prima di subito, sempre che non siano già morte.»

«Per quello che vale...» intervenne Noah, «credo che la detective Quinn abbia ragione.»

Chitwood sbuffò. «Sei suo marito, Fraley. È ovvio che pensi che abbia ragione. Ho bisogno di prove, gente. Prove. Non siete al primo giorno di lavoro. Coraggio, andiamo, cos'avete per me?»

Impassibile, Noah continuò: «Sebastian Palazzo ha avuto un crollo nervoso davanti a noi stanotte. Ha ammesso di aver manipolato Virgil Lesko per fargli bere della vodka che aveva corretto, il giorno dell'incidente dello scuolabus. L'incidente che ha ucciso suo figlio. Credo che, se avesse avuto altro da confessare, l'avrebbe fatto. Ha provato ad ammazzarsi per overdose.»

«E invece è ancora tra noi.» rispose Chitwood. «Ho chiamato l'ospedale. Sta tenendo duro. Forse quando si sveglierà, potrete andare a parlargli e fare un altro tentativo. Dobbiamo trovare queste donne.»

Quando Mettner si schiarì la gola tutti gli occhi si rivolsero su lui. «Ho cercato nei registri immobiliari della contea tutto ciò che Sebastian o Faye Palazzo possedevano e non c'è altro che la loro casa. Nessuna fattoria. Nessun fienile. Nessun'altra proprietà. Ho controllato anche i registri delle contee adiacenti, per essere sicuro.»

«Stai dimenticando che Ted Lesko aveva delle candele per la veglia a casa sua.» gli ricordò Josie.

Chitwood scosse la testa. «Questo non significa che non sia stato Sebastian. Forse stavano lavorando insieme.»

«Io penso invece che Ted stesse lavorando con qualcun altro.» intervenne Gretchen. «Sarebbe plausibile. L'alibi che ha fornito per la scomparsa di Faye era di ferro.»

«Ma di tutt'altro materiale per la scomparsa di Krystal.» puntualizzò Mettner. «Anche se il suo alibi si basa sulle coordinate del navigatore della sua auto, Palmer. Non è così inattaccabile. Quando non era al lavoro, avrebbe potuto lasciare la macchina nel vialetto e trovare altri modi per spostarsi.»

«Hai ragione...» convenne Josie. «Avrebbe potuto fare l'auto-stop o servirsi di un complice.»

«Il suo complice dovrebbe vivere nel quartiere.» disse Chit-wood. «Il che è sempre stata la vostra teoria: che l'assassino sia qualcuno che le famiglie conoscevano o addirittura un membro di quelle famiglie. Sebastian Palazzo corrisponde a questa ipotesi. Aveva anche accesso alle candele della veglia. È stata sua moglie a comprarle!»

«No. Non è lui...» ribatté Josie girandosi sulla sedia e mettendosi davanti al computer, avviandolo. «Ci ha detto di guardare alle prove, giusto? Cos'altro abbiamo qui? Cos'altro?» Cominciò a scorrere il fascicolo del caso. Noah si appoggiò alla sua spalla e guardò le pagine del fascicolo, i rapporti, le foto, i registri delle prove e i mandati che scorrevano sullo schermo. Josie alzò lo sguardo e si accorse che nessun altro si era mosso. «Forza, ragazzi.» li esortò. «Diamo un'altra occhiata a tutto quello che abbiamo.»

«Ma tutto quello che abbiamo non ci dirà dove sono Gloria, Dee e Heidi o chi le ha prese.» sentenziò Mettner. «Ne abbiamo già parlato. Non è cambiato nulla dall'ultima volta che abbiamo esaminato il fascicolo.»

«Abbiamo dei mandati per dei documenti che dovrebbero arrivare.» disse Noah. «Controllate le vostre e-mail.»

Mettner rimase immobile, mentre Gretchen spostò il mouse sulla scrivania. Qualche minuto dopo, annunciò: «Ho trovato qualcosa. I risultati della ricerca dell'indirizzo IP da cui Krystal Duncan si è collegata al database del suo studio legale il sabato prima di essere uccisa.»

«Stampali.» disse Josie.

Gretchen mandò il documento in stampa e la vecchia stampante dall'altra parte della stanza si mise in moto. Spingendo gli occhiali da lettura sul ponte del naso, si avvicinò allo schermo.

«Cosa c'è scritto?» chiese Josie.

Gretchen lesse l'indirizzo della strada.

Mettner saltò dalla sedia. «Porca puttana.»

Il cervello esausto di Josie si sforzò di ricordare perché conosceva quell'indirizzo, ma prima di arrivarci, Noah disse: «È l'indirizzo di *Prodotti Naturali per Famiglie con Bambini*. Il negozio di Gloria Cammack!»

QUARANTADUE

All'orizzonte il sole stava facendo capolino mentre Josie guidava la colonna verso l'edificio che ospitava il negozio di Gloria Cammack, facendo stridere le gomme a ogni curva. A quasi cento chilometri all'ora, in condizioni di traffico leggero, arrivarono a destinazione in meno di dieci minuti. Scesero dalle loro auto a coppie: Josie e Noah; Gretchen e Mettner; il capo Chitwood e tre unità di agenti di pattuglia dietro di loro. Josie sentiva l'adrenalina scorrerle nelle vene mentre si infilava ancora una volta il giubbotto antiproiettile. Una volta che tutti furono pronti, Chitwood li radunò intorno al cofano della sua auto. Mettner era riuscito a tirare giù dal letto uno dei dipendenti di Gloria, che si mostrò molto collaborativo nell'incontrarli al negozio. Josie lo guardò mentre disegnava uno schema dell'edificio su un foglio di carta da stampante e poi consegnava a Chitwood la chiave di uno degli ingressi sul retro. «Spero che abbiate ragione.» disse il giovane. «Altrimenti, Gloria mi ucciderà. Oh, merda. Non è una battuta.»

Gloria.

Josie faticava a concentrarsi sulle istruzioni di Chitwood. La sua mente continuava a vagare su ogni interazione che aveva avuto con Gloria Cammack, alla ricerca dei segnali che le erano sfuggiti. Perché non aveva considerato quella donna più da vicino? Era l'unico genitore che non andava al gruppo di sostegno. Anche Miles ci era andato di tanto in tanto. Era molto organizzata, efficiente e determinata. Era una maniaca del controllo. Non sarebbe stata una sfida tanto grande per lei orchestrare gli omicidi o addirittura coinvolgere Ted Lesko. E a pensarci bene, indirizzando la polizia verso di sé con il primo omicidio, aveva praticamente eliminato se stessa come sospetto. Inoltre, era riuscita a controllare la narrazione praticamente fin dalla prima ora dell'indagine, dipingendo se stessa e Krystal Duncan come rivali. Ma come faceva a conoscere i segreti di tutti gli altri?

«Quinn!» abbaiò Chitwood. «Stai prestando attenzione o pensi ai fatti tuoi?»

«Mi scusi, Signore...» disse Josie. «Sì, sono pronta.»

Chitwood la guardò stizzito. «Oh, sì, certo, sei pronta? Ricominciamo da capo.»

Questa volta Josie prestò attenzione al piano; lei e Gretchen avrebbero lavorato in coppia. Quando il capo diede l'ordine, si avvicinarono all'ingresso a loro assegnato e attesero che una delle altre squadre le facesse entrare in modo che potessero esaminare le stanze tutti insieme. Il negozio era più grande di quanto Josie avesse immaginato. Intanto che lei e Gretchen controllavano diverse stanze nel loro quadrante dell'edificio, una parte della mente di Josie era concentrata sugli altri agenti che chiamavano "Via libera!" ogni pochi secondi. Nel giro di qualche minuto regnò il silenzio e Josie capì che erano finiti in un vicolo cieco. Seguirono il suono della voce di Chitwood fino all'ingresso. Si trovava appena dentro le porte con il dipendente di Gloria. Vedendolo sotto le luci fluorescenti dell'interno, Josie intuì che avesse una ventina d'anni, probabilmente appena uscito dal college, vista la sua felpa della Pennsylvania State University. I pantaloncini corti e le scarpe da ginnastica completavano la sua apparenza giovanile.

«Come ti chiami?» gli chiese.

Il giovane fece un passo indietro mentre loro formavano un cerchio intorno a lui e Josie si rese conto di come doveva apparire: una dozzina di poliziotti in tenuta tattica con le pistole spianate che si avvicinavano. Josie si voltò verso gli altri e disse: «Cercate in tutto il locale qualsiasi cosa che possa aiutarci a scoprire dove Gloria le ha portate. Scrivanie, schedari, documenti. Qualsiasi cosa.»

Gretchen e Chitwood rimasero indietro mentre il resto della squadra si disperdeva.

«Non troverete niente.» li avvertì l'impiegato. «È tutto elettronico e i computer sono tutti protetti da password.»

«Dobbiamo comunque cercare.» ribatté Josie. «Come ti chiami?»

«Mason Brock.»

«Mason, la mia squadra ha cercato nei registri immobiliari di questa contea e di tutte le contee circostanti per vedere se a Gloria, al suo ex marito, Nathan, o a questa società sono intestati altri edifici o terreni oltre a questo. Non abbiamo trovato nulla. Ti risulta?»

Il ragazzo scrollò le spalle. «Non lo so. Credo di sì. Questo è l'unico posto che conosco.»

«Da quanto tempo lavori qui?» gli chiese Gretchen.

«Da circa un anno.»

«E in tutto questo periodo non hai mai sentito Gloria parlare di un altro posto in cui sarebbe potuta andare, oltre a qui e a casa?» chiese Gretchen.

«No. Mi dispiace. Non so dove sia andata.»

Josie si girò, osservando gli scaffali di prodotti biologici. Pensò all'edificio. Sebbene fosse grande e avesse dei vani garage che Gloria avrebbe potuto usare per uccidere qualcuno per avvelenamento da monossido di carbonio, non c'erano superfici a listelli né spazi pieni di peli di animali. Dove diavolo aveva portato Krystal, Faye e ora anche Dee e Heidi? Potevano tornare a cercare in tutte le fattorie e i fienili della zona, ma nel tempo necessario, Gloria avrebbe ucciso Dee e Heidi.

Lo sguardo di Josie si posò su uno scaffale di cappellini per neonati di diversi colori. Si avvicinò e li sfiorò con la punta delle dita, alla ricerca di un'etichetta, ma naturalmente non ce n'era nessuna. Erano fatti a mano. «Mason...» disse. «Di che cosa sono fatti questi?»

Lui si avvicinò. «Oh, sono quasi certo che siano di pelo di alpaca.»

Anche Gretchen si avvicinò. «Li fate qui?»

«Beh, non li faccio io, ma ci rivolgiamo a una signora che viene a farli. Se volete, posso mostrarvi la sua postazione di lavoro.»

«Non è necessario.» disse Josie. «Dove prendete il pelo di alpaca?»

«Non lo so. Gloria lo porta una volta alla settimana. La prende da un fornitore locale.»

«Il fornitore potrebbe essere nel vostro sistema informatico?»

«Posso controllare.» disse. «Aspetti.»

Lo seguirono in un'altra stanza dove c'erano diverse scrivanie per gli altri impiegati. Si avvicinò alla postazione centrale e aprì un computer portatile. Dopo alcuni minuti, lo videro accigliarsi.

«Sembra che fino a circa un anno fa lo prendesse da una fattoria a nord di New York. Poi le spedizioni si sono interrotte. Dopo non vedo più nulla. Se la comprava localmente, non l'ha inserita nel sistema.»

«Quanti allevamenti di alpaca potranno mai esserci da queste parti?» chiese Gretchen.

«Non molti.» disse Josie. «Ma non abbiamo il tempo di rintracciarli tutti. Heidi e Dee potrebbero essere già morte. Non ci vuole tanto tempo per morire di avvelenamento da monossido di carbonio.»

Da dietro di loro arrivò la voce di Chitwood. «Stai sbagliando approccio, Quinn.»

Josie si girò verso di lui. «Signore?»

«Gloria Cammack riceve il pelo da un fornitore. Non può gestire questo posto e un allevamento di alpaca da sola. Ma se usa un capannone di quella stessa fattoria per avvelenare le persone, non vorrebbe veder registrati la proprietà o l'acquisto del pelo da un locale.»

«Ma dovrebbe pagare qualcuno a meno che non sia coinvolto, e non riesco a immaginarmi che un allevatore di alpaca senza alcun collegamento con l'incidente dello scuolabus si sia immischiato in una cosa come quella che Gloria e Ted stanno combinando...» commentò Gretchen. «Ammesso che abbiamo ragione a pensare che il ritrovamento delle candele per la veglia a casa di Ted Lesko significhi che lui era coinvolto.»

«Però...» Josie si fermò, mentre la sua mente faceva i conti con la situazione. Tornando a guardare Mason, disse: «Puoi controllare i registri dell'azienda per trovare qualcuno a cui paga l'affitto, o qualsiasi persona indicata come dipendente o subappaltatore che non viene in ufficio?»

«Certo.» rispose. Smanettò ancora per qualche minuto e poi fece loro cenno di avvicinarsi. «Ecco. Paga un affitto mensile a una donna di nome Marilyn House.»

«Per cosa?» chiese Gretchen. «C'è scritto?»

«No.» disse Mason. «Ma ho qui un indirizzo.»

QUARANTATRÉ

Marilyn House era un'arzilla ottantenne residente a Denton, proprietaria di diversi terreni agricoli a sud-est della città. Non batté ciglio quando Josie e gli altri detective entrarono nel suo vialetto alle sette e mezza del mattino. Era sul portico della sua grande casa colonica bianca, a bere caffè con un gatto grassottello dal pelo grigio in grembo.

«Gloria Cammack?» disse quando le chiesero delle entrate derivanti dall'affitto. «Sì, mi paga per prendere in affitto quella piccola vecchia casa e il vecchio fienile vicino all'allevamento di alpaca a circa cinque chilometri da qui. Non sono rimasti molti alpaca, ma quelli che ci sono producono un po' di lana. Naturalmente Gloria di solito la compra tutta. Mi paga in contanti.»

«Lei si occupa personalmente degli alpaca?» le chiese Josie.

Marilyn si mise a ridere. «Santo cielo, no. Ho chiamato alcuni giovanotti a occuparsi di loro. Si alternano a seconda dei loro programmi personali. Finché gli animali sono accuditi, non mi interessa chi c'è e quando. Viene anche un signore, ma sono settimane che non lo vedo. Mi dispiacerebbe doverlo mandare via.»

«Come si chiama?» chiese Gretchen.

«Teddy.» disse Marilyn. «Teddy Lesko.»

Dai gradini del portico, Mettner emise un sussulto udibile. Marilyn allungò il collo per guardarlo. «Qualcosa non va, giovanotto?»

«No.» disse lui. «Mi chiedevo solo se... Teddy lavorava già qui quando Gloria ha preso in affitto questa proprietà o è successo il contrario?»

«Volete sapere chi è arrivato per primo? Teddy. Lavorava qui da qualche anno prima che Gloria si presentasse per prendersi in affitto la vecchia casa e il fienile. Le chiesi: "Come mai vuole quel vecchio posto?" e lei mi rispose che negli anni avrebbe voluto allevare degli alpaca suoi. Il piano era che imparasse dalla mia piccola attività e ne avviasse una propria. Mi chiese se poteva ristrutturare il fienile. Le risposi: "Perché no?" A quelle due vecchie baracche una qualsiasi ristrutturazione non avrebbe fatto altro che bene e finché non si trattava di soldi miei, non mi dispiaceva.»

Noah le chiese: «Che tipo di ristrutturazione?»

Marilyn fece una scrollata di spalle. «L'aria condizionata di sicuro. Ma a parte questo, non so cosa abbia combinato là dietro. Ogni tanto vedevo Teddy che portava indietro del cartongesso e pensavo che stessero riparando alcuni dei vecchi muri. A dire la verità, sospetto che Gloria volesse quel posto soltanto per poterci stare per conto suo. L'ho vista rimanerci anche a dormire un paio di volte.»

Gretchen puntò un telefono in faccia a Marilyn. «Questo è Google Earth. Il puntino rosso indica il luogo esatto in cui ci troviamo in questo momento. Può mostrarci dove si trova il suo allevamento di alpaca rispetto a quello?»

Ci vollero alcuni minuti durante i quali Marilyn ingrandiva e rimpiccioliva la mappa e Gretchen la ricentrava, ma alla fine la donna diede loro delle indicazioni. In un baleno erano già risaliti in macchina e sfrecciavano lungo la strada fino alla curva sterrata di cui Marilyn aveva parlato. Un viale lungo e accidentato si snodava attraverso diversi campi prima di arrivare all'allevamento di alpaca. Josie dovette aggrapparsi al cruscotto perché sobbalzavano senza pietà sul sentiero sterrato. «Non rallentare.» disse a Noah. «Il fienile affittato da Gloria dovrebbe essere dietro quel boschetto di alberi sulla sinistra.»

Il sentiero sterrato lasciò il posto a un prato spianato. Alla loro sinistra c'era un grande fienile più moderno con accanto due costruzioni più piccole e un'area recintata dove pascolavano diversi alpaca. Di fianco al fienile c'erano due vecchi camioncini con lettere sbiadite che recitavano: *Allevamento*.

Dagli edifici non uscì nessuno mentre la colonna della polizia sfrecciava davanti alla tenuta, dirigendosi verso il boschetto di alberi dietro l'allevamento di alpaca che Marilyn House aveva indicato loro sulla mappa. Quando girarono intorno all'area boschiva, Josie capì esattamente perché Gloria e Ted avevano scelto quel posto per le loro attività: non solo era nascosto dal resto del mondo, ma era isolato anche dal piccolo allevamento di alpaca. Non ci sarebbe stato alcun motivo per cui qualcuno potesse avvicinarsi a quel posto, nemmeno le altre persone che Marilyn aveva assunto per occuparsi dei suoi animali.

«Ecco.» disse Noah, deviando a sinistra.

La casa di cui Marilyn aveva parlato non era molto più di una capanna con una sola stanza, con le pareti di legno opaco e ingrigito dal tempo e dalla sporcizia. Più avanti c'era il fienile, una struttura bianca e fatiscente con il tetto rosso. Tra il fienile e la casa correva una staccionata fatta di moduli dieci per dieci e tenuti con del filo di ferro. Di fronte c'erano due alberi di noce morti, i cui rami sporgenti si protendevano verso il cielo, come se implorassero al cielo di prenderli.

«Eccola là!» disse Noah.

Josie alzò lo sguardo e vide Gloria che usciva dal fienile. Indossava pantaloni da ginnastica e una maglietta oversize di Food Frenzy, e aveva i capelli sciolti e scompigliati. Il suo passo era rallentato da un paio di stivali pesanti. Avvistò i due veicoli della polizia e si mise a correre a perdifiato, costeggiando la recinzione fino al retro della baracca.

«Non possiamo permetterle di entrare.» disse Josie. «Potrebbero avere delle armi là dentro.»

L'accelerata che Noah diede alla macchina li fece rimbalzare così forte sul terreno che Josie sbatté la testa contro il tettuccio, ma era troppo tardi. Quando si accostarono al fienile con Gretchen e Mettner al seguito, Gloria era già scomparsa all'interno dalla porta sul retro.

Noah frenò davanti al fienile girando la macchina di lato. Mettner e Gretchen li seguirono e, vedendoli scendere, Noah urlò: «Riparatevi dietro l'auto. Non sappiamo se è armata.» Josie raggiunse l'altro lato dell'auto per trovarvi riparo, osservando la parte anteriore del capanno, e disse: «Devo andare là dentro. Devo trovare Dee e Heidi.»

«Non sai se Gloria ha delle armi, Josie. Se vai là dentro, lei potrebbe prenderti in pieno come a un tiro al bersaglio.»

Da dietro l'altra macchina, Mettner urlò verso il fienile, intimando a Gloria che erano della polizia e che doveva uscire con le mani in alto. Passò un minuto. Poi ne passarono due. Poi tre. Josie sentiva il cuore che andava in fibrillazione. Erano arrivati troppo tardi? Heidi e Dee erano già morte, ridotte sulle ginocchia con una colata di cera in gola? Si sforzò di scacciare quelle immagini dalla sua testa.

Allo scadere dei cinque minuti, Mettner ricominciò il suo discorso, ma a metà Gloria emerse dalla parte anteriore del capannone e si diresse verso di loro con una pistola al fianco. Li accolse con un ghigno. «Sono qui! È questo che volevate?»

«Metta giù la pistola.» le disse Gretchen.

Gloria abbassò lo sguardo sulla sua mano come se la vedesse per la prima volta. «Oh, questa? Non la userò su di voi. Non preoccupatevi.»

«La lanci il più lontano possibile.»

«Spiacente, ma non posso farlo...» disse. «È così che finisce tutta questa storia. Se siete qui, allora avete scoperto il mio piccolo progetto: smascherare tutti quei bugiardi pezzenti per il ruolo che hanno svolto nell'assassinio dei miei figli. Non ho mai avuto l'intenzione di farla franca, lo sapete bene. Volevo solo che la pagassero.»

«Gloria, non è costretta a farlo.» urlò Josie. «Possiamo aiutarla.»

Lei rovesciò la testa all'indietro e scoppiò in una risata. «Aiutarmi!» urlò. «Aiutarmi!»

«Metta giù la pistola e parliamone.» le intimò Mettner.

Senza badargli, Gloria continuò: «Non c'è aiuto possibile. Sicuramente l'avrete già capito.» La sua espressione si fece triste per un attimo. «Il mio Teddy non è mai arrivato, quindi presumo che lo abbiate già preso. Vi ha raccontato come abbiamo architettato tutta questa operazione? Vi ha detto come ci siamo conosciuti? Avevo ordinato da mangiare a domicilio! Riuscite a crederci? Ci siamo riconosciuti. È stato imbarazzante, ma abbiamo sentito anche questa... strana attrazione. Non eravamo assolutamente fatti per stare l'uno con l'altra; è questo che ha creato una grande sintonia.»

A mezza bocca, Noah sussurrò: «Sarà il caso di dirle che il suo Teddy è stato ammazzato?»

«No.» disse Josie. «Non adesso. Dobbiamo prenderle quella pistola e arrestarla, così possiamo ispezionare il fienile.»

«Non sembra che abbia intenzione di chiudere il becco tanto presto...» osservò Noah.

Infatti, Gloria stava continuando: «...ovviamente, mi ha raccontato di quello che aveva fatto con Miles. Voglio dire, è stato pazzesco. Mi ha anche detto di aver visto Faye con Corey Byrne. Quella puttana. Si comportava sempre in modo così altezzoso alle riunioni dell'associazione genitori. Ex modella e tutto il resto. Quante idiozie. Ma l'idea di iniziare a uccidere non ci è nemmeno passata per la mente finché un giorno non ho discusso in giardino con Krystal. Stavamo litigando per quella stupida altalena, come vi ho detto, solo che lei mi ha rinfacciato la storia dell'ortodontista e il fatto che io e Nathan eravamo a casa il giorno dell'incidente. Ero arrabbiata, ma soprattutto ero curiosa di sapere come fosse riuscita a scoprirlo. Avevamo giurato di non dirlo a nessuno, ma non era bastato, perché Krystal aveva scoperto tutto accedendo ad alcuni file al lavoro. Ho deciso di provare a essere sua amica anziché sua nemica. C'è voluto un po' di tempo, ma alla fine le ho presentato il mio Teddy e abbiamo escogitato un piano per scoprire i segreti di tutti. Sia io che Krystal eravamo così stanche che tutti si comportassero come se fossero perfetti...»

Josie diede una gomitata a Noah e a bassa voce gli disse: «Sta cercando di guadagnare tempo. Dee e Heidi sono in quel fienile. Scommetto che è andata ad aprire la camera con il monossido di carbonio, qualunque sia il sistema che ha allestito là dentro. Ecco perché è arrivata da lì. Se parla abbastanza a lungo, moriranno.»

«Ma possiamo correre il rischio che spari a uno di noi o a se stessa?» le domandò Noah.

«...Naturalmente Krystal non ha voluto partecipare all'eliminazione di nessuno quando si è trattato di farlo. Si è tirata indietro come una codarda e così io e Teddy ci siamo detti "Ehi, perché non facciamo di lei la prima vittima?" tanto più che correvamo il rischio che avvertisse le autorità e raccontasse quello che avevamo in mente di fare. E non potevamo permettere che accadesse. Così il mio geniale Teddy ha costruito due camere: una per tenerci loro e l'altra per tenerci l'auto. Una alimenta l'altra. È veramente ingegnoso. Mi sono fermata a casa di Faye, casualmente, nel periodo in cui Teddy stava costruendo le camere, perché lei voleva parlare della veglia e io avevo avuto l'idea di prendere delle candele. Piuttosto astuto, vero? Per sigillare le loro labbra. Teddy aveva conservato gli orecchini di Tiffany che le aveva preso quando aiutava Miles. Abbiamo pensato che sarebbe stato un tocco di classe lasciarli sulla scena. A quel punto, avevamo scoperto il piccolo segreto di Sebastian. In realtà era stata Krystal a scoprirlo nei suoi registri di lavoro, l'aveva ricostruito quando aveva visto che il giorno dell'incidente lui aveva preparato una ricetta per l'ossicodone per Virgil. La cosa l'aveva sconvolta parecchio quando aveva capito cosa significava. Era davvero fuori di sé e minacciava di andare alla polizia per raccontare tutta questa storia, così abbiamo dovuto portarla con noi. Poi le abbiamo fatto fare il login al suo database di lavoro mentre la tenevamo con noi, per essere sicuri. Avevo bisogno di vedere con i miei occhi. Ehi!»

Fece roteare la pistola verso l'alto, puntandola in direzione dell'auto più vicina. «Mi state ascoltando o no? So che ho detto che non vi avrei sparato, ma a questo punto che cosa ho da perdere? Perché non dovrei portare con me uno di voi, o anche tutti?»

«La stiamo ascoltando, Gloria.» disse Mettner, «Ma la pistola non le serve. La metta giù e ascolteremo tutto quello che ha da dirci.»

Fece oscillare la pistola avanti e indietro, come se stesse cercando un bersaglio, ma erano tutti nascosti dietro le auto.

Gloria rise di nuovo; a ogni minuto che passava sembrava sempre più squilibrata. Riprese la sua confessione. «È stato così facile convincerle a venire con me. Faye, Dee, Heidi. Si fidavano tutte e tre di me. Mi sono dovuta inventare una qualche emergenza per convincerle a lasciare tutto e a venire con me in fretta, ma alla fine mi hanno seguita tutte quante.»

Josie sbuffò. «Non posso aspettare ancora, Noah. Voi cercate di distrarla, io intanto mi dirigo verso il fienile.»

Si avvicinò a Gretchen e Mettner, che si riparavano dietro l'auto, e spiegò loro il suo piano. Gretchen annuì e poi rivolse la sua attenzione a Gloria, gridando: «Il suo piano era di vendicare gli omicidi dei suoi figli uccidendo altre persone?»

«Non semplici persone.» insistette Gloria. «Persone che se

lo meritavano. Avevano tutti una responsabilità per quello che era successo quel giorno, in un modo o nell'altro...»

Josie non si voltò e non ascoltò un'altra parola. Si tenne accucciata il più possibile e seguì la recinzione fino al fienile.

Era quasi arrivata alla porta quando un colpo di pistola rimbombò nella valle.

QUARANTAQUATTRO

Josie non si voltò indietro, ma pregò che nessuno della sua squadra fosse rimasto ferito. Continuò a correre finché non arrivò alle porte del fienile. Per fortuna non erano chiuse. Le attraversò, ma cadde quando raggiunse l'interno. L'aria fredda la colpì in faccia. L'odore degli animali della stalla e dei fumi della benzina le punse le narici. Rimettendosi in piedi, si guardò intorno per studiare l'ambiente: su ogni lato della struttura c'era una serie di recinti, ognuno dei quali aveva il pavimento a listelli, proprio come aveva rilevato la dottoressa Feist. A giudicare dalla quantità di fieno e di peli di animale, era evidente che in quei recinti un tempo si tenevano alpaca o altri animali da allevamento. Josie passò in rassegna tutti i recinti aperti finché non arrivò alla fine, dove gli ultimi due erano stati trasformati in un unico grande lotto con due portelloni da garage. Le pareti erano state isolate con uno strato di cartongesso e persino con una controsoffittatura, e si presentavano come una grande scatola all'interno del fienile. Josie si avvicinò alla prima porta e premette l'orecchio contro il metallo. Dall'interno le giunse il basso ronzio del motore di un'auto. Allora afferrò la maniglia del portellone e, facendo leva con tutto il corpo, spinse il più forte possibile, ma il portellone non si smosse di un millimetro. Si spostò di corsa verso il secondo portellone e vi premette contro l'orecchio, ma da dentro non giungeva nessun suono.

Fu allora che notò gli spessi strati di nastro adesivo che sigillavano la parte inferiore del portellone al cemento sottostante. Per isolare tutto ciò che si trovava all'interno. Quella era la camera in cui erano state rinchiuse Dee e Heidi. Cercò di aprire il portellone, tirando con tutte le sue forze, ma non si mosse. Ci batté contro gli avambracci.

«Dee! Heidi! Siete lì dentro?»

Ancora niente. Forse erano legate. O forse lei era arrivata troppo tardi.

Josie sbatté di nuovo contro la porta, gettandovi contro tutto il suo corpo. «Heidi! Dee! Rispondetemi!»

Niente.

Si appoggiò su un ginocchio e cominciò a staccare il nastro adesivo. Il margine tra il cemento e la porta non era più spesso di un foglio di carta, ma Josie appoggiò la testa a terra e premette la bocca contro la parte inferiore del portellone. Lì, proprio al di là della porta, scintillava un diamante. Era l'orecchino di Faye. «Dee! Heidi! Siete lì dentro? Sono la detective Josie Quinn!»

Finalmente arrivò una voce flebile. «Aiuto...» Era debole, ma sembrava quella di Heidi.

«Heidi.» urlò Josie nello spazio tra la porta e il pavimento. «Heidi!»

Sentì un rumore come di qualcosa che si trascinava per terra e poi un tonfo dall'altra parte del portellone. Era Heidi che si avvicinava. Era in quella stanza ed era ancora viva. Josie saltò in piedi e afferrò di nuovo la maniglia del portellone e tirò finché le mani non le fecero male e il sudore le grondò su tutto il corpo. Il portellone cedette un po', ma non di molto, appena mezzo centimetro, e nel momento stesso in cui Josie lasciò la maniglia, questo si richiuse sbattendo.

«Vaffanculo!»

Aveva bisogno di qualcosa da incastrare sotto. Forse così Heidi avrebbe potuto provare a respirare attraverso la fessura finché lei non avesse trovato un modo per aprire la camera. Si guardò intorno, ma tutto quello che c'era nel fienile era troppo spesso. Catalogò la sua attrezzatura, ma era tutto troppo ingombrante perché potesse infilarlo sotto il portellone.

«Heidi, resisti!» gridò.

Si sfilò il giubbotto e lo lasciò cadere a terra. Tirando la maniglia con entrambe le mani, usò un piede per cercare di incastrare il giubbotto sotto il portellone, ma anche quello era troppo spesso. Il sudore le scendeva a fiotti sul viso e le bruciava gli occhi. Non poteva finire in quel modo. Non poteva essersi avvicinata così tanto e non riuscire a entrare nella camera. Dov'era il resto della squadra? Sicuramente potevano trovare un modo per entrare. Magari potevano far sfondare a uno dei loro veicoli la porta dell'altra camera e perlomeno spegnere il motore della macchina che sprigionava il monossido di carbonio. Josie si tastò le tasche, cercando il telefono, ma non riuscì a trovarlo. Invece, le sue dita passarono su qualcosa di duro e rotondo.

Era il braccialetto per il rosario. I grani erano molto più spessi di quelli di molti rosari, ma potevano passare sotto il portellone. Josie posò il braccialetto sul pavimento accanto a un piede. Allora tirò di nuovo la maniglia con tutta la sua forza e usò la punta della scarpa da ginnastica per spostarci sotto il braccialetto. Le perline vi scivolarono sotto facilmente. Josie esultò di felicità e si rimise in ginocchio. Finalmente riusciva a infilare il dito mignolo nella fessura.

«Heidi!» chiamò di nuovo. «Heidi!»

Debolmente, la voce della ragazza la raggiunse di nuovo. «Sono... qui.»

«Mettiti a pancia in giù e appoggia la bocca e il naso alla fessura in fondo alla porta. Devi respirare attraverso questa fessura.»

Un attimo dopo, la voce di Heidi si fece più vicina, più forte. «Sono qui...» biascicò.

«Inspira più aria che puoi.» le ordinò Josie. «Riesci a spostare anche Dee?»

«È svenuta. Non credo di poterla spostare.»

«Ci devi provare. La mia squadra sarà qui a momenti. Cercherò di tirarvi fuori da lì. Resta con me, Heidi.»

Dall'esterno si sentì lo scoppio di un altro sparo. Josie chiuse per un attimo gli occhi, pregando che tutti stessero bene. Quando sentì battere contro la porta del fienile, la aprì e si ritrovò davanti Mettner, con la pistola in mano e l'aria affranta.

«Noah!» disse Josie squittendo. «Sta bene?»

«Stanno tutti bene.» disse lui. «Gloria ha cercato di spararsi. Gretchen si è tuffata verso di lei ed è riuscita ad arrivare appena in tempo. A quel punto Gloria è impazzita. Si dimenava e cercava di colpirla. Gretchen e Noah la stanno ammanettando in questo momento.»

Il sollievo per il fatto che il marito stesse bene fu fugace, mentre il problema con cui era alle prese tornava a galla. «L'auto è dentro quella camera, Mett, a motore acceso. Loro sono in quest'altra camera. Sono entrambe chiuse e stanno morendo lì dentro. Non riesco ad aprire nessuno dei due portelloni.»

Mettner si avvicinò di corsa ed esaminò la porta della camera in cui si trovavano Dee e Heidi, con gli occhi che correvano dal basso verso l'alto e poi ai quattro angoli.

«Sbrigati, Mett.» urlò Josie. «Muoviti!»

Mise la pistola nella fondina e indicò i due angoli superiori. «Ci sono dei perni.» disse. «I perni fatti su misura da Lesko per tenere la porta chiusa. Se uno di noi riesce a salire e a tirarli fuori, possiamo aprire la porta. Ho delle pinze in macchina.»

«Va bene, vai a prenderle!»

Mettner si precipitò fuori. Sembrava già passata un'eternità da che se n'era andato. Josie si sdraiò sul pavimento e cercò di tenere sveglia Heidi facendole delle domande. Parlava lentamente e in modo impercettibile. Finalmente Mettner tornò con un paio di tenaglie tra le mani. Si allungò verso l'angolo superiore destro della porta, ma non riuscì a raggiungerlo. Allora le porse le tenaglie. «Tieni.» le disse. «Sali tu sulla mia schiena che sei più leggera.»

Prima che Josie potesse reagire, lui si mise a quattro zampe, in modo da offrirle un rialzo. Lei gli mise un piede sulla schiena e si tirò su barcollando. Ci vollero diversi tentativi, ma alla fine il perno scivolò fuori. Ripeterono il procedimento dall'altra parte proprio mentre Noah irrompeva nella stalla.

«Aiutaci!» gli urlò Josie.

Tutti e tre insieme sollevarono la porta e Heidi scivolò fuori. A qualche metro di distanza, Dee Tenney giaceva a faccia in su, immobile, sul pavimento a listelli. I fumi sibilavano da una presa d'aria sulla parete adiacente all'altra camera, ma era troppo alta perché Dee o Heidi potessero raggiungerla e cercare di chiuderla.

«Io tengo la porta. Voi portatele fuori.» urlò Noah.

Josie e Mettner agirono velocemente, portando prima Dee e poi Heidi fuori sul prato. Noah le seguì.

«C'è battito!» disse Mettner eccitato, con le dita premute sul collo di Dee.

«Starà... starà bene?» chiese Heidi con voce tremante.

Josie e Noah si misero di fianco a Heidi, Josie le scostò i capelli dal viso e la fissò negli occhi, mentre Noah premette due dita all'interno del polso di Dee, controllando il battito. «È forte.» disse a Josie.

Una sensazione di sollievo la invase e fu così forte che per un attimo le sembrò che le mancasse il respiro. «Sì.» disse con voce strozzata. «Dee starà bene. Andrà tutto bene per entrambe.»

«È arrivato il capo.» annunciò Noah, indicando il boschetto di alberi che separava l'allevamento di alpaca dalla piccola casa e dal fienile. Josie si girò e vide l'auto del capo Chitwood che sobbalzava sull'erba appiattita verso casa. Era rimasto indietro con le altre unità per isolare la scena del crimine al negozio di Gloria.

Delle grida si propagarono dalla casa fino a dove si erano radunati davanti al fienile. Josie fece una panoramica di tutta l'area circostante fino a quando non vide Gretchen, a terra a metà tra la casa e i loro veicoli. Era sdraiata sulla schiena, rotolava da una parte all'altra e si teneva un ginocchio. Josie si rese conto che stava piangendo per il dolore e che Gloria era sparita.

QUARANTACINQUE

«Mett, tu resta qui.» gli ordinò Noah.

Saltò in piedi e scattò verso la casa. Josie diede un'ultima occhiata a Heidi e poi lo seguì. Noah raggiunse Gretchen prima di Josie, la trascinò verso una delle auto e la fece appoggiare alla fiancata. Era pallidissima. Il sudore le colava dall'attaccatura dei capelli lungo le guance. Si stringeva il ginocchio sinistro. «Mi ha fregata.» disse Gretchen. «Ha vomitato nel retro della mia auto. Visto che stava male, l'ho fatta uscire e mi ha tirato un calcio sul ginocchio!»

Noah si abbassò e cominciò ad arrotolare i pantaloni di Gretchen, ma lei lo respinse. «No. No. Vai a prenderla. È ancora ammanettata. Non può andare molto lontano. Trovatela e basta.»

«Che diavolo sta succedendo qui?» sbraitò il capo Chitwood.

Si era fermato davanti a loro, con le mani sui fianchi e strabuzzava gli occhi. Josie non perse tempo a rispondergli e continuò a parlare con Gretchen: «Da che parte? Hai visto da che parte è andata?»

«Attraverso gli alberi. Si dirigeva verso l'allevamento di

alpaca. Probabilmente ha una macchina. Andate! Andate a prenderla prima che esca da questa fattoria!»

Josie partì di corsa. Senza il giubbotto antiproiettile si muoveva leggera e veloce. Si diresse verso il boschetto, ci girò intorno e fece la strada a ritroso verso l'allevamento di alpaca. Gloria non si sarebbe nascosta tra quegli alberi. La polizia l'avrebbe individuata rapidamente o avrebbe semplicemente circondato l'area e aspettato che uscisse e lei era troppo intelligente per commettere un errore simile. Quando l'area recintata con gli alpaca le apparve davanti, Josie vide Gloria che correva lungo la linea di recinzione con le mani legate dietro la schiena. Non si voltò indietro. Josie non sapeva dove fosse diretta esattamente, verso i veicoli o uno degli edifici, né quale fosse il suo piano, ma non aveva intenzione di lasciarsela scappare.

Ancora una volta, Josie fu grata di aver punito il suo corpo negli ultimi quattro mesi tenendosi in esercizio anche nei giorni più caldi dell'estate, perché guadagnò rapidamente terreno su Gloria. Quando si trovò a pochi metri di distanza, gridò: «Gloria! Si fermi!»

Gloria lanciò un'occhiata alle sue spalle e accelerò il passo, dirigendosi ora verso i furgoni. Quasi sovrappensiero, Josie si chiese se avesse tenuto conto del fatto che non aveva le chiavi di nessuno dei due mezzi. O magari ci aveva pensato, ma come diavolo pensava di riuscire a mettersi al volante con le mani legate dietro la schiena? Proprio mentre Gloria raggiungeva la portiera del furgone più vicino, Josie la afferrò per il colletto della camicia, la fece voltare e la sbatté di schiena contro la portiera.

«Ferma, ho detto.» ordinò Josie.

Gli occhi azzurri di Gloria erano impetuosi. Mandò la testa all'indietro e poi la spinse in avanti, cercando di colpirla alla fronte, ma Josie si allontanò abilmente fuori dalla sua portata. Gloria si lanciò verso di lei, a testa bassa, cercando di conficcarle una spalla nel fianco. Ancora una volta Josie fece un passo all'indietro e uscì dalla traiettoria del colpo, la afferrò per le spalle e la obbligò a rimettersi dritta. «Gloria, stia ferma!»

«Sparami e basta.» ringhiò Gloria, spingendo contro Josie, cercando di colpirla di nuovo alla testa. «So che hai una pistola. Sparami allora.»

«No!» gridò Josie per farsi sentire sopra i lamenti gutturali che venivano dal profondo della gola di Gloria.

«Sparami!» ripeté lei. «Fallo e basta. Se non lo fai, ti ucciderò. Ucciderò tutti.»

Si divincolò, liberandosi dalla presa di Josie, che però la avvolse rapidamente in una presa a blocco. Puzzava di sudore e di vomito. Continuava a dimenarsi, ma Josie la teneva stretta. Josie le parlò direttamente all'orecchio e le disse: «Si fermi, non intendo spararle.»

«Ti prego.» la implorò Gloria. «Ti scongiuro.»

Josie strinse le braccia con più forza. Lentamente, Gloria si afflosciò, tanto che Josie ne sentì il peso come se fosse un pesante ammasso di ossa tra le sue braccia. L'umidità delle sue lacrime penetrava attraverso il tessuto della maglietta di Josie. «Ora la lascio andare.» le disse. «Voglio che si metta a sedere.»

Gloria non protestò quando Josie la liberò e la fece mettere seduta accanto al furgone, poi alzò lo sguardo su di lei. «Non ce la faccio più. Non ci riesco. Non lo sopporto. Ha idea di come ci si sente quando perdi tutto il tuo mondo? Ha idea di come si sta a sentirsi così distrutti dentro da capire che faresti qualsiasi cosa pur di far sparire il dolore? Per non sentirlo più?»

Josie sospirò. «Sì.» disse. «Sì, lo so come ci si sente.»

Un veicolo si fermò dietro di loro. Josie si voltò e ne vide emergere il capo Chitwood che si avvicinò e guardò Gloria. «È tutto a posto, Quinn?»

Josie emise un lungo sospiro e si guardò la maglietta che, dopo essersi stretta contro Gloria, si era imbrattata di vomito. «Sì, Signore.»

«Stanno arrivando altre unità.» annunciò Chitwood. «Oltre a Hummel e la sua squadra e alcune ambulanze.»

«Grazie, Signore.» disse Josie. Fissò la testa di Gloria; poteva vedere bene che tutto il suo corpo era scosso da singhiozzi silenziosi.

«Quinn.» disse Chitwood.

Josie alzò lo sguardo su di lui, che le tendeva una mano. Aprendo le dita, vide che reggeva il braccialetto per il rosario. «L'hai lasciato là dentro.»

«Oh, cavolo, Signore, mi dispiace, l'ho usato per...»

«Sta' un po' zitta, Quinn.» disse. «Chiudi quella boccaccia e riprenditelo.»

«Signore?»

«Ne hai ancora bisogno. Non sei ancora pronta a restituirmelo.»

Josie lo prese, stringendolo nel pugno. Le perle erano calde e lisce, familiari al tatto e confortanti. «Ma come faccio a sapere quando sarà il momento giusto per restituirglielo?»

In lontananza risuonavano le sirene.

Un sorriso si allargò lentamente sul volto di Chitwood. «Non è una cosa che posso decidere per te, Quinn.» Lanciò un'occhiata a Gloria e il suo sorriso si affievolì, e quasi a se stesso, aggiunse: «Ognuno è diverso.»

Poi si allontanò per andare incontro alla colonna di veicoli di soccorso che li stavano raggiungendo dal viale.

Josie fissò la dottoressa Paige Rosetti, la cui penna era ferma da tempo. Era quasi certa che la fine della seduta fosse vicina, ma la dottoressa non aveva controllato nemmeno una volta l'orologio o il telefono. Si limitava a guardare lei. Josie aspettava che la interrompesse, ma non lo fece, così continuò a parlare. «Gloria Cammack ha già concordato un patteggiamento con l'ufficio del Procuratore Distrettuale. Andrà in prigione per molto tempo. Sebastian Palazzo deve rispondere dell'accusa di aver alterato il drink di Virgil Lesko il giorno dell'incidente dello scuolabus. Perderà la licenza di farmacista. Ma si è già trovato un avvocato. Evidentemente ha intenzione di opporsi alle accuse. Il processo a Virgil Lesko è saltato. Andrew Bowen sta lavorando con il Procuratore Distrettuale per raggiungere un accordo su accuse minori rispetto a quelle che stava rischiando, soprattutto perché senza l'alterazione di Sebastian Palazzo al suo drink, sarebbe stato in grado di guidare quel giorno. Naturalmente, non avrebbe dovuto bere un superalcolico, ma un solo bicchiere non sarebbe stato sufficiente a compromettere le sue facoltà al punto da provocare un incidente. Dee Teney e Heidi Byrne stanno bene. Dee dovrà vendere la sua casa per pagare alcuni dei debiti accumulati dal marito, ma Corey Byrne ha detto che può trasferirsi da loro finché non si sarà rimessa in sesto. L'FBI sta ancora lavorando sul collegamento con Cerberus e sugli omicidi di Ted e Miles...»

«Josie.» la interruppe la dottoressa. «Non mi stai pagando per parlare dei tuoi casi.»

«Oh.» disse Josie. «Stavo solo pensando che...»

«Mi devi una lista.» le ricordò Paige. «Hai saltato l'appuntamento della settimana scorsa, ma non l'ho dimenticato.»

Josie cercò un'altra posizione sulla sedia, incrociando più volte le gambe. «L'hai scritta quella lista?» insistette lei.

«No.» rispose Josie. «Non avevo bisogno di scriverla.» Ogni singola cosa che le aveva fatto sentire di perdere il controllo nelle ultime settimane era impressa nella sua mente e le uscirono dalla bocca una per una, con parole affrettate e pesanti.

Quando ebbe finito, la dottoressa la guardò stupefatta. «È un bell'elenco.»

«So che mi ha chiesto solo tre cose che mi fanno sentire di perdere il controllo.» disse Josie. «Ma la verità è che mi capita spesso di sentirmi fuori controllo. Quasi sempre.»

«Per te che cosa significa sentire di perdere il controllo?» le chiese la dottoressa.

«Questa è proprio una domanda da psicologo...» rispose Josie.

Paige sorrise. «Non sviamo. Rispondimi: cosa significa sentire di perdere il controllo secondo la prospettiva di Josie Quinn?»

Josie distolse lo sguardo, attirato dal giardino che si vedeva fuori dalla finestra. L'uccello azzurro orientale era tornato e svolazzava da un ramo all'altro del corniolo nell'angolo del giardino. «A quanto pare significa permettere alle mie emozioni di entrare o uscire. Non lo so, è come se le percepissi. Mi fanno paura.»

«Sono solo emozioni, Josie.» disse la dottoressa. «Ne abbiamo già parlato. Se le accetti...»

«Morirò.» sbottò Josie. «È così che mi sento. Quando penso a mia nonna e al fatto che non potrò mai più stare con lei; al fatto che dovrò vivere ancora tutto il resto della mia vita, completamente privata della sua presenza; al fatto che l'ho vista morire per un proiettile destinato a me; al fatto che sono stata seduta in quell'ospedale mentre esalava l'ultimo respiro e non ho potuto fare un bel niente; al fatto che probabilmente sono io la responsabile della sua morte... tutto crolla e non mi sembra di poter... sopravvivere.»

Le lacrime le salirono agli occhi e nonostante i suoi migliori sforzi, alcune scivolarono lungo le guance.

«So che ho camminato e parlato e mangiato e dormito e vissuto nei mesi successivi alla morte di mia nonna, ma questo? Vivere senza di lei? Sapere che non c'è più? Per sempre, non mi sembra affatto possibile sopravvivere. Non so nemmeno come faccio a stare seduta qui davanti a lei in questo momento.»

«Si può sopravvivere, Josie.»

Josie si asciugò le lacrime e si portò una mano al petto. «A me. Non mi sembra possibile sopravvivere a me.»

La dottoressa sorrise di nuovo. «Puoi sopravvivere se provi le tue emozioni, Josie. Non ti mentirò: sarà doloroso. Perdere un genitore, che è essenzialmente ciò che Lisette è stata per te, è sempre molto doloroso. Ci vuole tempo e lavoro per arrivare a un punto in cui ci si sente di nuovo in grado di vivere il quotidiano a un certo livello di normalità, ma ci si può arrivare, Josie.»

«Non ci credo.»

La dottoressa mise da parte il suo blocchetto di appunti, si avvicinò e si sedette sulla sedia accanto alla sua. «Mi siederò qui accanto a te e per cinque minuti lascerai entrare queste emozioni e poi le farai uscire. Io sarò qui con te. Te la senti di provarci?»

Josie sentiva il cuore batterle così forte che sembrava potesse scoppiare dal petto. Le mani le si strinsero a pugno sulle ginocchia. Sentiva quelle terribili sensazioni alla periferia della sua mente e del suo cuore pulsare come una massa rabbiosa che aspettava solo di consumarla. Nella sua vita aveva affrontato più assassini di quanti ne potesse contare. Perché questo era così difficile? Piangere la perdita di una persona che amava, una persona essenziale per lei: questo Lisette lo aveva fatto tante volte nella sua vita e Josie se ne meravigliava ancora. All'improvviso le venne in mente il volto di sua nonna, con quel sorriso e con i suoi riccioli argentati che ondeggiavano. Era un ricordo. Erano sulla spiaggia e lei era poco più che una ragazzina, ma non era mai stata in spiaggia, non aveva mai visto l'oceano. Ora Lisette voleva che facesse il bagno. Lo scroscio delle onde la terrorizzava.

Lisette le tendeva la mano. «Vieni, Josie.»

«Non posso.» le rispondeva.

«Sì che puoi!» la incoraggiava Lisette ridendo. «Devi provarci.»

«Josie...» disse la dottoressa, strappandola da quel ricordo.

«Va bene.» disse Josie. «Proviamoci.

UNA LETTERA DA LISA

Vi ringrazio moltissimo per aver letto *Il suo tocco mortale*. Se questo libro vi è piaciuto e volete rimanere aggiornati su tutte le mie ultime uscite, vi invito a iscrivetevi al seguente link. Il vostro indirizzo e-mail non sarà mai condiviso e potrete disiscrivervi in qualsiasi momento.

italia.bookouture.com/subscribe/

Come sempre, è per me un privilegio presentarvi un altro libro di Josie Quinn. Se state leggendo questa lettera, sono contenta che siate tornati dopo quanto è successo a Lisette in *Silenzio piccolina*. È stato un libro incredibilmente difficile da portare a termine, non soltanto per l'argomento di cui ho parlato, ma anche perché mio padre è venuto a mancare improvvisamente e inaspettatamente proprio mentre lo stavo ultimando. Il dolore che prova Josie è il medesimo che provo io. Ciononondimeno, come ogni volta, ho fatto il possibile per proporvi un libro avvincente, che vi regalasse qualche ora di suspense e di distrazione cercando di mettere a posto i pezzi del puzzle insieme a Josie.

È sempre questo il mio principale obiettivo e spero di esserci riuscita!

Sono assolutamente entusiasta di ricevere i commenti dei miei lettori. Non mi stancherò mai di leggerli! Potete mettervi in contatto con me attraverso i social media che trovate qui sotto, compreso il mio sito web e la mia pagina Goodreads. Inoltre, se ve la sentite, vi sarei molto grata se poteste lasciare una recensione e se consigliaste *Il suo tocco mortale* ad altri lettori. Le recensioni e le raccomandazioni attraverso il passaparola sono di grande aiuto ai lettori che scoprono i miei libri per la prima volta. Quindi vi ringrazio ancora tanto per il vostro sostegno e per l'entusiasmo che dimostrate per questa serie.

Sono meravigliata e profondamente commossa dalla vostra passione per Josie! Spero di rivedervi, alla prossima volta!

Grazie,

Lisa Regan

www.lisaregan.com

 facebook.com/LisaReganCrimeAuthor
 x.com/Lisalregan

RINGRAZIAMENTI

Carissimi e appassionati lettori: vi ringrazio molto per aver letto questo romanzo. Mio padre è morto quando ero a due terzi della stesura di questo libro. Lui è stato per me quello che Lisette è stata per Josie. Mi ha amata con passione fin dal giorno in cui sono nata e ha sempre combattuto per me, si è sempre schierato dalla mia parte. Era anche un uomo divertente, giocherellone e saggio, come Lisette. Era la mia ancora, la mia stella polare e la persona su cui potevo sempre contare nella vita, indipendentemente dalle circostanze o dai demoni personali con cui mi ritrovavo a lottare, proprio come Lisette era per Josie. Mio padre è stato, è ancora e sarà per sempre la voce dentro la mia testa. Anche se continuo a sentire profondamente la sua mancanza e mi ritrovo schiacciata da un macigno di emozioni, lo sento ancora che mi dice: «Rimettiti al lavoro.» Quel lavoro era finire questo libro per voi, miei favolosi lettori e sostenitori. Lui non avrebbe voluto che vi deludessi. Lui non vorrebbe essere la ragione per cui ho smesso di fare ciò che ho amato con tanta passione da quando avevo undici anni. Ecco, quindi, la dodicesima avventura di Josie e il mio libro più personale fino ad oggi. Spero che vi sia piaciuto.

Come sempre, voglio ringraziare per primi mio marito, Fred, e a mia figlia, Morgan, per avermi risollevato e rimessa a nuovo e per essere stati così coraggiosi e così forti durante il periodo più brutto della mia vita. Grazie alle mie prime lettrici: Dana Mason, Katie Mettner, Nancy S. Thompson, Maureen Downey e Torese Hummel. Grazie a Matty Dalrymple e Jane Kelly, due tra le persone e tra le amiche di scrittura più meravigliose che conosca! Un grande grazie alle mie nonne: Helen Conlen e Marilyn House; alla mia famiglia: Donna House, Joyce Regan, Rusty House e Julie House; ai miei fratelli e alle mie cognate: Sean e Cassie House, Kevin e Christine Brock e Andy Brock; e alle mie adorabili sorelle: Ava McKittrick e Melissa McKittrick. Un grazie va anche a tutti i soliti sospetti per aver sparso la voce: a Debbie Tralies, a Jean e Dennis Regan, a Tracy Dauphin, a Claire Pacell, a Jeanne Cassidy, a Susan Sole, alla famiglia Regan, alla famiglia Conlen, alla famiglia House, alla famiglia McDowell, alla famiglia Kays, alla famiglia Funk, alla famiglia Bowman e alla famiglia Bottinger! Come sempre, voglio ringraziare tutti i fantastici blogger e i recensori che continuano a seguire Josie o che l'hanno scoperta a metà della serie e che hanno dato il loro sostegno a gran voce! Il vostro contributo significa molto per me!

Grazie a Katie Mettner e Carrie Butler per quel regalo speciale, perfetto e personalizzato, che mi ha permesso di superare l'ostacolo e che rimarrà sulla mia scrivania per tutto il tempo a venire!

Un ringraziamento davvero speciale va al sergente Jason Jay per aver risposto a tutte le mie assurde domande in modo così dettagliato, senza mai perdere la pazienza. Voglio poi ringraziare la squadra di Coroner Talk per aver risposto a tutte le mie elaborate domande sull'algor mortis.

Un ringraziamento va a Jenny Geras, Kathryn Taussig, Noelle Holten, Kim Nash e a tutto il team di Bookouture, compresi i miei adorabili copy-editor e ai correttori di bozze. E infine, ma non certo per importanza, grazie di cuore all'impareggiabile editor Jessie Botterill: per merito tuo, ho potuto mandare avanti, senza soffrirne, quello che avrebbe potuto essere uno dei percorsi più dolorosi al mondo – scrivere un libro che, nella sua essenza parla del lutto – proprio quando io stessa stavo attraversando il peggior lutto della mia vita. Ti ringrazio per le tue gentili parole. Ti ringrazio per aver rimesso mano al programma all'infinito. Ti ringrazio per essermi venuta a trovare e per avermi concesso spazio. Ti ringrazio per avermi ascoltata. Grazie per avermi sostenuta. Ti ringrazio per aver creduto in questo libro. Non potrei pretendere editor o famiglia editoriale migliore, più solidale o più meravigliosa di questa.